은빛 나라

은빛 나라

초판 1쇄 인쇄일 2021년 9월 7일 │ **초판 1쇄 발행일** 2021년 9월 23일
지은이 이쓰키 유 │ **옮긴이** 김해용 │ **펴낸이** 김석원
펴낸곳 도서출판 밝은세상 │ **출판등록** 1990. 10. 5 (제 10 – 427호)
주소 (10881) 경기도 파주시 문발로 119, 202호
전화 031-955-8101 │ **팩스** 031-955-8110 │ **메일** wsesang@hanmail.net
블로그 blog.naver.com/balgunsesang8101 │ **인스타그램** www.instagram.com/wsesang
ISBN 978-89-8437-433-1 (03830) │ **값** 15,800원 │ 잘못된 책은 구입한 곳에서 교환해 드립니다.

은빛 나라

銀色の国

이쓰키 유 장편소설 ♥ **김해용** 옮김

逸木 裕

밝은세상

프롤로그

늘 도망쳤다.

어디에 있든 뭘 하든 정신 차리고 보면 어딘가로 도망치고 있었다. 그렇게 도망친 곳에서 그냥저냥 되는 대로 살았다.

고교 시절에 만화 카페에서 아르바이트를 한 적이 있었다. 가끔 찾아오는 손님들을 응대하거나 만화책을 책장에 꽂아두기만 하면 되는 일이었는데 3일 만에 도망쳤다. 하루 종일 별로 하는 일도 없이 우두커니 앉아 있어야 하는 시간이 지루해 견딜 수 없었다. 한동안 아르바이트를 알선하는 업체에서 계속 전화가 걸려오더니 아예 받지를 않자 곧 잠잠해졌다.

아래위 치아가 서로 딱딱 맞부딪히기 시작하면 달리 멈출 수 있는 방법이 없었다. 어서 도망쳐야 한다는 신호였다.

"시오리, 넌 꾸준히 지속하는 일이 없어. 그렇게 계속 도망치다가는 아무것도 할 수 없을 거야."

어릴 때부터 줄곧 가깝게 지낸 친구가 해준 말이었다. 반박하기 힘든 지적이었다. 아르바이트, 공부, 동아리 활동, 인간관계에 이르기까지 조금이라도 싫증이 나면 지속하지 못하고 도망쳤다. 좁은 상자 안에 계속 갇혀있다가는 숨이 막혀 죽을 것 같아 더는 버틸 수 없었다.

다른 사람들은 어떨까? 짜증나는 일이 있거나 싫어하는 사람이 옆에 있어도 도망치지 않고 버텨낼까?

시오리는 자신과 다른 사람들이 많다는 걸 고교 시절에 처음 알게 되었다. 수업 시간에 아쿠타가와 류노스케의 《로쿠노미야 공주》를 읽었다. 소설을 그다지 좋아하지 않는 편이었는데 유독 그 소설만큼은 가슴을 후벼 팔 만큼 흥미로웠다.

《로쿠노미야 공주》의 주인공은 불행한 여자였다. 그녀는 남자에게 버림받고, 몹시 가난하고, 병까지 앓았지만 결코 다른 곳으로 도망치지 않고 한자리를 고수했다. 더는 떨어질 곳이 없을 만큼 밑바닥까지 추락한 인생이었지만 죽음이 찾아올 때까지 그 자리를 떠나지 않았다.

"이 소설에서 얻을 수 있는 교훈은 인생을 주체적으로 살지 않으면 삶이 비참해진다는 것이란다."

고교 시절 문학 선생님은 그렇게 말했고, 학생들도 그 말에 동조

했지만 시오리는 과연 올바른 분석인지 의심스러웠다. 어디론가 도망치지 못하고 줄곧 좁은 상자 안에 갇혀 살아야 한다는 건 생각만으로도 끔찍했다.

시오리는 그때 사람들은 저마다 생각이 다르다는 걸 깨달았다. 사람들은 다들 좁은 상자 안에 갇혀있는 형편이었지만 요령껏 안과 밖을 드나들며 잘 살아가고 있었다. 사람들은 시오리 자신처럼 번번이 도망치거나 로쿠노미야 공주처럼 한곳을 고집하며 살지 않았다. 시오리는 세상 사람들이 자신과 로쿠노미야 공주 같은 인물들을 이질적인 존재로 낙인찍고 싶어 한다는 걸 알게 되었다.

공주는 좁은 상자 안에서 죽을 때까지 그 자리를 지켰다. 시오리는 공주의 선택이 놀라운 한편 몹시 부러웠다.

시오리는 '도망치고 싶다'는 욕망이 수면욕이나 식욕에 버금갈 만큼 강했다. 도망치고 싶은 욕망이 지나치게 강해 여러모로 피곤한 삶을 살게 되었다. 그 반면 로쿠노미야 공주는 한자리를 고수하며 살다가 비참한 생을 마감했다.

극과 극은 서로 통하는 법이었다. 요령껏 적응하며 살아가는 방법을 모른다는 점에서 시오리와 공주는 다르지만 같은 삶이었다.

*

"아이스커피 나왔습니다."

시오리는 힐튼 나고야 라운지에서 아래윗니를 딱딱 부딪혀 대고 있었다.

대형 유리창에서 환한 햇살이 쏟아져 들어왔다. 테이블이 널찍하게 배치되어 있었고, 합성 가죽 제품인 소파는 감촉이 기막히게 좋았다. 어디선가 홍차와 팬케이크 냄새가 풍겨왔다. 나고야에서 산지 2년째 되었지만 힐튼 나고야는 처음이었다.

고급스러운 분위기의 호텔이라서인지 마음이 불편했다. 호텔에서 고객들의 마음을 사기 위해 두루 신경 쓴 흔적이 보였다. 백수에게는 어울리지 않는 곳이었다. 아이스커피도 편의점에서 파는 백 엔짜리와는 향 자체가 달랐다. 마치 '여긴 당신이 와서는 안 되는 곳이니까 당장 꺼져.'라고 소리치는 듯했다.

아래윗니가 멈추지 않고 계속 딱딱 부딪혔다.

테이블에 놓아둔 이력서에 붙여놓은 자신의 사진에 눈이 갔다. 멍청한 티를 내지 않으려고 애쓰다 보니 표정이 지나치게 딱딱하고 진지해 보였다. 알바를 해 모아둔 돈이 점차 바닥을 보이고 있었다. 지금껏 알바를 하며 살아왔지만 이제부터는 안정적인 일자리를 구하고 싶었다. 구직 사이트를 뒤지다가 눈에 띄는 일자리를 발견해 응모했는데 호텔 라운지에서 면접을 보자고 했다. 시오리는 상대의 얼굴을 몰랐다. 당장 자리를 뜨고 싶었다. 이메일이 오면 내용을 확인해볼 필요도 없이 휴지통에 버리면 그만이었다. 면접을 보고자 했던 사람이 화가 단단히 나더라도 상관할 바 아니었다.

멍청해도 도망치기의 달인답게 이런 일에는 제법 머리가 잘 돌아갔다. 애초에 면접을 보자고 한 상대에게도 문제가 많았다. 프로필을 보면 보잘것없는 경력에 능력도 없는 사람이라는 걸 알 수 있을 텐데 굳이 면접을 보자고 한 이유를 알 수 없었다.

게다가 호텔을 면접 장소로 선택하다니?

시오리는 도망치기에 대한 정당성을 만들어가기 시작했다.

"이 면접은 뭔가 잘못되었어. 내 처지에 맞는 수준의 회사를 찾아야 해. 그래, 맞아."

"뭐가 '그래, 맞아.'라는 거죠?"

시오리는 갑자기 들려온 남자 목소리에 화들짝 놀랐다. 바로 옆에 체구가 자그마한 남자가 서 있었다.

"고바야시 시오리 씨죠? 처음 뵙겠습니다."

남자가 손을 내밀었다. 아, 이제 도망칠 수 없게 되었다.

*

주식회사 Amazon Factory 대표이사 오노 히로시

명함을 호주머니에 집어넣고 나서 남자의 얼굴을 보았다. 명품 슈트 차림에 시계와 구두도 명품이었다. 시오리는 자신이 명품으로 치장하고 다닐 경우 투명 인간처럼 옷만 허공에 떠있을 거라는 생각이 들었다. 그 반면 오노는 명품이 너무나 잘 어울렸다.

자그마한 키에 원숭이상이라 잘생긴 얼굴이라고 할 수는 없었지만 자신감 넘치는 태도에 명품 슈트와 시계의 오라가 환상적으로 잘 어우러져 강렬한 인상을 풍겼다.

"우리가 익히 아는 아마존과 관계있는 회사입니까?"

"네, 물론이죠."

목소리도 자신감이 충만했다.

"아마존과 자본으로 얽혀 있지는 않지만 아마존 재팬 법인과 돈독한 관계를 유지하고 있습니다. 창업할 때 아마존이라는 명칭을 사용해도 되는지 타진했더니 흔쾌히 수락해 주더군요."

"대단하네요."

"아마존은 네 기사*가운데 하나인 글로벌 기업답게 남다른 비즈니스 능력을 갖추고 있습니다. 우리 같은 소규모 벤처 기업을 상대로도 기업 가치를 높이기 위한 시너지를 만들어내는 데 빈틈이 없더군요. 일본 기업들과는 미래 비전과 추진력의 차원이 달라요."

오노의 자신감 넘치는 목소리를 듣다 보니 점점 더 기분이 위축되었다.

이처럼 대단한 벤처 회사에서 왜 나를?

"우리 회사 사원 모집에 지원해 주셔서 대단히 감사합니다. 프로

---

* 騎士 직접적인 의미로는 성경의 요한계시록에 등장하는 종말의 네 기사를 가리키지만 구글, 애플, 페이스북, 아마존, 즉 GAFA를 우회적으로 상징하는 말이다

필을 보니 학력 고졸, 올해 나이 스물네 살, 사무직으로 일한 경력이 전혀 없던데 우리 회사에 지원하게 된 동기가 뭐죠?"

"지금까지 알바를 주로 했는데 사무직 일을 해보고 싶어서요."

"기능 향상 차원에서 새로운 경험을 쌓고 싶은 거로군요. 어느 정도 리스크를 감안하고 다른 직종에 도전해보는 것도 그리 나쁘지는 않죠."

월세도 밀리고, 가능하다면 정규직 사원이 되어 안정적인 생활을 해나가고 싶기 때문이라고 말할 수는 없었다.

"고향이 기후현 다지미네요. 그럼 고교 졸업 후에 도쿄에 오게 되었나요?"

"네, 3년 전에 도쿄에 왔습니다. 그 후에는 나고야에 있었고요."

"도쿄에 있는 〈이자카야 하치베이〉에서 일한 경험이 있네요. 점장이었습니까?"

"아뇨, 아르바이트였어요. 서빙."

"서빙?"

이력서에 술집에서 일한 경력을 쓰고 싶지는 않았지만 그 일을 빼면 쓸 게 없었다.

"이력서에 알바 경력을 쓰면 안 됩니까?"

"아뇨, 전혀 문제되지 않습니다. 이력서는 지원자의 경력과 됨됨이를 알아보기 위한 문서니까 뭘 쓰든지 상관없어요."

오노의 배려 덕분에 도망치고 싶다는 충동이 잦아들었다.

오노가 이력서를 들여다보며 말했다.

"성우 경험이 있네요?"

시오리가 이 회사에 지원한 이유는 '배우, 성우 경험자 대환영'이라는 문구 때문이었다. 고교를 졸업하고 5년 동안 이자카야에서 알바를 전전한 경력만으로 정규직 일자리는 언감생심이었다. '성우 경험자 대환영'이라는 문구를 보지 않았더라면 감히 지원할 용기를 내지 못했을 것이다.

"성우 경험이 좀 있긴 하지만……."

도쿄에 처음 왔을 당시가 떠올랐다.

*

5년 전, 집을 나와 도쿄로 간 건 시오리의 인생에서 가장 파격적인 '도망'이었다.

시오리는 기후현 다지미시의 그저 그런 가문의 장녀로 태어났다. 집은 좁은 상자 그 자체였다. 어린 시절에는 아무런 제약 없이 자랐지만 부모가 남동생을 낳을 수 없다는 게 기정사실이 되면서 감당하기 힘든 의무를 떠안게 되었다. 고바야시 가문의 대를 이어야 한다는 것이었다. 덤으로 데릴사위를 들여 토지와 집안을 지키면서 대를 이을 후손을 낳아야 한다는 책임이 부과되었다.

부모는 시오리에게 가문의 후계자는 피아노, 다도, 서예, 영어 회화를 두루 배워야 한다면서 가정교사를 붙여 주었다. 학교 수업을 마치고 친구들과 노는 건 일절 허용되지 않았다. 고바야시 가문을 대표하려면 훌륭한 인품과 교양을 겸비해야 하기에.

시오리는 가문의 후계자가 되는 건 바보짓이라는 생각이 들었다. 나름 뼈대 있는 가문이라고는 하지만 달랑 대를 이어 지켜온 집이 한 채 있을 뿐 그다지 명문가도 아니었고, 내세울 만한 족적이 있지도 않았다. 아버지는 평범한 공무원이었고, 어머니는 어디에서나 흔히 볼 수 있는 가정주부였다.

어느 누가 이 보잘것없는 가문을 지키기 위해 모든 걸 포기하고 집 안에 틀어박힐 수 있겠는가?

시오리는 학원으로 공부하러 가는 척하다가 땡땡이를 치기 일쑤였고, 학원에서 나눠준 과제물은 쓰레기통에 곧장 쑤셔 박았다. 그 무렵부터 도망치는 버릇이 생겼다. 부모는 가문의 대를 이어야 한다고 했지만 시오리는 결코 받아들일 수 없었다. 고교를 졸업할 당시 날이 갈수록 곪아가던 종기가 터져 버렸다. 집을 나와 도쿄로 도망친 것이다.

셰어하우스를 얻는 즉시 이자카야에서 아르바이트 자리를 구했다. 불과 3일 만에 그럭저럭 혼자 살아갈 수 있는 발판을 마련했고, 스스로도 놀랄 만큼 활력이 넘쳤다. 그나마 도쿄는 살만했다. 지방에 비해 사람들이 많았지만 저마다 독립적이어서 타인에 대해 관심을 보이지 않았다. 만나는 사람이 계속 갈렸고, 긴밀한 인간관계도 형성되지 않았다.

　도쿄 생활에 적응할 무렵 시오리는 오시아게로 스카이트리를 보러 갔다. 시오리는 밤의 인파 속에서 우뚝 솟아있는 스카이트리를 올려다보면서 생각했다.

　도쿄에서라면 도망치지 않아도 되겠어.

　스카이트리, 도쿄타워, 이름을 잘 알지는 못하지만 하늘에 닿을 듯 높이 솟은 초고층 빌딩들이 즐비한 이 도시에서 사람들은 저마다 자기 일만 하기에도 바쁜 듯 기후현 다지미시에서 상경한 시오리에게 아무런 관심을 보이지 않았다.

　시오리는 이 넓은 도시에서라면 자신이 두 다리를 펴고 누울 자리를 어렵지 않게 마련할 자신이 있었다. 까마득히 높이 솟은 스카이트리가 밤하늘에 반짝이는 빛을 흩뿌리고 있었다. 그 빛이 내려와 자신의 마음속을 환하게 비춰 주는 듯했다.

*

　도쿄에 온 지 2년, 시오리는 이자카야에서 아르바이트를 하고 밤늦은 시간에 셰어하우스로 돌아가 잠을 잤다. 몸은 고단했지만 생활은 점차 안정되었고, 도망치고 싶은 욕구도 고개를 들지 않았다. 다만 변화 없는 일상이 반복되자 '이대로 괜찮을까?'하는 고민이 생겨나기 시작했다. 도망치지 않아도 되는 생활은 그럭저럭 마음에 들었지만 좀 더 의미있고 안정적인 일을 하고 싶었다.

이자카야 술집에서 서빙을 하던 어느 날, 손님으로 온 중년 여성이 명함을 건네주며 말했다.

"당신은 목소리가 정말 좋아요. 이런 가게에서 일하기 아까워요. 나는 성우를 스카우트하는 프로듀서인데 혹시 관심 있으면 연락해요."

성우?

그 두 글자는 지금껏 시오리의 인생과 무관했다. 극단에서 활동한 적도 없었고, 연기 수업을 받은 적도 없었고, 영화나 애니메이션을 딱히 좋아하지도 않았다. 다만 어린 시절부터 목소리가 예쁘다는 말은 자주 들었다. 노래방에 가서 노래를 부르거나 이자카야의 술집에서 손님을 맞을 때 목소리가 좋다는 칭찬을 많이 들었다.

그래, 바로 이거야.

성우라는 직업은 좀 더 의미있는 일을 찾던 시오리의 갈증을 해소시켜주기에 충분했다. 성우를 하기 위해 도쿄로 도망쳐온 건지도 모른다는 생각이 들 정도였다.

비로소 내가 평생 해야 할 일을 찾았어.

명함을 준 여자 프로듀서에게 전화를 했더니 당장 오디션을 보러 오라고 했다. 프로듀서와 젊은 트레이너 앞에서 주어진 대본을 읽었다. 프로듀서는 타고난 목소리를, 젊은 트레이너는 처음치고는 표현력이 뛰어나다며 칭찬했다. 지원자가 네 명 더 있었지만 시오리만 유일하게 오디션을 통과했다.

"반년 후에 성우로 데뷔할 수 있게 해줄게. 당신은 재능이 있으니까 본격적인 트레이닝을 받으면 금세 프로가 될 수 있어. 비용은 우리가 부담할 테니까 안심해도 돼."

시오리는 프로듀서가 하는 말을 듣고 나서 젊은 트레이너에게 본격적인 레슨을 받게 되었다. 성우가 되기 위한 연습은 즐거웠다. 레슨을 받고 나서부터 목소리의 음량과 음역이 넓어지는 걸 실감할 수 있었다. 목소리 연기를 하다 보면 뭐라 딱 꼬집어 설명할 수 없지만 묘한 쾌감을 맛볼 수 있었다. 매일이다시피 빠져들 듯 연습에 매진했고, 셰어하우스로 돌아가서도 연습을 하다 보니 옆방에 사는 태국 여자가 시끄러워 잠을 잘 수 없다며 자주 항의했다.

나는 배역 안으로 '도망'치고 있어.

어느 순간부터 연기를 할 때 느끼는 쾌감의 정체를 알게 되었다. 연기를 하는 순간에는 잠시나마 현실에서 벗어나 캐릭터의 역할 속으로 도망칠 수 있기 때문이었다.

나는 도망치고 싶은 욕구가 강하기 때문에 연기를 할 때 남다른 쾌감을 느끼는 거야.

그야말로 성우는 천직이라는 느낌이 들었고, 더욱 연습에 매진했다. 레슨을 해주는 트레이너도 동기 부여가 되어 주었다. 시오리는 목소리가 유난히 부드럽고 달콤한 트레이너를 은연중 좋아하게 되었다. 그도 시오리가 마음에 드는지 호의적으로 대했고, '복식호흡 연습'이나 '자세 교정'을 해줄 때 은근히 몸의 은밀한 곳을 터치하기도 했다.

"시오리의 재능은 지금껏 내가 보아온 그 어떤 학생보다 뛰어나."

시오리는 트레이너로부터 그런 칭찬을 들을 때면 하늘로 날아오를 듯 기분이 좋았다.

한 달이 지날 무렵 처음 인연을 만들어준 프로듀서로부터 '레슨을 더 늘리지 않겠느냐'는 제안을 받았다.

"시오리의 발전 속도를 보고 깜짝 놀랐어. 트레이너에게 다른 레슨을 모두 중단하고 시오리에게만 시간을 투자하도록 말해줄게. 다만 지금까지는 레슨비를 받지 않았지만 앞으로는 50만 엔을 받아야 해. 3개월 후에 제작에 착수하는 인터넷 애니메이션 프로그램의 주인공이 아직 정해지지 않았어. 시오리가 캐스팅되도록 애써줄게. 애니메이션 출연료가 50만 엔 정도 되니까 레슨비는 공짜나 다름없겠네. 이런 기회는 좀처럼 잡기 힘들 거야."

마침 수중에 2년 동안 아르바이트를 해서 모은 50만 엔이 있었다. 시오리는 트레이너에게 곧장 레슨비를 송금했다.

다음 날, 트레이너와 갑자기 연락이 끊겼다. 레슨을 해주던 트레이너도, 처음 성우 일을 해보지 않겠냐고 제안했던 여자 프로듀서도 몇 번을 연락했지만 전화를 받지 않았다. 문자를 수십 번 보냈으나 답이 오지 않았다. 오디션을 보고 레슨을 진행했던 스튜디오 관계자에게 어떻게 된 일인지 물어보았더니 자기들과도 연락이 닿지 않는다고 했다.

흔히 '오디션 사기'라고 부르는 고전적인 사기 수법에 당했다는 걸 나중에야 알게 되었다. 인터넷에서 똑같은 방식의 사기 피해를 당한 사람들을 다섯 명이나 찾아냈다. 처음에 오디션을 함께 보았던 사람들은 바람잡이들이 분명했다. 경찰은 '이처럼 고전적인 방식의 사기를 당하면서도 왜 전혀 눈치를 채지 못했죠?'라며 비웃었다. 끝내 범인은 잡히지 않았다.

사기를 당하고 나자 한동안 아무런 의욕도 생기지 않았다. 겨우 곪았던 상처가 아물어 딱지가 생겼는데 무리하게 떼어냈다가 더욱 커다란 구멍이 뚫려 버린 느낌이었다.

도망치고 싶어.

도쿄로 오고 나서 처음 도망치고 싶다는 생각이 들었다. 열심히 살면 얼마든지 편안하게 발을 뻗을 자리가 있을 것으로 보였던 이 거대 도시가 처음으로 두려워졌다.

딱딱딱딱.

시오리의 아래윗니 이빨이 이제껏 가장 큰 소리로 부딪혔다.

*

"정말이지 쓰라린 경험을 했군요."

시오리의 이야기를 들은 오노는 안타까운 일이라는 듯 미간을 찌푸렸다.

"경찰은 함부로 그런 말을 해서는 안 되죠. 사기꾼들은 밤낮없이 누군가를 속이기 위한 연구를 하느라 여념이 없는 자들이죠. 보통 사람들이 사기꾼의 술수를 간파하고 대처한다는 건 그리 쉽지 않습니다."

"위로의 말을 해주셔서 감사합니다."

시오리는 기분 좋게 술잔을 기울였다.

면접을 보면서 시종 분위기가 좋아 저녁 식사 자리로 이어졌다. 오노는 사카에*의 중심가에서 약간 벗어난 일본 요리 식당으로 시오리를 데려갔다. 일본과 서양 스타일이 절충된 인테리어가 고급스러운 분위기를 자아내는 집이었지만 오노와 동행이라 주눅이 들지는 않았다.

"당신 목소리는 정말 일품이에요. 절대로 그냥 해보는 소리가 아닙니다. 아마도 일이 잘 풀렸다면 성우가 될 수 있었을 겁니다."

"칭찬은 감사합니다만 더는 헛된 미망을 갖고 싶지 않아요."

"아무튼 그 사기꾼들 덕분에 당신을 만났으니 내 입장에서 보자면 다행스러운 일이네요."

오노가 해주는 위로의 말에 오래된 상처가 조금이나마 치유되는 느낌이 들었다.

"배우나 성우 경험이 있을 경우 우리 회사에서 일하는 데 여러모

---

* 나고야시 나카구의 지명. 사카에 교차로 및 나고야 시영 지하철 사카에역을 중심으로 한 번화가를 일컫는다

로 유리합니다. 마이크를 들고 무대에 서본 경험이 있거나 하나의 작품을 만들어가는 과정에서 여러 멤버들과 커뮤니케이션을 해본 경험이 있는 사람을 찾고 있습니다. 바로 당신 같은 사람이죠."

그런 경험을 해본 건 아닌데?

시오리는 그렇게 생각하면서 계속 술잔을 기울였다.

"내 이야기도 해야 하는데 계속 묻기만 했네요."

오노는 자신의 경력에 대해 이야기하기 시작했다.

"대학에서 로봇을 연구했고, 졸업 후에는 대기업 연구소에서 일했습니다. 일본 회사의 경직된 조직 문화가 맞지 않아 중국 선전(深圳)에서 벤처 기업을 창업했죠. 그 후 미국 회사에 스카우트되어 실리콘밸리에서 일했어요. 미국과 중국, 두 나라에서 모두 일한 경험이 있지만 실리콘밸리보다 중국 선전을 선호합니다. 이 세상을 바꾸어보겠다는 엔지니어들과 그들을 활용해 한몫 단단히 움켜쥐려는 전 세계의 모험가들이 선전으로 몰려들고 있기 때문이죠. 선전에 가보면 돈을 태워 난로를 지피려는 것 같은 열기가 거리 곳곳에 충만해 있습니다."

오노는 손가락 끝으로 톡톡 식탁을 두드렸다.

"앞으로는 실리콘밸리나 선전이 아니라 나고야를 주목해야 할 필요가 있습니다."

"나고야요?"

"이제 곧 나고야의 시대가 올 테니까요. 나고야는 도쿄와 교토,

두 도시와 무엇이든 쉽게 연계할 수 있고, 독특한 문화가 자리 잡고 있는 곳이죠. 실리콘밸리나 선전에는 다양한 배경을 가진 사람들이 뒤섞여 있습니다. 여러 문화가 혼재되어 있을 경우 이노베이션이 생겨나게 되죠. 나고야를 아시아의 실리콘밸리로 만들고 싶습니다."

오노는 열변을 토했고, 그가 발산하는 열기를 느끼는 것만으로도 기분이 좋았다.

나는 성우의 길을 단념했는데 이 사람은 자신이 가고자 하는 길을 가고 있어.

바삭바삭한 넙치 튀김과 흐물흐물한 유바두부(湯葉豆腐)를 안주로 술잔을 기울이자니 몸이 녹아내릴 듯 기분이 좋았다.

오노가 갑자기 물었다.

"혹시 기혼입니까?"

"아뇨, 독신인데요."

"애인은?"

"없어요."

"가족들과 함께 살고 있습니까?"

"혼자 살고 있어요. 아버지와 어머니는 기후현 다지미시에 살고 있어요."

"아, 그렇군요."

오노는 고개를 끄덕이며 회 한 점을 입에 넣었다.

왜 갑자기 그런 걸 물었지?

오노가 몸을 앞으로 바싹 내밀었다.

"당신이 지원해주어서 정말 다행입니다."

"그런가요? 하지만 저는 오노 씨가 하는 일과 전혀 맞지 않을 것 같은데요. 벤처 회사에서 일한 경험이 전혀 없거든요."

"대화를 나누다가 보면 은연중 상대의 진면목을 알 수 있습니다. 당신은 리스크를 안고 용감하게 일에 뛰어들 수 있는 사람이고, 경험이 부족할 뿐 일을 잘할 수 있는 자질을 충분히 갖추고 있습니다. 우리 회사를 발전시킬 수 있는 훌륭한 자원이 될 겁니다."

"지나친 과찬 같습니다. 저는 그다지 잘하는 게 없는데요."

"일은 배우면 됩니다. 당신은 자신이 얼마나 우수한 자질을 갖추고 있는지 아직 잘 모르는 것 같아요. 이제 곧 알게 될 겁니다."

과연 그럴까? 잘 모르긴 해도 이렇게까지 말하는 걸 보면 왠지 그런 것 같기도 하네.

"혹시 해머던지기에 대해 아십니까?"

"아, 네, 무로후시 고지* 선수에 대해 조금은 알고 있어요."

"해머던지기 선수에 비유하자면 우리 회사는 해머를 던지는 데 필요한 손과 팔, 근육을 이미 갖추고 있습니다. 다만 해머를 멀리 던지려면 강인한 등뼈가 필요하죠. 회사 조직에서 등뼈는 사무입니다. 당신이 우리의 등뼈가 되어줄 수 있을까요?"

바로 코앞의 정면에서 날카로운 눈빛이 날아와 꽂혔고, 피가 들끓

---

* 2012년 런던올림픽 해머던지기 동메달리스트

을 만큼 뜨거운 말이 쏟아져 나와 온몸에서 전율이 일게 했다.

아.

밤하늘을 뚫고 높이 치솟은 스카이트리가 눈에 들어왔다.

구름에 뒤덮인 밤하늘에 아름다운 빛을 뿌리는 거대한 탑. 눈앞에 있는 몸집이 작은 남자와 스카이트리가 하나로 겹쳐 보였다.

이 남자와 함께하면 더는 도망치지 않아도 될까?

"오노 씨, 죄송해요."

술에 취해 몸이 비틀거렸다. 힐의 굽이 바닥에 온전히 닿지 않아 걸음이 흔들렸다.

"어디 카페라도 가서 잠시 쉬었다가 갈까요?"

"아뇨, 그렇게까지 폐를 끼칠 수야 없죠."

"그럼 잠시 걸을까요?"

부끄러웠다. 기분이 좋아 자기도 모르게 과음했다.

오노가 어깨를 빌려주어 몸을 기울였다. 호리호리한 몸이지만 제법 근육질이었다. 걸을 때마다 가슴이 그의 팔에 닿아 마음이 설레었다.

"타시겠어요?"

정신없이 걷다 보니 어느새 주차장이었다. 눈앞에 세워져 있는 까만색 차가 눈에 들어왔다. 벽을 향해 세워져 있는 벤츠.

"아마가사키에 산다고 했죠? 태워줄게요."

"아뇨, 고맙지만 괜찮아요. 전철을 타면 10분이면 갈 수 있어요."

"술을 마시고 전철을 타면 힘들잖아요. 우리 집이 치쿠사라 조금 돌아가는 것뿐이니까 부담 갖지 말아요."

끝까지 사양해야 마땅했지만 벤츠의 고급스러운 가죽 시트가 어서 올라타 편안하게 앉아서 가라고 유혹의 손짓을 보내고 있었다.

"우린 이제 운명 공동체잖아요."

그 말이 망설임을 단번에 날려 버렸다.

"감사합니다."

혹시 기혼입니까?

오노가 아까 술집에서 그렇게 물은 이유는 나에게 관심이 있다는 신호가 아니었을까?

너무나 뜬금없는 질문이었다. 전혀 관심 없는 상대라면 처음 만난 날 굳이 집에까지 데려다주지는 않을 것이다.

오노가 조수석 문을 열어 주었다.

"자, 어서 타시죠?"

시오리는 차 안으로 들어갔다. 자리에 앉아 부드러운 가죽 시트를 쓰다듬자 피부로 빨려 들 듯 성적 충동이 일었다.

"가방을 이리 주세요."

오노가 뒷좌석 문을 열었다. 시오리는 눈을 감고 시트에 몸을 맡겼다.

도망치지 않길 잘했어.

나고야에서 살고 나서 가장 기분 좋은 밤이었다. 오노의 회사에서 어떤 일을 하게 될지 자못 기대가 되었다. 늘 도망치는 삶을 살아왔는데 마침내 바뀔 수도 있었다. 성우가 되기 위해 가슴 설레며 열정을 품었던 시절처럼 다시 한번 꿈을 이루기 위해 매진할 수 있는 기회를 잡게 될 수도 있었다. 오노와 애인 사이가 된다면 더없이 좋을 것이다. 그와 함께 회사를 키워 나갈 수 있다면.

"한 가지 물어봐도 될까?"

뒷좌석에서 나직한 목소리가 들려왔다.

"당신, 멍청하다는 소리를 자주 듣고 살았지?"

오싹할 정도로 소름 끼치는 목소리였다. 잠시 빠져들었던 미망에서 단숨에 깨어나게 하는 소리에 이어 완강한 힘이 목을 휘감아 왔다. 숨을 쉴 수가 없었다. 그의 팔이 그대로 목을 잘라버릴 것 같은 기세로 목덜미를 파고들었다.

살려 줘요!

몸 안에서 울부짖는 소리가 들려왔다.

몸을 버둥거려보았지만 어찌할 방도가 없었다. 손발이 허공을 가르고 있었다. 묵직한 돌처럼 차갑고 강한 압박감이 목덜미 근처에 계속 남아 있었다.

살려 줘요!

밤이 붉게 변해 갔다. 눈에 보이는 모든 게 새빨갛게 물든 순간, 깊은 어둠이 찾아왔다.

제1장

1. 고스케 6월 27일

오에도선의 히가시신주쿠역에서 내려 교차로와 맞닿아 있는 맥도날드로 들어갔다. 늘 앉는 구석 자리를 잡고 휴대폰으로 뉴스를 보며 커피를 마셨다. 커피의 쓴맛과 카페인이 아직 몸에 달라붙어 있는 몽롱한 기분을 떨쳐 버리게 해주었다.

다미야 고스케는 뉴스를 대충 훑어보고 나서 커피를 다 마신 빈 컵을 쓰레기통에 버리고 맥도날드를 나왔다. 아침마다 이 의식을 거행하지 않을 경우 일을 시작하기 위한 스위치가 켜지지 않았다.

고스케는 곧바로 맥도날드 건물 뒤편 골목에 위치한 주상복합건물로 들어가 덜컹거리는 엘리베이터를 타고 사무실이 있는 3층으로 향했다.

"안녕, 고스케."

문을 열자 이구치 미야코가 주먹밥을 먹으며 서류를 내려다보고 있었다. 4평쯤 되는 원룸에 주방만 딸린 좁은 사무실로 한복판에 책상이 서로 마주 볼 수 있게 비치되어 있었고, 안쪽에 손님용 소파 세트가 마련되어 있었다.

　미야코는 적록색 뿔테 안경 너머로 서류를 검토하며 가끔 주먹밥을 베어 먹었다.

　미야코의 기분은 식사하는 태도에서도 드러났다. 그녀가 밥을 입 안에 넣고 한참 동안 우물우물 씹는다는 건 기분이 별로라는 뜻이었다.

　"안녕."

　고스케는 미야코에게 인사를 건네고 나서 조용히 자리에 앉았다.

　"고스케, 〈암리타〉 봤어?"

　미야코가 서류에서 눈길을 거두지 않고 물었다. 〈암리타〉는 상담 업무에 이용하는 채팅방 중 하나였다.

　"아직 못 봤는데, 무슨 일 있어?"

　"슈이치 씨가 글을 올렸어. 오늘 점심시간 이후에 상담자를 사무실에 데려오겠대."

　"그 정도로 시급한 일인가?"

　미야코가 펜을 내려놓고 얼굴을 들었다.

　"상담자가 자해를 시도했나 봐."

　그렇다면 시급히 만나볼 필요가 있었다.

"자해 정도가 심해?"

"자세히는 모르지만 칼로 손목을 그었나 봐. 슈이치 씨가 일단 상처를 소독하고 치료하는 방법을 알려주었대."

미야코는 다시 서류로 시선을 내렸다.

고스케는 컴퓨터를 켜고 화면이 나타나길 기다렸다.

자해를 시도한 경험이 있는 사람들은 일반적인 사람들보다 자살률이 30배 이상 높다는 연구 결과가 있었다. 처음에는 관심을 끌거나 스트레스 해소를 위해 강도가 약한 자해를 시도하지만 반복될 경우 차츰 내성이 생겨 좀 더 강한 통증을 수반하는 자해를 시도하게 된다. 죽음 가까이 다가가는 행위가 반복될 경우 자살에 대한 심리적 저항력이 약화된다. 자해 행위로 끝낼 생각이었지만 상처가 깊어 그대로 목숨을 잃는 경우도 허다했다.

컴퓨터 화면의 그물망 표시 옆에 〈레테(Rete)〉라고 적힌 로고가 설정되어 있었다. 〈레테〉는 고스케가 서른 살 때 설립해 올해로 6년 차에 접어든 비영리 법인이었다. 이탈리아어로 '그물'이라는 뜻인 〈레테〉는 자살을 막기 위해 상담 활동을 하는 단체였다. 〈레테〉의 사무실은 히가시신주쿠에 있었다. 고스케가 신주쿠 중심가에서 약간 벗어나 있는 이 지역에 사무실을 마련한 건 탁월한 선택이었다. 신주쿠역까지 그리 멀지 않았고, 월세도 비교적 싼 편이었다. 신주쿠 이스트사이드 스퀘어가 가까이 있다는 것도 마음에 들었다. 사무실과 점포가 들어 있는 주상복합건물 주위로 공원처럼 나무들이 울창했고, 시원한 물줄기를 뿜어내는 분수대도 있어 잠시나마 피로를 풀어 줄 휴식 공간으로도 적합했다.

고스케는 대면 상담을 할 때 광장 모퉁이에 있는 카페를 주로 이용했다. 시야가 훤히 트인 장소라 상담자의 심리적 부담을 덜어주는 효과가 있기 때문이었다.

슈이치가 카페의 창가 자리에 앉아 커피를 마시고 있는 고스케 옆으로 다가왔다. 호리호리한 체구에 여름용 재킷 차림이었고, 머리에 중절모를 쓰고 있었다. 웬만한 사람은 소화하기 힘든 복장인데 슈이치는 몸이 날씬해 자연스럽게 잘 어울렸다.

"가쿠나카 씨를 모시고 왔습니다."

슈이치 옆에 어두운 눈빛의 남자가 서있었다.

40대 중반이나 50대 초반으로 보이는 나이에 평소 술을 많이 마신 탓인지 피부가 거무튀튀했다. 흰머리가 많은 머리카락이 이마 아래까지 늘어져 있었고, 눈이 마주칠 때마다 재빨리 시선을 돌렸다.

"가쿠나카 씨, 만나 뵙게 되어 반갑습니다."

고스케가 지갑에서 명함을 꺼내 가쿠나카에게 건네주었다. 두 사람이 인사를 나누는 동안 슈이치는 카운터에 가서 음료를 주문했다.

가쿠나카가 잠시 고스케의 명함을 들여다보았다. 모르긴 해도 자살 방지 상담을 받는 건 난생처음일 것이다. 상담자들 대부분이 현재 자신이 과연 전문가에게 상담을 받아야 할 만큼 심각한 상태인지 의심하는 경우가 많았다.

가쿠나카가 자리에 앉으면서 물었다.

"번거롭게 해드려 송구합니다. 저는 일이 이렇게 커질 줄 미처 몰랐습니다."

"부담 갖지 마시고 가벼운 마음으로 편안하게 이야기를 나누시면 됩니다."

"상담을 받으려면 비용을 지불해야 하지 않나요?"

"〈레테〉는 비영리 단체이고, 상담료는 받지 않습니다."

가급적 상담자의 마음을 편안하게 해주는 게 무엇보다 중요했다. 고스케는 상담자를 안심시키기 위해 최대한 부드러운 미소를 지어보였다.

"아무런 대가도 받지 않고 상담을 해준다고요?"

"〈레테〉는 지자체 예산과 독지가들의 기부금으로 운영되고 있습니다. 지자체에서 상담 비용을 부담해준다고 생각하시면 됩니다."

사회 경험이 많고, 나이가 지긋한 사람일수록 비용에 대해 걱정이 많은 법이었다.

"마음 편히 이야기를 하시면 됩니다. 말하기 싫은 걸 억지로 털어놓을 필요는 없습니다."

"무슨 말인지 잘 알겠습니다."

"말하는 게 내키지 않으면 차만 마시고 돌아가도 괜찮습니다."

그제야 잔뜩 긴장해있던 가쿠나카의 표정이 조금은 편안해진 느낌이 들었다.

가쿠나카의 오른쪽 손목에 반창고가 붙어 있었다.

'방금 전 칼로 손목을 그었습니다. 정신병원에 가서 상담을 받아야 할까요?'

어젯밤, 슈이치와 가쿠나카의 채팅은 그렇게 시작되었다.

전국적으로 자살을 방지하기 위해 상담 활동을 벌이는 단체들이 제법 많았다. 저마다 일하는 방식도 천차만별이었다. 전화 상담을 주로 하는 단체, 이메일 상담을 주로 하는 단체도 있었다. 〈레테〉는 휴대폰 전용 앱을 통한 실시간 채팅 방식으로 상담을 해주고 있었다. 실시간 채팅 상담을 받으려면 먼저 휴대폰에 전용 앱을 설치해야 한다. 〈레테〉의 상담원들과 채팅하길 원하는 상담자들이 많았지만 인력이 부족해 원한다고 즉시 연결되지는 않았다. 상담 신청을 했지만 상담을 받지 못한 사람들은 알고리즘을 통해 다음 날 우선적으로 채팅을 배정받게 되어 있었다.

"자, 드세요."

슈이치가 카페모카 잔을 가쿠나카 앞에 내려놓았다. 긴장을 완화시켜주는 달콤한 휘핑크림이 듬뿍 올라가 있었다. 〈레테〉의 상담원은 모두 합해 열다섯 명이었고, 비상근 자원봉사자들이었다. 사회적으로 도움이 되는 일을 하고 싶어 뛰어든 정년 퇴직자, 타인과의 대화를 좋아하는 주부, 복지 관련 직업을 갖기 전 준비 단계로 경험을 쌓으려는 대학생도 있었다. 슈이치는 전직 교사였고, 상담원들을 통솔하는 역할을 맡고 있었다.

새벽 3시가 자살을 고민하는 사람들에게는 가장 위험한 시간대였다. 〈레테〉는 밤 9시부터 다음 날 아침 6시 사이에 최소 3명에서 5명까지 상담을 진행했다.

가쿠나카는 카페모카 잔에 살짝 입을 대었다가 떼더니 다시 고개를 숙였다. 한꺼번에 두 사람을 상대하면 압박감을 느낄 수 있기에 슈이치는 조금 떨어진 자리에 앉아 있었다.

가쿠나카는 허공에 시선을 둔 채 침묵을 유지했다. 고스케는 상담자가 부담을 갖지 않도록 나무들이 울창한 숲으로 시선을 돌렸다. 억지로 캐묻지 않는 게 상담의 기본이었다.

〈레테〉에서는 상담자를 '토커(이야기하는 자)'라고 부르고, 상담원을 '리스너(듣는 자)'라고 불렀다. 상담원보다는 상담자가 상담의 주인공이라는 원칙을 지키기 위해 붙인 명칭이었다.

상담자가 '죽고 싶다'는 말을 할 때 상담원이 일방적인 조언 일색으로 상담을 진행하는 건 바람직하지 않았다. 자살을 고민해온 사람들은 일방적인 조언을 들을 경우 '상담원이 자신의 문제에 대해 깊이 이해하려 들지 않는다.'고 생각해 마음의 문을 닫아 버리기 일쑤였다. 우선 상담자가 편안하게 이야기를 털어놓을 수 있는 분위기를 만들어준 다음 자연스럽게 대화를 나누면서 스스로 해결책을 찾아낼 수 있도록 분위기를 조성해주는 게 가장 바람직한 상담 방식이었다.

가쿠나카가 다시 입을 열었다.

"정신병원에 가야 할까요?"

어렵사리 입을 연 상담자를 적절한 대화로 유도하는 게 상담원의 역할이었다.

"혹시 가족이 있습니까?"

"아뇨, 혼자 삽니다."

"정신병원에 가야 하는지 고민하시는 걸 보니 뭔가 괴로운 일이라도 있으셨나 봅니다."

"죽고 싶어서 손목을 그었습니다."

가쿠나가가 말한 정보를 토대로 재빨리 분석해보았다.

가족이 있다면 도움이 되겠지만 가쿠나가는 혼자 살고 있었다. 그는 자신이 정신병원에 가야 할지 생각하게 만든 원인에 대해서는 말하지 않았다. 뭔지 모르지만 그 말을 하는 것에 대해 심리적 저항감이 커 보였다. 그렇다면 먼저 심리적 저항 요인을 제거하고 정신병원에 갈 수 있도록 유도하는 게 가장 바람직한 해법이 될 듯했다.

고스케는 어떤 식으로 대화를 풀어가야 할지 잠시 머릿속으로 생각을 정리해 보고 나서 물었다.

"정신병원을 싫어하십니까?"

"네, 당연하죠. 정신병원을 좋아하는 사람도 있나요?"

"혹시 과거에 가본 적이 있습니까?"

"네, 잠시."

"그 당시에 뭔가 안 좋은 일을 경험했습니까? 가령 담당 의사 선생님과 궁합이 맞지 않아 낭패를 본 분들도 많거든요."

은연중 상담자의 편이라는 암시를 주었지만 가쿠나카는 여전히 입을 꾹 다물고 아래를 내려다보고 있었다. 방어벽을 단단하게 치는 상담자라 접근 방식을 달리 할 필요가 있겠다는 생각이 들었다.

"저는 예전에 은행에서 일한 적이 있습니다. 한때 안 좋은 일들이 많아 기분이 몹시 우울했습니다. 가급적 빨리 정신과 의사를 만나 상담을 받았더라면 좋았을 텐데 정신병원에 대한 저항감이 커 차일피일 미루다 보니 병이 점점 악화되더군요. '나는 나약한 사람인가 봐. 다른 사람들은 안 좋은 일이 있어도 모두들 별일 아니라는 듯 씩씩하게 이겨내고 잘 살아가는데 나는 왜 이럴까?' 하며 내 자신을 책망하게 되더군요. 우울증도 점점 더 심해졌고요. 더는 버티지 못하고 정신과 의사를 찾아가게 되었고, 결국 마음의 평화를 찾게 되었습니다."

가쿠나카는 뭔가 마뜩찮은 듯 잔뜩 인상을 찌푸리고 있을 뿐 여전히 입을 꾹 다물고 있었다. 고스케는 자신이 겪은 경험담을 들려주면 가쿠나카가 스스로 공감 요소를 찾아내고 대화에 응해줄 거라고 기대했는데 그의 얼굴을 보아하니 전혀 감흥이 없어보였다. 그가 자해를 했다면 분명 심각한 문제가 있다는 뜻인데 고민의 핵심이 무엇인지 간파하기 힘든 상대였다.

가쿠나카는 어떤 도움을 필요로 하고 있을까?

어쩌면 금전적인 문제일 수도 있었다. 가쿠나카는 자리에 앉자마자 비용에 대해 물었다. 만약 비용이 걱정돼 병원에 갈 수 없는 처지라면 일단 지자체의 생활복지과를 소개해줄 필요가 있었다.

그때 입을 꾹 닫고 앉아있던 가쿠나카가 갑자기 큰 소리로 말했다.

"저는 억지로라도 정신병원에 가야 할지, 아니면 그냥 버텨도 되는지 물었는데 왜 자꾸 엉뚱한 이야기만 하십니까?"

대화가 전혀 예기치 않은 방향으로 흐르고 있었다.

"죄송합니다. 저 혼자 이야기를 너무 많이 했네요. 자, 이제 가쿠나카 씨가 이야기할 차례입니다."

"이미 말했다시피 저는 어제 손목을 그었어요."

"처음입니까?"

"처음은 아닙니다."

"뭔가 해결하기 힘든 문제가 있군요. 일과 관련된 문제입니까? 아니면 인간관계 때문인가요?"

"모르겠습니다."

"모르겠다고요?"

고스케는 자신의 목소리에서 따지는 것 같은 뉘앙스가 묻어난 걸 느끼고 곧바로 자책했다. 점점 더 가쿠나카와 공감대를 찾을 수 있는 기회를 잃어가고 있었다.

"정신병원에 가야 할까요? 아니면 가지 않아도 될까요? 저는 단지 그걸 알고 싶을 따름입니다."

슈이치가 걱정스러운 눈초리를 보내왔다.

"간단한 질문이잖아요. 손목을 그은 사람은 억지로라도 정신병원에 가야 할까요? 아니면 가지 않아도 될까요?"

결코 간단하게 대답할 수 있는 질문이 아니었다. 상담자에게 도움이 되는 답변을 해주려면 좀 더 구체적인 이야기를 들어봐야 하는데 상대의 얼굴 표정을 보아하니 더 이상 털어놓을 마음이 없어 보였다.

가쿠나카의 손이 떨렸다. 못처럼 생긴 금속의 끝부분이 그의 엄지와 검지 사이에서 반짝였다.

고스케는 자기도 모르게 자리에서 일어서려다가 겨우 참았다. 그의 심리가 상담자에게 전달될 경우 이야기를 들을 수 있는 기회가 영영 사라질 수도 있으니까.

"왜 자해를 시도했는지 좀 더 구체적인 이야기를 들으면 그 질문에 답하기가 훨씬 수월할 텐데요."

다음 순간, 가쿠나카가 자리에서 벌떡 일어섰다. 고스케도 저절로 몸이 퉁겨오를 듯했지만 가까스로 억눌러 참았다. 상대가 혹시 기습적인 공격을 가할 수도 있다는 생각에 잔뜩 긴장했는데 가쿠나카는 일어서자마자 몸을 돌려 자리를 떠나 버렸다.

고스케는 그의 뒷모습을 허탈한 표정으로 지켜볼 수밖에 없었다.

"괜찮아요?"

슈이치가 걱정스러운 표정을 지으며 다가왔다.

고스케는 온몸에서 식은땀이 났다.

"상담자가 손에 못처럼 생긴 흉기를 지니고 있었어요."

"정말 큰일 날 뻔했네요."

"자해를 시도한 것 말고는 아무런 이야기도 하지 않아 대화의 문을 열기가 힘들었습니다."

"사고 없이 무사하게 끝나 천만다행입니다. 제가 좀 더 일찍 눈치를 챘어야 하는데 미숙했어요."

공포가 물러선 자리에 익숙한 감정이 자리 잡았다.

무력감.

사람의 감정은 생각 이상으로 복잡했다. 솔직한 이야기를 들려주지 않는 한 상대의 마음을 헤아리긴 어렵다. 설령 상대가 구체적인 이야기를 들려준다고 해도 적절한 해결책을 찾아내기란 쉽지 않았다.

고스케는 실패한 상담이라는 걸 자인하지 않을 수 없었다. 그 무엇으로도 상쇄할 수 없는 무력감이 엄습해왔다.

또 상담에 실패했어.

고스케는 자책감을 느낄 때마다 머릿속에 나타나는 '일그러진 얼굴'이 있었다. 무력감을 느낄 때에도 어김없이 나타났다. 피카소 그림에 나오는 인물처럼 일그러진 얼굴.

일본에서 해마다 자살로 생을 마감하는 사람들이 2만 명에 육박했다. 고스케는 지난 5년간 〈레테〉에서 활동하며 자살을 막아보려고 애썼지만 언제나 성에 차지 않았다.

슈이치가 미소를 지으며 위로의 말을 건넸다.

"너무 괴로워하지 마세요. 대표님과 상담하고 나서 목숨을 건진 사람도 많잖아요. 상담자들은 저마다 성향이 천차만별이고, 바라는 것도 각양각색이라 모두를 충족시키긴 어렵다고 봅니다."

고스케는 천천히 심호흡을 했다.

상담자들 가운데 〈레테〉의 도움을 받고 새로운 삶을 찾은 사람들도 제법 많았다. 일본 사회 전체를 바꿀 수는 없다고 하더라도 작은 변화를 만들어내는 것만으로도 충분히 의미 있는 일이긴 했다.

"슈이치 씨, 고마워요."

바로 그때 테이블에 놓아둔 휴대폰 벨이 울렸다. 업무용 채팅방에서 온 연락이었다.

투고가 들어온 채팅방은 〈엘릭서(Elixir)*〉였다. 〈레테〉에서는 업무용 채팅방을 용도에 따라 달리 운용했다. 〈암리타(Amrita)**〉나 〈소마(Soma)***〉처럼 동서고금의 신화에 등장하는 영약 이름을 붙인 방도 있었다.

〈엘릭서〉를 열자 미야코가 써놓은 글이 눈에 들어왔다. 고스케는 글을 보는 순간 크게 경악했다.

'이치카와 히로유키 씨가 자살했다는 연락을 받았습니다.'

---

* 연금술에서 만병통치 불로불사 될 수 있다고 전해지는 영약

** 인도신화에 나오는 생명수

*** 베다 신화에 나오는 신들의 음료

2. 고스케 8월 9일

이치카와 히로유키가 했던 말이 떠올랐다. 고스케가 〈레테〉를 설립한 계기가 되었던 말이었다.

'고스케 씨는 선한 의지가 강한 분입니다. 자살하려는 사람들을 돕는 데 가장 이상적인 분이지요.'

고스케는 어린 시절부터 착한 아이라는 말을 자주 들었다. 친구가 장난감을 빌려달라고 하면 돌려받지 못할 수도 있다는 걸 뻔히 알면서도 빌려주었고, 두 살 위 누나가 그의 손 안에 있는 젤리를 달라고 할 때도 지체 없이 건네주었다. 친구에게 빌려준 장난감을 돌려받지 못하거나 젤리를 먹지 못하는 것보다 상대방이 기뻐하는 모습을 보는 게 훨씬 더 즐거웠기 때문이었다.

고스케는 초등학교 5학년 때 너무 착해서 문제가 된 적이 있었다.

6명이 해야 하는 화장실 청소를 혼자서 하다가 학생주임에게 발각되었다. 아이들에게 집단 괴롭힘을 당한 건 아니었고, 모두들 화장실 청소를 싫어해 그냥 혼자 했던 것뿐이었다. 고스케는 한사코 좋아서 한 일이라고 주장했지만 그의 부모는 학교를 찾아가 부당한 처사라며 따지고 들었다. 그 결과 다른 아이들의 부모가 학교로 찾아와 사과하는 불상사가 빚어졌다. 고스케는 그때 아무리 선한 의도로 한 일이라도 반드시 좋은 결과로 이어지지는 않는다는 걸 깨닫게 되었다.

고스케는 대학을 졸업할 때까지 어느 특정 분야로 진로를 정한 적이 없었다. 취업에 대해 진지하게 고민한 적도 없었다. 막연히 여기저기에 지원서를 냈는데 은행에서 합격 통지서를 받았다. 은행에 들어간 첫해에는 도쿄도내의 오오타구 지점에 배치되어 연수와 순환보직을 겸하다가 중소기업을 상대로 하는 대출 업무를 맡게 되었다.

은행 일은 생각보다 간단하지 않았다. 고집 센 중소기업 사장들을 상대하는 건 그리 쉬운 일이 아니었다. 매일 밤 거래처 사람들과 회식을 하다 보니 몸과 마음이 지쳐갔다. 게다가 상사와 궁합이 맞지 않는다는 게 무엇보다 힘들었다.

고스케의 상사는 은행에서 '손톱'이라는 별명으로 통했다. 그는 매월 수하 직원들이 주어진 할당량을 채우지 못할 경우 여지없이 닦달을 가했다. 실적이 좋은 직원 이름을 거론하며 '누구누구의 손톱에 낀 때를 달여 마셔.'라며 질책했다.

고스케는 심한 닦달을 당하더라도 고객의 입장을 최우선적으로 고려했기에 눈앞의 실적에 연연하지 않았다. 동료 직원들은 그냥 적당히 넘어가도 상관없다고 했지만 고스케는 언제나 고객들의 입장을 먼저 생각했다.

상사로부터 툭하면 닦달을 당했지만 일을 그만두고 싶은 생각은 없었다. 급여가 두둑한 편이었고, 일을 하면서 고객들에게 도움을 줄 수 있다는 게 무엇보다 마음에 들었다.

"고스케 씨가 애써준 덕분에 부도를 막을 수 있었습니다."

고스케는 그런 말을 들을 때마다 은행원이 되길 잘했다는 생각이 들었다. 고스케가 은행에서 일한 지 2년이 되었을 때 미국의 거대 투자은행인 리먼 브라더스가 파산하면서 세계 금융 위기를 맞게 되었다. 그 결과 닛케이 주가가 5천 엔이나 하락하게 되었다. 그 이전까지 일본 경제는 완만한 회복세를 보이고 있었고, 금융권도 대출을 늘려가는 상황이었는데 갑자기 악재가 터지는 바람에 미처 대비책을 세울 겨를도 없이 경제가 휘청거렸다.

은행은 대출을 급격히 줄였고, 부도 위험이 큰 거래처에서 채권을 회수하기 시작했다. 고스케도 거래처를 돌며 대출해준 돈을 받아내야 했다. 웃으면서 빌려준 돈인데 저승사자처럼 인상을 찌푸리며 받아내야 한다는 게 서글펐다.

"대출금을 갚지 않을 경우 담보로 잡은 공장 건물을 경매에 넘길 수밖에 없습니다."

"인간쓰레기 같은 놈."

어느 중소기업 사장이 분노를 삭이지 못하고 내뱉은 말이었다.

"도움을 주게 되어 기쁘다더니 이제 와서 말을 싹 바꿔 버려? 차라리 목을 매고 죽으라고 해, 비열한 자식아."

돈이 하루아침에 인간관계를 그토록 심하게 바꿔놓을 수 있다는 게 놀라웠다. 중소기업 사장 입장에서 보자면 분노가 치미는 게 너무나 당연했지만 좋은 해결책이 없었다.

집으로 돌아가는 길에 상사가 말했다.

"우린 어차피 말단 직원이야. 은행에서 시키는 대로 하면 그만이야. 은행원으로 살아가려면 이런 일에 익숙해져야 해. 설령 저 인간이 목을 매 죽더라도 우리와는 상관없는 일이야."

상사는 위로가 되길 바란다는 듯이 고스케의 어깨를 두드려 주었다. 고스케는 그 말을 듣는 동안 등골이 오싹해지는 소름을 느꼈다.

은행원이 되려면 누군가 목을 매고 죽는 일에 익숙해져야 한다고?

은행에 계속 남아 있다가는 머리가 이상해질 것 같았다.

언젠가 나도 후배에게 똑같은 말을 해주어야 하겠지?

그 무렵 만난 사람이 바로 이치카와 히로유키였다.

"고스케."

미야코가 옆에서 손을 잡아 주었다.

고스케는 그제야 과거에서 벗어났다.

미야코가 손을 놓은 자리에 알사탕이 남았다.

"변변히 먹은 것도 없을 텐데 당분 섭취라도 해둬."

알사탕을 입에 넣자 단맛이 입안 가득 번져갔다. 마음속을 그득먹하게 채우고 있던 먹구름이 조금이나마 옅어진 느낌이 들었다. 히로유키가 죽었다는 연락을 받은 지 벌써 한 달 반이 지났다. 그의 죽음을 받아들이기 힘들어 회피해오고 있었지만 이제는 현실을 직시할수밖에 없게 되었다. 히로유키의 유족들이 만나서 할 얘기가 있다는 뜻을 전해왔기 때문이다.

"너무 괴로워하지 마. 당신 탓이 아니잖아. 자살 결심을 굳힌 사람에게는 그 어떤 조언도 귀에 들어오지 않는 법이야."

미야코는 무테 안경을 쓰고 있었고, 복장은 회색 정장이었다. 평소 캐주얼 복장을 선호하지만 자리의 성격에 따라 회색이나 검정색 정장을 입었다.

누군가 죽기로 결심할 경우 아무리 가까운 가족이나 친구도 막을수 없었다. 사람의 생각을 뜻대로 제어할 수는 없으니까. 상담자의 자살에 대해 매번 무거운 책임감을 느껴야 한다면 상담 업무를 지속하기 어렵다. 다만 안타까운 죽음 앞에서 일도양단하듯 '이미 죽은 사람이니까.'하며 넘겨버리기도 쉽지 않았다. 고스케는 상담 업무를 시작한 지 5년이 지났지만 상담자가 목숨을 끊게 될 경우 무력감에 빠져들었다. 그럴 때마다 마음 깊은 곳에서 누군가 속삭이는 소리를 들어야 했다.

당신이 하는 일은 아무런 의미가 없어.

*

고다이라역 근처에 있는 카페에서 히로유키의 누나 미오와 만나기로 약속했다. 신주쿠에서 전철을 타고 30분쯤 걸리는 거리였다. 고다이라역은 변두리라서인지 비교적 한산했다.

"오랜만입니다."

미오가 자리에서 일어나 인사했다. 척 보기에도 핼쑥한 얼굴에 자살 유족다운 그늘이 짙게 드리워져 있었다. 도저히 받아들이기 힘든 슬픔을 겪은 유족의 피로감이 얼굴에 그대로 묻어나 있었다.

"삼가 조의를 표합니다. 많이 힘들었을 텐데 아무런 도움이 되지 못해 송구합니다."

"너무 부담 갖지 말아요. 고스케 대표님이 히로유키를 위해 누구보다 많이 애썼다는 걸 알아요."

미오의 대답과 동시에 옆에 앉은 미야코가 테이블 아래에서 허벅지를 꼬집었다. 고스케는 그제야 실수했다는 걸 깨달았다. 유족들역시 자살을 막지 못한 것에 대해 자책감을 갖기 마련이었다. 다른 사람이 도움을 주지 못해 송구하다고 할 경우 유족들의 자책감을 가중시킬 수도 있었다.

내 심리 상태가 불안정하다는 증거야.

고스케는 은행에서 추심 업무를 하느라 괴로웠던 시절에 인터넷 마작에 빠져들었다. 회사와 집을 정신없이 오가야 하는 바쁜 나날 속에서 잠시나마 한숨을 돌리려고 시작했는데 너무 깊이 빠져들었다. 그와 함께 온라인 마작을 즐기던 사람들과 SNS로 자주 대화를 주고받게 되었다.

　히로유키는 그때 알게 된 사람 가운데 하나였다. 그는 대학 3학년 학생으로 홍보대행사에서 인턴으로 일하고 있었다. 언젠가 고스케는 SNS로 히로유키의 취업 상담을 해주었다.

　'저도 고스케 씨처럼 안정적인 회사에 들어가 누나를 안심시켜 주고 싶어요.'

　히로유키는 긍정적이고 활달한 성격이었다. 늘 쾌활하고 밝은 청년이었는데 구직 활동을 시작하면서부터 자주 우울해했다. 고스케는 자살 상담을 시작하면서 구직 활동이 사람의 심신을 얼마나 피폐하게 만드는지 알게 되었다. 학생들에게는 사회인이 된다는 것 자체가 큰 변화이자 스트레스였다. 취직을 하게 되면 고루한 꼰대로 여겼던 어른들에게 90도로 허리 굽혀 인사해야 하고, 어떤 지시를 내리든 고개를 끄덕이며 따라야만 하니까. 권위적인 직장은 요즘 젊은이들의 세계관이나 정체성과 전혀 부합하지 않는 이단의 구역이었다.

　직장을 구하려는 젊은이들에게 구직 활동은 불합리한 경쟁이었다. 회사마다 채용 기준이 달라 탈락한 이유가 뭔지 알 수 없는 가운데 불합격 통지서를 받는 경우가 허다했다. 몇 차례 탈락의 고배를 마시게 되면 자기도 모르게 심리적으로 크게 위축되기 일쑤였다. 가뜩이나 마음이 심란한데 취직이 결정된 친구들이 점점 늘어나게 되면 심한 열패감에 빠져들 수밖에 없었다.

잔뜩 위축된 심리 상태가 지속되다 보면 자신의 능력에 대해 깊은 의구심을 갖게 될 수도 있었다. 일본에서도 해마다 취직에 실패해 자살하는 사람들이 늘어나고 있는 실정이었다. 언론은 취업에 실패해 자살하는 젊은이들의 행태에 대해 이해하기 힘들다는 비판적 보도를 쏟아내는 경우가 많았지만 직접 당해본 사람이 아니면 그 고통을 알 수 없는 법이었다.

히로유키는 본의 아니게 리먼 브라더스 사태의 유탄을 맞게 된 피해자였다. 금융 위기가 밀어닥치자 기업들은 신규 채용을 아예 하지 않거나 대폭 줄였다. 히로유키는 몇몇 회사의 채용 시험에 지원했지만 번번이 불합격 통지서를 받아들어야 했다.

오늘도 또 불합격이야. 나름 최선을 다했는데 왜 탈락했지? 나는 정말 능력이 없는 건가? 어디에서부터 내 인생이 꼬인 걸까? 내가 좌절해 죽어 버리면 나를 떨어뜨린 면접관 놈들이 조금이나마 미안하게 생각할까?

SNS에 분노에 휩싸인 글이 올라왔다. 일반적으로는 누가 올린 글인지 알 수 없었다. 어디 하소연할 곳이 없어 SNS에 씁쓸한 소회를 담아 글을 올려 봐도 위로해줄 사람은 없었다. 오히려 끝까지 외면담하기 십상이었다.

고스케는 SNS에 올라온 글을 보고 즉시 히로유키에게 연락을 취했다. 이내 답장이 왔고, 몇 차례 메시지를 주고받고 나서 직접 만나 이야기를 나누기로 약속했다.

이제 와 생각해보면 그 당시에는 고스케 역시 심신이 피폐해있던 때였다. 매일이다시피 고객들에게 전화를 걸어 추심을 강요해야 하는 일상을 반복하다 보니 혹시 고객들 가운데 자살하는 사람이 나오지는 않을지 심각하게 우려하지 않을 수 없었다. 그렇다고 고객들의 입장을 일일이 고려해주었다가는 상사로부터 심한 닦달을 당해야 했기 때문에 이러지도 저러지도 못하고 속만 바짝바짝 타들어갔다.

히로유키를 인터넷상에서 처음 대했을 때만 해도 무척이나 쾌활한 성격이라고 생각했는데 직접 만나보니 키가 크고 호리호리한 체구에 매우 얌전한 청년이었다.

고스케는 히로유키를 만나자마자 술집으로 데려갔다. 히로유키는 술을 마시기 시작한 지 얼마 되지 않아 울음을 터뜨렸다.

"이렇게 살아가느니 차라리 죽는 게 낫겠어요."

그날, 고스케는 난생처음으로 얼굴을 마주한 상대로부터 죽고 싶다는 말을 들었다. 그 말을 듣는 순간 머릿속이 암담해졌다.

취업하기 힘들다고 죽는다면 이 세상에 살아남을 사람이 얼마나 있겠어. 인생은 롤러코스터야. 지금은 어렵더라도 머지않아 좋은 날이 올 테니까 힘을 내.

나름 조언해줄 말들을 준비해갔지만 히로유키의 깊은 절망 앞에서 과연 어떤 말을 해주어야 할지 알 수 없었다. 어쭙잖은 조언보다는 차라리 히로유키의 말을 귀 기울여 들어주는 게 나을 듯했다. 그의 아픔을 이해할 수 있어야 해결책을 찾아낼 수 있을 테니까.

히로유키는 눈물을 흘리며 마음에 담아두었던 이야기를 털어놓았다. 그는 고민을 토로하면서 점차 심리적인 안정을 찾아갔고, 마지막에는 어느 정도 기운을 차린 듯 표정이 밝아보였다.

"고스케 씨와 이야기를 나누다 보니 마음이 한결 편안해졌습니다. 자살 방지 상담센터 같은 곳에서 일하면 큰 도움이 되겠어요."

고스케는 헤어지기 직전 히로유키가 해준 말을 듣는 순간 귀가 번쩍 뜨였다. 어린 시절에 돌려받지 못하리라는 걸 뻔히 알면서 친구들에게 장난감을 빌려주었고, 누나가 하나밖에 없는 젤리를 달라고 하면 두말없이 양보했다. 그런 일들이 새삼 의미 있는 한 묶음으로 연결되는 느낌이 들었다.

누군가를 돕는 것이야말로 내가 가장 잘할 수 있는 일이 아닐까?

고스케는 그날 이후 자살 방지 상담센터에 대해 깊은 관심을 갖게 되었다. 일본에서만 하루에 100명 가까운 사람들이 스스로 목숨을 끊는다는 통계 자료를 보고 깜짝 놀랐다. 언론은 살인 사건은 주목하지만 자살 사건에는 그다지 관심을 보이지 않았다.

세상에는 히로유키와 비슷한 아픔을 겪는 청년들이 수없이 많았고, 그들은 변변한 도움을 받지 못하고 혼자 고뇌하다가 스스로 목숨을 끊고 있었다.

세상이 외면한 그들을 구하는 게 나에게 주어진 임무가 아닐까?

고스케는 자살 방지 상담센터를 설립하기로 마음먹고 은행에 사직서를 제출했다. 그 후 3년이 지나 서른 살이 된 고스케는 임상심리사 자격을 취득했고, 마침내 자살 방지 상담센터 〈레테〉를 설립했다.

고스케는 미오의 목소리를 듣고 현실로 돌아왔다.

"고스케 대표님이 히로유키에게 많은 도움이 되었다는 걸 알고 있어요. 진작 찾아뵙고 인사를 드렸어야 마땅한데 차일피일 미루다가 이제야 뵙게 되었네요. 정말이지 송구하기 그지없습니다."

"그동안 힘들고 경황이 없었을 텐데 아무런 도움을 주지 못해 죄송합니다."

미오는 지난 일 년 동안 사람들을 만나고 다닐 기력이 없어 집 안에 틀어박혀 지냈다고 했다. 고스케는 진작 히로유키의 죽음을 알았더라면 하는 아쉬움이 컸지만 어느 누구보다도 괴롭고 힘든 날들을 보냈을 미오를 탓할 수는 없었다.

히로유키는 결국 취업에 성공했지만 입사 6년째에 적응 장애 진단을 받고 회사를 그만두었다. 그 무렵 히로유키는 상담을 받기 위해 〈레테〉를 방문했다. 고스케는 그때 히로유키의 누나 미오를 만나 본 적이 있었다.

"히로유키의 죽음과 관련해 뭔가 미심쩍은 부분이 있습니까?"

고스케의 질문에 미오는 조용히 고개를 끄덕였다.

미오는 며칠 전 히로유키의 죽음과 관련해 의논할 게 있다는 메일을 보내왔다.

'고스케 대표님을 찾아뵙고 히로유키의 죽음에 대해 의논할 일이 있습니다.'

미오가 마침내 입을 열었다.

"히로유키는 비즈니스호텔 옥상에서 뛰어내렸어요. 유서를 단 한 줄도 남기지 않아 무슨 이유로 스스로 목숨을 끊었는지 전혀 알 수가 없었죠."

"자살을 시도하는 사람들 가운데 유서를 남기거나 주위 사람들에게 자살을 암시하는 말을 남길 확률은 7, 80퍼센트쯤 됩니다. 가족에게조차 이유를 밝히지 않고 목숨을 끊는 경우도 없지는 않습니다."

설령 자살 원인을 알 수 없다고 하더라도 너무 답답해하지 말라는 뉘앙스를 포함한 말이었다.

"히로유키가 복사기 영업을 했었다고요? 혹시 야근이 지나치게 많다거나 인간관계 때문에 괴로움을 토로한 적이 있습니까?"

"늦어도 8시에는 퇴근해 집으로 돌아왔고, 인간관계도 원만한 편이었어요."

"실례지만 히로유키가 은행에 상환하지 못한 채무를 남겼다거나 지인들에게 돈을 빌리지는 않았던가요?"

"채무 관계는 전혀 없었어요."

"건강은 어땠나요? 혹시 심각한 지병을 앓고 있지는 않았습니까?"

"건강은 좋았어요. 다만 부모님과 한동안 교류를 하지 않고 소원하게 지내왔습니다. 물론 부모님의 장례식 때는 다녀갔지만요."

미오와 히로유키 남매는 고다이라에 위치한 맨션에서 함께 살아왔다. 치바에 사는 부모님과는 사이가 안 좋아 둘 중 누군가 결혼하면 독신인 사람이 방을 비워주는 조건으로 함께 살았다.

'보나마나 제가 집을 나가야 하겠죠. 누나는 남자들에게 제법 인기가 많으니까.'

〈레테〉에 왔을 때 히로유키는 그런 농담을 했고, 미오가 지체 없이 그의 머리에 알밤을 먹였던 기억이 났다. 그들 남매는 각별히 사이가 좋았다.

흔히 자살의 동기는 채무 관련 문제, 인간관계, 건강 문제, 생활고 때문인 경우가 많았다. 히로유키의 죽음은 일반적인 자살 동기와 전혀 부합되지 않았다.

"혹시 뭔가 짚이는 게 있습니까?"

미오는 테이블에 놓인 커피 잔을 망연히 바라보고 있었다.

옆자리에 앉은 미야코가 견디지 못하고 뭔가 말하려는 순간 고스케가 발끝으로 그녀를 살짝 건드려 주의를 주었다.

미오가 마침내 입을 열었다.

"고스케 대표님, 이제부터 제가 하는 말을 비웃지 않고 끝까지 들어주실 수 있겠어요?"

"걱정하지 말고 말씀해 보세요."

"혹시 이상한 소문이 날 수도 있어 그동안 이야기를 꺼내지 못하고 주저했습니다. 아무쪼록 저에게 들은 이야기는 끝까지 비밀로 해주시기 바라요."

미오는 본격적인 이야기를 꺼내기에 앞서 계속 망설이는 기색을 보였다.

"〈레테〉는 고객들의 비밀 정보를 외부로 유출하지 않으니까 걱정하지 않아도 됩니다."

"자, 그럼 고스케 대표님을 믿고 이야기를 시작할게요. 이 세상에 단지 보는 것만으로도 자살 충동을 느끼는 영상이 존재할까요?"

미오가 무슨 말을 하기 위해 갑자기 영상 이야기를 꺼냈는지 언뜻 이해가 되지 않았다.

"영상을 보고 나면 자살을 시도할 수밖에 없는 그런 영상이 있을까요?"

"그런 말은 처음 들어봅니다."

미오는 가방에서 작은 종이 상자를 꺼내 테이블에 내려놓았다.

고스케는 상자를 여는 순간 눈이 휘둥그레졌다. 상자 안에 커다란 고글이 들어있었다.

"이 고글이 히로유키가 스스로 목숨을 끊은 호텔방에 남아 있었어요."

3. 고스케 8월 13일

화로에서 닭다리를 굽는 냄새가 가득했다.

고스케는 우에노의 꼬치구이 집에서 누군가를 기다리고 있었다.

테이블에는 미오가 두고 간 고글이 놓여있었다. 〈센징(神經 Shenjing)〉이라는 VR(Virtual Reality 가상 현실)용 고글이었다. 스키의 고글과 겉모양은 비슷하게 생겼지만 앞쪽 렌즈가 비교가 안 될 정도로 두꺼웠다. 〈센징〉은 중국계 벤처 기업이 3년 전 발매한 제품이었다. 3만 엔이라는 비교적 싼 가격에 고품질의 VR 체험을 할 수 있어 가성비 최강의 제품으로 명성이 자자했다.

"히로유키는 죽기 직전까지 VR 영상에 빠져 지냈어요."

어느 날 미오가 퇴근해 집으로 돌아오니 히로유키가 〈센징〉을 머리에 쓰고 있었다. 히로유키는 평소에도 소형 디지털 기기를 모으는 게 취미였다. 그날도 뭔가 새로운 기기를 샀거니 여기고 그다지 의미를 두지 않았다.

　그 이후 히로유키는 줄곧 방에 틀어박혀 〈센징〉을 쓰고 지냈다. 처음에는 자기 전에 잠깐 쓰고 있는 정도였는데 시간이 지날수록 히로유키가 맨 얼굴로 있는 걸 보기 힘들 정도가 되었다. 아무리 생각해도 히로유키의 상태가 심상치 않아보였다. 방에 틀어박혀 무얼 하는지 물으면 VR 영상을 본다고 했다. 휴일에는 식사도 거르고 하루 종일 방에 틀어박혀 지냈다.

　"그런 모습들을 보고 있자니 어찌나 답답하던지 도대체 무얼 보는데 하루 종일 방 안에만 틀어박혀 지내는지 물었죠. 끝내 변변한 대답을 듣지 못했어요."

　잠시 그러다가 말 줄 알았는데 히로유키는 VR 영상에서 헤어나지 못했다. 미오가 견디다 못해 주의를 주자 히로유키가 크게 반발했다. 히로유키가 그날처럼 격렬하게 화를 낸 적이 없었기에 미오는 문득 공포심을 느꼈다.

　히로유키는 VR 영상에 빠져 결국 회사를 그만두었고, 한 달 후 집을 나가 버렸다.

　미오는 히로유키가 다녔던 회사의 동료들과 학창 시절 친구들을 만나보며 동생의 행방을 찾아 나섰지만 끝내 만날 수 없었다. 히로유키가 집을 나간 지 일주일쯤 되었을 때 경찰서에서 연락이 왔다.

　"이치카와 히로유키가 동생입니까?"

"네, 그런데요?"

"동생이 비즈니스호텔 옥상에서 뛰어내려 숨졌습니다."

경찰서에 갔을 때 호텔방에 남아있던 〈센징〉을 돌려받았다. 미오는 동생이 자살한 이유가 아무리 생각해 봐도 석연치 않았다. 누나에게 한마디 말도 없이 목숨을 끊은 히로유키를 원망하는 마음이 일기도 했고, 자신이 혹시 과도하게 따져 묻는 바람에 동생의 죽음을 재촉하지는 않았는지 돌아보며 자책하기도 했다. 히로유키가 VR 영상에 빠져들기 전만 해도 그들은 말다툼 한번 하지 않았을 만큼 각별하게 사이좋은 남매였다.

"지난 일 년 동안 단 하루도 히로유키를 죽게 만들었다는 자책감에서 벗어날 수 없었어요. 그야말로 지옥에서 살다시피 했죠."

*

고스케는 〈센징〉을 들어 올렸다. 부품이 많아서인지 생각보다 묵직했다. 그때 누군가 뒤에서 강력한 팔로 목을 조여 왔다. 팔의 힘이 바이스처럼 완강했다. 서둘러 항복 의사를 표했지만 상대는 팔의 힘을 풀지 않았다. 눈앞이 희미해지며 정신을 잃기 직전에야 상대는 목을 조이고 있던 팔의 힘을 느슨하게 풀어 주었다.

고스케는 숨을 몰아쉬며 등 뒤를 돌아보았다.

"전쟁터였다면 넌 벌써 저세상으로 갔을 거야."

시로마 추가 등뒤에 서있었다. 큰 키에 가슴과 팔 근육이 유난히 발달해 보는 것만으로도 위압감을 느끼기에 충분했다.

"전쟁터에 이렇게 맛있는 꼬치구이 집이 있을 리 없잖아."

추가 이를 활짝 드러내 보이며 웃었다. 그는 고교 동창생으로 휴대폰 애플리케이션 개발자였다. 요즘은 기업에서 작업을 의뢰 받아 회사원들의 업무 능력 제고를 위한 애플리케이션을 개발하고 있었다. 〈레테〉의 채팅 앱도 추가 만들어 주었다. 채팅에 실패한 사람들에게 우선적으로 기회를 부여하는 알고리즘도 그가 개발했다. 채팅 앱에 필요한 기능을 추가할 때마다 그의 도움을 받았다.

"사장님, 일단 캐모마일 차를 한 잔 주시고, 닭 가슴살과 다리살, 목살, 풋고추로 된 꼬치로 부탁해요."

추가 자리에 앉자마자 카운터에 앉아있는 주인에게 말했다. 추는 알코올과 카페인이 들어간 음료는 사절이었다. 캐모마일 차와 강한 양념 꼬치는 아무리 봐도 어울리지 않는 조합이었는데 추는 늘 두 가지를 한꺼번에 주문했다.

캐모마일 차가 나오자 추가 건배를 제의했다. 고스케가 맥주를 한 모금 마시고 잔을 내려놓았을 때 추가 가볍게 그의 뺨을 톡톡 두드렸다.

"얼굴에 살이 붙은 거야, 아니면 부은 거야?"

"서른다섯이면 살집이 붙을 나이도 되었지."

"당과 지방, 단백질 함유량을 철저하게 계산해 식사를 하면 절대로 살이 찌지 않아. 시간이 나면 나처럼 도장에 나와서 운동을 해. 초보자 코스도 있고, 파워 랙도 설치되어 있어서 운동하기에 그만이야."

추는 대학 졸업 후 주짓수를 배우기 시작했다. 고교 시절에는 호리호리한 체형이었는데 주짓수를 배우면서 격투가 스타일의 다부진 몸매로 갈아타는 데 성공했다.

"주짓수는 너무 격렬해서 내가 감당하기 힘든 운동이야."

"주짓수가 아니더라도 평소 운동을 해야 한다는 뜻이야. 달리기나 자전거도 괜찮아. 일상생활에 반드시 운동을 포함시켜야 해. 운동하는 습관이 붙으면 전혀 힘들이지 않고 즐겁게 할 수 있어."

"자, 이제 운동 얘기는 그쯤 해두고 본론으로 들어가 볼까?"

고스케는 바닥에 놓인 고글을 들어 테이블에 올려놓았다.

"〈센징〉이잖아?"

역시 추는 첨단 기기에 대해 잘 알고 있었다.

"너도 VR을 경험해본 적 있어?"

"호기심이 생겨 해본 적은 있지만 아직은 정확한 메커니즘을 몰라."

"작년에 상담자 가운데 하나가 자살했어."

고스케는 히로유키가 자살로 생을 마친 이야기를 자세히 들려 주었다. 히로유키는 자살 직전 VR 영상에 푹 빠져 지냈다. 그가 자살한 호텔방에 〈센징〉이 남아 있었다.

"히로유키는 VR 영상에 푹 빠져 무리한 행위를 하고 있었지. VR 영상이 그의 자살과 직접적인 관련이 있는지 조사해볼 필요가 있어."

"누구나 그러지 않나? 나도 뭔가에 빠지면 한 달 정도는 식음을 전폐하고 몰입하니까.”

“너랑 상담자를 직접 비교하는 건 불가능해. 상담자의 누나는 동생이 VR 약물 영상에 빠져 사고 체계에 혼돈을 일으킨 건 아닌지 의심하고 있어.”

“네가 방금 전에 말한 약물 영상이 존재하는 건 사실이야. 다만 약물 영상을 보는 동안 가벼운 환각 상태를 일으킬 뿐이야. 약물 영상으로 인간을 죽음으로 몰아넣을 수 있다면 진작 군사적으로도 이용했겠지.”

“나도 그럴 가능성은 낮다고 생각했어.”

“네가 보기에는 뭐 같아?”

“게임.”

잔뜩 풀어져 있던 추의 눈동자가 갑자기 반짝였다.

“상담자가 VR 환경에서 게임에 빠져들었던 건 아닐까?”

추의 눈빛이 무섭게 변해 있었다. 그의 면전에서 게임 이야기를 꺼내는 건 암묵적 금기사항이었다. 예전이라면 그에게서 신작 게임에 대한 설명을 듣는 게 당연한 수순이었지만 최근에는 게임과 관련된 이야기는 아예 꺼낼 수조차 없었다.

고교 시절부터 재능이 각별했던 추는 대학을 졸업하고 나서 게임 개발자가 되었다. 추는 공부를 열심히 하지 않아도 성적은 늘 최상위 클래스였고, 다양한 책을 읽어 지식이 풍부했다. 다만 가깝게 지내는 친구가 거의 없었다. 상대를 배려할 줄 모르는 외골수 성격 탓이었다. 무능한 교사에게는 노골적으로 불신감을 표했고, 동급생들을 멍청이 혹은 돌대가리라며 공격했다. 다른 사람이 하는 말은 아예 듣지도 않고 늘 자기주장을 앞세웠다.

고스케가 그와 친해진 건 어쩌면 필연이었다. 추는 풍부한 상상력과 강한 호기심을 바탕으로 게임을 개발하는 걸 즐겼고, 누군가에게 자신이 개발한 게임 이야기를 들려주고 의견을 청취하고 싶어 했다. 고스케는 다른 사람의 말을 진지하게 들어줄 수 있는 포용력을 갖추고 있다는 게 미덕이었다. 추와 고스케는 너무나 잘 맞는 환상의 조합을 이루게 되었다. 고스케는 어떤 분야에 푹 빠져든 적이 없었기에 추의 이야기를 듣는 게 신선하고 즐거웠다. 추가 자기중심적이라는 건 부정할 수 없었지만 가까이 지내다 보니 제법 순수하고 착한 면이 많다는 걸 알게 되었다.

"획기적인 게임을 만들어 세상을 발칵 뒤집어놓고 싶어."

추는 처음 만났을 때부터 이미 게임에 푹 빠져 있었다. 비디오 게임뿐만 아니라 보드게임, 종이와 펜만 있으면 즐길 수 있는 놀이에 이르기까지 게임에 관한 한 전혀 막힘이 없을 만큼 해박했다.

고스케는 방과 후 추의 집이나 오락실에 들러 다양한 게임을 즐겼다. 추는 고교 시절에 이미 게임 제작을 시작했다. 그가 고교생 시절에 개발한 〈블록 깨기〉는 누구나 쉽게 빠져들 만큼 재미있는 게임이었다.

추는 대학에 입학하자마자 뜻이 통하는 친구들과 팀을 만들어 본격적인 게임 개발에 착수했다. 그들이 개발한 게임 가운데 하나가 세상에 널리 알려지게 되었고, 대형 게임 업체에서 팀을 통째로 채용하고 싶다는 의사를 전해왔다.

추와 친구들은 특별전형으로 게임 회사에 입사했고, 입사 7년차 때에는 게임 역사상 최고의 화제작을 만들었다. 3D 액션 게임 〈리볼버〉가 바로 추와 친구들이 만든 게임이었다.

주인공은 탄환 여섯 발이 장착된 회전식 권총(리볼버) 한 정을 들고 주어진 미션을 수행한다. 형식은 단순하지만 내용이 풍성하고 재미있는 게임이었다. 주인공이 건물에 잠입해 목표물을 암살하거나 여섯 명의 용의자 가운데 하나를 가려내 사살하기까지 일정한 룰 안에 다양한 게임이 들어 있었다.

〈리볼버〉는 공전의 히트를 기록했고, 추는 게임 업계에서 전도유망한 샛별로 떠올랐다. 추는 서둘러 차기작 개발에 착수했다. 그는 국제사회의 갈등 문제, 인종 차별 문제, 종교 문제처럼 논쟁적인 요소가 들어있는 주제를 가미해 감동적인 스토리로 구성한 SF 액션 게임을 선보일 계획을 갖고 있었다. 그는 새로운 게임으로 세상을 발칵 뒤집어 놓을 자신감에 차있었다. 고스케를 만날 때마다 그는 늘 열정에 사로잡혀 차기작의 비전을 이야기했다.

추는 이제 더 이상 게임을 개발하지 못하게 되었다. 3년 전, 게임 회사에서 추방되었기 때문이다.

"혹시 〈푸른 고래〉라는 게임에 대해 들어본 적 있어?"

고스케는 게임 회사를 떠나온 추 앞에서 게임 얘기를 꺼내기 쉽지 않았지만 용기를 내 질문을 던졌다.

추가 고개를 저었다.

"한때 게임 업계의 시선을 집중시켰던 게임이야. 러시아에서 개발한 게임인데 사이트에 등록하면 운영자로부터 매일 미션을 부여받게 돼. 이용자는 주어진 미션을 클리어하는 동안 정신적인 궁지에 몰리게 되고 끝내 자살에 이른다고 해. 처음에는 공포영화를 보거나 우울한 음악을 듣는 미션이 주어져. 지극히 단순한 미션이라 어렵지 않게 수행할 수 있지만 이용자는 자기도 모르게 정신적인 대미지를 축적하게 되는 거야. 게임이 진행될수록 난이도가 점점 더 높아지고, 최종 단계에서는 높은 곳에서 뛰어내리라는 미션을 부여받는다고 해. 이용자는 이미 깊숙이 세뇌되어 망설이지 않고 높은 곳에서 뛰어내린대."

"실제로 미션을 수행하다가 죽은 사람이 있어?"

"러시아에서만 130명 이상이 목숨을 잃었어."

"130명?"

추 역시 깜짝 놀란 눈치였다.

고스케는 목숨을 잃은 사람들을 숫자로 나타내는 걸 싫어했다. 어쩌다가 죽음에 이르게 되었는지 구체적인 사연이나 배경에 대한 설명도 없이 숫자 속으로 모든 의미가 매몰되어 버리기 때문이었다. 다만 사망자가 130명이나 된다면 숫자 자체로도 특별한 의미를 갖게 된다. 130명은 결코 적은 숫자가 아니니까. 아무리 인면수심의 연쇄살인범이라고 해도 130명을 살해한 경우는 없으니까.

"〈푸른 고래〉 사건은 사이트 운영자가 체포되면서 마무리되었어. 그 후에도 유사한 자살 게임이 만들어져 유통되고 있다는 소문이 파다했지만 희생자가 발생한 적은 없어. 다만 언제든지 제2의 〈푸른 고래〉가 나올 가능성을 배제할 수 없다고 봐야지."

"그러니까 넌 지금 VR 게임용 〈푸른 고래〉가 등장했다고 생각하는 거야?"

"희생자는 죽기 직전까지 매일이다시피 〈센징〉을 머리에 쓰고 있었어. 단순히 영상만 보는 경우에는 그렇게 오랜 시간 집중할 수 없겠지만 게임은 달라."

"네 말을 듣고 나서 세 가지 의문이 생겼어. 첫 번째, VR 게임을 하다가 사망한 사람이 있다는 말은 처음 들었어. 아무튼 희생자가 사망한 지 일 년이 지났으니 만약 자살 게임이 실제로 존재한다면 지금쯤 또 다른 희생자가 다수 발생했어야 마땅해. 자살 게임 개발자가 단지 한 사람의 희생자를 목표로 게임을 개발하지는 않았을 테니까."

"일리 있는 지적이야."

"두 번째는 자살 게임이 존재한다고 치더라도 어떤 경로를 통해 입수할 수 있을까? 경찰청 사이버수사대가 눈에 불을 켜고 감시망을 펼치고 있는 환경을 어떤 방법으로 무력화할 수 있을까?"

"인터넷에서 다운로드할 수 있는 방법이 있지 않을까?"

"〈센징〉은 전용 스토어가 있고, 다른 곳에서는 애플리케이션을 인스톨할 수 없어. 일반적으로 애플스토어나 구글플레이가 아니면 애플리케이션을 구할 수 없듯이 〈센징〉 스토어에서 제품을 등록하려면 사전 심사 과정을 거쳐야 해. 결론적으로 자살 게임을 개발했다고 하더라도 정식으로 유통되는 상품으로 올려놓을 수 없다는 얘기야."

"듣고 보니 그러네."

"세 번째는 자살 게임을 개발하는 문제야."

"개인이 자살 게임을 만들 수는 없다는 뜻이야?"

"산술적으로는 가능하지만 게임을 개발하려면 다수의 전문가들이 필요해. 최소한 일곱 명의 전문가가 있어야 하지. 우선 프로그래머가 있어야 하고, 3D 그래픽 디자이너도 필요해. 음악과 효과음을 만드는 사운드 디렉터도 있어야 하고, 엔지니어도 반드시 있어야 하지. 〈푸른 고래〉처럼 SNS에서 미션을 내려주는 정도라면 간단히 해결될 수 있는 문제겠지만 VR 환경에서 완벽한 시스템을 갖춘 게임을 개발하려면 기술적으로 넘어야 할 장벽이 너무 많아."

추의 분석을 듣다 보니 그동안 알쏭달쏭했던 문제들이 해소되어 가는 느낌이 들었다.

"자살 게임이 존재한다는 사실을 눈으로 확인한 사람이 있어?"

"자살자의 누나가 〈센징〉을 쓰고 VR 영상을 봤다고 했어."

미오는 하루 종일 방 안에 틀어박혀 지내는 히로유키가 걱정되어 딱 한 번 〈센징〉을 써봤다고 했다.

"그녀가 〈센징〉을 썼을 때 북유럽의 아름다운 거리가 펼쳐져 있었다고 했어. 영상이 어찌나 생생한지 현실과 구분이 되지 않을 정도

였대."

미오는 이렇게 말했다.

'도로 양옆으로 다양한 형태의 집들이 늘어서 있었어요. 지붕 위에는 눈이 살짝 쌓여 있었고, 그 위로 빨려 들 듯 파란 하늘이 펼쳐져 있었죠. 영상이라고 하기에는 너무나 사실적인 풍경이라 깜짝 놀랐어요. 혹시 기괴한 영상을 보게 될까 봐 크게 걱정했는데 너무나 아름다운 풍경이어서 안심했죠.'

"혹시 VR 산책용 애플리케이션이 아니었을까? 그런 프로그램은 흔해."

"히로유키의 누나는 〈센징〉을 쓰고 있다가 동생에게 들켰나 봐. 히로유키가 정색한 얼굴로 불같이 화를 내더래."

히로유키는 그런 일이 있은 후 집을 나갔다.

"히로유키는 왜 그토록 아름다운 풍경을 누나에게 보여주려고 하지 않았을까?"

추는 다시 깊은 생각에 잠기며 팔짱을 끼었다.

"〈센징〉을 나에게 빌려줄 수 있어? 조사해볼 게 있어서 그래."

"얼마든지 빌려줄 수 있지만 누군가 〈센징〉의 애플리케이션을 모두 삭제해버려 지금은 아무것도 남아 있지 않아."

"내가 가져가 조사해보면 뭔가 알 수 있겠지."

추는 〈센징〉을 받아들고 한참 동안 들여다보았다. 그의 눈빛이 호기심으로 빛났다.

4. 고스케 8월 22일

"이상으로 젊은이들의 자살 충동을 어떻게 제어할 수 있을 것인지에 대해 이야기해 봤습니다."

강연을 마치고 인사를 하자 방청석에서 박수가 터져 나왔다.

고스케는 방금 전 자살 방지 상담센터 연합이 개최한 강연회에 연사로 참석해 발언을 마쳤다. 고토구의 지자체 화관에서 열린 강연회에 많은 방청객들이 몰려 자살에 대한 높아진 관심을 실감케 했다.

고스케에게 강연은 일상적인 업무 가운데 하나였다. 그는 자살 상담뿐만 아니라 논문을 쓰기도 하고, 미디어에 실을 칼럼을 쓰기도 했다. 지자체에서 공무원들을 대상으로 자살 대책 교육을 진행할 때 강사로 초빙되기도 했다.

"그럼 지금부터 질의응답 시간을 갖겠습니다. 궁금한 점이 있으면 무엇이든 물어봐 주십시오."

이번 강연회의 방청객들은 공무원과 일반인이 절반 정도씩 섞여 있었다.

고스케는 손을 든 사람들 가운데 헌팅캡을 쓴 초로의 남자를 지목했다.

"강사님은 자살 상담 경험이 많으니까 제 질문을 듣고 좋은 해결책을 찾아줄 수 있을 거라 기대합니다. 혹시 사고사로 위장해 자살하는 방법이 있을까요?"

뜻하지 않은 질문에 강연회장이 술렁거렸다.

"제가 왜 이런 질문을 했는지 솔직하게 털어놓겠습니다. 얼마 전제가 평생 경영해온 회사가 도산했습니다. 개인 재산도 전부 담보로 잡혀 빚을 청산하고 나면 그야말로 빈털터리가 됩니다. 제 나이가쉰다섯이라 재기는 불가능에 가깝고, 차라리 죽어 버리면 홀가분하겠는데 저를 평생 뒷바라지 하느라 갖은 고생을 다한 아내가 마음에걸려 무심하게 떠날 수는 없더군요. 아내를 위해 사망 보험금이라도남겨주고 싶은데 혹시 좋은 방법이 없을까요? 자살로 판명되면 사망 보험금을 받을 수 없기에 하는 소리입니다. 제발 저에게 사고로위장해 죽을 수 있는 방법을 가르쳐 주세요."

질문한 남자도 알고 있듯이 자살하면 보험금을 수령할 수 없었다. 상황에 따라 일부 수령하는 경우도 있었지만 사고사나 일반적인 병사와 비교하자면 수령액에 큰 차이가 있었다.

〈레테〉에서 일하는 동안 자연스럽게 익힌 보험 관련 지식이 떠올랐지만 위장 자살 방법을 가르쳐줄 수는 없었다.

"유감이지만 그런 질문에는 답변이 불가합니다."

"강사님은 자살 상담 전문가니까 틀림없이 좋은 방법을 알고 있을 텐데, 왜 곤란하다는 거죠?"

"위장 자살은 범죄 행위입니다. 이제 설명이 되었으면 마이크를 다른 분에게 넘기세요."

"아직 궁금한 게 많이 남았습니다. 궁금한 게 있으면 무엇이든 물어보라고 했잖습니까?"

"답변할 수 없는 질문을 하는 경우는 예외죠."

"그럼 제가 생각해둔 방법대로 자살할 경우 보험금을 수령할 수 있을지 여부를 알려 주세요. 자전거를 타고 갓길을 달리면서 차가 오기를 기다립니다. 자전거 앞바퀴에 미리 펑크를 내두었습니다."

"정말 고집이 대단하시네요. 제가 그런 질문에는 답변해줄 수 없다고 몇 번이나 말해야 하나요?"

"그럼 이 따위 강연이 무슨 소용이 있어? 당신은 아무짝에도 쓸모없는 헛소리를 늘어놓은 거야."

남자는 분노에 찬 눈길로 주변을 둘러보았다. 청중들이 겁먹은 표정으로 남자의 눈치를 살폈다.

"혹시 여러분 가운데 제 질문에 답변해줄 수 있는 분이 있으면 손을 번쩍 들어 주세요."

"이제 그만하고 자리에 앉아요!"

누군가 마이크도 없이 외친 소리가 강연회장을 쩌렁쩌렁 울렸다.

미야코가 강연회장 뒤쪽에서 눈에 불을 켜고 남자를 바라보고 있었다.

"제가 하나만 물을게요. 혹시 당신 부인도 방금 전 당신이 말한 계획에 대해 알고 있나요?"

"아내에게는 말한 적이 없습니다."

"부인께서 당신이 자살할 계획을 세우고 있다는 걸 알게 된다면 환영할까요? 당신은 부인을 진심으로 소중하게 생각합니까?"

"네, 소중하게 생각합니다. 저에게는 그 사람밖에 없으니까요."

"우선 부인에게 당신의 진심을 알릴 필요가 있어요. 부인께서는 당신이 죽기를 바라지 않을 겁니다. 당신이 옆에 있어주는 것만으로도 돈으로 환산할 수 없는 위안이 될 테니까요. 부인을 소중하게 생각한다면 생각을 바꿔야 합니다. 그 어떤 경우에도 자살은 좋은 해결책이 될 수 없습니다."

미야코의 눈빛에서 강렬한 불길이 뿜어져 나왔다.

"당신이 죽음을 택한다면 자기만족이 될 수는 있겠지만 부인에게는 평생 벗어날 수 없는 고통을 안기게 될 겁니다."

"그나마 보험금이라도 타야 아내가 여생을 편히 살 수 있습니다. 다른 방법이 없어요."

"당신은 부인을 위해 보험금을 남겼다는 미담의 주인공이 되고 싶죠? 비록 사업은 망했지만 마지막까지 부인에 대한 책임을 다한 남편이 되고 싶죠? 진심으로 부인을 사랑한다면 결코 그래서는 안 됩니다. 당신의 죽음이 부인에게 회복하기 힘든 상처를 주게 될 테니까요."

"내가 살아있어도 아내는 경제적인 압박 때문에 불행한 삶을 살 수밖에 없어요."

"설령 당신이 자살로 생을 마치게 되더라도 보험금을 수령할 수 있을지 자신할 수 없는 상황입니다. 괜히 아까운 목숨만 잃게 될 수도 있다는 뜻입니다. 게다가 자살 방지 상담센터를 운영하고 있는 우리 대표님에게 보험금을 수령할 수 있는 자살 방법을 알려달라고 하는 건 말도 안 되는 요구입니다. 당장 자살하겠다는 생각을 포기하시고 어서 마이크를 돌려주세요."

미야코는 단호하게 말하고 나서 자리에 앉았다.

강연회에 참석한 많은 사람들이 미야코의 카리스마에 압도된 눈치였다. 곤란한 질문을 했던 남자는 그제야 마이크를 돌려주고 자리에 앉았다.

강연회가 끝나고 사람들이 삼삼오오 무리를 지어 흩어지기 시작할 무렵 이마다가 말했다.

"미야코 짱은 역시 멋있어."

50대인 이마다는 스가모에서 〈기즈나(Kizuna)〉라는 자살 상담센터를 운영하고 있었다. 얼굴이 보름달처럼 투실투실했고, 콧수염을 기르고 있었다.

"고스케 군은 마음이 약해서 곤란한 질문을 하는 사람이 있을 경우 단호하게 뿌리치는 방법을 몰라."

이마다가 과장되게 웃으며 고스케의 어깨에 팔을 둘렀다. 은행원 시절에 대했던 중소기업 사장을 연상케 하는 과장된 동작이었다. 이토록 털털한 사람이 섬세한 대응이 필요한 자살 상담을 효과적으로 해낼 수 있을지 의문이었지만 이마다는 해마다 좋은 성과를 내고 있었다. 어느 분야이든 틀에서 벗어난 방법으로 의외의 성과를 거두는 사람이 있기 마련이었다.

"앞으로는 강연회 참석자들을 선별해서 받아야겠어. 아까 그 남자 같은 사람이 들어오면 분위기가 너무 어수선해져서 곤란해."

미야코도 그 말에 동의했다.

"간혹 강연 참석자들 가운데 고통 없이 죽을 수 있는 방법을 가르쳐 달라는 경우도 있고, 함께 자살할 사람이 있는지 알아보고 다니는 경우도 있어요."

이마다가 방금 전까지 남자가 앉아 있던 자리를 바라보며 말했다.

"아까 그 남자가 조금 걱정스럽긴 하네. 참석자 명부에 연락처를 남겨두었으면 내가 전화해 봐야겠어."

"그렇게 해주신다면 정말 고마운 일이죠."

"우린 동업자잖아. 서로 돕고 살아야지."

어느 날 상담을 받으러 왔던 누군가가 갑자기 죽을 수도 있다는 사실이 자살 방지 상담센터를 운영하는 사람들이 마주해야 하는 가장 큰 고통이었다.

가장 적절한 상담을 해주었다는 생각에 내심 흡족해하던 중 상담자가 자살한 사례도 〈레테〉에서만 일 년에 두세 건 정도 발생했다. 그럴 때마다 고스케는 다른 사람이 상담을 맡았더라면 혹시 자살을 막을 수 있지 않았을까 하는 생각이 들어 마음이 괴로웠다.

미야코는 그런 일이 있을 때마다 말했다.

"최종적으로 자살을 막을 수 있는 사람은 본인밖에 없어. 아무리 뛰어난 의사도 자신의 불치병을 고칠 수는 없듯이."

〈레테〉를 설립한 지 2년째 되었을 때 미야코를 만났다. 처음 일 년 동안은 혼자 〈레테〉를 운영하느라 정신없이 바빴다. 밤새 상담을 하고, 낮에는 후원금 모금을 위해 독지가들을 만나고 다녀야했다. 집에 돌아오면 씻지도 못하고 소파에서 곯아떨어지기 일쑤였다.

날이면 날마다 발바닥이 부르트도록 사람들을 만나고 다니다 보니 건강이 급격히 나빠졌다. 계속 혼자 일하다가는 건강도 잃고, 상담의 질도 떨어질 수밖에 없었기에 함께 일할 사람을 알아보기로 했다. 지자체에서 자살 방지 대책 마련을 위해 개최한 공청회에 참석했다가 미야코를 만났다. 비슷한 시기에 대학을 다닌 동갑내기여서인지 공통의 화제가 많았고, 자연스러운 대화가 이루어졌다.

미야코는 대학 졸업 후 도쿄에서 일자리를 구했지만 본가가 있는 센다이로 돌아가 친구가 세운 디자인 회사에서 일했다. 결혼 이후 다시 도쿄에서 살게 된 미야코는 새로운 일거리를 찾고 있는 중이었다. 디자인 회사에 다닐 때 인사와 관리 업무를 총괄한 경험이 있어 〈레테〉의 살림을 맡기기에 적합해보였다. 〈레테〉는 활동비의 대부분을 독지가들의 후원금과 지자체의 보조금을 받아 충당하다 보니 상근 직원의 급여를 최소화할 수밖에 없었다. 고스케의 끈질긴 설득 끝에 미야코는 함께 일하자는 제안을 받아들였다. 미야코가 함께 하자는 제안을 받았을 때 왜 쉽게 결정을 내리지 못했는지 나중에 이유를 알게 되었다.

미야코는 대학 시절에 어머니를 자살로 잃었다. 할아버지가 뇌졸중으로 반신 마비가 오면서 하루 종일 시중들 사람이 필요했다. 미야코의 부모는 둘 다 직장에 나가고 있어 할아버지를 돌볼 여건이 되지 않았다. 어쩔 수 없이 요양 시설에 보내려고 했지만 할아버지는 낯선 환경에서 지내기 싫다며 완강하게 거부했다. 데이 서비스*도 마땅찮아했다. 결국 어머니가 회사를 그만두고 할아버지의 시중을 들 수밖에 없었다.

어머니는 힘들다는 말을 한 적이 없었지만 가끔 볼 때마다 많이 지치고 우울해 보였다. 미야코는 어머니와 통화할 때마다 힘들어한다는 느낌을 받았지만 도울 방법이 마땅찮았다. 고심 끝에 휴학을 하고 센다이 본가로 돌아가겠다고 하자 어머니는 펄쩍 뛰며 반대했다.

"넌 공부나 열심히 해. 여기 일은 내가 알아서 할 테니까."

---

* 일본식 조어로 Day와 Service를 합친 말. 집에서 기거하는 노인을 매일 요양 시설에 보내 목욕이나 간호, 식사 등을 제공하는 서비스

어머니의 반대 의사가 어찌나 확고한지 두 번 다시 휴학 이야기를 꺼낼 수 없었다. 얼마 후 미야코는 어머니가 스스로 목숨을 끊었다는 연락을 받았다. 어머니는 그동안 우울증에 시달렸지만 어느 누구에게도 도움을 요청하지 않고 혼자 감내하려고 했다. 아버지는 어머니가 힘들어한다는 걸 알고 있었지만 마땅한 대안이 없었다. 어머니의 우울증은 갈수록 심해졌고, 할아버지가 잠든 사이 목을 매 생을 마감했다.

"지난 몇 년 동안 어머니를 돌아가시게 했다는 자책감에 시달렸어. 내가 휴학하고 집으로 돌아가 어머니를 도왔더라면 적어도 자살을 막을 수는 있지 않았을까? 내가 휴학하고 센다이로 돌아가겠다고 했을 때 어머니는 당연히 반대할 수밖에 없었을 거야. 어떤 부모라도 대학에 다니는 딸을 휴학시키고 병을 앓는 할아버지 시중을 들게 하지는 않을 테니까. 어쩌면 나는 어머니가 반대하리라는 걸 미리 알고 있었는지도 몰라. 어머니가 그렇게 되고 나서야 좀 더 적극적으로 설득하지 않은 내 자신을 원망했지만 소용없는 일이었지. 한동안 본가에 가기 싫었어. 요양 시설에 들어간 할아버지를 단 한 번도 만나러 가지 않았고, 아버지가 원망스러워 아예 연락을 끊고 살았지."

미야코는 구멍 난 풍선에서 바람이 빠지듯 허탈하게 웃었다.

"언젠가 책에서 보았던 말이 나를 구원해 주었어. '자살은 정해진 수명이다.'라는 말이었지. 사람이 가혹한 환경을 견디지 못하고 자살하는 건 천재지변이나 다름없고, 수명이 다한 것으로 받아들여야 한다는 거야. 우리 가족들은 어머니의 죽음을 막지 못했어. 가슴 아픈 일이지만 나는 이제 어머니가 수명을 다하고 하늘나라로 돌아간 거라 생각하기로 했어. 할아버지는 이미 돌아가셨고, 아버지와 그동안 소원하게 지내왔는데 요즘은 다시 만나고 있어."

미야코가 거기까지 말한 다음 고스케를 넌지시 바라보았다.

"당신이 함께 일하자고 제안했을 때 어쩌면 이 일이 나의 운명인지도 모른다는 생각이 들었어. 자살 방지 상담센터에서 아무리 최선을 다해도 자살하려고 결심한 사람을 막을 방법은 없어. 다만 내 어머니처럼 아무도 관심을 기울이지 않아 스스로 목숨을 끊는 사람은 없어야 하겠지. 나처럼 우울한 기억을 가진 사람이 과연 타인의 목숨을 구하는 일을 해낼 수 있을까?"

미야코의 생각은 자살을 시도하려는 모든 사람들에게 구원의 손길을 내밀어야 한다는 고스케의 생각과 약간의 차이가 있었다. 고스케는 둘이 함께 힘을 합쳐 일하면서 차이를 좁혀 가다보면 이상적인 방향을 찾아낼 수 있을 거라고 생각했다.

미야코는 기대 이상으로 유능해 함께 일한 지 한 달 만에 이름만 대면 알 수 있는 기업과 후원 계약을 체결했고, 지자체의 복지과 직원들과도 긴밀한 협조 관계를 이루었다. 현재 운용하는 자원봉사 시스템도 미야코의 아이디어가 기반이 되었다. 상담원들을 체계적으로 투입할 수 있게 된 덕분에 〈레테〉의 상담 건수는 대폭 증가했다. 미야코가 〈레테〉의 조직 체계를 새롭게 정립하기 위해 애써준 덕분이었다.

미야코의 능력을 높이 산 고스케는 그녀에게 아예 〈레테〉의 대표

자리를 맡아달라고 제안했다. 그러자 미야코는 가당찮은 제안이라며 손사래를 쳤다.

"무슨 소리야? 누가 뭐래도 〈레테〉의 대표는 다미야 고스케야."

미야코는 언제나 예스인지 노인지 입장이 분명했고, 이미 결정한 일에 대해서는 눈치를 살피지 않고 과감하게 추진했다. 대학 시절에 겪었던 좌절의 경험이 미야코를 강한 여자로 거듭나게 한 듯했다.

고스케는 혹독한 시련을 겪은 적도 없었고, 깊은 좌절감을 느꼈을 만큼 어두운 기억을 갖고 있지도 않았다. 자살 방지 상담센터 〈레테〉는 그저 아까운 생명을 하나라도 더 구해내면 좋겠다는 생각으로 설립했다.

강연회장에서 엉뚱한 질문으로 분위기를 어색하게 만들었던 남자를 꼼짝 못하게 만들었던 미야코의 모습이 떠올랐다. 미야코는 정곡을 찌르는 말로 남자를 반박불가 상태로 만들었다. 목소리도 힘 있고 열정적이었다.

"오늘, 수고 많았어. 건배!"

고스케가 샴페인 잔을 들어 올리며 건배를 제안했다. 강연회를 마치고 뒤풀이를 하기 위해 미야코의 단골인 고기 바에 와 있었다. 분위기가 아늑하고 세련되어 언제나 손님들로 북적거리는 집이었다.

미야코의 왕성한 식욕과 열정적인 태도는 서로 밀접한 관련이 있어 보였다. 미야코가 와인 잔을 단숨에 비우자 고스케가 걱정스럽다는 듯이 말했다.

"술을 너무 급하게 마시면 건강에 좋지 않아."

"위스키라면 모를까, 와인은 독하지 않잖아."

"와인도 급하게 마시면 취해."

"내 걱정을 해주는 건 좋은데 당신이야말로 건강 좀 챙겨야겠어. 얼굴이 그게 뭐야? 푸석푸석한 피부에 눈 아래 다크서클 좀 봐."

"히로유키가 정말 안됐어."

미야코는 고기를 자르던 포크와 나이프를 내려놓았다.

"당신 잘못이 아니잖아. 히로유키는 3년 전 고객이고, 그 당시 당신은 최선을 다했어. 상담 결과도 좋았고, 히로유키는 지난 3년 동안 별 문제없이 회사를 다녔잖아."

"하지만 히로유키는 죽었어."

"당신과 무관한 일이야. 차라리 슈이치 씨에게 트라우마 상담을 받아 보는 게 어때? 당신은 아무런 잘못도 없는데 너무 심하게 자책하고 있어."

나는 왜 히로유키에게 자주 연락해 안부를 묻지 않았을까? 나는 왜 히로유키를 구할 수 없었을까?

아무리 자책해봐야 소용없었지만 히로유키에 대한 연민을 쉽게 떨쳐버릴 수 없었다.

고스케가 화제를 돌리려고 할 때 누군가 어깨를 툭 쳤다.

"잘 지냈어?"

시로마 추였다.

미야코의 눈이 휘둥그레졌다.

"추, 오랜만이야."

"그래, 오랜만이야. 미야코 짱."

추가 빈 의자를 당겨와 자리에 앉았다.

미야코가 추와 고스케를 번갈아 쳐다보았다.

"어떻게 된 일이야?"

"셋이서 함께 이야기를 나눌 게 있어서 추를 오라고 했어. 한 시간 정도면 충분하니까 괜찮지?"

"굳이 숨길 일도 아닌데 미리 귀띔했어야지."

추가 합석할 거라고 했으면 미야코는 먼저 자리에서 일어섰을 것이다. 미야코는 추를 좋아하지 않았다. 〈레테〉와 관련해 볼일이 있더라도 추를 직접 대면하기보다는 이메일로 처리하는 걸 선호했다.

"무슨 이야기인데 그래?"

"일전에 추를 만나 VR 게임에 대한 조사를 맡겼어."

그때 어디선가 난데없이 전자음이 울려 퍼졌다. 빠른 8비트 음악이었다. 다른 테이블의 손님들이 못마땅한 표정을 지으며 힐끔 쳐다보았다.

고스케가 말했다.

"추, 어서 음악을 중지시켜."

"그냥 내버려둬. 좋은 음악이잖아."

"다른 손님들이 쳐다보잖아."

"아마 다들 어디선가 들어본 적 있는 음악일 거야. 한때 〈스타 익스플로러〉라는 게임이 유행했잖아. 그 게임의 메인 음악이야."

"이제 알았으니까 음악을 꺼."

"지나치게 사람들 눈치를 살피는 버릇은 여전하네."

추는 그렇게 말하며 가방에서 편의점에서 사온 치킨 샐러드를 꺼냈다.

미야코가 황당하다는 듯 김빠지는 소리를 냈지만 추는 타인의 반응에 일일이 신경 쓰는 스타일이 아니었다.

추가 치킨 샐러드를 먹기 시작했다.

"식당에서 음식을 시켜 먹으면 칼로리 계산을 할 수 없잖아."

요즘 추는 세 시간마다 한 번씩 단백질을 섭취하고 있다고 했다. 방금 전에 울렸던 음악 소리는 세 시간이 되었다는 걸 알려주는 알람이었다. 추는 외부에서 반입한 음식을 먹으면서도 전혀 거리낌이 없었다.

추가 음식을 먹으며 가방에서 고글을 꺼냈다.

"고스케, 이 고글을 써봐."

〈센징〉과는 전혀 다른 제품이었다.

미야코가 황당하다는 듯 소리쳤다.

"여기서?"

추는 장소가 무슨 상관이냐는 듯 미야코를 힐끔 쳐다보았다.

고스케는 어깨를 으쓱하고 나서 고글을 받아들었다.

"VR이 켜져 있는 상태니까 그대로 착용하면 돼."

고스케는 살짝 긴장하며 고글을 썼다.

"오오오……."

갑자기 바닷속에 들어와 있었다. 물고기들이 반짝이는 빛을 반사하며 떼거리로 헤엄치고 있었다. 가오리가 커다란 지느러미를 출렁였고, 거북이 느릿느릿 다리를 휘저으며 유유히 헤엄치고 있었다.

다이버가 360도 카메라로 바다를 촬영한 듯 가끔 안전 철창의 쇠창살이 눈에 들어왔다. 위를 올려다보니 저 멀리 수면이 보였다. 분명 바닷속인데 편안하게 숨을 쉴 수 있다는 게 신기했다. 어느 방향으로 시선을 돌리더라도 바다에서 서식하는 다양한 물고기들과 해초들이 보였다. 언젠가 대형 화면으로 3D 영화를 본 적이 있지만 비교가 되지 않을 만큼 생생한 현장감이 느껴졌다.

"상어다!"

거대한 백상아리 한 마리가 눈앞에 나타났다. 상어는 몹시 화가 난 듯 안전 철창의 쇠창살 하나를 입에 물고 힘껏 흔들어댔다. 안전 철창이 심하게 요동치며 덜컹거리는 소리를 냈다. 백상아리가 고스케의 눈앞에 바짝 붙어 있었다. 머릿속에서 백상아리의 날카로운 이빨에 몸이 갈가리 찢기는 모습이 떠올랐다. 주둥이를 쇠창살 틈새로 밀어 넣으려고 안간힘을 쓰는 백상아리를 대하는 순간 더는 공포를 억제할 수 없었다. 마침내 쇠창살이 조금씩 벌어지기 시작했다. 백상아리가 안전 철창 안으로 머리를 집어넣으며 입을 크게 벌리는 순간…….

"안 돼!"

고스케는 서둘러 고글을 벗었다. 손님들과 종업원들이 일제히 고스케를 쳐다보았다. 미야코는 난처한 표정을 지었지만 추는 태연하게 닭고기를 씹고 있었다.

"백상아리를 보게 되면 공포심을 느끼게 될 거라고 미리 말해 주었어야지."

"마술을 보여주기 전에 어떤 트릭을 쓸지 미리 알려주고 시작하지는 않잖아. VR 영상 체험을 제대로 하려면 공포물이 최고야. 좀 더 무서운 장면을 보길 원한다면 얼마든지 보여줄게. 다양한 귀신들을 볼 수 있는 영상도 있고, 무서운 맹수들이 등장하는 영상도 있으니까."

고스케는 고개를 가로저으며 고글을 추에게 돌려 주었다. 분명 VR 영상이라는 걸 알고 있었지만 현실처럼 생생해 아직도 가슴이 벌렁거렸다. 고스케는 날카로운 이빨로 쇠창살을 벌리던 백상아리의 잔상을 떨쳐버리기 위해 컵에 든 물을 벌컥벌컥 들이켰다.

"자, 그럼 이제부터 본론을 시작해볼까?"

추는 그렇게 말한 다음 가방에서 〈센징〉을 꺼냈다.

"〈센징〉을 분석해보다가 몇 가지 중요한 사실을 알아냈어. 피해자가 사용했던 〈센징〉의 모든 애플리케이션들이 초기화되어 있었어. 쉽게 말해 공장에서 처음 출하될 당시와 똑같은 상태가 되었다는 뜻이야."

"히로유키가 자살하기 직전 초기화시켜 놓았을 수도 있잖아?"

"물론 그렇게 생각할 수도 있지만 내 생각은 달라."

추는 테이블에서 냅킨 한 장을 빼들더니 볼펜으로 사각형을 그린 다음 그것을 다시 둘로 나누었다.

"이건 〈센징〉의 스토리지야."

"스토리지라니?"

"SSD, 즉 데이터를 기억하는 장치. 휴대폰에도 64기가니 256기가니 하는 메모리가 있잖아?"

추가 둘로 나눈 사각형 가운데 하나를 사선으로 검게 칠했다.

"스토리지는 유저가 볼 수 있는 부분과 볼 수 없는 부분으로 나뉘어져 있어. 컴퓨터를 생각해 봐. 우리는 컴퓨터 화면을 볼 수 있어. 다만 다 볼 수는 없고, 눈으로 확인할 수 없는 영역이 따로 있다는 뜻이야."

추가 사선으로 검게 칠한 사각형을 볼펜 끝으로 톡톡 두드렸다.

"컴퓨터를 초기화시켜도 눈에 보이지 않는 영역에 파일이 남아 있는 경우가 있어. 〈센징〉을 분석하다가 이상한 파일을 발견했어. 누군가가 슈레드(Shred)한 파일의 잔해가 남아 있었다는 뜻이야."

"좀 더 쉽게 설명해 봐. 슈레드가 뭐야? 도대체 무슨 말인지 알아들을 수가 있어야지."

"사무실에서 서류를 파기할 때 사용하는 문서파쇄기가 뭔지 알지?"

"나도 그 정도는 알아."

"〈센징〉에도 파일을 파기하는 애플리케이션이 있는데 그게 바로 슈레드야. 쉽게 말해 〈센징〉을 초기화하기 직전 누군가 어떤 파일을 파기한 흔적이 남아있다는 뜻이야. 혹시 히로유키라는 사람이 IT 관련 일을 하는 사람이었어?"

고스케는 고개를 저었다. 히로유키는 소형 디지털 기기를 모으는 걸 좋아했지만 IT 관련 종사자는 아니었다.

"그렇다면 그가 자살하기 전후로 다른 누군가가 파일을 파기했을 가능성이 있어."

"그 파일이 자살 게임이었다는 거야?"

"아직 단정할 수는 없어. 다만 만약 자살 게임이었다면 누군가가 흔적을 지우기 위해 파일을 없애버린 거라고 봐야지."

미야코가 끼어들었다.

"나도 한 가지 물어봐도 돼?"

"당연하지. 궁금한 게 뭔데?"

"누군가가 파일을 지웠다면 그 누군가는 왜 〈센징〉 본체를 가져가지 않았을까? 〈센징〉은 히로유키가 자살한 호텔방에 그대로 남아 있었어. 일부러 찾아와 파일을 지우고 초기화할 바에는 차라리 본체를 가져가는 게 더 쉽지 않았을까?"

추가 질문에 답했다.

"누군가 호텔방으로 직접 찾아온 게 아니라 원격 조작으로 파일을 지운 거야. 〈센징〉에 원격 조작 포트를 만들어 놓았다면 간단한 일이야. 호텔방으로 찾아올 이유가 없지."

고스케가 고개를 절레절레 저으며 말했다.

"왠지 스파이 영화를 보는 것 같은 느낌이 들어."

"원격 조작 포트를 만들려면 고도의 테크닉이 필요하지만 IT전문가라면 그리 어려운 일은 아니야."

이미 예상한 질문인 듯 추의 답변은 막힘이 없었다.

고스케는 내심 추가 〈센징〉에 자살 게임이 들어있지 않았다는 걸 증명해주길 바랐는데 오히려 반대 방향의 결론이 도출된 셈이었다.

고스케가 말했다.

"지난번에 만났을 때만 해도 넌 〈센징〉에 자살 게임이 들어있었을 가능성이 크지 않다고 했잖아? 만약 자살 게임이 들어있었다면 공식 스토어에는 올릴 수 없었을 거야."

"공식 스토어가 아닌 '사설 앱'에 넣어두는 방법이 있어."

고스케는 또 들어본 적 없는 말이 나와 고개를 저었다.

"어려운 문제가 아니야. '탈옥'이나 '루트화'라고도 하는데, 본체를 약간만 손보면 공식 스토어를 경유하지 않는 애플리케이션을 인스톨할 수 있어. 쉽게 말하자면 범인이 미리 애플리케이션을 인스톨해놓고 히로유키에게 〈센징〉을 넘겨줬을 가능성이 있다는 뜻이야."

추는 물을 한 모금 마시고 나서 말을 계속했다.

"일단 왜 그런 VR 게임을 개발했는지는 나중에 생각해보는 게 좋겠어. 게임 개발자가 가장 힘들어하는 문제는 함께할 사람들을 모아 팀을 꾸리는 거야. 최소한 일곱 명 이상의 각 분야 전문가가 있어야 제법 그럴싸한 게임을 개발할 수 있어."

"히로유키가 죽은 건 일 년 전이야. 자살 게임이 널리 퍼졌다면 이미 세상이 떠들썩했어야 마땅해."

추가 미간을 찌푸렸다.

"일반적인 게임의 유통 시스템을 보자면 그렇지만 자살 게임은 전혀 다른 경로를 통해 유포되고 있을 가능성도 있지. 혹시 히로유키를 상대로 자살 게임을 테스트했던 게 아닐까?"

"테스트?"

"당연한 얘기지만 게임 업체에서는 새 제품을 출시하기 전에 테스트를 해. 애써 개발한 게임이 제대로 작동하는지, 혹시 미처 발견하지 못한 버그는 없는지 마지막으로 점검을 하는 것이지. 히로유키는 테스트에 이용되었을 가능성이 커."

히로유키의 웃는 얼굴이 떠올랐다.

"히로유키가 자살 게임의 테스트 대상이 되어 죽은 거란 뜻이야?"

고스케는 흥분을 가라앉히려고 애썼지만 잘 되지 않았다.

"정확한 사실은 알 수 없지만 가능성을 배제할 수 없어. 만약 히로유키를 상대로 자살 게임을 테스트했다면 지금은 보다 더 완벽한 제품을 만들었을 거야. 자살 게임이 이미 널리 유통되고 있을지도 몰라."

VR 영상에서 백상아리가 쇠창살을 벌리고 머리를 안으로 밀어 넣으려고 하던 모습이 눈에 선했다. 현실과 다름없는 VR 자살 게임이 나돈다면 걷잡을 수 없을 만큼 큰 사회적 혼란이 야기될 수도 있었다.

고스케가 신음하듯 중얼거렸다.

"만약 자살 게임이 널리 유통되고 있다면 수많은 피해자들이 양산될지도 몰라."

제2장

1. 구루미 6월 28일

나쓰@시크릿

아플 때나 건강할 때나 그는 내 옆에서 '죽고 싶다.'는 말을 사랑 고백하듯 속삭인다.

나쓰@시크릿

인간은 자신의 선택과 무관하게 태어나지만 죽을 때는 다르다. 갑작스러운 사고로 죽지 않는 한 죽음에는 늘 공포가 따라다닌다. 신이 존재한다면 지금과는 반대여야 한다. 태어날 때는 태어나고 싶은지 의사를 확인해야 하고, 죽을 때는 공포를 느끼지 않고 편안하게 죽을 수 있어야 한다. 결론적으로 신은 존재하지 않거나 무능하다고 볼 수밖에.

나쓰@시크릿

친구가 말하길 '인간은 나이를 먹음에 따라 신체의 퇴행성 변화가 빨라진다. 만약 여든 살에 죽는다면 열아홉 살부터 인생은 내리막길로 들어선다.'라고 했다. 정말일까? 정말이라면 이제 곧 내 인생도 꺾인다. 내게는 그래도 남은 인생이 너무 길게만 느껴진다.

나쓰@시크릿

스타벅스의 차이티라떼는 진해서 좋지만 그는 진한 걸 좋아하지 않는다.

트위터에 연속해서 글을 올리자 각각의 글에 세 개의 '좋아요'가 달렸다. '좋아요'는 상당히 복잡한 개념이다. 글에 공감한다는 의미도 되지만 '힘든 일이 많으면 생에 대해 부정적인 생각을 갖게 될 수도 있죠. 당신이 죽기를 바라지는 않지만 그 기분 이해해요.'라는 의미일 수도 있었다.

누가 '좋아요'를 눌렀는지 확인해보니 '키시', '큐어일니스', '붕장어언어.' 그렇게 셋이었다. 트위터에서 자주 접하는 인물들이었다. '키시'는 등교 거부 중인 중학생으로 하루 종일 마음이 허공에 붕 떠있는 상태에서 애니메이션이나 만화를 본 감상문을 자주 올렸다. '큐어일니스'는 40대 남자로 평소에는 글을 올리지 않고 주로 눈팅만하다가 뭔가에 필을 받으면 정치나 사회 문제를 비판하는 글을 30개 이상 연속으로 올렸다. '붕장어언어'는 리트윗 전문이라 어떤 인물인지 아직 감을 잡을 수 없었다.

도마루 구루미는 등받이에 몸을 기댔다. 커튼을 치고 불을 켜지 않아 해가 솟아오른 아침인데도 방이 어두웠다. 나사가 헐거워진 의자가 아픔을 호소하듯 연신 삐걱거리는 소리를 발했다.

요즘은 트위터에서 친구들과 연결된 적이 없었다. 작년까지 친구들과 서로를 팔로우했던 '좋은날' 계정은 이제 아무도 찾지 않았다. 친구들이 트위터에서 인스타로 자리를 옮겼기 때문이다. 구루미가 '시크릿'에 올려야 하는 글을 실수로 '좋은날'에 올린 것도 친구들이 인스타로 옮기는 데 큰 영향을 끼쳤다.

구루미는 스트레스가 쌓이면 발등을 커터로 그었다. 발등에서 피가 흘러나오는 모습을 찍어 트위터에 올린 적도 있었다. 물론 10초만에 실수라는 걸 깨닫고 사진을 내렸다. 만약 그대로 놓아두었더라면 생각만으로도 아찔한 일이 벌어졌을 것이다.

구루미는 트위터를 나와 인스타에 접속했다. 케이크바이킹의 쇼트케이크, 선샤인수족관의 펭귄, 호텔 미라코스터에서 미키의 귀를 붙이고 얼굴을 애플리케이션으로 장식한 여자아이 사진이 눈에 들어왔다. 독특하고 매력적인 사진들이 저마다 반짝이는 빛을 발하며 '좋아요'를 눌러주길 기다리고 있었다. 구루미는 '좋아요'를 누르는 것에 인색하지 않았다. 자신만만하게 사진을 찍어 올리는 친구들이 부러웠다. 구루미는 재수생이라 대학생 친구들이 올린 사진을 보면 홀로 동떨어진 느낌이 들어 기분이 울적했다. 휴대폰을 내려놓고 수학 참고서를 펼쳤다. 수학 과목은 수학이 아니면 표현할 수 없는 영역이 있어서 좋았다. 허수는 현실에서는 존재하지 않는 숫자인데 수학에서는 있다고 가정하고 계산하는 게 흥미로웠다.

문득 마키노 쇼타의 목소리가 머릿속에서 울려 퍼졌다

'구루미, 넌 머리가 좋으니까 1지망에 무조건 합격할 거야.'

쇼타의 작고 두툼한 손, 단단한 근육, 하굣길에 함께 먹었던 어묵 냄새, 그가 선물한 벙어리장갑의 부드러운 촉감이 연달아 떠올랐다. 구루미는 한숨을 쉬고 나서 수학 참고서를 덮었다. 머릿속에서 쇼타에 대한 생각이 떠오르면 한동안 쉽게 떨쳐버릴 수 없었다.

*

고교 2학년 봄에 쇼타와 친해졌다. 쇼타는 키가 작았지만 배구부에 들어가 리베로로 활약했다. 구루미는 소극적인 성격이라 좋아하는 남학생이 있어도 마음을 털어놓지 못하고 머뭇거리기 일쑤였다. 입학 직후부터 쇼타를 마음에 두고 있었지만 감정을 내비친 적이 없었다.

마카베 아스카가 다리를 놓아준 덕분에 쇼타와 사귈 수 있게 되었다. 아스카는 일학년 때부터 친하게 지낸 친구로 배구부 서포터로 활동하고 있었다. 상대팀 전력 탐색, 간식과 음료수 구입, 선수단 분위기 띄우기 등이 아스카에게 주어진 일이었다.

"너, 쇼타를 좋아하지?"

아스카는 눈치가 빨라 구루미의 속마음을 알아챘다.

"내가 쇼타를 만나게 해줄 테니까 잘해 봐."

구루미는 몹시 부끄러웠지만 쇼타를 진심으로 좋아했기 때문에 고개를 끄덕였다.

"우선 예비 작업이 필요하니까 2주일만 기다려."

2주가 지났을 때 아스카가 다가와 말했다.

"쇼타가 이과 교실에서 널 기다리고 있으니까 어서 가봐."

아스카가 어떻게 소개했는지 모르지만 쇼타는 구루미를 무척이나 친근하게 대해 주었다. 쇼타와 사귀면서 그때껏 전혀 몰랐던 새로운 세계를 발견하게 되었다. 쇼타 덕분에 다른 운동부 아이들과도 친해졌다. 주말이면 쇼타와 함께 신주쿠에 있는 노래방에 가거나 볼링을 쳤다. 이탈리아 요리 전문 식당에서 점심을 먹기도 하고, 디즈니랜드에서 애니메이션이 아닌 진짜 미키마우스를 보기도 했다. V리그 배구 시합을 보러 스미다구에 있는 체육관에 가기도 했다.

생일에 쇼타로부터 핑크골드 목걸이를 선물로 받았다. 쇼타와 첫 섹스도 했다. 쇼타의 품에 안겼을 때 어찌나 긴장했던지 몸이 돌처럼 딱딱하게 굳었다. 구루미는 대인공포증이 심해 소극적이고 낯을 많이 가렸는데 쇼타를 만나면서 차츰 극복되어 갔다. 즐겁고 행복한 날들이었다. 하늘에서 새로운 별을 발견한 듯 설렘과 기쁨이 가득한 날들이었다. 쇼타를 만나면서 커터 칼로 발등을 긋는 습관도 사라졌다.

구루미는 추억 속을 헤매다가 현실로 돌아왔다. 문밖에서 인기척이 느껴졌다.

아빠인가?

구루미는 발소리를 죽이며 걸어가 문 가까이에 귀를 댔다.

희미한 숨소리, 공기에 스며드는 체온, 아빠가 문밖에 와있었다. 심장이 빠르게 뛰기 시작했다. 그 소리가 문밖에까지 들릴 것 같아 콩닥콩닥 뛰는 가슴을 진정시켰다.

아빠는 나를 믿지 못해 수시로 동정을 살피고 있는 거야.

대학 시험에 떨어진 이후 칼로 발등을 긋는 자해 행위를 다시 시작했다. 어느 날 발등을 칼로 긋다가 실수해 칼날이 너무 깊게 박히는 바람에 피가 멎지 않았다. 주방에서 지혈을 하고 있는데 아빠가 깜짝 놀란 얼굴로 다가왔다. 아빠는 피투성이가 된 커터 칼을 보고 이내 상황을 파악한 눈치였다.

그날 이후 아빠의 눈빛이 달라졌다. 구루미가 어디에 있든 의심의 눈길을 거두지 않았다. 혼자 방에 있을 때에도 복도를 조심스레 오가며 방 안의 동정을 살폈다.

아빠가 이제야 방으로 돌아간 듯 기척이 느껴지지 않았다.

어쩌다 이렇게 되었지?

어릴 때부터 정리 정돈 하나는 잘하는 편이었는데 요즘 들어서는 피폐한 심리 상태를 그대로 반영한 듯 방이 온통 뒤죽박죽으로 어질

러져 있었다.

대학에 진학해 쇼타와의 관계를 이어갔어야 했다. 대학에 다니는 친구들처럼 멋진 사진을 찍어 인스타에 올리고 '좋아요'를 받는 기쁨을 누렸어야 했다.

구루미는 휴대폰을 손에 들고 침대에 누웠다. 마음이 내키지 않지만 홀린듯이 '시크릿'을 열었다.

이 세계는 빌딩처럼 다양한 층이 존재한다. 아무리 원해도 스스로 다른 층으로 향하는 엘리베이터에 오를 수 없다. 누구나 더 높은 층으로 올라가길 바라지만 뜻대로 되지 않는다. 그냥 자신에게 주어진 길을 가는 수밖에 없다.

구루미는 자신이 올린 게시물에 '좋아요'가 붙길 기다렸지만 전혀 반응이 없었다. 마음을 떠받치고 있던 기둥이 부러지는 소리가 들려왔다.

이젠 틀렸어. 죽고 싶다.

'죽고 싶다.'는 네 글자를 입력하자 더욱 기분이 암담해졌다. 잠시 기다렸지만 여전히 묵묵부답이었다. 책상 위 연필통에 끼워둔 커터 칼이 눈에 들어왔다. 양말을 벗자 발등에 남아 있는 칼자국이 눈에 들어왔다.

딩동.

구루미는 커터 칼을 집어 들려고 하다가 휴대폰에서 전자음이 흘러나오는 바람에 손길을 멈췄다. 휴대폰 화면에 메시지가 들어왔다는 신호가 떠있었다.

'붕장어연어입니다. 우연히 트위터에 나쓰 씨가 올린 글을 보고 메시지를 보냈습니다.'

붕장어연어는 가끔 서로 '좋아요'를 해준 적이 있지만 전혀 모르는 사이인데 갑자기 메시지를 보내와 당혹스러웠다. 뭐라고 답장을 보내야할지 몰라 망설이고 있는데 추가 메시지가 들어왔다.

'저는 사단법인 〈글로 리브스〉라는 단체에서 일하고 있습니다. 최근 나쓰 씨가 트위터에 올린 글을 보고 대화를 나누어 봐야겠다는 생각을 갖게 되었습니다.'

상대가 사단법인에서 일한다는 말을 들으니 더욱 당혹스러웠다. 구루미는 그런 거창한 단체에서 일하는 사람들과 교류하며 지내고 싶은 생각이 없었다. 그냥 소박하게 '좋아요'를 눌러주면 충분할 텐데 지나친 관심을 보이는 상대가 거북살스러웠다.

'힘든 일이 있으면 언제든 연락 주세요. 나쓰 씨가 무슨 이야기를 하든지 성실하게 들어줄 의향이 있으니까요.'

구루미는 지나치게 진지한 관심을 보이는 상대가 부담스러워 즉시 차단할까 생각하다가 그만두었다. 가끔 '좋아요'를 눌러주는 사람이 하나 더 줄어들게 된다면 마음이 서글플 테니까.

구루미는 휴대폰에서 눈을 떼고 잠시 침대에 누워 눈을 붙이기로 했다. 밀린 공부는 잠을 자고 나서 할 생각이었다.

2. 구루미 7월 27일

"구루미, 우리 헤어지자."

쇼타는 크리스마스이브였던 일요일에 그렇게 말했다. 그가 좋아하는 캔버스 원스타 운동화를 사려고 쇼핑몰에서 만난 직후였다.

"갑자기 왜 그래? 기분 나쁜 일이라도 있어?"

"그런 건 아니지만 헤어지는 게 좋겠어. 요즘 우린 주말이 되어도 만나기 힘든 형편이잖아."

"여건이 그러니까 어쩔 수 없잖아."

쇼타는 학교 추천으로 대학 진학이 결정됐지만 구루미는 국립대학 입학을 목표로 일반 입시를 준비하고 있었다.

"입시 공부를 해야 하기 때문에 시간을 내기 힘들다는 건 알아. 다만 서로를 정말 좋아하는 커플은 아무리 바빠도 시간을 내서 만나.

앞으로는 우리가 만날 수 있는 여건이 더욱 나빠질 거야. 그냥 여기에서 끝내는 게 좋겠어."

"평생 한 번뿐인 대학 입시야. 지금보다 여건이 더 나빠질 일은 없어."

"4학년이 되면 취업 준비를 해야 하고, 졸업 후에는 회사에 나가야 해. 그때도 지금보다 한가하지는 않을 거야."

"먼 미래의 일까지 미리 걱정할 필요는 없잖아."

"먼 미래가 아니라 고작 3년 남았어. 3년은 금세 지나가."

쇼타는 헤어질 구실을 찾고 있는 듯 억지를 부렸다. 그 반면 구루미는 헤어지기 싫어 자꾸만 매달리고 있다는 느낌을 지울 수 없었다.

쇼타는 왜 하필 크리스마스이브에 헤어지자는 말을 꺼냈을까?

슬픔이 밀려왔지만 눈물을 보이지 않아 다행이었다.

"나는 입시 공부에 열중해야 하고, 3개월만 있으면 모든 게 결정돼. 그때 이야기하는 게 어때?"

"차라리 지금 헤어지자. 이제 나를 잊고 입시 공부에 열중하라는 뜻이야."

지나가던 사람들이 일제히 구루미를 쳐다보았다. 사람들의 눈빛에서 악의적인 호기심이 묻어났다. 다들 구루미를 남자 친구에게 차이고 나서 구질구질하게 매달리는 여자로 보는 듯했다.

사람들 앞에서 눈물을 보이지 않기 위해 눈을 꼭 감았다. 더는 동물원 원숭이처럼 사람들의 호기심을 자극하고 싶지 않았다. 그 후 쇼타가 무슨 말을 더 했지만 한마디도 귀에 들어오지 않았다. 눈물을 참느라 다른 것에는 신경 쓸 여력이 없었다. 잠시 후 눈을 떴을 때 불을 타고 눈물이 흘러내렸고, 쇼핑몰 천장이 흐려져 어슴푸레하게 보였다.

요즘도 그때 생각을 하면 슬펐고, 저절로 눈물이 나왔다. 차라리 펑펑 울었다면 이렇게 오래도록 마음이 서글프지는 않았을지도 모른다.

오전 7시였고, 구루미는 아래층 주방으로 향했다. 언제나 그랬듯이 구루미는 식사 준비 담당이었다. 냄비에 물을 조금 붓고 나서 레인지에 올렸다. 냉장고에서 꺼낸 무를 깍둑썰기 해 냄비에 넣고, 말린 전갱이 두 마리를 그릴에 넣은 다음 불을 붙였다. 버터를 녹인 프라이팬에 파마산 치즈를 뿌리고 계란 두 개를 깨 넣었다. 보글보글 물이 끓는 냄비에 된장을 풀고 나서 두부를 썰어 넣었다.

요리는 수학과 비슷했다. 공식에 맞춰 문제를 풀면 정답이 나오듯 음식도 마찬가지였다. 똑같은 재료, 시간, 온도에 맞춰 조리하면 언제나 일정한 음식을 만들 수 있었다. 벌써 몇 년 동안 반복해온 일이라 손이 알아서 척척 움직였다.

구루미는 식탁에 음식을 차려놓고 나서 자신이 먹을 몫을 쟁반에 따로 담았다. 아빠와 식사를 함께하지 않은 지 오래되었다. 엄마가 자주막하출혈로 쓰러져 숨을 거둔 지 7년이 지났다. 그 당시 구루미는 초등학생이었고, 학교에서 돌아와 보니 엄마는 이미 숨진 상태였다.

엄마가 살아있을 때만 해도 집안 분위기가 이러지는 않았다. 영업사원이었던 아빠는 주말에도 접대 골프를 치러 다니느라 자주 집을 비웠다. 직업상 어쩔 수 없는 일이었기에 딱히 불만은 없었다.

아빠의 마흔 번째 생일에 엄마는 금박을 입힌 골프공을 선물했다. 아빠는 반짝반짝 빛나는 골프공을 항상 주머니에 넣고 다녔다.

"골프공을 부적 삼아 호주머니에 넣고 다닌 이후 스코어가 부쩍 좋아졌어."

엄마가 세상을 떠나고 나서 집안 분위기는 급속도로 나빠졌다. 아빠가 회사 일에 몰두하고, 구루미가 공부에 열중할 수 있었던 건 엄마의 헌신적인 뒷받침이 있었기 때문이라는 걸 실감했다.

아빠가 사십구재를 마치고 나서 말했다.

"이제 엄마는 우리와 함께할 수 없게 되었어. 이제 우리끼리 힘을 합쳐 열심히 살아가야 해."

엄마의 빈자리는 예상보다 컸다. 아빠는 여전히 일이 바빠 집에서 보내는 시간이 적었다. 구루미는 초등학교 5학년에 불과했지만 요리와 집 안 청소를 도맡다시피 했다. 사춘기에 접어들면서 아빠와 점점 관계가 소원해졌다. 서로 떨어져 지내는 시간이 많다 보니 무엇을 화제로 삼아 이야기를 나누어야 할지 알 수 없었다. 엄마가 살아있었다면 적당한 화젯거리를 찾아내고, 맛있는 음식을 만들어 먹으면서 어색한 분위기를 화기애애하게 바꾸었겠지만 구루미는 어렸고 성격이 내성적이라 좋은 방법이 떠오르지 않았다.

구루미는 매일 손수 지은 밥을 혼자 말없이 먹는 일이 잦았고, 아빠 역시 식사가 부실한 탓인지 점점 건강이 나빠졌다. 엄마가 하늘로 떠난 이후 4년 동안 근근이 버티던 아빠는 건강 문제로 휴직을 신청하게 되었고, 끝내 회사로 복귀하지 못했다. 구루미가 고등학교에 입학할 무렵이었다.

아빠는 가끔 정장을 갖춰 입고 외출했지만 일을 하러 나가는 것 같지는 않았다. 다행히 저축해놓은 돈이 있어 힘겨운 생활을 이어가고 있었다. 물이 들어오기 시작한 배에 올라 있는 형편이었지만 아빠는 앞으로 어떻게 이 상황을 타개할지 마땅한 계획이 없어보였다.

차라리 엄마가 부러워. 엄마처럼 죽을 수 있었으면 좋겠어.

구루미는 가끔 엄마의 영정 사진을 보며 그런 생각을 했다.

더 이상 고통스러운 현실에 머무르지 말고, 영원한 안식에 들고 싶었다. 그런 생각을 하다가 문득 엄마의 얼굴을 보면 죄책감이 들기도 했다. 엄마는 분명 더 오래 살고 싶었을 테니까.

구루미는 아침 식사가 담긴 쟁반을 들고 2층으로 올라갔다. 아빠의 방 앞을 지날 때 살짝 긴장했지만 말을 걸지 않아 안도의 한숨을 내쉬었다.

혼자 식사하는데 밥맛이 있을 리 없었다. 온 가족이 식탁에 둘러앉아 함께 식사를 하던 시절이 떠올랐다. 그때는 음식이 정말 맛있었다. 아빠는 회사를 그만두고 나서 줄곧 식사를 같이 했는데 그 일이 있고 나서부터 따로 먹게 되었다.

"오늘은 아빠가 맛있는 음식을 만들어 줄 테니까 어디 나가지 말고 집에 있어."

구루미는 아빠가 이례적으로 그런 제안을 해 살짝 기대감을 갖고 집에서 기다렸다. 그날 아빠는 처음 보는 여자를 집에 데리고 왔다. 청소년들에게 심리 상담을 해주는 상담사라고 했다.

구루미를 본 여자가 과장스럽게 인상을 쓰며 말했다.

"어린 나이에 엄마 없이 사는 모습을 보니 정말 안됐네요. 게다가 대학 시험도 떨어졌으니 얼마나 힘들겠어요. 나쁜 일이 있으면 좋은 일도 있는 법이죠. 용기를 내 열심히 공부하면 내년에 더 좋은 대학에 갈 수 있을 테니까 실망하지 말아요. 엄마의 부재가 아쉽겠지만 시간이 지나면 좋은 경험으로 받아들여질 거예요. 어려움을 이겨내려면 긍정적인 사고가 필요해요. 나를 만나 심리 상담을 받게 되면 부정적인 사고를 물리치는 데 큰 도움이 될 거예요."

심리 상담사 여자는 상대의 기분을 전혀 고려하지 않고 자기가 하고 싶은 말을 다하는 스타일이었다. 구루미는 머리가 폭발해버릴 만큼 기분이 언짢아 여자가 돌아간 직후 아빠에게 불만을 쏟아냈다.

"아무런 귀띔도 해주지 않고 심리 상담사를 데려오면 어쩌자는 거야? 난 심리 상담을 받고 싶은 생각이 없으니까 다시는 데려오지 마."

그날 이후 아빠와 얼굴을 마주하고 싶지 않아 식사도 따로 하게 되었다. 구루미가 혹시 자해라도 할까 봐 걱정되는지 아빠는 그 무렵부터 몰래 동정을 살피기 시작했다.

휴대폰 벨이 울렸다. 트위터에 메시지가 들어왔다는 신호였다.

'나쓰 씨, 안녕하세요. 붕장어연어입니다. 오늘은 기분이 어떠십니까? 잠은 잘 잤나요? 오늘부터 날씨가 많이 더워진다고 하네요. 사람의 기분은 날씨와 습도, 기압에도 민감하게 반응하죠. 걱정거리가 있더라도 너무 깊이 매몰되지 말고 가급적 편안한 마음을 유지하면서 충분한 휴식을 취해야 건강에 좋다고 합니다.'

붕장어연어와 트위터로 대화를 주고받기 시작한 지 한 달쯤 되었다. 그가 계속 메시지를 보내오는데 마냥 뭉갤 수도 없어 어쩔 수 없이 답장을 해주었다.

붕장어연어가 메시지를 보내오는 타이밍이 절묘했다. 그는 구루미가 누군가와 이야기를 나누고 싶다는 생각이 들 때마다 메시지를 보내왔다. 붕장어연어와 이런저런 대화를 나누다보면 자기도 모르게 마음이 가벼워졌다.

구루미는 사단법인 〈글로 리브스〉를 검색해보았다. 사이타마현 오미야에 소재한 단체로 지자체에서 지원금을 받아 상담 활동을 펼치는 단체였다. 처음에는 혹시 원조교제를 목적으로 접근한 놈팡이일지도 모른다고 생각해 경계했는데 그런 생각을 한 자신이 부끄러웠다. 〈글로 리브스〉의 대표는 야마시타 유라로 되어 있었다. 얼굴 사진이 없어 인터넷을 검색해 보았지만 동명이인이 많아 누군지 알 수 없었다.

오늘도 붕장어연어와 대화를 주고받는 게 즐거웠다. 아빠에 대한 고민, 재수생이 느끼는 압박감에 대해 털어놓았고, 틈틈이 음악이나 영화 이야기도 나누었다. 붕장어연어는 그 어떤 이야기를 해도 성실하게 듣고 답변해 주었다.

나는 그동안 이런 식의 대화에 굶주려 있었어.

붕장어연어와 대화를 마친 구루미는 잠시 인스타를 둘러보고 나서 공부를 시작하기로 마음먹었다. 어서 대학생이 되어 고교 시절 친구들과 다시 즐거운 대화를 나눌 수 있게 되기를 바랐다. 타임라인에 고교 시절 친구들이 찍은 사진이 다수 올라와 있었고, 일일이 '좋아요'를 눌러 주었다. 친구들의 뇌리에서 멀리 사라진 존재가 되고 싶지 않았다.

거듭 '좋아요'를 누르던 손가락이 갑자기 굳어버리며 심장이 가파르게 뛰기 시작했다. 한 장의 사진이 구루미의 시선을 놓아주지 않았다. 쇼타가 고교 시절 배구부원들과 치바현 시로사키에 있는 해수욕장에 놀러가 찍은 사진이었다. 쇼타는 인스타나 트위터를 하지 않았기 때문에 사진으로나마 얼굴을 보는 건 헤어진 이후 처음이었다. 수영복 차림의 쇼타가 비키니를 입은 아스카와 다정하게 팔짱을 끼고 있었다.

쇼타가 헤어지자고 말한 이유를 한참 나중에야 알게 되었다. 쇼타는 아스카와 사귀기 시작했던 것이다.

'진작 말했어야 하는데 차마 입이 떨어지지 않았어. 너에게는 정말 미안한 일이지만 쇼타를 좋아하게 되었어. 넓은 마음으로 이해해주길 바랄게.'

아스카가 인스타의 다이렉트 메시지로 보내온 글이었다.

처음 쇼타와 사귈 수 있게 다리를 놓아준 친구가 바로 아스카였다. 늘 E컵이라고 자랑하던 아스카의 가슴이 쇼타의 팔꿈치에 살짝 닿아 있었다.

구루미는 휴대폰을 침대 위로 집어던졌다. 공부를 다시 시작하려고 했지만 사진에서 본 아스카의 큰 가슴과 쇼핑몰에서 헤어지자는 말을 하던 쇼타의 목소리가 머릿속을 어지럽혔다.

'차라리 지금 헤어지자. 이제부터 나를 잊고 입시 공부에 열중해.'

아스카의 큰 가슴에 닿은 쇼타의 팔, 엄마의 시신을 화장하고 남은 유골, 문밖에서 딸의 동태를 살피는 아빠, 의식을 잃고 복도에 쓰러져 있던 엄마의 모습이 연이어 떠올랐다.

구루미는 주먹으로 책상을 내리치며 자리에서 벌떡 일어나 연필꽂이에 들어있는 커터 칼을 집어 들었다. 칼날을 발등에 대자 한동안 잊고 지낸 찌릿한 통증이 느껴졌다.

딩동.

칼날을 그으려는 순간 다시 휴대폰에서 신호음이 울렸다.

구루미는 거칠어진 호흡을 가다듬으며 커터 칼을 연필꽂이에 다시 꽂았다. 격정 어린 감정의 파고가 좀처럼 가라앉지 않았다.

'나쓰 씨, 제가 한 가지 제안해도 될까요? 내키지 않으면 응하지 않아도 괜찮습니다.'

붕장어연어가 보낸 메시지가 들어와 있었다.

'인터넷에서 자기계발 그룹을 운영하고 있어요. 나쓰 씨도 관심이 있으면 초대하고 싶습니다.'

3. 고스케 8월 29일

"역시 경찰은 믿을 게 못 돼."

미야코는 도초마에역 근처에 있는 패밀리 레스토랑에서 스테이크를 자르고 있었다.

"경찰은 나라 돈만 축내는 세금충들이 분명해."

"우리도 마찬가지잖아. 그 많은 상담 요청을 전부 다 수용하지는 못해."

"우린 적어도 경찰처럼 죄를 짓지 않은 사람을 체포해 유치장에 가두지는 않잖아. 경찰의 실수로 피해를 입는 경우가 많다는 건 대단히 심각한 문제야."

"일본 경찰만 그런 게 아니야. 태국 치앙마이에 갔을 때 경찰이 마약범으로 오인해 유치장에서 꼬박 하루를 보낸 적도 있고, 체코 프라하에서는 경찰이 지하철 티켓이 다르다며 체포하겠다고 협박하는 바람에 손에 지폐를 쥐어주고 벗어난 적도 있어."

"여행을 좋아하지 않는다면서 외국에는 언제 다녀왔어?"

"사실은 친구에게 들은 이야기야."

미야코는 어렸을 때 집에서 멀리 떠나는 걸 싫어했는데 부모가 여행을 좋아해 어쩔 수 없이 이리저리 끌려 다녀야 했다. 그래서인지 어른이 되어서도 여행을 싫어해 졸업 여행이나 신혼여행도 억지로 다녀왔다.

두 사람은 오전에 신주쿠 경찰서를 방문했다. 구청과 자살 방지 프로젝트를 공동으로 진행하게 되면서 알게 된 경찰이 생활안전과에 근무하고 있었다. 그를 만나 상의할 일이 있어 다녀온 길이었다.

미야코로부터 자살 게임에 대한 설명을 들은 경찰은 즉시 난색을 표했다.

"그 정도 단서로는 수사에 착수하기 힘듭니다. VR 체험을 할 수 있는 고글에 이상한 파일의 잔해가 들어있었다는 게 전부잖아요. 경시청에 사이버 범죄를 담당하는 수사부가 있긴 하지만 단서가 미약해 수사에 착수하기 힘들 것 같네요."

니시신주쿠의 고층 빌딩들 가운데에 도쿄 도청이 있었다. 빌딩 꼭대기는 쌍둥이 탑 구조로 되어 있었다. 권력의 경직성을 상징하듯 하늘 높이 우뚝 솟아 있는 건물이었다.

어느새 미야코의 스테이크 접시가 거의 다 비워져가고 있었다.

"이제 그만두어야 할까 봐. 우리에게는 이 일을 지속할 수 있는 시간도 없을뿐더러 능력도 턱없이 부족하잖아."

"만약 자살 게임이 실제로 존재한다면 다수의 피해자들이 양산될 수도 있어."

"추가 한 말은 너무나 전문적이라서 내가 알아듣기에는 힘들어. 당신은 추의 말을 정확하게 이해한 거야?"

"완벽하게 이해했는지는 모르지만 큰 틀에서는 알아들을 수 있었어. 나는 추의 분석을 믿어. 그 녀석은 보기와 달리 지나치게 과장하거나 허풍을 떠는 스타일은 아니니까."

"추의 말이 전적으로 옳다고 해도 우리가 할 수 있는 일은 아무것도 없어. 게다가 경찰은 단서가 미약하다며 수사에 나서길 꺼려 하고 있잖아."

미야코는 추를 만나 설명을 들은 이후 평소 안면이 있는 사람들을 대상으로 자살 게임에 대해 들어봤는지 조사해보았다. 질문에 응한 사람들 모두가 자살 게임에 대해 금시초문이라는 의사를 피력했다.

"아직 그럴싸한 단서가 없긴 하지만 포기하기에는 일러. 추의 도움을 받으면 조만간 자살 게임을 추적할 수 있게 될지도 몰라."

미야코가 못마땅한 표정으로 한숨을 푹 내쉬었다.

고스케는 그녀의 심정을 충분히 이해할 수 있었다.

〈레테〉가 수용 가능한 상담 건수는 하루에 20건 정도였다. 상담에 따라 각기 내용과 성격이 판이해 소요 시간을 미리 예측할 수는 없었다. 3분 만에 상담을 마치는 경우도 있었고, 채팅으로는 부족해 사무실을 직접 방문하도록 유도해 이야기를 경청한 후 의료기관이나 지방자치단체의 복지부서와 연결시켜 주는 경우도 있었다.

"자살이 일종의 모방 행위라는 건 과학적으로도 밝혀진 사실이야. 19세기에 이미 자살은 타인의 자살에 영향을 받는다는 연구 결과가 나왔어."

고스케의 말을 들은 미야코가 의아한 눈길을 보냈다.

"그 이야기를 꺼낸 이유가 뭐야?"

"자살 게임이 집단 자살 사태를 불러올 수도 있어. 당신도 베르테르 효과*에 대해 들어봤을 거야."

고스케는 자살 게임이 혹시 모방 자살이나 집단 자살 같은 사회적 대참사로 이어지게 될까 봐 깊이 우려하고 있었다. 집단 자살이 유행처럼 번지면 막을 방법이 없었다. 헤븐즈 게이트**와 남미의 가이아나 협동 공화국에서 발생한 인민사원 사건만 해도 9백여 명의 자살자가 나왔다. 전쟁 중 오키나와에서도 집단 자살 사태가 발생한 적이 있었다.

"고글을 쓰고 VR을 체험해본 결과 분명 현실감이 있었어. VR 환

---

* Werther Effect 괴테의 《젊은 베르테르의 슬픔》을 읽은 독자들이 베르테르의 영향을 받아 자살한 것에서 파생된 사회학 용어로 자살이 유행처럼 번져가는 현상을 말한다. 1998년 일본에서 X JAPAN의 멤버 오카다 유키코가 자살했을 당시 수많은 모방 자살이 이어졌다

** 미국 텍사스 휴스턴의 성 토마스 음대 교수 출신인 마샬 애플화이트와 그의 간호사였던 보니 네틀스가 설립한 사이비 종교 집단. 샌디에이고의 맨션에서 애플화이트를 포함해 총 39명이 집단 자살한 시신이 발견되었다

경에서 범인이 폐쇄적인 커뮤니티를 만들어 자살을 부추길 경우 막아내기 쉽지 않아. 우리는 자살 게임에 대한 정보를 확보하고 있어. 〈레테〉는 자살 위험이 있는 모든 사람들에게 손을 내밀어주는 단체야."

미야코는 곤혹스러운 표정을 지으며 디저트로 나온 케이크를 포크로 떠 입에 넣었다.

그때 휴대폰이 울렸다. 추에게서 온 전화였다.

"고스케, 잠깐 시간을 내 우리 집으로 와줘."

"무슨 일인데?"

"긴히 할 얘기가 있어. 너에게 소개시켜줄 사람도 있고."

"집 주소를 문자로 보내줘."

"미야코 쨩에게는 우리 집에 간다고 말하지 마. 그다지 좋아하지 않을 테니까."

"그래, 알았어."

미야코는 이미 전화한 사람이 누구인지 알아챈 듯 불만 어린 표정으로 말했다.

"추가 무슨 일로 오라고 하는지 모르지만 일단 가서 만나봐."

*

추는 오카치마치에서 맨션을 임대해 살고 있었다. 그는 한때 요코하마에 본사를 둔 게임 회사 〈알바트로스〉에서 일했다. 그때만 해도 제법 잘나가던 때라 요코하마 항구의 야경이 한눈에 내려다보이는 고층 맨션에 살며 친구들을 자주 초대했다.

추는 게임 회사를 그만두면서 고층 맨션도 정리했다. 수입이 줄어 고가의 임대료를 내는 게 부담스러웠기 때문이다. 오카치마치의 맨션도 요코하마의 고층 맨션보다는 좁았지만 혼자 살기에는 지나치게 넓은 집이었다. 금발의 마른 청년이 거실 소파에 앉아 있었다.

"고스케, 인사해. 이 친구 이름은 니시노 도무야."

검정색 티셔츠에 너덜너덜한 청바지를 입은 니시노는 고스케를 흘끗 쳐다보았을 뿐 변변한 인사조차 하지 않았다.

"니시노는 컴퓨터 프로그래머야. 지금은 벤처 회사에서 일하는데 본인이 원하면 언제든지 그만둔다는 조건으로 근무하고 있어. 니시노와 나는 IT업계 종사자들이 모이는 회식 자리에서 만나 친구가 되었지. 우린 가끔 만나 서로에게 필요한 정보를 교환하고 있어. 니시노가 〈센징〉을 분석하는 데 큰 도움을 주었어."

니시노가 고개를 절레절레 저으며 말했다.

"저는 그다지 한 일이 없어요. 그 정도 분석은 누구나 다 할 수 있거든요. 차라리 집 나간 고양이를 찾는 게 더 어려울 겁니다."

고스케가 물었다.

"고양이가 집을 나갔어요?"

"저는 고양이를 키우지 않아요. 사실은 집에서 고양이를 키우는 친구가 있는데 최근에 집을 나가는 바람에 열심히 찾고 있나 봐요. 처음에는 쉽게 찾을 수 있을 거라 생각했는데 그리 쉽지는 않은가 봐요. 고양이는 숨바꼭질의 천재이기도 하니까. 생각다 못해 그 일대에 설치된 방범 카메라들을 보기로 했답니다."

"경찰의 협조를 구해야 방범 카메라를 볼 수 있지 않나요?"

"내 친구 중에 방범 카메라 해킹을 취미 삼아 하는 놈이 있습니다. 방범 카메라에서 다운받은 동영상을 보며 술을 마시는 게 취미라니, 정말 해괴한 놈이죠. 아무튼 그놈은 방범 카메라를 해킹하는 게 일도 아니래요."

니시노가 소파에서 등을 떼고 몸을 앞으로 내밀었다.

"방범 카메라를 볼 수 있다면 고양이를 찾는 데 도움이 되겠죠. 녀석이 말하길 방범 카메라의 영상 데이터를 WS 같은 영상 해석 센터에 맡기면 고양이를 찾을 수 있는 프로토 타입 시스템을 만들 수 있을 거라고 하더군요. 고양이 영상을 입력하면 AI가 고양이가 언제 어디에 있었는지 알려 주는 시스템이죠. 프로토 타입 시스템을 만드는 데 약 2주쯤 걸리나 봐요. 내 생각에는 고양이를 찾는 것 말고 다른 분야에 적용해도 제법 쓸모가 있을 것 같아요. 어떻게 생각해요?"

"글쎄요, 저는 한 번도 생각해본 적이 없는 문제라 뭐라 답변하기 곤란하네요."

니시노는 금세 대화의 흥미를 잃은 듯 노트북 화면으로 눈길을 돌렸다.

그때 마침 추가 레몬그라스 향기가 나는 허브티를 내오며 말했다.

"지난 일주일 동안 자살 게임을 개발한 사람이 누군지 조사해봤어. 도저히 궁금해서 견디기 힘든 수수께끼가 하나 있었거든. 그는 왜 하필 자살 게임을 개발했을까? 돈이 되는 프로그램도 많은데 왜 사회적 혼란을 야기할 수 있는 자살 게임이어야 했을까?"

"나도 궁금하네. 왜 그랬을까?"

"게임은 혼자서 제작하기 힘들어. 물론 게임의 종류에 따라 천차만별이지만 원칙적으로 보자면 적어도 일곱 명 정도의 전문가가 필요해. 게임을 제작하는 동안 어려움이 많았을 거야."

추는 테이블에 A4 용지를 내려놓았다. 세 사람의 이름이 적혀 있었다.

"독자적으로 게임을 개발할 능력이 되는 사람들이야. 이들 말고도 몇 명 더 있는 것으로 알고 있어."

"게임은 혼자서 만들기 힘드니까 자주 여러 사람이 한자리에 모여 일을 했겠네?"

"멤버들이 굳이 한자리에 모일 필요는 없어. 혼자 감당해낼 수 있는 부분도 있고, 도움이 필요한 부분도 있으니까. 혼자서는 도저히 해낼 수 없는 일이 있을 때 다른 사람의 도움을 받아야겠지. 물론 멤버 전원이 한자리에 모여 일할 수 있다면 최상의 성과가 나겠지만 그러긴 쉽지 않잖아. 혼자 게임을 주도적으로 만들면서 그때그때 필요한 전문가를 불러들여 일을 맡겼을 거야. 게임 회사에서 실제로 게임을 만들어본 경험이 있는 사람이 훨씬 유리하겠지. 자살자의 누나가 〈센징〉을 머리에 썼을 당시 현실과 다름없는 생생한 화면을 보았다고 했지?"

"분명 VR인데 거리의 모습이 실제와 조금도 다르지 않았다고 했어."

"VR 영상이나 사운드를 만들어내려면 고도의 기술을 가진 전문가가 필요해. 현재 일본에서 그런 기술을 가진 사람은 지극히 한정적이야."

"이 세 사람이 유력 후보들인가?"

A4 용지에 가메자키 요시카즈, 이데이 미키오, 데라시와 가호라는 이름과 각자의 이력이 짤막하게 적혀 있었다.

"혼자서 VR 게임을 만든 적이 있는 프리랜서들이야."

"혼자서 VR 게임을 만들 수 있는 사람이 이 세 사람밖에 없어?"

"VR 게임은 고도의 기술이 필요한 영역이야. 게임 회사에 소속되어 있는 사람들은 시간적 여유가 없을 테니까 탈락시켰어. 이 세 사람은 VR 게임을 만든 전례가 있고, 회사에 소속되어 있지 않은 프리랜서들이야. 지난 2년 동안 이들이 무슨 일을 하며 살았는지 아무도 몰라. 이 세 사람 가운데 하나가 VR 게임을 만들었을 공산이 커."

옆에서 듣고 있던 니시노가 추의 말을 제지했다.

"일리 있는 주장이지만 여전히 의문이 남아."

"어떤 의문이 남는다는 거야?"

"우선 VR 게임을 만든 동기가 뭔지 모르겠어. 사람들을 자살하게 만드는 게임이 왜 필요했을까? 그런 게임을 만들어야 하는 이유가 있다면 무엇일까?"

이번에는 고스케가 나섰다.

"러시아의 〈푸른 고래〉라는 게임은 수많은 사람들을 자살로 유도했어요. 게임 개발자인 필립 브데이킨은 '쓰레기들을 사회에서 제거했을 뿐이다.'라며 나름의 이유를 설명했죠. 사회에 대한 불만이 많거나 세상에 대한 분노가 큰 인물 가운데 간혹 집단 자살을 유도하는 게임을 만든 전례가 있습니다."

"내 생각은 달라요. 사회에 대한 불만이 많은 인물이라면 굳이 고도의 기술력이 응축된 VR 게임을 고집할 필요가 있었을까요? 사람들을 죽이고자 했다면 얼마든지 다른 방법이 있잖아요. 집단 자살을 노렸다면 차라리 사이비 종교 집단을 만드는 게 훨씬 효과적이지 않았을까요? 왜 굳이 고도의 기술이 필요한 VR 게임을 만들었을까요?"

"VR 환경을 이용할 경우 강력한 자살 동기를 만들어낼 수 있으니까 그랬겠지요."

"동기야 어찌 되었든 VR 게임을 만드는 바람에 범인을 특정하기 쉬워졌어요. 추가 일주일 만에 유력한 용의자들을 찾아냈잖아요. 물론 나는 이 세 사람 가운데 범인이 있을 거라고 확신하지는 않아요. 〈센징〉에 남아 있던 게임 파일의 잔해도 석연치 않고요."

"추의 분석대로 정말 누군가 〈센징〉을 원격 조작해 게임을 지웠을까요?"

"범행 현장에서 〈센징〉을 들고 나간 게 아니라면 누군가 원격 조작으로 게임을 초기화했을 가능성이 크긴 하죠. 다만 원격 조작으로 게임을 지우려면 기술이 뛰어난 엔지니어라야 합니다. 게임 업계에서 일하는 사람이라고 하더라도 전공 분야에 따라 하는 일이 각기 달라요. 게임 디자이너와 엔지니어는 전혀 다른 일을 하는 사람들이라고 봐도 무방하죠. 프로그래머만 해도 분야에 따라 일이 세분화되어 있어요. 게임 업계에서 여러 분야를 다 잘할 수 있는 전문가는 드뭅니다. 추는 게임 업계에서 유능한 인재로 평가받고 있지만 원격 조작으로 프로그램을 지우는 작업은 해낼 수 없을 겁니다. 추, 내 말에 동의하지?"

추가 고개를 끄덕였다.

니시노가 세 사람의 이름이 적힌 A4 용지를 가리켰다.

"이 세 사람 가운데 과연 〈센징〉을 원격 조작해 프로그램을 초기화할 수 있는 엔지니어가 있을까요? 내 생각에는 가능성이 희박해보여요."

추가 다시 나섰다.

"내가 이 세 사람이 현재 어디에서 무슨 일을 하는지 알아볼게. 이들 중 누군가가 자살 게임을 개발했다면 함께 일할 엔지니어가 필요했을 테고, 일을 맡기는 과정에서 뭔가 흔적을 남겼을 거야."

고스케가 끼어들었다.

"그렇게 해준다면 더없이 고마운 일이지."

추가 손사래를 쳤다.

"내가 직접 하겠다는 게 아니야. 나는 사실 회사를 그만둔 지 오래되었기 때문에 게임 업계 소식에 밝지 않아. 내 친구 아리모리를 통해 알아볼까 생각 중이야. 게임 업계에서 아리모리만큼 경험이 많은 프로듀서는 없으니까. 어쩌면 이 세 사람과도 일한 경험이 있을지도 몰라."

고스케는 아리모리라는 이름을 듣고 깜짝 놀랐다. 아리모리 가쓰키는 추와 함께 〈알바트로스〉에서 일한 동료였다. 추는 〈알바트로스〉 사람들과 인연을 끊고 지내왔는데 아리모리와는 예외적으로 관계를 이어왔다는 의미였다.

"니시노, 자네는 내가 자살 게임을 입수하면 분석 작업을 도와줘. 자살 게임을 어떤 서버에 접속했는지 찾아내면 범인이 누군지 밝혀낼 수 있을 거야."

"당연히 도와야지. 다만 범인 쪽에 유능한 엔지니어가 합류했을 경우 아예 분석 작업이 불가할 수도 있어."

고스케가 끼어들었다.

"그건 왜죠?"

"상대는 원격 조작으로 프로그램을 초기화할 수 있을 만큼 기술력이 뛰어난 엔지니어입니다. 그렇다면 당연히 게임의 통신 기록도 감추었을 공산이 큽니다. 만약 I2P 네크워크를 경유했다면 게임 서버를 특정할 수 없을 거예요."

니시노가 I2P 네트워크에 대해 간략한 설명을 덧붙였다.

"일반적인 인터넷상에서의 통신은 특정 서버를 목적지로 보낼 수 있지만 I2P를 사용하면 익명의 네트워크에 참가하는 중계 서버를 경유하기 때문에 통신에 접속한 서버를 특정할 수 없게 되죠. 통신을 하려면 암호가 필요하기 때문에 도청도 불가합니다."

추가 고개를 갸웃거리며 의문을 표했다.

"I2P나 토어(Tor)는 통신 속도가 느려지기 때문에 온라인 게임에서 사용하는 건 현실적이지 않아."

"게임 본체를 손에 넣을 경우 범인을 찾을 가능성이 있을까?"

"단정할 수는 없지만 보다 정확하게 판단할 수 있겠지."

추가 니시노의 등을 찰싹 때리며 말을 이었다.

"프로그래머는 섣불리 결론을 내리지 않지. 자네는 역시 훌륭한 프로그래머야."

추가 잠시 화장실에 간 사이 니시노가 얼굴을 가까이 하며 말했다.

"추가 좀 이상하지 않아요? 아무런 대가 없이 누군가를 돕는 걸 본 적이 없는데 아리모리를 직접 만나 보겠다니, 의외인데요."

고스케도 추가 이렇게 열심히 도울 줄은 미처 몰랐다. 추는 시간과 노력을 들여 〈센징〉을 분석해주었을 뿐만 아니라 그동안 접촉하길 꺼려했던 〈알바트로스〉 시절 동료를 만나보려 하고 있었다.

니시노가 말했다.

"추가 왜 이렇게 열심인지 주의 깊게 살펴보는 게 좋을 겁니다. 추는 조용한 성격이지만 한번 빠져들면 헤어나지 못하죠. 이번 일에 너무 깊이 매몰되지 않도록 보살펴줄 필요가 있습니다."

니시노는 시니컬해 보이던 첫인상과 달리 이해심이 많은 사람으로 보였다.

"이제 더 이상 게임을 만들 수 없게 되었어."

3년 전, 추가 〈알바트로스〉에서 해고당했을 당시가 떠올랐다. 추는 자존심이 강해 걱정거리가 있어도 좀처럼 내색하지 않는 성격이었는데 그때는 얼마나 상실감이 컸던지 심리적으로 몹시 흔들리는 모습을 여과 없이 드러내 보였다.

"차라리 죽고 싶어."

4. 구루미 7월 29일

마루노우치 선 전차를 타고 집이 있는 혼고산초메에서 한 정거장 더 간 오차노미즈까지 전차를 타고 이동했을 뿐인데 플랫폼에 내려설 때 어찌나 피곤한지 온몸이 축 늘어질 지경이었다.

구루미는 자신이 은둔형 외톨이가 아니기에 필요하면 언제든지 자유롭게 외출할 수 있을 거라고 생각했는데 착각이었다. 겨우 한 정거장 떨어진 옆 동네에 왔을 뿐인데 조금 달라진 환경 변화에 적응하지 못해 심리적으로 크게 위축되는 느낌을 받았다. 무거운 발걸음으로 다리를 건너 오차노미즈역으로 향했다. 집 가까이에 있는 역은 왠지 불안해 로커가 있는 근처 역 이름을 알려 주었다. 이용객들이 많은 역이라 몸을 부딪힐까 봐 자꾸만 신경이 쓰였다.

'인터넷에서 커뮤니티 활동을 하는 그룹이 있어요.'

구루미는 붕장어연어의 제안에 귀가 솔깃했다.

　아빠가 자살 방지 상담센터와 10대를 위한 정신 상담을 해주는 병원 팸플릿을 집으로 가져온 적이 있었다. 자살 방지 상담센터에서 상담을 받고 커터 칼로 발등을 긋는 습관을 고치고 싶었지만 채팅 신청을 하거나 찾아가볼 엄두가 나지 않았다. 처음 상대하는 사람들에게 자신의 처지를 차분하게 설명해야 한다는 생각만으로도 이마에서 식은땀이 흘렀다.

　얼굴을 대면하지 않는 채팅 상담이라면 가능할 수도 있겠다는 생각이 들었다. 다만 채팅을 하려면 전용 애플리케이션이 필요하다고 했다.

　"채팅 전용 기기를 우편으로 보내줄 수도 있지만 집 주소가 노출되는 걸 원하지 않을 테니까 직접 오미야까지 와주시거나 집 근처에 있는 지하철 역의 로커에 가져다놓을 테니 찾아가면 될 것 같네요."

　로커는 역과 연결되어 있는 쇼핑몰 지하 일층에 있었다. 구루미는 붕장어연어가 문자로 알려준 로커 번호와 인증번호를 입력하고 문을 열었다.

　로커에 종이봉투가 들어 있었다.

　'나쓰 씨, 이렇게 와 주셔서 감사합니다. 봉투는 집에 가서 열어보시길 바랍니다. 붕장어연어.'

　구루미는 가까이에서 주변을 지나는 행인들이 마치 자신을 유심히 관찰하고 있는 것 같은 느낌이 들어 계속 바닥만 내려다보고 걷다가 전철을 타고 집으로 돌아왔다.

　"몹시 피곤해."

고작 30분 동안 외출했을 뿐인데 격렬한 수영을 한 것처럼 온몸이 나른했다.

구루미는 조심스레 종이봉투에 들어있는 내용물을 꺼냈다. 비닐에 싸인 커다란 고글과 충전기, 스틱 모양의 컨트롤러였다. 전원 버튼을 누르자 기분 좋은 전자음이 울리더니 기기가 작동하기 시작했다. 컨트롤러의 엄지가 닿는 부분에 네 개의 버튼이 있었고, 검지가 닿는 부분에 트리거가 달려 있었다.

구루미는 컨트롤러를 들고 고글을 머리에 썼다.

갑자기 새카만 공간이 눈앞에 펼쳐졌고, 스피커에서 피아노와 현악기가 어우러진 음악이 흘러나오기 시작했다.

"어서 오세요, 〈은빛 나라〉로. 여기는 지친 사람들이 마음을 편히 쉴 수 있는 안전지대입니다. 예로부터 은색은 귀신을 물리치는 효과가 있다는 속설이 있습니다. 〈은빛 나라〉가 여러분을 안전하게 지켜주겠습니다."

〈은빛 나라〉가 커뮤니티 사이트의 명칭인 듯했다.

"이곳에서는 평소 여러분들이 꺼내기 쉽지 않았던 이야기를 자유롭게 할 수 있습니다. 당신의 고통과 고뇌를 〈은빛 나라〉의 이용자들과 공유할 수 있길 바랍니다. 〈은빛 나라〉가 앞으로 당신에게 더없이 소중한 쉼터가 되어줄 겁니다."

기분을 들뜨게 해주는 음악의 선율과 아름다운 여성의 목소리를 듣다 보니 점점 더 빠져드는 느낌이 들었다.

"당신의 생에 축복이 찾아오고, 당신이 가는 길에 희망의 빛이 반짝이길 기원합니다."

구루미는 이처럼 부드러운 위로의 말을 들은 게 언제였는지 기억나지 않았다. 눈물이 나오려고 했지만 고글을 쓰고 있어 참았다.

어둠 속에서 키보드와 포인터가 생성되더니 와이파이 설정 화면이 나타났다. 컨트롤러로 포인터를 조작하여 미리 메모해두었던 아이디와 비밀번호를 입력했다.

그 순간 어둠의 한복판에서 폭발하듯 빛이 흘러넘쳤다. 빨주노초파남보, 다양한 색이 사방에서 나타나더니 꼬리를 만들며 구루미에게로 날아왔다. 마치 영화에서 본 우주선이 시간 이동을 하는 장면 같았다. 아니 그 장면보다는 훨씬 더 현실감이 있었다.

구루미는 다양한 색이 흘러넘치는 빛 속에서 고속으로 날아갔다. 조금 전까지 차분하고 부드러운 느낌을 전하던 음악이 빠른 템포로 변화했다.

'수학에서의 허수 공간.'

현실에서는 존재하지 않는 공간이 새로운 개념을 도입하자 실제로 나타났다. 고글을 사용해 생겨난 이 공간은 마치 허수가 도입된 숫자 같았다.

'굉장해.'

오른쪽 왼쪽, 위아래 사방으로 어두운 공간이 펼쳐져 있었다. 어두운 공간을 향해 빛의 화살이 날아갔고, 가까운 것은 빠르게, 먼

것은 느리게 물리 법칙을 따라 중층적으로 움직였다. 구루미는 흘러넘치는 색깔을 가르며 앞으로 날아갔다.

컬러풀한 빛이 반딧불처럼 주변에 떠있었고, 눈앞에 은색으로 칠한 직사각형 문이 나타났다.

"문을 열어보세요."

구루미는 집게손가락으로 트리거를 당겼다. 그 순간 문에서 은색의 빛이 흘러넘쳤다. 눈이 부시도록 흘러넘치는 은빛이 시야 전체를 가득 채워갔다.

은빛이 서서히 사라졌고, 구루미는 어느새 거리에 다다라있었다. 돌로 바닥을 깐 도로 양옆으로 목조 주택들과 침엽수가 자리 잡고 있었다. 집은 다양한 색으로 칠해져 있었고, 방금 전 공간을 수놓았던 빛이 집 여기저기에 스며들어 있었다. 은색의 눈도 살짝 쌓여 있었다. 은색이 다양한 색깔들을 조화롭게 만들어 주었다.

구루미는 화려한 색들과 자제력을 가미한 은색의 조화가 전하는 아름다움에 자기도 모르게 매료되었다.

"안녕, 나쓰 님."

목소리가 들려온 쪽을 보았더니 빨간 머리 여자가 서 있었다. 다운재킷 차림에 털 달린 모자를 쓰고 있었고, 정확하게 표현하자면 여자가 아니라 여자 CG였다.

여자가 미소를 지으며 말했다.

"〈은빛 나라〉에 오신 걸 환영해요."

5. 구루미 7월 29일

"제 이름은 안나이고, 〈은빛 나라〉의 가이드입니다."

분명 CG인데 여자와 대화를 나누는 것 같은 현실감이 느껴졌다.

"먼저 전용 기기 조작 방법에 대해 설명해줄게요. 컨트롤러는 가지고 있죠?"

"네, 있어요."

"우선 집게손가락 부근에 있는 트리거를 당겨 보세요."

"혹시 내 목소리가 들리나요?"

"네, 목소리를 들을 수 있어요."

구루미가 트리거를 당기자 눈앞에 펼쳐진 세계가 움직였다. 아니, 구루미 자신이 앞을 향해 나아가고 있었다.

"트리거를 당기면 앞으로 걸을 수 있어요. 방향 전환을 하고 싶을 때는 원하는 쪽으로 몸을 돌리면 됩니다."

몸을 왼쪽으로 돌리자 화면이 왼쪽으로 전개되었다.

"우선 연습 삼아 조금 걸어 볼 테니까 따라오세요."

안나가 앞장서서 성큼성큼 걸어갔고, 구루미는 뒤따라 걸었다.

"〈은빛 나라〉에 대해 우선 간단하게 설명해줄게요. 여긴 원하는 시간에 언제든지 드나들 수 있습니다. 인터넷 환경이 갖추어져 있으면 외부에서도 액세스할 수 있지만 이상한 사람으로 취급당해 신고를 당할 수도 있으니 반드시 자택에서만 이용해 주길 바랍니다. 〈은빛 나라〉는 여러 사람이 동시에 이용하는 곳이기에 반드시 지켜야 할 규칙이 있습니다. 이용자들끼리 서로 대화를 나누는 건 불가합니다."

"우린 지금 대화를 나누고 있잖아요."

"저는 이용자가 아니라 가이드입니다. 이용자들끼리는 대화나 문자를 주고받을 수 없습니다. 많은 사람들이 한자리에 모이면 말썽이나 다툼이 벌어질 수 있기에 부득이 그렇게 했습니다. 다만 이용자들끼리 서로 커뮤니케이션을 할 수 있는 방법은 따로 있습니다. 컨트롤러를 위아래로 흔들어 보실래요?"

구루미가 컨트롤러를 위아래로 흔들자 전자음이 들리며 공간에 하트 마크가 생성되었다. 하트가 안나의 몸으로 빨려 들어갔다.

"방금 전에 보신 건 '이모티콘'을 보낼 수 있는 기능입니다. 이용자는 컨트롤러로 감정을 표현하거나 전할 수 있습니다. 집게손가락 부분의 트리거를 두 번 재빨리 당겨보세요."

구루미가 시키는 대로 하자 공간에 사각 패널이 나타났고, '아이템', '이모티콘', '설정', '로그아웃' 같은 메뉴가 나와 있었다.

"감정을 전하고 싶은 일이 있으면 패널을 여세요. 감정을 표현하는 이모티콘들이 다양하게 준비돼 있으니 가장 적합한 걸 선택해서 보내면 됩니다."

호감, 동정심, 공감, 기쁨 등 긍정적인 감정을 표현하는 이모티콘이 대부분이었다. 우울, 분노, 슬픔 등을 표현하는 이모티콘은 없었다.

"이용자들끼리 게임을 할 수도 있고, 옷이나 도구, 액세서리 같은 다양한 아이템을 선물할 수도 있습니다. 모든 이용자들에게 집이 한 채씩 주어지는 만큼 자기가 원하는 대로 아름답게 장식할 수 있어요."

〈은빛 나라〉에서 자기만의 공간을 부여받고 편리하게 생활할 수 있다는 뜻이었다. 낯선 사람과 대화를 나누는 건 힘들지만 이런 식의 교류라면 부담 없이 즐길 수 있을 듯했다.

문득 정신을 차리고 보니 돌바닥으로 된 길이 교차하는 사거리에 다다라있었다.

"오른쪽을 봐주세요."

안나가 몸을 돌려 오른쪽을 가리켰다. 양옆으로 집들이 들어선 도로 끝에 넓은 광장이 보였다.

"광장에서는 〈은화의 집회〉가 열립니다."

"〈은화의 집회〉가 뭔데요?"

"〈은빛 나라〉에서 가장 중요한 활동입니다. 매일 저녁 6시에 집회를 여는데 이용자들끼리 보이스 채팅으로 이야기를 나눌 수 있는 기회가 주어집니다."

"여럿이서 함께 이야기하는 건가요?"

"보이스 채팅으로 대화를 나눌 수 있는 상대는 한 명뿐입니다. 오픈된 공간에서 여러 이용자들이 번갈아 이야기할 수는 없습니다. 나쓰 님 당신은 〈은화의 집회〉에서 자신의 이야기를 하고, 이용자들은 그 내용을 공유하게 됩니다. 누군가 고민을 이야기하면 이용자들이 함께 들어주는 것이지요. 이용자들이 고민을 이야기하고, 그 과정에서 해결책을 찾아내는 방식인데 기회가 되면 한번 참가해 보세요. 우울한 감정을 추스르는 데 도움이 될 겁니다."

많은 사람들 앞에서 고민을 토로하는 건 어려운 일이겠지만 서로 얼굴을 확인할 수 없는 환경이기 때문에 가능할 수도 있겠다는 생각이 들었다.

"자, 이제 마지막으로 미션에 대해 설명하겠습니다."

안나는 사거리 정면을 가리켰다. 멀리에 교회 같은 건물이 보였다.

"저 건물이 바로 아르테미스 님의 저택입니다."

"아르테미스라면 그리스 신화에 나오는 신 말인가요?"

"달의 여신 아르테미스 님이 바로 이 나라의 왕입니다. 저택 가까이 다가가는 건 상관없지만 안으로 들어갈 수는 없습니다. 가끔 아르테미스 님이 내린 미션을 수행하면 중요한 아이템을 손에 넣을 수 있습니다. 그리 어려운 미션이 아니니까 꼭 도전해보세요."

안나가 지금껏 설명해준 대로라면 〈은빛 나라〉에서 큰 부담 없이 편안하게 지낼 수 있겠다는 생각이 들었다. 이모티콘, 미니 게임, 아이템 입수와 교환, 〈은화의 집회〉, 아르테미스의 미션.

"이제 나쓰 님이 사용할 집으로 안내하겠습니다."

안나는 도로를 따라 걷다가 어느 목조 주택 앞에서 멈춰 섰다. 외벽은 물색이고, 지붕은 빨간색이었다.

"집은 이용자가 활동하는 거점이 되는 곳입니다. 이용자는 자신의 집을 다양한 아이템으로 장식할 수도 있고, 아바타의 옷을 갈아입힐 수도 있고, 여러 가지 활동을 할 수 있습니다. 나쓰 님은 처음이니까 우선 특별 주문형으로 해보면 되겠네요. 혹시 애완동물을 키우세요?"

"애완동물을 키우고 싶긴 한데 지금은 집안 형편상 불가합니다."

"개, 고양이, 토끼, 새, 파충류 가운데 어떤 동물을 좋아하시나요?"

"고양이를 좋아해요."

"그럼 고양이를 불러줄게요."

안나가 손을 흔들자 가벼운 폭발이 일어났다. 연기와 함께 은색 고양이가 나타나더니 '야옹' 하며 인사를 했다.

"이제부터 나쓰 님이 이 고양이의 주인입니다. 하루에 한 번씩 고양이에게 먹이를 주고 보살펴 주어야 합니다. 가능하시겠죠?"

"고양이 먹이는 어디서 구할 수 있죠?"

"아까 보았던 사각 패널을 통해 고양이 먹이를 구하거나 줄 수 있습니다. 애니멀 테라피의 일종입니다. 애완동물을 키우면 생활의 활력이 생기고, 우울한 기분을 달래주는 힐링 효과가 탁월합니다. 고양이에게 이름을 지어 주고, 듬뿍 사랑해 주세요."

새끼 고양이라 몸집에 비해 머리가 유난히 컸다. 동공이 크게 열려 있고, 자못 흥분한 듯 코를 킁킁거렸다.

"자, 오늘은 첫날이니까 이 정도로 해두죠. 혹시 궁금한 게 있으면 뭐든지 물어보세요."

"아니, 없어요."

"마지막으로 한 가지만 당부하겠습니다. 〈은빛 나라〉에 대해 어느 누구에게도 말해서는 안 됩니다."

안나의 목소리가 약간 진지하고 딱딱하게 변했다.

"VR 환경을 싫어하는 사람들이 많습니다. 〈은빛 나라〉는 아직 실험 단계라 사회적 문제를 야기하고 싶지 않습니다. 〈은빛 나라〉에 대한 이야기가 밖으로 새어나가 해커들의 표적이 될 경우 막을 방법이 없기 때문입니다."

"네, 명심하겠습니다."

"가급적 가족에게도 비밀로 해주세요. 예전에 이용자의 동생을 통해 〈은빛 나라〉의 정보가 새어 나가는 바람에 잠시 서비스를 중단할 수밖에 없었던 적이 있습니다. 이용자들의 노력이 더해져야 양질의 커뮤니티를 유지할 수 있습니다. 부디 보안 유지에 각별히 신경써주길 바랍니다."

가족이라고는 아빠가 유일했다. 아빠에게 〈은빛 나라〉에 대해 이야기해줄 필요가 없었다.

"그럼 부디 즐거운 시간 되길 바랍니다."

안나가 퇴장하려다가 뭔가 생각난 듯 말했다.

"중요한 걸 깜박할 뻔했네요. 저는 저녁부터 밤까지 항상 〈은빛 나라〉에 있습니다. 제가 사는 집은 건너편에 있으니까 볼일이 있으면 언제든지 들러 주세요."

안나가 사거리의 광장 반대쪽으로 이어지는 길을 가리켰다.

"이 길을 걸어가다 보면 굴뚝이 두 개인 집이 나옵니다. 왼쪽 굴뚝 끝이 빨간색인 집입니다. 거기서 좀 더 걸어가다 보면 바다 바로 앞에 안나라는 문패가 걸려 있는 집이 나옵니다. 나쓰 님, 언제나 우리가 함께한다는 걸 잊지 말아요."

안나의 말투가 자못 진지하고 친절했다.

"힘든 일이 생기면 언제든 〈은빛 나라〉에 들러 주세요. 〈은빛 나라〉에서 괴로운 현실을 타개할 에너지를 충전해갈 수 있길 바랍니다."

"네 감사합니다."

"나쓰 님, 당신이 가는 길에 희망의 빛이 함께하기를."

안나가 두 손을 깍지 끼자 빨간색 하트가 나타나더니 구루미에게로 날아왔다.

인스타의 '좋아요'와 비슷한 의미인 듯했다. 최근에 구루미는 인스타에 올라와있는 사진들에 죄다 '좋아요'를 눌러 주었다. '시크릿'에서 '좋아요'를 받으려면 트윗을 날려 주어야 했다. 안나에게는 아무것도 해주지 않았는데 '좋아요'를 보내 주었다. 안나가 자신의 존재를 인정해준 느낌이 들어 눈물이 나올 것 같았다.

구루미는 사라지는 안나의 뒷모습을 물끄러미 지켜보았다.

"야옹!"

발치에서 은색 고양이가 앞다리를 쭉 펴고 앉아 구루미를 올려다보고 있었다. 수염을 움찔거리는 것으로 보아 빨리 집으로 들어가길 바라는 눈치였다.

"그래, 집으로 가자."

구루미는 물색 집 앞에 서서 문을 열었다.

6. 고스케 9월 7일

카레를 먹은 후 고스케와 추는 마작 테이블을 사이에 두고 마주
앉았다. 추의 지인이 운영하는 마작 가게로 신주쿠 가부키초에 위치
해 있었다.

오카치마치에서 추를 만나고 나서 9일이 지났다. 고스케는 〈레
테〉 업무를 보는 틈틈이 시간을 내 자살 게임에 대한 조사를 진행해
왔다. 미야코의 협조를 바랄 수 없는 형편이라 딱히 주목할 만한 성
과를 내지 못했다. 인터넷 서핑을 하며 자살 게임에 대한 소문을 찾
아보거나 자살 방지 상담센터 활동을 하는 지인들에게 관련 질문을
해보았지만 그럴싸한 대답을 듣지 못했다.

추가 VR 개발자 조사를 해본 결과 진전이 있다는 연락을 해왔다.
〈레테〉에서 만나면 미야코가 인상을 찌푸릴 게 뻔했기에 추와 점심식

사를 하면서 이야기를 나누기 위해 가부키초까지 오게 되었다.

"가메자키 요시카즈와 데라사와 가호는 연락이 됐어."

마작 테이블에 놓인 컴퓨터의 화상 채팅 웹에 뚱뚱한 남자의 모습이 보였다. 언젠가 추와 함께 만난 적이 있는 아리모리 가쓰키였다.

"가메자키는 북미의 게임 회사에 취직해 시애틀에서 살고 있어. 데라사와는 결혼해서 출산 휴가 중이야. 두 사람은 자살 게임을 만들 수 있는 시간적 여유가 없었어."

테이블 위에 아리모리가 추가 조사한 리포트가 놓여있었다. 지난 2년 동안 가메자키와 데라사와가 어디에서 무얼 하며 지냈는지 자세히 적혀 있었다.

"이제 남은 사람은 이데이 미키오뿐이야. 그가 자살 게임을 개발했을 가능성이 크다고 봐야지."

"이유는?"

고스케가 이유를 묻자 아리모리가 대답했다.

"리포트의 5페이지를 펼쳐봐."

"이데이는 행방불명 상태로 되어 있어."

안경을 쓴 남자 사진이 눈에 들어왔다.

"이데이는 원래 대형 소프트웨어 회사에서 개발자로 일하다가 10년 전에 독립해 프리랜서가 되었어. 그의 집은 치바현 이치카와에 있고, 일하는 방식이 매우 독특한 편이야. 일 년 동안 소프트웨어 회사 프로젝트에 참여해 돈을 벌고 나면 그다음 일 년 동안은 혼자

인디 게임을 만들어 발표해왔어."

"능력 있는 프리랜서네."

"이데이는 인디 게임을 만드는 걸 중시했어. 기업의 프로젝트에 참가한 건 자금을 모으기 위한 수단일 뿐이었지. 2년 전에 이데이는 직접 만든 VR 게임을 발표했어."

정확하게 말해 게임이라기보다는 귀신의 집을 VR로 재현했는데 프로그래밍, CG, 음악을 혼자 해결해 업계 사람들 사이에서 크게 화제가 된 적이 있었다.

"주목해야 할 부분이 바로 그 지점이야. 이데이는 VR 게임을 공개한 후 다시 기업 프로젝트에 참여하려고 했는데 어느 날 갑자기 행방불명되었어."

"지금도 행방불명 상태야?"

"이데이의 가족에게 전화해 물어봤는데 연락 두절 상태라고 하더군."

프리랜서에게 신용은 무엇보다 중요했다. 소프트웨어 기업에서 일하려면 신용이 있어야 했다. 이데이가 소프트웨어 기업에서 일 년간 일하기로 약속해놓고 아무런 말도 없이 사라진 건 이상한 일이었다. 프리랜서로 10년이나 일한 사람이 그처럼 무모한 선택을 할 리 없었다.

"내가 생각하기에 이데이가 자살 게임을 개발한 것 같지는 않아."

"그렇게 생각하는 이유가 뭔데?"

"이데이와 함께 일한 적이 있는 사람에게 들었는데 그는 벌레 한 마리도 죽이지 못할 만큼 얌전하고 착한 사람이래."

"얌전한 사람의 내면에 어두운 악마가 깃들어 있는 경우를 많이 봤어."

"이데이가 개발한 VR 게임을 해본 적이 있는데 그래픽은 한마디로 수준 미달이었어. 캐릭터나 배경 그래픽을 외부에 맡겼다면 상당한 액수의 돈이 필요했을 테니까 어쩔 수 없었을 거야. 돈이라고는 한 푼도 없는 사람이 〈센징〉의 초기화 작업을 누구에게 부탁했을까?"

추가 끼어들었다.

"나도 아리모리의 분석에 동의해. 다만 현재 모든 조건에 부합하는 사람은 이데이가 유일해."

아리모리가 다시 말했다.

"소프트웨어 기업에서 자살 게임을 만들었을 수도 있다고 가정하고 업계 정보에 밝은 사람들을 만나봤는데 다들 금시초문이라는 반응을 보였어."

"혹시 게임 개발자가 해외에 있다면?"

"우리가 조사할 수 있는 범위를 벗어났다고 볼 수 있지. 싱가포르에 사는 친구가 있는데 영어권에서도 자살 게임에 대한 소문이 나돌고 있는지 알아볼게."

아리모리가 나름 치밀하게 조사했다는 걸 인정하지 않을 수 없었다. 그가 화면 속에서 손목시계를 힐끔 쳐다보았다.

"이제 회사에 들어가 봐야 할 시간이야. 밑져야 본전이니까 이데이가 어디에 있는지 계속 찾아볼게. 이데이가 게임에 들어가는 아바타나 음악을 평소 친분이 있는 프리랜서에게 의뢰했을 가능성이 있어."

추가 고개를 끄덕이며 말했다.

"수고했어, 아리모리. 많은 도움이 됐어."

"가끔 식사라도 같이 해."

영상통화를 마친 추가 노트북 화면을 닫았다.

"추, 자세히 조사해줘서 고마워."

"나보다는 아리모리가 수고했어. 역시 의리 있는 녀석이야. 혹시 나중에 시간되면 아리모리에게 스시라도 사줘. 녀석은 스시를 정말 좋아하거든."

추의 말투에서 아리모리에 대한 호감과 신뢰감을 느낄 수 있었다. 두 사람은 유대감이 깊어보였다.

〈리볼버〉가 히트했을 당시 추가 했던 인터뷰 기사 내용이 떠올랐다.

"프로듀서와 처음부터 간단한 게임을 만들자고 이야기가 되었어요. 〈알바트로스〉는 젊은 사람들에게 도전할 기회를 주는 회사지만 언제나 예산에 한계가 있었죠. 그 당시 게임 시장은 하나의 스테이지가 짧게 끝나는 게 유행이었어요. 프로듀서는 저에게 규칙을 최소화하는 대신 간략한 구조로 다양한 재미를 얻을 수 있는 게임을 만들어달라고 주문했죠. 결과적으로 좋은 게임을 만들게 되어서 대단히 만족합니다."

추가 〈리볼버〉를 만들 당시 호흡을 맞춰 프로젝트를 관리한 프로듀서가 바로 아리모리였다.

"미안해."

"뭐가?"

"원래는 내가 해야 할 일인데 네가 대신해주고 있잖아."

"넌 게임 업계에서 일한 사람이 아니잖아. 떡은 떡집에 맡기는 게 원칙이야. 아리모리가 말하길 자살 게임 희생자가 많이 나오게 될 경우 게임에 대한 부정적인 시각이 널리 확산될 수도 있다는 거야. 그렇게 되면 게임 업계에도 악영향을 끼칠 수밖에 없어. 아리모리도 남의 일 같지 않다고 하더군."

"아직 자살 게임이 실제로 존재하는지 여부도 확인되지 않았잖아."

"자살 게임이 존재하지 않는 것으로 밝혀지는 게 가장 좋은 시나리오야. 이왕 마작 가게에 왔으니 좀 더 놀다 갈까?"

추가 갑자기 마작 테이블의 스타트 버튼을 눌렀다.

"지금 뭐하는 거야?"

"너도 마작 게임을 할 줄 알잖아?"

"지금 마작을 하자는 거야?"

"2인용 게임도 많아. 우선 돗판(+半)으로 해볼까?"

"돗판이 뭔데?"

"그건 알 필요 없고 일단 패를 두 장 빼봐."

추가 쌓여있는 패 중에서 두 개를 빼냈다. 5만과 동이었다. 학생 때 가끔 마작 게임을 해본 적이 있었지만 〈레테〉를 시작하고 나서는 한 번도 해본 적이 없었다.

"돗판은 마작 패로 하는 블랙잭이야. 규칙은 간단해. 패를 뽑고 거기 적힌 숫자의 합계가 10.5에 가까우면 이기는 거야. 10.5를 넘으면 꽝이야."

"글자 패는 점수가 어떻게 돼?"

"글자 패는 0.5점이야. 예를 들어 네가 가진 패가 1만, 9삭, 중이라면 1+9+0.5니까 토털 10.5가 되는 거야. 점수 계산에 대해서는 나중에 설명해줄 테니까 일단 게임을 시작해보자."

추는 다른 패 하나를 잡았다. 고스케도 다음 패를 잡았다. 2만이었다. 2만, 5만, 동을 더하면 7.5점이었다.

추가 패를 한 장 더 빼냈다. 이제 각자 가진 패는 모두 합해 네 장이 되었다. 이제는 패를 더 뺄지 말지 결정해야 하는 순간이었다. 고스케는 패를 더 빼지 않기로 했다.

"오픈."

두 사람이 동시에 패를 펼쳤다. 추의 패는 8통과 중, 백, 발 3원 패가 다 갖춰져 있었다.

"9.5대 7.5. 내가 이겼네. 3원패가 다 있으니까 소삼원으로 3배 짜리야."

추는 점봉을 탁자 위에 놓고 반을 고스케에게 주었다.

"자, 이제부터 진짜 게임이야. 둘 중 한 사람의 점봉이 사라질 때까지 하면 되겠네. 지는 사람이 카레를 사는 거야."

"시간이 많지 않아. 〈레테〉로 돌아가야 해."

"금세 끝날 테니까 걱정하지 마."

추가 고등학교 때처럼 도발적인 미소를 지었다. 고교 시절 추가 레이스 게임이나 격투 게임을 할 때 항상 짓던 특유의 표정이었다. 언제나 자신감이 넘쳤던 게임 소년의 표정.

'난 절대로 지지 않아.'

언젠가 추가 자신의 과거를 진지하게 털어놓은 적이 있었다.

"고스케, 너랑 놀면 늘 즐거워."

추는 초등학교 때부터 친구가 거의 없었다. 언제나 제멋대로인 성격에 게임을 하면 무조건 이겨야 직성이 풀렸다. 학교라는 공간은 분위기 파악을 못하는 구성원에게는 절대로 친절을 베풀지 않는 법이라 추는 늘 따돌림을 당했다. 왕따의 대상은 자주 바뀌기 마련인데 추는 일 년 내내 왕따 신세를 면하지 못했다.

추는 그저 마음 내키는 대로 행동했을 뿐인데 큰 박해를 받았다. 이게 아닌데 하는 생각이 들어도 대부분 꾹 눌러 참기 마련이지만 추에게서 그런 융통성을 기대할 수는 없었다.

초등학교 4학년 시절 등굣길에 학교 건물이 눈에 들어오는 순간 추는 도저히 발길이 떨어지지 않았다. 발길이 닿는 대로 맡겨두었더니 추는 어느새 부모와 함께 가 본 적이 있는 쇼핑몰 식칼 매장에 당도해 있었다. 추는 다양한 형태의 칼들을 구경했다.

'칼을 구해 죽으라는 하늘의 뜻인가?'

식칼이라면 집에도 있기 때문에 굳이 따로 구입할 필요가 없었다. 당장 집으로 돌아가 식칼을 배에 꽂으면 매일이다시피 아이들에게 따돌림을 당하는 현실에서 벗어날 수 있을 거라는 생각이 들었다.

추는 쇼핑몰 출구로 걸어갔다. 쇼핑몰에서 흘러나오는 음악이 중대한 결단을 내린 자신을 축복해주는 듯했다. 추는 계속 출구로 걸어가다가 장난감 매장 근처에서 문득 걸음을 멈추었다. 다음 주에 롤플레잉 게임 신작이 발매된다는 포스터가 붙어 있었다.

'죽으면 더는 게임을 할 수 없겠지?'

터무니없는 생각이었지만 부인할 수 없는 사실이었다.

'죽으면 다 끝장인데 게임을 할 수 없게 된 걸 한탄하다니?'

추는 새삼 자신이 게임을 얼마나 좋아하는지 깨달았다.

그 당시는 메가 드라이브*나 슈퍼 패미컴**이 출시되어 한껏 관심을 집중시키던 때였다. 추는 본격적으로 게임에 빠져들었고, 왕따의 괴로움을 잊을 수 있었다.

---

* 〈세가〉에서 개발한 가정용 게임기
** 닌텐도에서 개발한 가정용 게임기

"게임이 없었다면 난 이미 죽었을 거야."

중학교 시절에는 교칙이 엄격한 학교를 다녔기에 친구는 없었지만 왕따를 당하지는 않았다. 그때부터 추는 게임을 직접 만들어보고 싶은 꿈을 품게 되었다.

'언젠가는 내가 만든 게임이 세상을 발칵 뒤집어놓을 거야.'

추가 웃으며 중얼거렸다.

"게임이 나를 구해 주었어. 게임을 살인에 이용하는 자가 있다면 결코 용서하지 않을 거야. 아마 아리모리도 나와 같은 심정일 거야. 넌 집단 자살에 대한 우려 때문에 조사에 나섰겠지만 나는 게임을 살인의 도구로 이용하려는 자를 찾아내기 위해 이 일에 뛰어들었어."

"부디 자살 게임이 존재하지 않길 바랄 수밖에."

"나도 차라리 헛다리를 짚은 것이었으면 좋겠어."

어린 시절부터 게임에 미쳤던 추가 환하게 미소를 지었다.

"나도 그러길 바라."

고스케는 마작 테이블의 버튼을 누르고 벌어진 구멍으로 패를 집어넣었다. 마작 게임을 즐기다 보니 금세 한 시간이 훌쩍 지나있었다.

고스케는 〈레테〉로 돌아가기 위해 메이지대로를 걸었다. 가부키초 부근은 언제나 관광객으로 북적이는 데 반해 메이지대로는 양복 차림 남자들이 주를 이루고 있었다.

마작 게임은 추가 이겼다. 추는 타고난 포커페이스여서 그가 들고 있는 패가 꽝인지 돗판인지 전혀 알 수 없었다.

사무실로 돌아와 보니 미야코가 혼자 도시락을 먹고 있었다. 그녀는 고스케의 얼굴을 쳐다보지도 않고 말했다.

"누굴 만난 거야? 점심 약속이 있다고 했잖아?"

"산초메 쪽에서 친구를 만났어."

"친구라면, 추?"

고스케는 부인할 방법이 없었다. 미야코의 얼굴에 실망한 기색이 역력하게 번져갔다.

"역시 안 좋은 예감이 들더니 한 치도 빗나가지 않네."

"어차피 점심식사를 해야 하고, 상대가 누구든 상관없잖아? 밀린 일은 야근을 하면서 처리할게."

미야코가 천천히 젓가락을 내려놓았다.

"당신은 늘 성실하게 일처리를 하는 사람이었어. 당신이 자살 방지 상담센터를 운영하며 한 사람의 목숨이라도 더 살리기 위해 애쓰는 모습은 진심으로 존경스러웠지. 그런데 요즘은 정신이 홀딱 빠져 달아난 사람 같아. 자살 게임이 실제로 존재하는지조차 명확하지 않은데 당신은 온통 그 일에 매몰되어 있어. 〈레테〉 일은 나 몰라라 하고."

"자살 게임을 방치해두면 집단 자살이 발생하게 될 수도 있어. 그냥 모른 체하고 넘길 수 없는 문제야."

미야코가 눈을 동그랗게 뜨고 고스케를 바라보았다.

"자살 게임보다는 히로유키 군이 무슨 이유로 죽게 되었는지 밝히고 싶은 게 아닐까?"

고스케는 그 말을 듣는 순간 미야코가 손가락 끝으로 심장을 찌른 것 같은 느낌이 들었다.

"히로유키 군이 자살 게임에 열중했다는 사실이 밝혀지면 당신은 마음의 부담을 덜 수 있겠지. 히로유키 군을 죽게 한 책임을 자살 게임을 만든 자들에게 떠넘길 수 있을 테니까."

"책임을 회피하려고 자살 게임의 진상을 파헤치려는 게 아니야. 자살 게임이 널리 퍼지면 상상하기조차 끔찍한 비극이 발생할 수도 있어. 반드시 막아야 해."

"당신은 게임 전문가가 아니야. 당신이 무슨 수로 자살 게임의 진상을 밝히겠다는 거야? 당신이나 나는 〈레테〉를 잘 운영해가는 게 무엇보다 중요해."

심장에 닿은 손가락 끝이 안으로 파고드는 느낌이 들었다.

"요즘 술을 자주 마시던데 아무리 애써도 가시적으로 드러나는 성과가 미미해 의욕을 잃은 거야?"

"히로유키 군의 죽음을 안타깝게 생각하지만 내가 자살 게임을 캐고 다니는 이유는 아니야. 거듭 말하지만 혹시라도 발생할지도 모르는 비극을 막기 위해서야."

"당신은 나름 최선을 다해 상담을 해주었는데 자주 실망스러운 결과가 나와 괴로워하고 있던 차에 히로유키 군의 자살 소식이 들려온 거야. 그날 이후 당신은 자살 게임에 매몰돼 있다시피 해. 이제 〈레테〉 일은 그만두고 싶어?"

아니라고 항변할 수는 없었지만 히로유키의 죽음에 매몰돼 〈레테〉 일을 중단할 거냐고 따지는 건 지나친 비약이었다. 자살 게임이 널리 퍼지면 수많은 사람들이 죽어나갈 수도 있기에 막으려는 것뿐이었다.

미야코는 이제 더는 할 얘기가 없다는 듯 다시 도시락을 먹기 시작했다.

"추가 게임 개발자들에 대한 정보를 수집하고 있어. 조만간 결정적인 단서를 찾아낼 수 있을 거야."

"추에 대한 이야기라면 더는 듣고 싶지 않아."

미야코는 단단히 심통 난 얼굴이었다.

고스케는 최근 〈레테〉 일에 집중할 수 없었고, 미야코와의 사이가 우려했던 것보다 더욱 심각하게 벌어진 느낌이 들었다. 앞으로 자살 게임 문제는 추와 아리모리에게 맡겨두고 〈레테〉 일에 집중해야겠다는 생각이 들었다. 어차피 게임 전문가가 아니었기에 혼자 해낼 수 있는 일도 없었다.

추 때문에 미야코의 불만이 더욱 큰 것일 수도 있었다. 미야코는 추를 싫어했다. 고스케는 그 이유를 잘 알고 있었다. 추가 〈알바트로스〉에서 해고된 이유는 아동 포르노 소지 혐의로 유죄 판결을 받았기 때문이었다.

7. 구루미 8월 5일

고글을 쓰자 빛의 공간으로 빨려 들었다. 구루미는 다양한 색깔로 이루어진 빛의 공간을 화살처럼 빠르게 날아갔다.

〈은빛 나라〉를 알게 된 지 일주일이 지났다. 기분 좋은 음악과 다양한 색깔의 빛에 감싸여 지내다 보면 자기도 모르게 몸이 녹아내릴 듯 쾌감을 느꼈다. 오늘은 〈은빛 나라〉에 폭설이 내렸다. 두터운 먹구름이 하얀 눈을 하염없이 흩뿌렸다. 〈은빛 나라〉에 들어올 때마다 매번 날씨가 달랐다.

함박눈이 내리고 있는 탓에 뿌옇게 흐려진 시선 속에 다운점퍼를 입은 남자가 나타났다. '비둘기'라는 이름이 머리 위에 표시되어 있었다. 〈은빛 나라〉에서 구루미의 이름은 '넛츠'였다. '안녕하세요?'라는 뜻의 이모티콘을 날리자 '비둘기'가 즉시 화답해 주었다.

〈은빛 나라〉에서는 다양한 일을 할 수 있었다. 잡초를 뽑거나 눈을 쓸거나 길을 청소하면 보수를 받을 수 있었고, 그 돈으로 다양한 아이템을 구입할 수 있었다.

구루미는 지난 일주일 동안 여러 가지 아이템을 구입해 집을 장식했다. 커튼과 소파를 사고, 러그 매트를 깐 방에 책상을 들여놓고, 거실에는 가지각색의 열대어가 노니는 어항을 설치했다.

현실 세계에서는 아빠가 실직한 이후 늘 생활이 궁핍해 엄두를 낼 수 없던 일들이었다.

〈은화의 집회〉에는 딱 한 번 참가했다. 집회를 운영하는 방식이 매우 독특했다. 참가자들 가운데 5명 이상의 지명을 얻으면 보이스 채팅으로 이야기할 권리가 주어졌다. 현실 세계의 개인 정보가 유출될 위험이 있는 이야기는 엄격하게 금지되어 있었다. 만약 규정을 어길 경우 계정이 모두 삭제되었다. 안나가 〈은화의 집회〉를 운영했고, 매일 저녁 6시에 시작해 이야기할 사람이 없을 때까지 계속되었다.

집회에 나온 참가자들의 고민은 다양했다. 학교에서 따돌림을 당하는 학생도 있었고, 난치병을 앓는 사람도 있었다. 대개는 젊은 사람들이었지만 간혹 나이 많은 남자도 있었다.

처음에는 참가자들의 이야기를 듣고 무한한 동정심을 느꼈지만 점차 열등감으로 번져갔다.

'내가 저들의 이야기를 듣고 아파할 자격이 있을까?'

집회 참가자 가운데 형이 자살하고 나서 줄곧 자책해온 사람이 있었다. 부모에게 학대를 받고 자라 성인이 되어서도 사람을 믿지 못해 직장 생활을 할 수 없었다고 고백한 사람도 있었다.

구루미는 그들에 비해 자신의 고민이 너무 가벼워보였다. 쇼타에게 차이고, 대학 입시에 낙방하고, 한부모 가정이고, 아버지와 소원하게 지낸다는 것이 과연 고뇌 축에 낄 수 있을지 의문이었다.

'내가 자해를 하는 이유는 그저 참을성이 없기 때문이 아닐까?'

그런 생각이 든 이후 〈은화의 집회〉에 가고 싶지 않았다. 산책을 하거나 집을 꾸미는 것만으로도 즐거웠기에 집회에 대한 아쉬움은 없었다.

오늘은 벽에 걸어둘 그림을 살까? 아니면 드라세나 화분을 살까?

구루미는 정원에 난 잡초를 모두 뽑고 나서 들뜬 마음으로 집에 들어갔다.

"헤이즐!"

고양이 이름을 '헤이즐'로 정했다. 헤이즐(개암나무)이나 구루미(호두)는 견과류에 속했다. 고양이의 엷은 황토색 눈이 헤이즐을 연상케 해 붙인 이름이었다.

"헤이즐, 숨바꼭질하자."

집은 거실, 주방, 침실로 되어 있었다. 헤이즐은 얌전히 앉아 있지 않고 하루 종일 집 안을 부지런히 오갔다. 고양이가 살금살금 다가오는 모습, '야옹' 소리를 내며 우당탕탕 뛰어다니는 모습이 귀엽기 그지없었다.

"헤이즐, 밥 줄게 어서 나와."

구루미는 평소와 달리 아무런 기척이 없자 거실 문을 열었다.

"헤이즐!"

고양이가 천장을 보고 누워 몸에 경련을 일으키고 있었다.

*

구루미는 손이 아플 정도로 컨트롤러를 쥐고 안나의 집을 향해 가고 있었다. 여전히 함박눈이 내리고 있었다. 버튼을 아무리 강하게 눌러도 VR 공간에서 빨리 달린다는 건 애초부터 불가능해보였다.

구루미는 걸음이 느려 초조하고 답답했다.

'고양이는 하루에 한 번 먹이를 주면 죽지 않아요.'

매일이다시피 〈은빛 나라〉에 들어와 고양이 먹이를 챙겨 주었다. 어제 〈은빛 나라〉에 로그인한 시간이 기억나지 않았다. 현재 시간이 오후 5시니까 어제 로그인한 시간이 오전이었다면 24시간이나 지난 상태였다.

헤이즐은 여전히 흰자위를 드러낸 채 움찔움찔 경련하고 있었다. VR 영상이라는 걸 알고 있었지만 가슴이 찢어질 듯 아팠다.

"이 길을 걸어가다 보면 굴뚝이 두 개인 집이 나옵니다. 왼쪽 굴뚝 끝이 빨간색인 집입니다. 거기서 좀 더 걸어가다 보면 바다 바로 앞에 안나라는 문패가 걸려 있는 집이 나옵니다. 나쓰 님, 언제나 우리가 함께한다는 걸 잊지 말아요."

바다 쪽으로는 처음이었다. 이제 보니 안나의 설명은 부정확했다. '두 개의 굴뚝이 있는 집'이 아니라 나란히 서 있는 두 채의 집에 굴뚝이 하나씩 있었다. '왼쪽 굴뚝 끝에 빨간색이 칠해져 있다.'라는 설명도 올바르지 않았다. 두 개의 굴뚝을 모두 빨간 벽돌로 만들었을 뿐이었다.

돌바닥이 뚝 끊기더니 울퉁불퉁한 바위 절벽이 나타났다. 아찔한 절벽 아래로 넓은 바다가 펼쳐져 있었다. 눈이 어찌나 많이 내리는지 바다와 하늘의 경계선이 사라지고 없었다.

바위 절벽으로부터 가장 가까운 집에 '안나(Anna)'라는 문패가 걸려 있었다.

구루미는 컨트롤러를 조작해 안나의 집 문을 두드렸지만 반응이 없었다.

'현재 시간은 오후 5시. 저녁부터 밤까지 〈은빛 나라〉에 로그인하고 있을 거라고 했으면서 왜 안 나타나지?'

문을 계속 두드리며 이름을 큰 소리로 불러보았지만 안나는 감감무소식이었다.

안나가 없다고 해서 크게 문제될 건 없었다. 어차피 VR 환경이었고, 헤이즐은 실제로 존재하는 고양이는 아니니까.

수학에서 허수는 일부러 기록하지 않으면 존재하지 않는다. 이 가상 현실 역시 고글을 벗고 전원을 끄면 존재하지 않는 무의 세계로 돌아간다.

서글픈 감정을 맛보면서 계속 로그인할 필요는 없었다. 구루미는 고글의 전원 버튼을 손가락으로 만지작거렸다. 버튼을 누르는 즉시 이 세계는 사라지게 되어 있었지만 결단을 내리기가 힘들었다. 이 세계가 사라져 버리면 다시 이전의 우울한 일상으로 되돌아가야만 할 테니까.

잔뜩 어지럽혀진 방, 전혀 집중이 되지 않는 참고서, 전차로 한 정거장만 가도 피곤해지는 몸, 계속 반짝이는 신호를 보내며 혼자라는 사실을 절감하게 만드는 인스타, 문밖에서 안절부절못하며 딸의 안위를 염탐하는 아빠를 마주해야 하는 현실이 두려웠다.

구루미는 좀 전에 왔던 길을 돌아보았다. 현재 위치해있는 곳이 지대가 높아 거리 전체가 다 내려다보였다. 다양한 색깔의 집들에서 주위의 어둠을 사르는 불빛이 흘러나오고 있었다. 아기자기한 불빛들이 새어나오는 각각의 집에 자신처럼 외로운 사람들이 살고 있다고 생각하자 가슴이 먹먹했다.

구루미는 한숨을 푹 내쉬고 나서 전원 버튼에 대고 있던 손가락을 컨트롤러로 옮겼다. 그녀는 집을 향해 걸어가면서 생각을 정리했다.

어떻게 하면 고양이를 치료할 수 있을까? 앞으로 한 시간만 더 있으면 〈은화의 집회〉가 시작되니까 발언권을 얻어 어떻게 하면 안나를 만날 수 있는지 물어봐야겠어.

집이 가까워지면서 펑펑 쏟아지던 함박눈이 소강상태로 접어들었다. 구루미는 집으로 들어가려고 문을 열다가 화들짝 놀랐다. 집 안에 커다란 곰이 있었다. 물론 진짜 곰이 아니라 곰 캐릭터였다. 곰이 구루미를 향해 손을 흔들었다. 곰의 머리 위쪽에 '긴시로'라는 이름이 붙어있었다. 긴시로가 안쪽 거실을 향해 손뼉을 두 번 쳤다. 그 순간 거실에서 헤이즐이 달려 나왔다.

"헤이즐!"

어느새 기력을 완벽하게 되찾은 헤이즐이 긴시로의 발치에 찰싹 달라붙어 꼬리를 흔들어댔다.

"긴시로 님, 정말 감사합니다."

"야옹!"

헤이즐이 구루미를 향해 달려왔다. 긴시로가 부끄러운 듯 머리를 긁적이는 이모티콘을 날려 보냈다.

8. 고스케 9월 14일

니시신주쿠에서 미야코와 함께 택시를 탔다. 비가 많이 내려 빗물에 발이 흠뻑 젖어들었다. 미야코가 손수건을 꺼내 옷에 묻은 빗물을 훔쳤다. 고스케도 손수건으로 비에 젖은 머리칼을 닦았다.

오늘은 지난 한 달 동안 〈레테〉에서 진행한 상담에 대해 자체적으로 되짚어보는 회의가 열렸다. 니시신주쿠에 위치한 회의실에서 두 시간 정도 회의가 진행되었다. 매달 한 번씩 회의를 진행하고 점심 식사를 한 다음 해산하는 게 관례처럼 되어 있었다. 열다섯 명인 상담원 가운데 열두 명이 회의에 참석해 활발한 토론을 진행했다.

택시 뒷좌석에 앉은 미야코는 노트북을 펼쳤다. 그녀는 요즘 몸이 두 개가 있어도 모자랄 만큼 바쁜 나날을 보내고 있었다. 오늘 오후에는 세무사와 미팅이 있었고, 지자체 복지과 사람들과의 간담회가 예정되어 있었다. 저녁에는 정기적으로 기부금을 내는 법인 사람들과 회식이 잡혀 있었다. 고스케도 회식 자리에 나가기로 되어 있었기 때문에 그 이전에 모든 업무를 마무리 지어야 했다.

"히가시신주쿠로 가 주세요."

"죄송하지만 도쿄에서 운전을 시작한 지 얼마 안 돼 내비게이션에 주소를 입력해야 할 것 같습니다. 주소를 불러 주시겠습니까?"

택시기사는 관서지방 사투리를 쓰고 있었다. 적어도 도쿄에서 택시 운전을 하려면 히가시신주쿠 정도는 알고 있어야 한다는 생각이 들었지만 그렇다고 대놓고 나무랄 수는 없었다.

룸미러에 비친 택시기사의 눈빛을 보니 전혀 주눅 들지 않고 당당해보였다. 고스케가 주소를 불러주자 택시기사가 내비게이션에 입력했다.

"얼마 전까지 교토에서 택시 운전을 했습니다. 거긴 길이 바둑판처럼 잘 정비되어 있어 좋았는데, 도쿄는 지리가 어찌나 복잡한지 적응하기 쉽지 않네요."

"도쿄는 복잡한 도시죠."

"교통 정체도 정말 심해요. 괜히 도쿄에 왔나 봐요."

미야코가 발끝을 꼼지락거렸다. 노트북을 켜고 문서를 정리하고 있는데 택시기사가 자꾸 주저리주저리 말을 늘어놓는 바람에 집중하기 힘든 듯했다.

"그중에서도 신주쿠 지리가 정말 헷갈려요. 지난번에는 어떤 손님이 게이오선 입구로 가달라고 했는데 제가 잘못 들어 게이오신선으로 간 거예요. 손님이 어찌나 화를 내던지 진땀을 뺐어요."

"도쿄에 오래 산 사람도 신주쿠 지리는 어려워하죠."

고스케는 비로소 조용해진 차 안에서 밖으로 눈길을 던졌다. 비가 추적추적 내리고 있었다.

추를 만나 이야기를 나눈 지 일주일이 지났지만 아직 연락이 오지 않았다. 이번 주에는 상담 업무가 많아 정신없이 바쁘게 보냈다. 미야코는 여전히 기분이 풀리지 않은 듯 냉랭한 태도로 일관했다. 고스케가 가끔 농담을 건네도 외면하기 일쑤였다.

〈레테〉가 현재의 상담 시스템을 갖추게 된 건 추의 도움이 컸다. 추가 개발한 채팅 애플리케이션이 없었다면 상담을 진행하는 데 애로사항이 많았을 것이다. 고스케는 미야코가 추를 이렇게까지 불신하도록 방치한 걸 후회했다. 두 사람이 관계를 개선할 수 있도록 진작 적극적으로 중재 역할을 했어야 마땅하다는 생각이 들었다.

미야코가 추를 불신하는 이유는 명확했다. 3년 전, 추는 아동 포르노 DVD 소지 혐의로 유죄 판결을 받았다. 그 당시 경찰은 아동 포르노를 취급하던 성인용품점을 압수수색해 수백 명의 고객 명단을 확보했다. 그 명단에 추도 포함돼 있었고, 경찰은 전원 기소했다.

압수수색 영장을 발부받은 경찰이 추의 집에 들이닥쳐 컴퓨터와 책장을 뒤졌다. 아동 포르노가 들어있는 DVD가 추의 책장에서 발견되었다. 추는 재판 과정에서 일관되게 성인용품점을 이용하거나 DVD를 구입한 적이 없다며 혐의를 완강하게 부인했지만 경찰은 이미 확실한 증거를 확보하고 있었다. 추의 신용카드에 DVD를 구입한 기록이 남아 있었고, 배송지는 〈알바트로스〉, 받는 사람은 시로마 추로 되어 있었다. 추는 유죄가 확정되었고, 20만 엔을 벌금으로 냈다.

〈알바트로스〉는 불미스러운 일에 휘말린 추를 해고했다. 전도유망한 추가 회사에서 쫓겨난 사건은 게임 업계에 충격을 안기며 소문이 파다하게 퍼져 나갔다. 그 이후 추는 게임 회사에서 더는 일할 수 없게 되었다. 최고의 게임 개발자가 되고자 했던 추의 꿈은 여지없이 물거품이 되어 버렸다.

"차라리 자살이라도 했으면 좋겠어."

추는 해고되고 나서 3개월쯤 되었을 때 초췌한 모습으로 고스케를 찾아왔다. 그는 심각한 우울증을 앓고 있었다.

"미후네가 나를 함정에 빠뜨리려고 꾸민 계략이야. 나는 아동 포르노 DVD를 구입한 적이 없어."

미후네는 〈알바트로스〉 입사 동기였다. 미후네가 만든 게임은 사내에서의 평판도 미지근했고, 상업적으로도 참패를 당했다. 그 반면 추가 만든 게임은 시장에서 선풍적인 인기를 끌었다. 그 결과 추는 입사 동기인 미후네보다 훨씬 더 많은 연봉을 받게 되었다. 미후네는 추를 함정에 빠뜨릴 계획을 세웠다. 사무실에서 추가 자리를 비운 사이 지갑에 들어 있던 신용카드를 몰래 빼내 아동 포르노 DVD를 주문했다. 미후네는 배송지를 회사 주소로 해놓고 택배로 배달되어온 DVD를 몰래 수령했다. 그 당시 추는 회사 동료들을 집으로 자주 초대했다. 미후네는 추의 집에 초대를 받아 간 날, DVD를 책장에 꽂아두었다.

"미후네는 지고는 못 사는 놈이야. 미후네가 쳐놓은 덫에 걸려든 내가 바보지."

추의 말이 진실인지 여부는 확인할 방법이 없었다. 모든 게 미후네가 꾸민 모략이었다는 추의 주장을 곧이곧대로 믿어야 할지 알 수 없었다. 추가 단 한 번이라도 신용카드 명세서를 확인했거나 책장에 꽂아둔 DVD를 발견했더라면 미후네의 계획은 수포로 돌아갈 수밖에 없는 상황이었다. 미후네가 쉽게 발각될 수도 있는 위험을 무릅쓰고 과연 그런 짓을 꾸몄을지 판단하기 어려웠다.

추는 회사에서 쫓겨난 이후 극심한 우울증에 시달렸다. 고스케는 죽고 싶다는 말을 되뇌는 추를 정신과로 데려갔다. 추는 꾸준히 심리 상담을 받고, 정신과에서 처방해준 우울증 약을 복용하면서 겨우 정신을 차리게 되었다. 게임 회사에서 불명예스럽게 추방된 사건은 추에게 여전히 극복하기 힘든 트라우마로 남았다. 추는 더 이상 게임 개발을 할 수 없게 되었기에 휴대폰 애플리케이션 개발자가 되었다.

고스케의 의뢰로 추는 상담에 필요한 채팅 애플리케이션을 개발해 주었다. 미야코는 추가 게임 회사에서 쫓겨난 이유를 알고 있었다. 포털에서 추의 이름을 검색해보면 너무나 쉽게 알 수 있는 내용이었다. 미야코는 아동 포르노 소지 혐의로 유죄를 받은 추와 가까이 지내는 걸 껄끄러워했다. 그 반면 고스케는 고교 동창생이자 〈레테〉 운영에 큰 도움이 된 애플리케이션을 개발해준 추를 멀리할 수 없었다. 그런 까닭에 세 사람이 한자리에 모이면 늘 어색한 공기가 감돌았다. 미야코는 추가 억울하게 당한 게 사실이라면 적극적으로 해명해주길 바랐지만 추는 그 사건에 대해 언급하는 것 자체를 싫어했다. 미야코가 보기에 추의 태도는 진실을 회피하는 모습으로 비칠 뿐이었다.

택시가 〈레테〉 건물 앞에 멈춰 섰다. 고스케가 먼저 내리고, 미야코가 요금 계산을 마치고 뒤따라 내렸다. 두 사람은 엘리베이터에 올라 3층으로 가는 동안 말을 한마디도 하지 않았다. 평소대로라면 가벼운 농담을 주고받으며 화기애애한 분위기가 조성되었을 텐데 무겁고 어색한 침묵이 이어졌다.

미야코가 엘리베이터에서 내려 사무실로 걸어가다가 갑자기 걸음을 멈추었다. 사무실 문 앞에서 낯선 사람이 얼쩡거리고 있었다. 고스케는 방문자의 정체를 알아보았고, 이내 몹시 긴장했다.

"가쿠나가 씨가 사전 연락도 없이 웬일이지?"

고스케의 머릿속에서 지난번 대면 상담을 했을 당시 금빛 쇠붙이를 손에 쥐고 의도를 알 수 없는 질문을 던지던 가쿠나가 씨의 모습이 되살아났다.

미야코가 속삭이듯 물었다.

"경찰을 부를까?"

지난 5년 동안 사전 약속 없이 사무실을 방문한 상담자는 없었다. 게다가 가쿠나카 씨는 지난번에 흉기를 손에 쥐고 있던 인물이라 은근히 걱정이 되긴 했다.

"일단 무슨 일로 찾아왔는지 알아봐야지."

가쿠나카는 어깨를 아래로 축 늘어뜨리고 〈레테〉의 출입문을 바라보고 서있었다. 〈레테〉는 자살을 방지하는 그물망 역할을 해야하는 단체였고, 어느 정도 위험을 감수할 수밖에 없었다.

"미야코, 당신은 내가 부를 때까지 일층에 내려가 있어. 내가 가쿠나카 씨를 만나 이야기를 나누어볼 테니까."

"위험하지 않을까? 여차하면 도망쳐."

"알았어."

미야코는 엘리베이터가 있는 곳으로 되돌아갔다. 고스케는 가쿠나카를 만나보기 위해 사무실을 향해 뚜벅뚜벅 걸어갔다.

"가쿠나카 씨, 무슨 일이 있습니까?"

가쿠나카가 문을 뚫어지게 바라보고 있다가 고개를 돌려 고스케를 보았다. 피로감에 찌든 얼굴이었다. 지난번처럼 손에 금빛 쇠붙이를 쥐고 있는지는 알 수 없었다.

"지난번에 만나 뵌 이후 많이 걱정했습니다. 일단 카페로 자리를 옮겨 이야기를 나눌까요?"

가쿠나카는 대답도 하지 않고 잠시 고스케를 빤히 바라보다가 입을 열었다.

"여기저기 돌아다녀 봤는데 아직 결론을 내리지 못했어요."

"결론이라면?"

"정신병원에 가야할지 그냥 집에서 버텨야할지."

"지난번에도 그 문제로 고민하셨죠. 요즘도 자해를 하십니까?"

"요즘은 자해 행위는 하지 않습니다. 매일 집 안에 틀어박혀 지냈죠."

고스케는 그가 심각하게 고민하고 있는 문제가 뭔지 여전히 알 수 없었다.

"왜 집 안에 틀어박혀 지냈는데요? 외출하는 게 꺼려집니까? 아니면 누군가 외출하지 못하게 강제로 막던가요?"

"외출을 막는 사람은 없습니다. 저도 제 마음을 모르겠어요."

"오늘은 이렇게 외출하셨잖아요?"

"가끔 그럴 때도 있습니다."

"외출할 수 있을 때와 없을 때의 차이가 뭘까요?"

"모르겠어요."

정말 모르는 건지 털어놓기 싫은 건지 알 수 없었다. 괜히 꼬치꼬치 캐물으면 지난번처럼 위험한 행동을 할까 봐 걱정되었다.

"여기저기 돌아다녔다고 하셨죠? 어딜 그렇게 돌아다녔습니까?"

"자살 방지 상담센터를 찾아다녔습니다."

"요즘은 자해를 하지 않는다고 하셨죠? 목숨을 끊고 싶다는 생각을 완벽하게 떨쳐 버렸습니까?"

"모르겠습니다."

"여전히 기분이 우울합니까?"

"네."

"정신과 의사를 찾아가 진료를 받아 보길 권합니다. 좋은 해결책이 될 수도 있습니다. 우울증은 정신과 상담과 약 처방만으로도 충분히 개선될 수 있으니까요."

가쿠나카는 눈을 껌벅이며 고스케의 말을 경청하고 있었다.

"우울증을 극복해야 기분 좋게 외출할 수 있죠. 한시바삐 정신과 의사를 만나 상담을 받아보는 게 좋겠습니다."

"저는 그런 말을 듣고자 찾아온 게 아닙니다."

칼로 찌르듯 날카로운 말투였다.

"제가 지금껏 했던 말을 흘려들었나 봐요."

가쿠나카의 눈에 실망감이 어렸다.

"저는 그저 집 밖으로 나가지 못하는 게 정신과 의사를 찾아가봐야 할 만큼 심각한 병인지 알고 싶었을 따름입니다."

"심각한 병이 아니더라도 정신과 의사를 만나 상담을 받아보면 큰 도움이 될 겁니다."

"제 마음을 헤아리지 못하는군요. 당신도 다른 사람들과 전혀 다를 바가 없네요."

갑자기 눈앞이 흔들렸다.

고스케는 그가 휑하니 발길을 돌리고 복도를 걸어가는 모습을 우두커니 지켜볼 수밖에 없었다. 상담자들 가운데 도무지 무슨 뜻인지 알아들을 수 없는 이야기를 하는 사람들이 더러 있었다. 가쿠나카도 그런 부류에 속했다.

고스케가 급히 뒤따라가 팔을 잡자 가쿠나카가 뒤돌아보았다.

"죄송합니다. 제가 미숙했어요."

가쿠나카는 자신의 심리 상태를 정확하게 설명하지 못하는 사람이었다. 분명 뭔가 심각한 고민이 있는데 효과적으로 설명하지 못했다. 그런 사람들에게 도움을 주지 못한다면 자살 방지 상담센터는 존재할 가치가 없다는 생각이 들었다.

"제 생각이 짧아 가쿠나카 씨가 들려준 이야기를 이해하는 데 부족한 점이 많았습니다. 다시 한번 이야기를 들려주신다면 정신을 집중하고 주의 깊게 듣겠습니다."

가쿠나카의 표정은 여전히 가면을 쓴 듯 경직돼 있었지만 일단 대화 테이블에는 앉을 것 같은 느낌을 받았다.

고스케의 머릿속에서 한 가지 가설이 떠올랐다.

상담자들과 대화를 나눌 때는 상대의 속마음이 무엇인지 간파하는 게 무엇보다 중요했다. 사람은 타인의 감정이나 심리 상태를 정확하게 알 수는 없다. 만약 상대의 마음을 알더라도 서로 호의적인 느낌으로 대화를 나눌 수 있는 방법을 찾아내긴 쉽지 않다. 정작 서로 상대의 이야기를 주의 깊게 경청하느라 핀트가 어긋나는 경우도 더러 있다. 여러 가지를 고려하다가 오히려 핵심을 잃어버린 경우이다.

가쿠나카는 자신이 그동안 어렵게 이야기를 들려주었는데 왜 못 알아듣느냐며 불쾌해하고 있었다.

고스케는 일반적인 경우에는 취하지 않는 방법을 써보기로 했다.

"제가 좀 전에 한 말은 취소하겠습니다. 정신과 의사를 찾아가지 않아도 괜찮습니다. 요즘은 자해 행위를 하지 않는다고 했죠?"

"네, 최근에는 자해 행위를 한 적이 없습니다."

"만약 자해 행위를 지속적으로 하고 있다면 정신과 의사를 찾아가 상담을 받아보는 게 좋은 해결책이 될 수 있겠죠. 지속적으로 자해를 시도하는 사람들의 자살률이 일반인보다 훨씬 높기 때문에 조속히 정신과 의사를 만나보는 게 좋습니다. 다만 은둔형 외톨이인 경우는 예외입니다. 심리 질환이 원인인 경우 정신과 의사를 찾아가 봐야 하지만 대인관계에 문제가 있거나 경제적인 문제로 스스로 외톨이가 된 경우에는 정신과 의사를 찾아가봐야 좋은 해결책이 될 수 없겠죠."

"그럼 어떻게 해야 할까요?"

가쿠나카의 태도가 분명 좀 전과 확연히 달라졌다는 걸 느낄 수 있었다.

"은둔형 외톨이도 저마다 사정이 다르기 때문에 확정적으로 말하기는 힘듭니다. 우선 본인과 가족들이 처해 있는 상태, 앞으로 어떻게 되길 바라는지 희망 사항을 들어볼 필요가 있겠죠."

"좀 더 구체적인 정보가 필요하다는 말입니까?"

"네, 바로 그겁니다."

이제 조금만 더 앞으로 전진하면 가쿠나카가 처해 있는 문제의 핵심을 간파할 수 있을 거라는 예감이 들었다.

"자, 이제 저에게 허심탄회하게 이야기를 들려 주세요."

"정말 고마웠습니다."

"갑자기 무슨 말씀이시죠?"

가쿠나카는 재빨리 몸을 돌려 엘리베이터를 향해 걸어갔다. 미처 말릴 틈이 없었다. 고스케는 그 자리에 서서 그의 뒷모습을 물끄러미 바라보았다.

내가 해준 말이 가쿠나카에게 도움이 됐을까?

가쿠나카가 원한 대답을 들려주긴 했지만 도움이 됐을지는 미지수였다.

미야코가 다가오며 말했다.

"수고했어."

이제 미야코의 얼굴에 심통 대신 신뢰와 애정이 담겨 있었다.

"당신이 그에게 해준 말을 모두 들었어. 사실은 아래층으로 내려가지 않고 엘리베이터 근처에 있었거든."

"내가 좀 서툴렀지?"

"아니, 전혀 그렇지 않아. 솔직히 말하자면 당신이 최선을 다하는 모습에 깊은 감명을 받았어. 당신보다 말을 번지르르하게 잘하는 사람은 있겠지만 진정성이 느껴지지 않으면 신뢰받기 어렵지. 당신의 진심만큼은 아무도 못 따라갈 거야. 당신은 역시 인정이 많고, 책임감이 강한 사람이야."

다른 사람에게서는 이미 여러 번 들은 말이었지만 미야코의 입을 통해 듣게 될 줄은 미처 몰랐다.

"내가 당신을 잘못 보지 않았다는 게 기뻐."

고스케는 모처럼 미야코가 활짝 웃는 모습을 보자 기분이 좋았다.

9. 구루미 8월 12일

"이겼다!"

모니터에 'YOU WIN'이라는 글자가 나타나 있었다.

구루미는 패미콘*으로 게임을 하고 있었다. 구식 게임이었지만 의외로 재미있어 틈만 나면 즐기게 되었다. 화면에서 전자음이 흘러나왔다. 긴시로가 '좋아요'를 날린 탓이었다. 구루미도 그에게 '좋아요'를 날려 주었다.

〈은빛 나라〉에서는 다양한 오락을 즐길 수 있었는데 게임도 그중하나였다. 게임의 종류도 무척이나 다양했다. 주로 구루미가 태어나기 전에 세상에 나온 게임들이라 그래픽이 촌스러웠지만 배우기 수월하다는 게 장점이었다. 여전히 시판되고 있는 게임들이었고, 공짜

* Famicon 일본식 조어로 '패밀리 컴퓨터' 즉 TV 게임용 컴퓨터를 말한다

165

로 즐길 수 있게 된 배경을 알 수 없었다. 화면을 자세히 보면 하단부에 자그마한 글씨로 '제조업체로부터 소프트웨어를 무상 제공 받았습니다.' 라는 문구가 나와 있었다.

TV화면은 이제 자동차 레이스 게임으로 바뀌어 있었다. 구루미는 며칠 동안 주로 긴시로와 게임을 하며 놀았다. 긴시로는 〈은빛 나라〉에 로그인한 지 오래된 사람이었다. 〈은빛 나라〉에서 다양한 게임을 즐길 수 있다는 걸 알려준 사람이 바로 긴시로였다. 헤이즐이 죽기 직전에 구해 준 사람도 바로 그였다.

긴시로는 〈은빛 나라〉 경험이 많아 모르는 게 없었다.

"아, 이런! 또 졌네."

구루미의 차가 코스 이탈을 반복하다가 결국 전복되었다. 긴시로가 웃는 모습을 한 이모티콘을 보내왔다. 구루미가 엄지를 아래로 향하는 이모티콘을 보내자 긴시로가 짐짓 큰 충격을 받은 표정을 지었다. 긴시로는 다양한 감정을 나타내는 이모티콘을 두루 갖추고 있었다. 그는 이모티콘을 활용해 섬세한 감정 표현을 했고, 구루미도 조금씩 배워가고 있었다.

긴시로가 오늘 게임을 마무리해야겠다는 뜻으로 두 번 박수를 치고 나서 집 밖으로 나갔다. 구루미도 그를 뒤따라 나섰다. 행인들이 인사를 하자 긴시로는 일일이 반갑다는 뜻이 들어 있는 이모티콘을 보내 주었다. 정말이지 성실한 사람이라는 생각이 절로 들었다.

'대체 잠은 언제 자는 거야?'

긴시로는 〈은빛 나라〉에 로그인할 때마다 먼저 들어와 있었고, 구루미가 애로 사항이 있어 도움을 요청하면 즉시 와 주었다. 가끔 우스꽝스러운 이모티콘을 보내 구루미의 기분을 풀어 주기도 했다. 구루미는 〈은빛 나라〉에서 인기가 많은 긴시로와 늘 함께할 수 있어 은근히 우월감을 느끼고 있었다.

그때 하늘에서 종소리가 울려 퍼졌다.

처음 듣는 종소리야. 무슨 뜻이지?

"〈은빛 나라〉 이용자 여러분."

하늘에서 안나의 목소리가 울려 퍼졌다.

"아르테미스 님의 미션을 전하겠습니다. 모두들 하늘을 올려봐 주세요."

처음 〈은빛 나라〉에 로그인할 때 아르테미스 님의 미션이 있다는 말을 들었던 기억이 났지만 실제로 경험하는 건 처음이었다.

빨려들 듯 파란 하늘이 어두워지더니 밤이 찾아왔다. 밤하늘을 가득 채운 별들이 영롱한 빛을 뿌리며 반짝였다.

밤하늘에 글자가 새겨졌다. 마치 은색 실로 수를 놓은 듯 아름다운 글자였다.

'높은 탑 그림을 바쳐라.'

*

구루미는 미션의 내용을 이해할 수 없어 거리를 헤매다가 안나에게 물었다.

"미션 내용을 보긴 했는데 도대체 무슨 뜻인지 모르겠어요."

안나는 은색 드레스 차림이었다. 아르테미스가 미션을 내릴 때마다 특별히 입는 드레스라고 했다. 은색 드레스로 몸을 감싼 안나의 모습이 무척이나 아름다웠다.

"VR이 아닌 현실 세계에서 고층 건물 사진을 찍어 오라는 뜻입니다. 몇 층 이상 되어야 한다는 전제는 없으니까 마음에 드는 건물을 선택해 사진을 찍은 다음 업로드하면 됩니다. 미션을 이행하면 특별한 아이템을 선물로 받게 될 겁니다."

〈은빛 나라〉에는 전용 업로더가 있기 때문에 사진을 업로드할 때 이용하면 된다고 했다.

"안나 님은 한동안 안 보이던데 어디에 다녀오셨나요?"

안나는 일주일 정도 자취를 감추었다가 다시 나타났다. 그녀가 자리를 비우는 바람에 한동안 〈은화의 집회〉도 열리지 않았다.

"건강이 안 좋아 잠시 쉬었어요. 이제 다 나았으니 괜찮아요. 걱정을 끼쳐드려 죄송합니다."

안나가 건강해졌다는 뜻으로 알통 이모티콘을 보내 주었다. 구루미는 지체 없이 '좋아요'로 화답했다.

"넛츠 님도 이제 〈은빛 나라〉에 많이 익숙해진 듯해요."

"〈은빛 나라〉에서 매일 즐거운 시간을 보내고 있어요."

"정말 다행입니다. 아직 〈은화의 집회〉에 참석해 발언하는 모습을 보지 못했는데 하고 싶은 말이 있으면 마음에 담아두지 말고 언제든 지 허심탄회하게 털어놓으세요."

구루미는 많은 사람들 앞에서 개인적인 이야기를 털어놓는다는 게 아직은 내키지 않았지만 '좋아요'를 보내 주었다.

우선은 미션을 이행하고, 특별한 아이템을 선물로 받고 싶었다.

구루미는 로그아웃하고 나서 〈센징〉을 벗었다.

*

한낮의 태양이 눈부셨다. 요즘은 방에 틀어박혀 지내는 시간이 많 아서인지 밖으로 나오면 저절로 몸이 움츠러들었다. 2주 전, 오차 노미즈역으로 고글을 가지러 갔을 때 이후 외출은 처음이었다. 마트 에서 식재료를 구입하는 건 아빠가 해주고 있었다.

햇살이 뜨거워 이마에 땀이 송골송골 맺혔다.

통일감이라고는 없이 저마다 제멋대로 생긴 맨션, 단독주택, 편 의점, 주차장이 불규칙하게 늘어서 있었고, 담장 아래에는 잡초들이 무성하게 자라 있었다. 콘크리트 바닥 여기저기에 새똥이 떨어져 있 었고, 머리 위로는 전선줄이 복잡하게 얽혀 있었다.

문득 눈앞에 갈색 줄무늬 고양이가 나타났다. 음식을 제대로 먹지 못한 듯 몸이 비쩍 마른 데다 허리 부분이 움푹 들어가 있었다. 힘없이 걸어가던 고양이가 그 자리에 멈춰 섰다. 고양이와 눈이 마주치는 순간 〈은빛 나라〉의 헤이즐이 떠올랐다.

구루미는 몸을 숙여 고양이의 등을 쓰다듬어 주려다가 깜짝 놀랐다. 고양이가 몹시 체념 어린 표정을 짓고 있었다. 눈에 경계심이나 공포를 담고 있지 않았고, 될 대로 되라는 식이었다.

고양이는 다시 터덜터덜 걷기 시작했다. 구루미는 왠지 기분이 씁쓸했다. 헤이즐이었다면 몸을 쓰다듬어 주길 바랐을 텐데.

〈은빛 나라〉는 아름다운 곳이었지만 현실 세계가 아니었다. 대학에 들어가고, 취직을 하고, 결혼을 하게 될 경우 〈은빛 나라〉를 떠나야 할 거라고 생각하자 마음이 씁쓸했다. 〈은빛 나라〉를 떠난다면 마음의 평화를 유지하며 활기차게 살아갈 자신이 없었다.

〈은빛 나라〉에 기대는 건 위험해.

대학에 입학하고, 현실 세계에서 보내는 시간이 많아지면 〈은빛 나라〉가 없는 생활에 익숙해지게 될 수도 있었다. 아직 대학에 들어가기 전이라 〈은빛 나라〉에 기대는 것일 수도.

사진을 찍어야 하는 건물은 집에서 10분 정도 거리인 혼고대로변에 있었다. 5년 전에 지은 십이층짜리 건물로 완만한 유선형 벽을 따라 유리창이 격자 모양으로 박혀 있었다. 고교 시절부터 시선을 끌었던 건물이었다. 건물 옥상에 거리를 내려다보며 차를 마실 수 있는 정원 카페가 있었다. 현실 세계는 매력적인 장소와 지저분한 골목이 혼재되어 있는 곳이었다.

구루미는 휴대폰 카메라로 건물을 찍고 나서 업로더에 올리려고 브라우저를 열었다.

"구루미?"

갑자기 뒤에서 익숙한 남자 목소리가 들려왔다. 돌아보니 쇼타가 서 있었다. 쇼타는 보기 좋게 그을린 갈색 피부에 몸에 살집이 적당하게 붙어 한결 어른스러운 분위기를 풍겼다.

이럴 줄 알았으면 화장이라도 하고 나올 걸.

쇼타와 사귈 당시만 해도 민낯이든 화장한 얼굴이든 상관없었는데 지금은 많이 의식되었다.

구루미는 쇼타와 함께 이 건물 옥상에 있는 카페에 자주 들렀던 기억이 났다. 쇼타의 집이 이 근방이라 우연히 마주칠 수도 있는 가능성을 배제할 수 없었지만 마치 약속이라도 한 듯 딱 마주칠 줄은 미처 몰랐다.

그들은 나란히 서서 길을 걸었다. 쇼타의 걸음걸이가 예전에 비해 빨라진 느낌이 들었다.

"구루미, 요즘 어떻게 지내?"

"당연한 일이지만 대입 시험공부를 하고 있어."

"학원은 안 다녀?"

"학원비가 없어. 대학도 국립이 아니면 힘들어. 국립대학에 들어가더라도 반드시 장학금을 받아야 해."

"넌 잘 해낼 수 있을 거야."

구루미는 어색한 대화를 주고받는 가운데 쇼타와 함께했던 지난 날을 떠올려보았다.

쇼타는 겉보기와는 달리 내성적인 편이었다. 상대가 무심코 내뱉은 말을 확대 해석해 스스로 상처 받는 경우가 많았다.

"요즘도 배구해?"

분위기가 어색해지려고 할 때면 배구 이야기가 제격이었다. 쇼타와 사귈 때 구루미는 배구 이야기를 꺼내 어색한 분위기를 무마한 적이 많았다.

"배구를 그만두었어."

"아니, 왜?"

"내 실력으로 선수로 뛰는 건 불가능했어. 지구 예선 시합에서 겨우 한 게임만 이기면 만족했던 팀의 리베로를 누가 받아 주겠어. 1부 리그 선수들이 연습하는 걸 지켜봤는데 다들 괴물 수준이더군."

"1부 리그 팀이 아니라 수준에 맞는 팀을 찾아볼 수는 있잖아."

"내 실력은 내가 가장 잘 알아. 성인 팀에서 선수로 뛸 수준이 아니야. 배구에 대한 미련을 버리려고 유니폼을 코트에 벗어두고 떠나왔지."

리베로는 동료 선수들과 다른 색 유니폼을 입었다. 동료 선수들은 모두들 하얀 유니폼을 입었는데 쇼타만 검은색을 입고 뛰었다. 쇼타가 공을 받기 위해 코트를 누비던 모습은 흑표범을 연상케 했다.

"너의 플레이를 좋아했는데 안타까워."

쇼타와 사귈 때는 차마 부끄러워 하지 못했던 말이 자연스럽게 흘러나왔다. 그만큼 거리가 생겼다는 뜻이었다.

어느새 인적이 드문 길까지 와있었다.

쇼타가 갑자기 말했다.

"미안해, 구루미. 그때는 내가 너무 어릴 때라 나만 생각했어. 내가 너의 대입 시험을 망치게 했다는 생각에 마음이 무거웠어."

"절대로 네 탓이 아니야. 공부에 열중하지 못한 건 전적으로 내 잘못이야."

"이번 시험은 진심으로 응원할게. 부디 합격하길 바라."

쇼타의 말을 들으니 가슴 한구석에 남아 있던 앙금이 풀리는 느낌이었다. 쇼핑몰에서 헤어지자는 말을 하던 쇼타와는 전혀 다른 모습이었다.

"대학 생활은 어때?"

"그냥 그래. 최근에 스이도바시에 있는 칵테일 바에서 아르바이트를 시작했어."

"아직 미성년자인데 술집에서 일할 수 있어?"

"대학생이니까 문제없나 봐. 칵테일 만드는 법을 배웠어. 손님들에게 만들어 주었더니 맛이 괜찮다고 하더라. 네가 좋아하는 야채주스 칵테일도 있으니까 시간이 되면 놀러와."

"신주쿠에 갈 때마다 야채주스를 마셨던 기억이 나."

"네가 오면 오렌지가 들어간 무알코올 칵테일을 만들어줄게."

"옥상의 정원 카페에도 자주 갔었지."

"넌 거기서 홍차를 주로 마셨어."

"넌 멜론소다."

풀리지 않던 수학 문제가 깔끔하게 풀린 느낌이었다. 쇼타와 다시는 이야기를 나눌 일이 없을 거라고 생각했는데 우연히 기회가 찾아왔다.

쇼타가 어느 한곳에 시선을 집중하며 입에 손을 가져다댔다. 생각에 잠길 때의 버릇이었다.

"사실은 아스카가 나에게 배구를 그만두라고 했어."

아스카라는 이름을 듣는 순간 몸과 마음이 일시에 경직되었다.

"나는 배구를 계속할 생각이었어. 1부 리그가 아니더라도 대학 동아리에 들어가면 얼마든지 배구를 계속할 수 있을 테니까. 아스카는 사이타마에 있는 대학에 다녀. 가뜩이나 거리가 멀어 우린 자주 만날 수 없지. 내가 배구 동아리에 들어가면 아마도 더욱 아스카를 만나기 힘들어질 거야. 아스카는 내가 배구 동아리에 들어가는 걸 반대했어."

"고교 시절에 아스카는 배구부 매니저였어. 그런데 왜 네가 배구를 계속하는 걸 반대했을까?"

"내가 대학 동아리 여자 매니저랑 눈이라도 맞을까 봐 걱정됐나 봐."

"여자라면 네가 아르바이트를 하는 칵테일 바에도 있을 텐데?"

"당연히 있지. 아무튼 그렇게 됐어."

아스카와 사이가 틀어진 건가?

쇼타는 배구를 그만둔 것에 대한 감정의 응어리가 남아있는 듯했다. 응어리가 계속 자라 지금은 종양이 되었을 수도 있었다.

"너라면 오히려 내가 배구를 계속할 수 있도록 용기를 북돋아주었을 텐데."

쇼타의 시선이 얼굴에 닿았지만 구루미는 마주 보지 않고 다른 곳을 바라보았다.

쇼타의 말대로 만약 내가 아스카였다면 배구를 계속할 수 있도록 적극 응원해 주었을 거야.

구루미는 그가 배구 코트에서 종횡무진 활약하는 모습을 좋아했기에 마음이 아팠다.

쇼타가 흘끔거리며 눈치를 살피는 느낌이 들었다.

"사귀는 남자 있어?"

"아니, 없어."

"공부에 열중하느라 많이 힘들 텐데 잠시 놀러 가지 않을래?"

아스카가 인스타에 올린 사진들이 떠올랐다. 눈이 부시도록 빛나던 사진들. 구루미는 늘 그 사진들을 부러운 시선으로 바라보기만 했을 뿐 친구들과 함께 어울리지 못했다.

"구루미, 어디에 가고 싶어?"

"바다."

"바다?"

"바다를 보고 싶어."

〈은빛 나라〉의 풍경이 머릿속에 떠올랐다. VR 영상이지만 바다는 실제와 다름없이 아름답고 웅장했다. 다만 바다 특유의 짭조름한 냄새와 파도의 감촉을 느낄 수 없어 아쉬웠다.

쇼타의 얼굴이 갑자기 굳어 있었다.

"내가 근래에 바다에 간 걸 알고 있었지?"

인스타에서 쇼타가 아스카와 함께 치바의 기노사키 해변에서 찍은 사진을 본 기억이 났다.

"무슨 뜻으로 한 말이야?"

"넌 바다에 대해 별로 관심이 없었잖아. 그런데 왜 갑자기 바다가 보고 싶어진 거야?"

"그냥 바다에 가보고 싶었어. 특별한 이유는 없어."

〈은빛 나라〉에 대해 이야기할 수는 없었다.

"아스카의 말이 사실이었어. 너, 인스타에 자주 들어와 '좋아요'를 누르고 다닌다며?"

"그게 무슨 말이야?"

"배구부 동료들, 고교 시절 친구들이 업로드를 하면 열심히 '좋아요'를 눌러준다고 하던데?"

"'좋아요'를 누르는 게 나쁜 건 아니잖아."

"왜 그런 짓을 하지? 넌 고교 시절 친구들과 자주 만나는 사이도 아니잖아?"

쇼타의 말이 점점 딱딱해지고 있었다.

"혹시 나를 스토킹하는 거야?"

구루미는 그 말을 듣는 순간 등골이 오싹했다.

"말이 너무 심하잖아."

"그럼 왜 별로 관심도 없던 바다에 가고 싶어 하는 거야?"

"사람의 관심은 수시로 변해. 우린 한동안 만나지 못했고, 넌 요즘 내 관심사가 뭔지도 모르잖아."

"넌 왜 바다에 가고 싶었을까? 인스타에서 내가 아스카랑 찍은 사진을 보았기 때문 아니야?"

"아니라는데 왜 내 말을 믿지 않아?"

"고교 시절에도 바로 그런 점이 싫었어. 넌 집착이 너무 강해."

쇼타가 몸을 돌리더니 인사도 없이 멀어져 갔다.

구루미는 울음이 터질 것 같았지만 이를 악물고 참았다. 이런 장소에서 우는 건 너무 창피하니까.

쇼타에게 두 번이나 호되게 당한 느낌이 들었다. 이제 눈앞에 보이는 건 지저분한 거리밖에 없었다.

10. 구루미 8월 13일

〈은빛 나라〉는 파란 하늘로 뒤덮여 있었다. 시야를 방해하는 고층 빌딩도 없고, 얼기설기 늘어선 전선줄도 없어 아름다운 하늘을 맘껏 눈에 담을 수 있었다.

"넛츠 님!"

안나가 다가오며 말을 이었다.

"업로드한 사진을 봤어요. 미션 성공이에요."

쇼타와 헤어진 후 건물 사진을 업로드했다. 안나가 '좋아요'를 보내주었지만 우울한 일을 겪었기 때문인지 좀처럼 기분이 풀리지 않았다.

"미션을 차질 없이 수행했으니 답례품을 보내줄게요. 혹시 아르테미스 님의 저택에 가본 적 있어요?"

"안으로 들어간 적은 없고, 바깥에서 본 적은 있어요."

"그럼 제가 아르테미스 님의 저택으로 안내할게요."

구루미는 별로 내키지 않았지만 앞서 가는 안나를 뒤따랐다.

"정말 궁금해서 그러는데 왜 건물 사진을 찍어 올리라는 미션을 내주었죠?"

"아무리 사소한 일이라도 직접 해봐야 자신감이 생기죠. 〈은빛 나라〉를 찾는 분들에게 뭔가 해냈다는 자신감을 불어넣어 주기 위해 건물 사진을 찍어오라고 한 겁니다."

"시험을 볼 때 쉽고 간단한 문제부터 풀면 마음이 차분하게 가라앉긴 하더군요."

"사람들은 아예 시도해보지도 않고 포기하는 경우가 많아요. 사진으로 담을 피사체를 찾고, 실제로 찍어 업로드하는 건 그리 쉬운 일이 아니죠."

"그다지 어려운 일도 아니던데요."

"우리가 미션을 진행하는 목적이 한 가지 더 있어요. 여러분들이 찍은 사진들을 한자리에 모아 보면 저마다의 매력을 느낄 수 있어요. 넛츠 님이 찍어 올린 건물 사진은 너무 마음에 들었어요. 넛츠 님의 뛰어난 센스를 엿볼 수 있었죠."

칭찬을 받아 기분이 좋긴 했지만 과연 그 정도로 잘 찍은 사진이 었는지 의문이 들기도 했다.

아르테미스 저택은 대문이 활짝 열려 있었다. 안으로 들어서자 돌을 깔아놓은 널찍한 정원이 나왔다. 울타리를 따라 전나무가 심어져 있었다. 진초록 전나무와 파란 하늘이 너무나 잘 어울려보였다.

아르테미스 저택은 웅장한 교회 같은 외양의 석조 건물로 지붕 위에 첨탑이 솟아 있었고, 그 위에 종루가 있었다. 구루미는 안나를 따라 건물 안으로 들어갔다. 건물 내부도 교회처럼 천장이 높고, 홀이 넓었다. 홀 안쪽에 연단이 마련돼 있었다. 교회라면 연단 위쪽에 대형 십자가나 예수상이 설치되어 있기 마련인데 레이스로 된 천으로 덮인 누군가가 서 있었다.

바로 그때 누군가 연단을 향해 걸어왔다.

안나가 한쪽 무릎을 꿇으며 말했다.

"아르테미스 님이십니다."

구루미도 컨트롤러를 조작해 안나와 같은 포즈를 취했다.

화면에 은색 실 같은 글자가 나타났다.

'짐에게 사진을 바친 걸 진심으로 감사하게 생각한다. 답례품을 주겠다.'

화면에서 글자가 사라지더니 세 가지 물건이 풍선처럼 떠올랐다. 곰 인형, 게임기, 약병이었다.

안나가 말했다.

"세 가지 물건 중에서 하나를 고르세요. '곰 인형'은 아바타로 사용할 수 있어요. '게임기'가 있으면 좀 더 다양한 게임을 즐길 수 있겠죠. 약병에는 만능약이 들어있는데 애완동물이 병들면 치료해줄 수 있어요."

만능약이 바로 긴시로가 헤이즐을 치료해 주었을 때 사용한 약인 듯했다. 이제 헤이즐은 건강했고, 게임도 언제 다 해볼지 알 수 없을 만큼 다양하게 보유하고 있었다. 곰 인형을 아바타로 쓰는 건 내키지 않았다. 차라리 액세서리나 옷을 받았으면 좋겠다는 생각이 들었지만 어쩔 수 없이 곰 인형을 선택했다.

아르테미스의 그림자도 어느새 사라지고 없었다.

안나가 말했다.

"자, 이제 가시죠."

구루미는 저택에서 나오자마자 안나에게 물었다.

"〈은빛 나라〉에서 아르테미스 님은 어떤 역할을 하죠?"

"아르테미스 님은 〈은빛 나라〉를 만든 분입니다. 지금 눈에 보이는 하늘과 바다, 땅을 창조하셨죠. 아르테미스 님은 언제나 이용자 여러분들의 안녕과 행복을 기원하십니다."

"아르테미스 님이 〈은빛 나라〉를 개발했다는 뜻인가요?"

"그런 셈이죠."

스피커를 통해 두 사람이 저벅저벅 걷는 소리가 들려왔다.

"아르테미스 님은 이용자 여러분을 진심으로 배려해 주십니다. 저는 아르테미스 님을 만나고 나서 인생이 바뀌었죠."

"가령 어떤 점을 보고 감명을 받았나요?"

"저는 아르테미스 님이 〈은빛 나라〉를 찾는 이용자 여러분들을 진심으로 돕고자하는 마음에 감동했습니다. 그날부터 저는 아르테미스 님을 돕는 걸 사명으로 생각하게 되었죠."

"저도 안나 님을 만나게 되어 기뻐요."

"구루미!"

그때 생각지도 못한 방향에서 갑작스럽게 이름을 부르는 소리가 들려와 순간적으로 몸이 뻣뻣해졌다. 고글을 벗는 순간 안나와 〈은빛 나라〉의 수려한 풍경이 순식간에 사라져 버렸다.

지저분하기 그지없는 방이 구루미의 눈에 들어왔다. 바닥에 페트병이 여기저기 흩어져 있었고, 쓰레기통에는 주먹밥과 샌드위치를 포장했던 비닐이 가득 들어차 있었다.

구루미는 재빨리 고글을 침대 밑에 숨겼다.

"구루미, 아빠가 카레를 만들었는데 같이 먹지 않을래?"

아빠는 평소 이런 친절을 베푸는 사람이 아니었다. 최근 사나흘 동안 구루미가 집안일을 하지 않고 계속 방 안에서 틀어박혀 지내자 걱정이 되어 와본 듯했다.

"아직 배가 안 고파."

"야채를 듬뿍 넣고 만들었는데 조금만 먹어 봐."

"나중에 먹을 테니까 그냥 내버려둬."

여전히 고글이 〈은빛 나라〉에 접속되어 있었다. 아빠와 대화를 나누는 소리가 안나의 귀에 들릴까 봐 걱정되었다.

아빠가 카레를 만든 건 고마운 일이었고, 먹지 않겠다고 거절하는 건 옳지 않았다. 배가 고프지 않더라도 음식을 만든 사람의 성의를 봐서라도 몇 숟갈 뜨는 게 마땅했다. 이제부터라도 아빠와 따로 식사하는 습관을 바꿔야 한다는 생각이 들었다.

아빠에게 '미안해요.'하며 사과하려는 순간 김빠지는 말을 들었다.

"쇼타 녀석이 무슨 말을 했니?"

심장이 쿵쾅거리며 뛰었다.

"그 녀석에게 무슨 말을 들었기에 사흘씩이나 방에 틀어박혀 지내는 거야?"

"내가 쇼타를 만난 걸 아빠가 어떻게 알았어?"

"거리를 지나다가 우연히 봤어."

아빠는 언제나 집 안에 틀어박혀 지냈다. 딸을 미행하다가 쇼타를 만나는 모습을 본 게 분명했다.

구루미는 스스로도 놀랄 만큼 차가운 말을 내뱉었다.

"아빠랑 이야기하고 싶지 않아. 당장 어딘가로 떠나 버렸으면 좋겠어."

"나는 네가 왜 방 안에서만 틀어박혀 지내는지, 왜 늘 시무룩해 있는지, 너를 힘들게 하는 게 무엇인지 알고 싶어. 예전에는 그러지 않았잖아."

"아빠는 알 필요 없으니까 당장 꺼져!"

그 말을 내뱉고 얼마 지나지 않아 문 너머에서 들리던 아빠의 기척이 사라졌다.

구루미는 화도 나고 서글프기도 해 침대로 뛰어들었다. 갑자기 죽고 싶다는 생각이 머릿속을 가득 채웠다.

아빠는 한마디 상의도 하지 않고 심리 상담사를 집에 데려왔다. 그때도 '네가 걱정되어서.'라고 했다. 딸을 위해서라면 미행을 해도 된다는 건가? 아빠는 분명 미행을 해놓고 길에서 우연히 마주쳤다는 거짓말을 하고 있었다.

쇼타도 그랬어. 헤어지자는 말을 하면서 내 공부 핑계를 앞세웠지. 그 반면 나는 분명 진실을 말했음에도 그 빌어먹을 자식은 믿으려고 하지 않았어. 왜 내 주변은 온통 거짓투성이일까?

"넛츠 님?"

침대 아래에 놓아둔 고글에서 안나의 목소리가 새어 나왔다.

고글을 쓰자 안나가 즉시 말을 걸어왔다.

"넛츠 님, 무슨 일 있어요?"

"아니, 별일 없어요. 잠깐 아빠와 이야기를 나누느라."

"정말 별일 없죠?"

"아빠는 문밖에 있었어요. 비밀을 잘 지키고 있으니까 너무 걱정하지 말아요."

"물론 보안도 중요하지만 사실은 넛츠 님이 많이 걱정되어서 무슨 일이 있는지 물어본 거예요. 넛츠 님의 목소리가 평소와 많이 달라 보여서요."

안나는 〈은빛 나라〉의 보안 문제보다 구루미의 기분을 더 걱정해 주고 있었다. 구루미는 안나가 눈물이 나올 만큼 고마웠다. 구루미 는 잠깐 고글을 벗고 옷소매로 눈물을 닦았다.

"걱정을 끼쳐서 죄송해요. 저는 괜찮아요."

안나가 잠깐 사이를 두었다가 말했다.

"혹시 괜찮다면 넛츠 님의 이야기를 들어보고 싶어요."

안나의 목소리에서 진지한 느낌이 묻어났다.

"〈은화의 집회〉에 나가 고민을 털어놓으라는 뜻이죠?"

"많은 사람들 앞이라 걱정돼요?"

"네, 솔직히 집회는 저랑 맞지 않아요."

"그럼 저에게만 이야기해 봐요. 자, 그럼 이야기를 나누기에 적합 한 장소로 이동할까요?"

구루미는 앞장서 걸어가는 안나를 뒤따랐다. 안나가 구루미를 데 려간 곳은 집회가 열리는 광장이었다. 광장 안쪽에 〈영원의 나무〉 라고 부르는 커다란 나무가 있었다. 좌우로 넓게 벌어진 나뭇가지에 잎이 무성하게 달려 있었다.

광장 입구에 2인용 나무 벤치가 놓여있었다.

"저기가 좋겠네요."

안나가 먼저 벤치에 걸터앉고 나서 구루미도 뒤따라 앉았다.

"이 자리가 〈은빛 나라〉에서 하늘이 가장 넓게 보여요. 밤이 되면 하늘에 별이 빼곡하게 들어차 아름다운 풍경을 자아내죠."

시야를 가리는 장애물이 없어 하늘이 유난히 더 넓게 보였다. 가슴을 옥죄던 답답한 느낌 대신 신선한 바람이 마음을 채웠다.

"자, 이제 넛츠 님의 이야기를 들어볼까요?"

"이야기가 길어질 수도 있는데 괜찮아요?"

"얼마든지요. 시간은 많으니까 걱정 말아요."

"제 이야기를 듣고 너무 시시한 문제로 고민한다고 놀리면 곤란해요."

"사람들은 저마다 지옥을 갖고 있어요. 넛츠 님이 괴로우면 괴로운 거예요. 결코 시시한 문제가 아니죠. 고통을 긍정하세요."

고통을 긍정해야 한다는 말이 인상적이었다.

구루미는 쇼타를 만나 행복했던 시간들, 슬픈 이별, 대입 시험 실패, 공부에 집중할 수 없었던 집안 환경, 쇼타와 우연히 재회했지만 또다시 상처받은 일, 가족이 화목했던 시절, 엄마의 죽음, 아빠의 실직, 아빠의 미행, 쇼타와 아빠의 거짓말에 대해 모두 털어놓았다.

두서없이 시작한 이야기라 내용이 뒤죽박죽 얽혔지만 안나는 끝까지 자세를 흐트러뜨리지 않고 경청해 주었다. 간혹 맞장구를 치고, 추임새를 넣고, 고개를 끄덕이며 용기를 북돋아 주기도 했다.

"어린 나이에 그 모든 일들을 겪었으니 무척이나 힘들었겠어요."

안나의 그 한마디 말에 마음속 깊이 응어리져 있던 아픔이 말끔하게 씻겨나가는 기분이 들었다.

구루미는 오래전부터 이런 위안을 받고 싶었다. 영혼이 없는 '좋아요'나 심리 상담사의 형식적인 '공감'이 아니라 마음에서 우러나오는 위로의 말을 듣고 싶었다.

구루미는 고글을 벗고 옷소매로 눈물을 닦았다.

"자, 이제 잠깐 동안 내 이야기를 해도 될까요?"

"네, 물론이죠."

"넛츠 님이 겪은 일들은 모두 인간관계 때문에 벌어진 일로 보여요. 저 또한 잘못된 인간관계 때문에 큰 고통을 받으며 살아왔어요."

"어떤 일을 겪었는데요?"

"좋아하는 사람과 이루어지지 않았고, 부모와도 사이가 안 좋아졌죠. 그래서인지 넛츠 님의 고민에 대해 어느 누구보다 깊이 이해할 수 있을 것 같아요."

"안나 님은 무슨 일이든 능수능란하게 해결하기 때문에 고민이 없는 분인 줄 알았어요."

"아니, 전혀 그렇지 않아요. 알고 보면 저도 세상 물정 모르는 숙맥이었어요. 몇 년 전, 어떤 사람을 철석같이 믿었다가 큰 낭패를 겪었죠. 겉모습만 보고 사람을 판단해서는 안돼요. 사람은 주어진 상황과 조건에 따라 달라지기도 하죠. 사람은 그대로인데 상황이 달라지는 것일 수도 있겠네요."

엄마가 세상을 떠나고 나서 모든 의욕을 상실한 아빠가 떠올랐다.

"현실에 잘 적응하지 못하는 사람들이 있어요. 아마 저도 그런 사람일 거예요. 현실 공간에는 내가 머무를 곳이 없었어요. 넛츠 님도 그랬어요?"

"아마도요."

"우린 대체로 성향이 비슷한가 봐요."

빈틈없이 완벽하게 보였던 안나의 솔직한 토로가 신뢰감을 높여 주었다.

안나는 넓은 하늘을 올려다보았다.

"〈은빛 나라〉에서 다양한 부류의 이용자들을 만나면서 이곳이 바로 내가 있어야 할 곳이라는 걸 느꼈어요. 머지않아 넛츠 님도 좋은 경험을 하게 될 거예요. 세계관이 바뀌는 놀라운 일을 만나게 될 테니까."

"앞으로 무슨 일이 벌어질지 두려워요. 시험 날짜는 하루하루 다가오는데 갈수록 자신감을 잃어가고 있어요."

"너무 걱정하지 말아요. 이제 곧 희망의 빛이 보일 거예요. 넛츠 님의 앞날에 커다란 축복이 함께하길 기원할게요."

안나의 말이 초조하고 불안한 구루미의 마음을 달래 주었다.

"기회가 되면 〈은화의 집회〉에서 넛츠 님의 이야기를 들려주었으면 좋겠어요. 넛츠 님의 이야기가 모두에게 희망과 용기를 줄 수 있을 거예요. 내가 옆에서 도울 테니까 걱정하지 말고 이야기를 해봐요."

"안나 님이 옆에 있어준다면 용기를 낼 수 있을 것 같아요."

"옆에 있어 주겠다고 약속할게요."

어느새 아바타들이 하나둘씩 광장으로 모여들고 있었다. 〈은화의 집회〉는 매일 저녁 6시에 시작되었다.

안나가 자리에서 일어나 사람들을 향해 걸어갔다.

11. 고스케 9월 21일

마작 가게에서 얼굴을 본 지 2주가 지났을 때 추에게서 전화가 왔다.

"이데이 미키오에 대해 조사했는데 진전이 있었어. 오늘, 아리모리를 만나 이야기를 나누기로 했으니까 요코하마로 와."

고스케는 금요일 저녁 6시에 요코하마역에서 내렸다. 주말을 앞둔 사람들의 얼굴에서 설렘과 기대가 묻어났다. 그는 요즘 〈레테〉일로 정신이 없을 만큼 바쁘 지냈다. 강연회도 있었고, 대면 미팅이 필요한 상담자들도 많았다. 상담자들 가운데 한 사람이 다중채무자여서 도쿄도 소비생활 종합센터가 있는 이다바시까지 동행해준 적도 있었다.

추와 아리모리는 카페의 안쪽 깊숙한 자리에 앉아 있었다. 고스케가 다가가자 아리모리가 자리에서 일어나 악수를 청했다. 화상통화를 한 적은 있었지만 직접 대면하는 건 처음이었다. 30대 중반 남자로 표정이 밝은 사람이었다.

"이렇게 요코하마까지 와 주셔서 감사합니다."

"천만에요. 저야말로 도와 주셔서 감사하죠."

"게임 업계도 자살 게임이 유행하는 걸 바라지 않습니다. 돕기 위해서가 아니라 제가 스스로 원해서 하게 된 일이라는 뜻입니다."

고스케는 고개를 끄덕이며 자리에 앉았다.

추가 카페를 둘러보았다.

"디카페인 가게를 찾고 있었는데 아리모리가 소개해 주었어."

아리모리가 가방에 손을 집어넣고 뒤적이더니 새까만 외장 하드디스크를 꺼냈다.

"이데이 미키오와 가깝게 지낸 프리랜서 동료를 만나봤는데 전혀 행방을 알지 못했습니다. 프리랜서들은 서로 일이나 클라이언트에 대한 정보를 주고받아야 하기 때문에 일반적으로 자주 연락을 취하는데 이데이의 행방을 아는 사람이 없더군요. 이데이의 집을 조사하다가 이 디스크를 발견하게 되었습니다."

"디스크에 뭐가 들어있는지 확인해보았습니까?"

"이 디스크는 이데이가 사용하던 컴퓨터의 부속물입니다."

아리모리가 탁탁 소리를 내며 디스크를 두드렸다.

"치바현 모바라에 이데이의 본가가 있어요. 이데이의 부모를 만나

아들을 찾으려고 하는데 참고가 될 만한 물건이 없는지 물었더니 그가 사용하던 노트북을 보내주더군요. 이 디스크는 노트북에 들어있던 부속물입니다."

추가 대화에 끼어들었다.

"이 디스크에 주목할 만한 뭔가가 들어 있던가?"

아리모리가 노트북 화면을 보여 주었다. 눈 내린 풍경을 그린 유화 작품이었다.

은빛으로 빛나는 눈, 길게 이어진 돌바닥 길, 교회가 시야에 들어왔다. 길 양편으로 다양한 색으로 칠한 목조 주택들이 늘어서 있었다. 교회에 대한 언급은 없었지만 미오가 보았다는 풍경과 비슷해보였다.

"이데이가 그린 그림입니까?"

"아직 누가 그렸는지는 알 수 없어요. 다만 이데이가 사용하던 노트북의 그림 폴더 안에 들어 있던 그림입니다. 이 그림 말고는 딱히 시선을 끄는 게 없었습니다."

추가 말했다.

"이데이는 일 년 전 발생한 히로유키의 자살에도 깊이 관련되었을 가능성이 높아."

미오가 고글에서 보았다는 VR과 흡사한 장면이 나오는 그림을 가지고 있었다면 둘 사이 관련성이 크다고 봐야 했다. 우연의 일치로 보기에는 무리가 있었다.

자살 게임이 실제로 존재했을 가능성이 컸다. 개발자는 이데이 미키오, 그가 게임을 만들었다고 봐야 했다.

이데이의 얌전해 보이는 얼굴이 떠올랐다.

추가 태블릿 피시를 톡톡 두드리며 말했다.

"아직 이상한 점이 있어. 이데이는 왜 자신이 사용하던 컴퓨터를 그대로 놓아두고 사라졌을까? 일반적으로 게임 개발자들은 이런 증거들을 절대로 남겨두지 않고 파기해 버리지. 이데이가 평소 잘 알고 지내던 프리랜서들에게 일을 의뢰하지 않았다면 디자인과 모델을 누구에게 맡겼을까? 이 그림은 이데이가 직접 그렸을까?"

아리모리가 말했다.

"가족들을 통해 알아봤는데 이데이의 그림 실력은 별로였대."

"원격 조작만 해도 그래. 도대체 어디에서 원격 조작을 할 수 있는 인프라 엔지니어를 찾아냈을까?"

조사가 진척된 건 분명했지만 여전히 풀리지 않는 의혹이 많았다.

"이데이의 부모는 아들의 행방불명에 대해 뭔가 짚이는 게 없다고 하던가요?"

"그들은 이데이를 찾을 생각이 아예 없었답니다."

"왜죠?"

도무지 아리모리의 말뜻을 알아들을 수 없었다.

"이데이가 실종되고 나서 일주일 후쯤 딱 한 번 전화가 왔답니다. 아버지가 전화를 받았는데 이데이가 느닷없이 험한 말을 퍼부었다는군요. 그 당시 통화 내용을 여기에 정리해두었습니다."

아리모리가 서류를 건네주었다.

자식이라면 차마 입에 담을 수 없는 말들이었다.

'예전부터 당신들이 꼴 보기 싫었어요. 요양원에 들어가기 전에 차라리 자살해버려요. 이제부터 나는 당신들의 아들이 아니니까 다시는 찾지 말아요. 이 따위로 키울 거면서 왜 나를 낳았죠?'

"이데이와 부모 사이가 원래부터 좋지 않았나요?"

"이데이가 설날이나 오본 명절이 되어야 집에 들르긴 했어도 딱히 사이가 나쁘지는 않았답니다. 다만 이데이와 통화한 이후 부모도 연을 끊기로 결심했고, 경찰에 실종 신고조차 하지 않았다는군요."

"이데이는 왜 그런 전화를 했을까요?"

이데이는 행방을 숨기고 자살 게임을 만들려고 했다. 아무리 부모에 대한 반감이 컸더라도 하필이면 중대한 프로젝트를 앞두고 왜 이런 짓을 저질렀는지 알 수 없었다. 부모와 단절한다는 건 누구에게나 심리적 부담이 클 수밖에 없으니까.

고스케는 언젠가 이데이의 경우와 비슷한 이야기를 들었던 기억이 났다.

이데이는 왜 부모에게 전화해 심한 말을 했을까? 이데이의 노트북에 왜 눈 쌓인 거리 그림이 남아 있었을까? 이데이는 누구에게 디자인과 초기화 시스템을 발주했을까? 그는 왜 행방을 감추었을까?

다양한 의문들이 꼬리를 물고 이어졌다.

"추, 혹시 이데이는……."

고스케는 추에게 뭔가 물어보려다가 갑자기 말을 멈추었다.

추와 아리모리의 분위기가 심상찮았다. 그들은 딱딱하게 굳은 얼굴로 카페의 입구를 바라보고 있었다.

갈색 머리 남자가 추에게 다가오며 아는 체를 했다.

"시로마 추, 오랜만이야."

"미후네, 네가 여긴 웬일이야?"

고스케도 언젠가 들어본 이름이었다. 가만히 생각해보니 미후네는 추를 파멸시키려고 모략을 꾸민 〈알바트로스〉 직원이었다. 추는 자신을 함정에 빠트린 범인으로 미후네를 지목하고 있었다.

"밤새 일하고 커피를 마시러 왔더니 이상한 놈이 와있네. 게다가 아리모리까지?"

아리모리가 당황한 얼굴로 시선을 내리깔았다. 추와 한자리에 있다가 들켜 몹시 곤혹스러운 듯했다.

미후네가 자리에 앉아 다리를 꼬았다. 갑자기 불청객이 나타나는 바람에 이야기는 부득이 중단될 수밖에 없었다.

미후네가 흥미롭다는 듯 두 사람을 번갈아 쳐다보며 말했다.

"재미있는 일이야. 요즘 아리모리의 태도가 많이 이상해보이긴 했어. 거래처에 의도를 알 수 없는 문의를 하고, 사내 개발자를 붙들고 뭔가 자꾸 캐묻고 다니기에 이상하다고 생각했는데 이제 보니 추가 시킨 짓이네."

고스케는 혹시라도 자살 게임에 대한 이야기가 미후네에게까지 새어 나갔을까 봐 간담이 서늘했다.

"자네들은 VR 게임을 만들려는 거야. 추는 이번 기회에 아리모리를 이용해 〈알바트로스〉로 복귀를 시도하겠지. 아니면 새로운 직장을 구하거나. 자신을 쫓아낸 회사를 상대로 경쟁을 벌일 생각을 하다니, 추는 역시 대단해. 스티브 잡스가 따로 없어."

고스케는 일단 안심했다. 미후네는 자살 게임에 대해 전혀 모르는 눈치였다. 미후네가 여유로운 미소를 지으며 아리모리의 어깨를 톡톡 두들겼다.

"아리모리, 이런 변태 자식을 도우려고? 이 자식은 사회 질서를 어지럽힌 놈이야."

"미후네, 말 다했어? 보자보자 하니까 이 자식이……."

"아동 포르노물을 소지하고 있던 것으로도 모자라 폭행 전과도 추가하게? 역시 인간쓰레기네."

미후네가 카페 종업원을 불러 케이크 세트를 주문했다. 추는 여전히 그를 죽일 듯이 노려보고 있었다. 추의 눈빛이 전에 없이 무서웠다.

고스케는 꼬치구이 집에서 추에게 목을 졸렸을 때가 생각났다. 숨이 곧 멎을 것처럼 아찔한 순간이었다. 추의 내면에는 '짐승'이 살고 있었다. 그는 평소에는 부드럽다가 갑자기 폭력성을 드러낼 때가 있었다. 지금 추의 눈빛에는 '짐승'의 면모가 담겨 있었다.

"시로마 추, 내가 충고 하나만 할까? 이제 다시는 〈알바트로스〉 근처에서 얼쩡거리지 마. 회사에 큰 오점을 남기고 쫓겨난 주제에 감히 여기가 어디라고 나타나?"

"입 닥치지 못해! 난 네 놈이 판 함정에 빠졌을 뿐 아동 포르노 DVD를 구입하거나 소지한 적이 없어."

"아직도 음모론에 빠져 네 놈이 저지른 죄를 인정하지 않는 거야? 아무리 아니라고 부르짖어봐야 이제 믿어줄 사람이 없어."

"아동 포르노 DVD를 회사 주소로 보내달라고 하는 바보가 있을까? 네 놈이 내 카드를 슬쩍해 DVD를 주문한 거야."

"넌 경찰과 검찰, 법원, 심지어 회사에서도 똑같은 변명을 늘어놓았지만 아무도 너의 말을 믿어주지 않았어. 넌 집 주소가 아동 포르노 업자에게 알려지는 게 싫어 회사로 주문했을 뿐이야. 법원의 판결문에도 그렇게 나와 있었을 텐데?"

미후네는 빙긋 웃으며 몸을 앞으로 내밀었다.

"하긴 함정에 빠졌을지도 모르지. 널 미워하는 사람들이 한둘이 아니었으니까."

"무슨 소리야?"

"그깟 게임 하나가 히트하자 넌 어깨에 잔뜩 힘이 들어가더니 잘난 체하기 시작했어. 좋은 게임을 만들기 위해서는 좀 더 진지한 자세가 필요하고, 파격적인 발상이 필요하고, 참신한 아이디어가 필요하다며 입을 털고 다녔지. 사사건건 잘난 체를 해대는 널 누가 좋아하겠어.”

“좋은 게임을 만들려면 진지한 자세와 창조적인 마인드가 필요하잖아. 내 말이 뭐 그리 잘못되었어?”

“그 당시는 다들 목숨을 걸고 일했어. 그깟 히트 게임 하나를 만들었다고 네 방식을 동료들에게 강요하는 건 독선이었지. 네가 쫓겨나고 나서 회사 분위기가 얼마나 좋아졌는지 모를 거야. 네가 만든 게임은 이미 시들해졌어. 이제 아무도 거들떠보지 않아.”

“그런 발상을 하고 있으니까 〈알바트로스〉에서 더는 화제작이 나오지 않는 거야.”

“변태 주제에 입만 살아가지고.”

고스케는 이제 그만하라고 소리를 지르려다가 겨우 참았다. 그는 추가 상처받은 마음을 추스르느라 얼마나 많은 고생을 했는지 잘 알고 있었다. 미후네의 말은 접착제를 사용해 겨우 붙여놓은 공예품을 다시 망치로 내려친 격이었다.

미후네는 능글거리는 미소를 흘리며 종업원이 가져다준 케이크를 먹기 시작했다. 그는 추와의 게임에서 이긴 승자였고, 앞으로도 승부가 뒤집힐 리 없다고 자신하는 눈치였다.

추는 아무 말도 하지 않고 침묵을 유지하고 있었지만 그의 눈빛에는 제어하기 힘든 분노의 불길이 일렁이고 있었다.

추가 마침내 굳게 닫혀 있던 입을 열었다.

“마치 대단한 게임 개발자라도 된 듯 허세를 부리는 꼴이 가관이

네. 넌 아직도 패미콘이나 게임보이 같은 과거 게임에 매몰되어 있어. 세상은 하루가 다르게 변화하고 있는데 넌 아직 그대로야. 요즘 게임은 정교하고 치밀해 훨씬 다채로운 재미를 추구하는데 넌 과거에 매몰돼 있을 뿐이야. 그런 자세를 고집하면 곧 도태될 수밖에 없어. 미리 축하해. 너도 이제 곧 쫓겨나게 될 거야."

미후네의 얼굴에 동요의 기색이 어렸다. 추는 거침없이 말을 이어 갔다.

"창의성이 부족한 게임 개발자는 살아남을 수 없어."

"변태 짓을 하다가 쫓겨난 놈이 할 소리는 아니지."

"넌 실력으로 이기기 힘드니까 음모를 꾸며 동료를 쫓아낸 협잡꾼일 뿐이야. 게임 개발자라면 게임으로 승부했어야지."

"음모라니? 아동 포르노를 보다가 잘린 주제에."

"게임에도 엄연히 규칙이 있어. 넌 반칙을 써서 살아남았지. 앞으로도 또다시 반칙을 써서라도 살아남으려고 하겠지만 쉽지 않을 거야."

추가 차분하고 냉정한 논리로 미후네를 몰아붙였다.

미후네의 눈빛이 심하게 흔들렸다.

고스케는 은행원 시절 심하게 닦달을 가했던 상사가 떠올랐다.

갑자기 미후네가 웃음을 터뜨렸다.

"잠자코 있으려고 했는데 모욕적인 말을 듣고 나니 참기 힘드네. 죽이 되든 밥이 되든 이제는 다 까발릴 수밖에."

아리모리가 깜짝 놀란 얼굴로 미후네를 쳐다보았다.

"미후네, 그만두지 못해!"

"다 지난 일인데 뭐 어때? 상관없잖아."

미후네가 천천히 몸을 앞으로 기울이며 말했다.

"그래, 넌 분명 아동 포르노를 구입한 적이 없을 거야."

"이제야 비열한 음모를 꾸몄다는 걸 인정하나?"

"넌 아동 포르노를 회사로 배달시킬 만큼 명청한 인간은 아니었지."

추는 그가 무슨 말을 하려는지 몰라 당황스러웠다.

미후네는 뭐가 그리 재미있는지 얼굴 가득 미소를 담고 있었다.

"그래, 넌 함정에 빠진 거야. 너의 추리는 대부분 정확했는데 딱 한 가지가 빗나갔어."

"무슨 헛소리를 하는 거야?"

"내가 한 짓이 아니었어. 넌 범인을 잘못 짚은 거야."

미후네는 그렇게 말하며 아리모리의 어깨를 가볍게 톡톡 쳤다.

"범인은 여기 있는 아리모리였어."

*

질식할 것처럼 무겁고 답답한 공기가 흘렀다.

미후네가 충격적인 말을 쏟아내고 돌아간 후 분위기는 침울하게 가라앉아 있었다.

아리모리가 한숨을 내쉬고 나서 힘겹게 입을 열었다.

"그래, 미후네의 말은 모두 사실이야. 내가 추를 함정에 빠뜨리기 위해 계략을 꾸몄어. 사실 난 일이 그렇게까지 커질 줄은 미처 몰랐어."

아리모리가 아동 포르노 DVD를 주문한 뒤 추의 카드를 몰래 훔쳐 결제하고 택배를 받아두었다가 추의 집 책장에 꽂아두었다.

눈치 빠른 미후네가 물었다.

"네가 한 짓이지?"

아리모리는 사실대로 털어놓을 수밖에 없었고, 미후네에게 큰 약점을 잡히는 신세가 되었다.

추가 믿어지지 않는다는 듯 떨리는 목소리로 물었다.

"내가 너에게 무슨 잘못을 했는데 그런 짓을 한 거야?"

"넌 모를 거야. 내가 너 때문에 얼마나 심한 상처를 받았는지."

"내가 상처를 주었다고? 우린 단 한 번도 다툰 적이 없었어."

"내가 일방적으로 당하고도 참았으니까. 〈리볼버〉를 만들 때도 제멋대로인 너의 성격과 폭언 때문에 내가 얼마나 큰 스트레스를 받았는지 모를 거야."

"그때 내 목표는 기발한 게임을 만드는 것이었어. 너는 내가 유일하게 믿을 수 있는 친구였기에 마음 편히 신랄하게 말했던 거야."

"사람을 깔보고 무시하는 말투를 고쳤어야지. 너처럼 말하면 누구나 상처받을 수밖에 없어."

아리모리가 체념적으로 말을 이었다.

"솔직히 그냥 홧김에 저질렀는데 결과가 그런 식으로 흘러가게 될 줄은 미처 몰랐어. 너의 운명이었나 봐."

추가 자리에서 벌떡 일어서며 소리쳤다.

"뭐, 운명? 내 인생을 망치고도 그런 소리가 나와? 잘못을 빌거나 깊이 반성해도 시원찮을 텐데 넌 여전히 자기 합리화에 열중해 있어."

고스케는 일촉즉발의 위기감이 감돌아 마냥 지켜볼 수만은 없었다.

"아리모리 씨, 그런 짓을 해놓고 추와 가까이 지낸 이유가 뭐죠? 오늘도 추를 돕기 위해 이 자리에 와 있잖아요? 혹시 죄책감 때문이었나요?"

아리모리가 불쾌한 표정으로 고스케를 쳐다보았다.

"추가 도움을 요청해 들어주었습니다. 당연하지만 추에 대해 미안한 감정이 남아 있고요."

추의 몸이 다시 움찔했다.

"그동안 조사를 도운 건 고맙지만 추를 아동 포르노를 즐겨 보는 파렴치범으로 만든 건 용서할 수 없어요."

"나 역시 용서받고 싶지 않아요. 용서될 리 없겠죠."

"늦었지만 추에게 사과하세요. 추의 인생을 망가뜨렸으니까."

아리모리는 테이블을 멍하니 바라보고 있을 뿐 미동도 하지 않았다.

"이제 와서 사과해본들 무슨 의미가 있겠어요."

아리모리가 자리에서 일어나 태블릿을 가방 안에 집어넣었다. 그는 변변히 인사도 하지 않고 자리를 떴다.

추는 멍한 표정으로 슬픔과 분노를 삭이고 있었다.

"고스케, 네가 아까 이데이에 대해 뭔가 말하려고 하다가 미후네가 나타나는 바람에 멈추었지?"

"그 이야기는 나중에 다시 하자."

"아니, 그냥 지금 해. 차라리 정신을 집중시킬 수 있는 일이 필요해."

"이데이가 어디에 있는지는 몰라도 무슨 일이 벌어지고 있는지는 알 수 있을 것 같다는 말을 하려고 했어."

추의 눈이 반짝 빛났다.

"이데이에게 지금 무슨 일이 벌어지고 있다고 생각하는데?"

"이데이는 스스로 자취를 감춘 게 아니야. 누군가에게 강제로 납치된 거야. 이데이가 스스로 자취를 감추었다면 부모에게 전화해 욕설을 퍼부을 리 없잖아."

제3장

1. 시오리

　시오리는 차가운 물속에 잠겨 있는 듯 몸이 으슬으슬 추웠다. 몸을 일으키려고 해봤지만 기력이 없어 번번이 다시 주저앉았다. 시오리는 돌덩이가 잔뜩 든 배낭을 멘 듯 힘겹게 몸을 일으켜 세웠다. 그제야 차가운 콘크리트 바닥에 누워 있었다는 걸 깨달았다. 다섯 평 남짓 될까 말까한 작은 방이었다. 출입문을 빼고 천장과 사방 벽면이 모두 콘크리트로 되어 있었다. 좁은 상자 안에 갇힌 느낌이었다. 면접을 보러 나온 남자와 사카에로 식사를 하러 간 건 분명한데 그 이후 기억이 희미했다.

　문을 향해 걸어가려다가 발목에 극심한 통증을 느끼고 멈춰 섰다. 두 발목에 쇠사슬이 달린 족쇄가 채워져 있었다. 쇠사슬이 콘크리트 바닥에 박아놓은 금속 고리에 연결되어 있었다. 다리에 힘을 주어

쇠사슬을 당겨 보았지만 꼼짝도 하지 않았다.

복장은 면접 볼 때 입은 정장 그대로였다. 속옷과 스타킹을 착용하고 있었지만 맨발이었고, 들고 있던 가방도 보이지 않았다. 차츰 기억이 되살아나면서 소름끼치는 공포가 밀려들었다. 면접을 보러 나온 오노 히로시라는 남자에게 납치되어 감금되었다는 걸 깨닫는 순간 온몸에서 식은땀이 솟았다. 심장이 쿵쾅거리며 뛰기 시작했고, 체온이 급격히 상승했다.

"누구 없어요? 도와 줘요!"

딱히 도움을 청해야하는 대상이 누군지도 모르는 가운데 있는 힘을 다해 소리쳤지만 아무런 응답이 없었다. 나름 크게 소리쳤다고 생각했는데 목소리에 힘이 없어 벽으로 맥없이 빨려들었다.

"제발 살려 줘요!"

도와주러 올 사람이 없으리라는 걸 알고 있었지만 모든 걸 포기하고 가만히 앉아있을 수는 없었다.

오노 히로시라는 작자가 차에 타자마자 목을 졸랐어.

구직 사이트를 보고 이메일로 지원서를 냈다. 오노 히로시라는 남자가 나와 면접을 보았고, 근사한 식사도 대접받았다. 오노 히로시와 함께 일했으면 좋겠다는 생각을 하며 넙죽넙죽 술을 받아 마신 게 실수였다.

오노 히로시는 사이코패스가 분명해.

사람을 납치해 가둬두기에 좋은 방이었다. 언뜻 보면 방이 아니라 콘크리트 상자 같았다. 이런 짓을 아무렇지도 않게 저지르는 작자라면 더는 호의를 기대할 수 없는 인물일 것이라는 생각이 들었다. 하염없이 눈물이 흘렀다. 치밀한 성격의 변태에게 납치되었으니 도망칠 방법이 있을 것 같지 않았다.

"제발 살려주세요!"

살려달라고 외치는 소리도 울음소리도 멀리 퍼져나가지 않고 벽 속으로 스며들었다.

시오리는 혹시 탈출할 방법이 없을지 곰곰이 생각해 보았다. 그나마 발에는 족쇄가 채워져 있었지만 손은 자유롭게 사용할 수 있어 다행이었다. 특별히 다친 부위는 없었고, 성폭행도 당하지 않은 듯했다.

쇠사슬이 문까지 닿지 않았다. 족쇄를 풀 수 있는 방법이 있을지 궁리해봤지만 소용없어보였다. 아무런 도구도 없이 쇠사슬이나 바닥에 완강하게 박혀 있는 고리를 빼내는 건 불가능해보였다.

어떡하지?

탈출할 방법이 없다는 결론에 다다르자 눈물이 솟았다. 오노 히로시의 얼굴이 떠올랐다. 원숭이처럼 생긴 남자.

시오리는 절망적인 기분을 느끼며 바닥에 엎드렸다. 차가운 콘크리트 바닥이 절망을 가중시켰다. 그때 요의가 느껴져 방 안을 둘러보았다. 화장실은커녕 소변을 받아낼 요강조차 없었다.

"화장실에 가게 해줘요."

오노 히로시가 아무리 사이코패스라고 하더라도 용변을 볼 수 있게 해줄 거라 생각했다.

"오노 씨, 화장실에 가야 합니다."

언젠가 히가시아마 동물원에 갔을 때 원숭이 우리에서 역한 냄새가 났던 기억이 떠올랐다. 인간이든 짐승이든 용변을 지리고 씻지 않으면 악취가 날 수밖에 없었다.

창문도 없고, 시계도 없는 방이었다. 전등도 없어 밤인지 아침인지 알 수 없었다. 시오리는 바닥에 엎드리거나 눕기를 반복하다가 졸리면 잠을 잤다. 몇 시간을 잤는지 알 수 없었고, 깨어 있어도 시간을 알 수 없었다.

몸에서 악취가 심하게 났다. 몸에서 나는 냄새도 역겨웠지만 대변과 오줌이 뒤섞인 냄새를 맡고 있으려니 정신이 혼미해질 지경이었다. 냄새가 어찌나 지독한지 벌써 몇 번이나 구역질을 했다. 빈속이라 쓴 침만 흘러나올 뿐 내용물이 전혀 섞여 나오지 않았다.

며칠을 굶었는지 몸에서 뼈만 앙상하게 드러나 있었다. 처음에는 음식이 먹고 싶어 눈이 뒤집힐 지경이었는데 이제는 뇌도 포기 단계에 접어들었는지 먹고 싶은 생각이 일지 않았다. 오로지 코를 역하게 찌르는 악취만이 뇌를 자극해댔다.

오노 히로시가 원하는 건 무엇일까?

수천 번도 더 생각해봤지만 해답을 찾을 수 없었다.

방바닥에 배설을 하고, 음식을 먹지 못해 굶어 죽는 여자를 관찰하고 싶은 걸까?

시오리는 카메라가 눈에 띄지 않았지만 오노 히로시가 은밀히 자신을 관찰하고 있다는 느낌을 지울 수 없었다.

오노 히로시는 발에 족쇄를 차 그 어디로든 도망칠 수 없는 여자, 방바닥에 대변과 소변을 싸는 여자, 아무것도 먹지 못하고 굶다가 서서히 죽어 가는 여자를 관찰하고 싶은 건가? 그런 목적이 아니라면 굳이 이런 짓을 할 이유가 없지 않은가?

그날 면접을 보러 가지 않았더라면? 오노 히로시의 사탕발림에 넘어가 술을 주는 대로 넙죽넙죽 받아 마시지 않았더라면? 차라리 집에 남아 고바야시 가문의 후계자가 되었더라면? 아예 이 세상에 태어나지도 않았더라면?

이제껏 살아온 인생이 후회로 물들어 갔다.

나는 무엇을 위해 세상에 태어났지?

달칵.

그 순간 그토록 완강하게 닫혀 있던 출입문이 열렸다.

오노가 방으로 들어왔다.

"더러운 년! 냄새가 정말 지독해."

오노가 음흉한 미소를 지으며 방 안을 둘러보다가 손에 들고 있던 페트병을 흔들었다.

"목마르지?"

오노는 페트병 뚜껑을 열고 물을 마시기 시작했다. 물이 페트병에서 손가락 한 마디쯤 남았을 때 오노는 비로소 마시기를 멈췄다.

"물을 마시지 않으면 탈수증으로 죽을 수도 있지. 물을 마실래?"

시오리는 필사적으로 고개를 끄덕였다.

오노가 가까이 다가오더니 능글맞게 말했다.

"구두를 핥으면 물을 줄게."

오노가 가죽 구두를 눈앞으로 들이밀었다. 왁스 냄새가 코를 찔렀다.

시오리는 혀를 내밀고 오노의 구두를 핥았다. 혀가 갈라져 구두에 닿을 때마다 쓰라렸다.

"좋아, 마음에 들어."

오노가 페트병을 시오리의 입에 대주었다. 태어나서 가장 맛있는 물이었다. 물이 달콤했다. 입, 목구멍, 위로 물이 서서히 스며드는 느낌이 들었다.

페트병은 금세 비었다. 물을 더 마시고 싶었다.

오노는 빙글빙글 웃으며 시오리의 얼굴을 들여다보았다.

"물을 더 마시고 싶지?"

시오리는 거듭 고개를 끄덕였다.

"내 말을 잘 들으면 물을 더 줄게."

오노가 능글맞게 웃었다.

2. 시오리

오노가 몸과 머리를 씻겨주는 동안 바닥에서 때 섞인 비눗물이 줄줄 흘러내렸다. 인간이 샤워를 하지 않을 경우 얼마나 지저분하고 냄새나는 동물로 변하는지 깨달았다. 묵은 때와 항문에 엉겨 붙어 있던 배변 찌꺼기를 씻어내자 납치된 처지라는 걸 잠시 잊을 만큼 기분이 가벼웠다.

오노가 몸을 다 씻기고 나서 시오리를 목욕탕에서 끌어냈다.

목욕탕에 오기 전 납치 이후 처음으로 음식을 먹었다. 단지 멀건 죽일 뿐이었는데 기막히게 맛있었다.

도망칠 수 있는 방법을 찾아야 해.

시오리는 정신이 몽롱한 가운데 집 안을 관찰했다. 오노의 집은 독채였다. 그녀가 갇혀 있던 방은 지하, 목욕탕은 일층에 있었다.

일층 복도 중간쯤에 이층으로 올라가는 계단이 있었다.

오노가 잠시 계단 앞에 멈춰서더니 시오리를 등에 업고 계단을 오르기 시작했다. 이층에는 널찍한 거실이 있었고, 한가운데에 테이블이 놓여 있었다. 오노가 그녀를 자리에 앉힌 다음 맞은편에 앉았다.

"극한의 환경에서도 살아남을 수 있는 인물을 찾고 있었어. 축하해! 넌 죽지 않고 버텨냈으니 합격이야."

오노가 혼자 힘껏 박수를 쳤다.

"이제부터 내가 하는 말을 잘 들어. 네가 해야 할 일을 알려줄 테니까."

"일이라면?"

"벌써 잊은 거야? 넌 일자리를 구하려고 면접을 보러왔잖아. 너에게는 방이 하나 주어질 거야. 방에서 내가 시킨 일을 하면 돼. 만약 규칙을 어길 경우 상응하는 벌을 받게 될 거야."

"벌이라면?"

"끔찍한 고통을 맛보게 해줄게."

지하실 방에 다시 갇혀야 한다고 생각하자 다리에 힘이 쭉 빠졌다.

"벌을 주는 나도 괴로워. 나 역시 고통을 감내하며 일한다는 걸 잊지 마."

"네, 이해하니까 걱정 말아요."

"넌 무조건 내 지시를 따라야 해. 지시를 성실하게 이행하면 더 이상 고통 받는 일은 없을 거야. 무슨 뜻인지 알겠지?"

"네, 잘 알겠습니다."

"뭘 알았는지 읊어봐."

오노의 표정이 갑자기 냉랭하게 변했다. 조금 전까지만 해도 온화한 표정이었는데 갑자기 낯설고 차가운 표정이 되었다.

"나는 아직 네가 무슨 일을 해야 하는지 설명하지 않았어. 그런데 뭘 열심히 하겠다는 거야? 무슨 일을 해야 하는지 알지도 못하잖아? 네가 생각하기에도 웃기지 않아?"

"네, 죄송합니다."

시오리는 변덕이 죽 끓듯 하는 그의 감정 변화를 도저히 따라 잡을 수 없었다.

오노는 다시 온화한 얼굴로 돌아와 있었다.

"농담이었으니까 너무 쫄지 마. 내 말을 잘 따르면 편안한 생활을 하게 될 거야. 난 규슈 출신이야. 규슈 사나이는 인정이 많고 약속을 잘 지키지."

"아, 네……."

"넌 내 말을 대충 들었으니 벌을 받아야 해."

오노의 감정은 도무지 종잡을 수 없었다. 표정이나 말투가 이토록 쉽게 변하는 사람을 본 적이 없었다. 오노의 진심이 무엇인지 알 수 없었다.

오노가 긴 막대 모양 라이터를 꺼내들더니 손잡이를 당겼다. 불이

켜졌다가 꺼졌다.

"이 점화봉으로 살을 지글지글 구워줄게. 불고기를 구울 때처럼 냄새가 기막힐 거야."

머리끝이 쭈뼛해지면서 공포감이 일었다.

단순한 협박이 아닐 수도 있었다. 사람을 지하실에 며칠 동안 감금해두고 물 한 모금 주지 않은 놈이었다. 살을 태우는 것쯤 눈 하나 깜박하지 않고 할 수 있을 듯했다.

오노가 갑자기 자리에서 벌떡 일어섰다. *그가 옷장을 향해 걸어가 문을 활짝 열어젖혔다.*

"내 장난감들이야."

쇠지레, 나이프 컬렉션, 석궁, 창 따위 무기들이 눈에 들어왔다.

오노가 종이 상자를 꺼내 시오리에게 건네주었다. 상자 안에 하얀 유골이 가득 들어차 있었다.

사람들을 죽인 건가?

시오리는 몸이 덜덜 떨려왔다. 조만간 탈출할 수 있으리라는 희망을 품었는데 유골을 대하는 순간 머릿속이 암담해졌다.

"너를 유골로 만들어버리는 건 간단해. 자, 이제부터 내 말을 잘 들어. 네가 어떤 일을 해야 하는지 이야기해줄 테니까."

오노가 옷장 안으로 손을 집어넣더니 커다란 고글을 꺼내 식탁에 내려놓았다.

3. 시오리

지난 사흘 동안 시오리는 고글을 뒤집어쓰고 지냈다. 시오리는 난생처음 VR을 대하고 깜짝 놀랐다. 분명 VR이었지만 실제와 조금도 다를 바 없었다.

고글을 머리에 쓰는 순간 눈 덮인 거리가 나타났다.

오노가 말했다.

"너의 눈앞에 펼쳐진 곳이 바로 〈은빛 나라〉야. 나는 홋카이도의 구시로 출생이야. 홋카이도 눈은 도쿄의 눈과 확연히 달라. 화이트아웃이 일어나면 주변 풍경과 사물들이 온통 하얗게 변하면서 눈부신 빛을 반사하지. 마치 누군가 눈가루를 뿌리는 것 같아. 내 고향 홋카이도의 눈 내리는 날을 참고로 해서 만든 거리야."

홋카이도가 고향이라고? 전에는 규슈 출신이라고 하지 않았나?

오노의 말에 의문을 품고 질문을 해서는 안 된다는 게 규칙이었다.

"이 VR을 당신이 만들었어요?"

"당연하지."

"대단하시네요."

절대로 아부의 말이 아니었다. VR이 이렇게 대단한 줄 미처 몰랐다. 눈을 호사시키는 경치, 다양한 나무와 각종 식물들, 넓게 펼쳐진 바다, 하얀 눈꽃을 뿌리는 하늘이 눈과 마음을 사로잡았다.

"이 VR을 만드느라 꼬박 일 년이 걸렸어."

현실보다 더 실감 나는 VR을 만들어낸 이 사람은 도대체 누구일까?

오노가 말했다.

"이제부터 나를 '전하'라고 불러. 나는 왕이니까 반드시 존칭을 사용해. 오노 히로시는 가짜 이름이니까 잊어버려."

시오리는 지하 방에서 생활하고 있었다. 바닥에 탈취제를 뿌리고 나서 걸레로 꼼꼼하게 닦은 후 바닥에 이불을 깔았다. 하루에 세 번씩 그가 직접 음식을 가져다주었다. 그는 화장실이나 욕실에 가야할 때도 동행했다. 처음에는 거부감이 일었지만 금세 익숙해졌다.

전하는 화가 나면 점화봉으로 시오리의 살을 태웠다. 칼로 피부를 저미듯 엄청난 통증이 일었다.

도로와 가까운 집인 듯했다. 화장실에 갔을 때 개 짖는 소리와 자동차들이 달리는 소리를 들었다. 거실 창에는 커튼, 욕실 창에는 불투명 유리가 끼워져 있어 바깥을 내다볼 수 없었다. 사람들이 도움을 요청하는 소리를 들어도 그냥 가족 문제이겠거니 여기고 넘어갈 공산이 컸다. 순찰을 돌던 경찰이 구조 요청 소리를 들었다고 하더라도 전하가 나서서 소동을 피워 죄송하다고 둘러대면 별 의심 없이 돌아갈 것 같았다.

'출입문을 부술 수는 없을까?'

문틀에 판자를 댄 문이었다. 똑똑 두드려보니 안이 비었다는 걸 알 수 있었다. 문을 부수더라도 그다음이 문제였다. 전하가 집에 있을 경우 즉시 발각될 게 뻔했다. 전하가 문을 노크하는 즉시 시오리는 스스로 자기 발목에 족쇄를 채우도록 되어 있었다.

전하가 문을 두드리더니 물었다.

"식사를 준비했는데 같이 먹을까?"

"이 방에서요?"

"이 방은 지저분하니까 2층에서 먹어야겠지."

그가 출입문을 열더니 발목에 족쇄를 채웠는지 확인했다.

"중국 요리를 만들었어. 혹시 중국 요리를 좋아해?"

그가 식탁에 음식을 내려놓았다. 팔보채, 고추잡채, 게살수프 등을 보자 저절로 침이 꼴깍 넘어갔다.

전하는 음식을 먹을 때 스테인리스 제품이나 도기 대신 일회용 제품을 사용했다. 수저나 도기를 흉기로 사용할까 봐 경계하는 눈치였다.

시오리가 음식을 먹고 있을 때 전하가 물었다.

"일은 잘 되어가고 있지?"

"〈은빛 나라〉에 대해서라면 잘 알아요."

"그럼 이제부터 새로운 임무를 부여해줄게."

전하는 몹시 기뻐하며 고개를 끄덕이더니 핑크색 가죽 케이스에서 휴대폰을 꺼내 식탁에 내려놓았다.

시오리의 휴대폰이었다.

"잠금장치를 풀어."

시오리는 엄지를 홈 버튼에 댔다. 지문 인증으로 잠금장치가 해제되도록 설정되어 있는 폰이었다. 화면이 뜨자 전하가 휴대폰을 들어 올렸다. 그가 휴대폰 화면을 들여다보며 말했다.

"고바야시 다다유키, 고바야시 치하루가 네 부모야?"

시오리의 등에서 진땀이 배어났다.

"내가 물으면 즉시 대답하라고 했지?"

전하가 점화봉을 들어 올렸다. 점화봉에서 타닥타닥 튀어 오르는 불꽃을 보기만 해도 등골이 오싹했다.

"네, 부모님이에요."

"주소는?"

"기후현 다지미시."

도쿄로 가겠다고 하자 잔뜩 낙담한 표정을 짓던 부모님의 얼굴이 떠올랐다.

"오래되고 낡았지만 집이 예쁘네. 좋은 차도 있고."

전하가 휴대폰 화면을 시오리의 눈앞에 들이댔다. 화면에 다지미 시에 있는 부모의 집 사진이 떠올라 있었다.

아버지가 차를 사고 나서 말했다.

"차는 가장 잘 팔리는 제품을 사면 절대로 후회하지 않아."

아버지는 언제나 도요타 차를 고집했다. 시오리는 아버지를 고루한 사람이라고 생각했다. 야망도 욕심도 없이 소도시에서 선대로부터 물려받은 집을 지키며 안주하는 사람. 이제와 돌이켜보니 아버지의 선택이 그리 나쁘지만은 않다는 생각이 들었다.

왜 변변한 준비도 없이 도망치듯 집을 나왔을까? 차라리 아버지처럼 고바야시 가문의 후계자가 되었더라면 적어도 안정적인 삶을 누릴 수 있었을 텐데.

전하가 머릿속을 훤히 꿰뚫고 있다는 듯이 말했다.

"부모가 보고 싶지? 너도 잘 알겠지만 주소만 알면 뭐든 가능해. 집에 몰래 들어가 네 부모를 칼로 찔러 죽일 수도 있고, 이곳으로 납치해 올 수도 있지."

"제발 부모님을 내버려두세요."

전하가 시오리의 얼굴을 빤히 쳐다보았다.

"부모가 걱정되면 주소를 말하지 말고 끝까지 버텼어야지. 부모와 통화하고 싶어?"

전하가 부모가 사는 집 전화번호가 떠올라있는 휴대폰 화면을 시오리의 눈앞에서 흔들어보였다.

"통화하게 해 주세요."

"먼저 내가 시키는 대로 하겠다고 약속하면 통화하게 해줄게."

"약속할게요."

"분명 약속한 거야? 두말하기 없기야?"

어린 아이가 발로 개미를 눌러 죽이면서 천진난만하게 웃듯이 그의 얼굴에 환한 미소가 어렸다.

"전화가 연결되는 즉시 부모에게 지독한 욕설을 퍼부어."

시오리는 깜짝 놀란 표정으로 그를 쳐다보았다.

"무조건 내가 시키는 대로 하겠다고 약속했잖아?"

"욕이라면?"

"부모에게 당장 뒈졌으면 좋겠다고 해. 아니면 꼴도 보기 싫으니 앞으로 다시는 만나지 말자고 해. 무엇이 되었든 네 부모에게 가장 심한 상처가 될 수 있는 욕을 해 봐."

"부모님에게 욕을 할 수는 없어요."

전하가 화난 얼굴로 점화봉의 손잡이를 당겼다. 불꽃이 타닥타닥 튀었다.

"조금 전에 약속해놓고 지키지 않겠다는 거야? 당장 불고기를 만들어줄까?"

전하가 점화봉을 시오리의 팔에 갖다 댔다. 순식간에 살이 타들어가며 노린내를 풍겼다.

"그만! 시키는 대로 할게요."

"부모에게 인연을 끊어버리자고 해. 다시는 얼굴을 보지 말자고. 네 부모가 완전히 포기할 수 있도록 정나미 떨어지는 욕을 해."

"그렇지만……."

"어렵게 생각할 필요 없어. 부모 자식 사이는 그리 쉽게 끊어지지 않아. 나중에 잘못했다고 용서를 빌면 그만이야. 그냥 술에 취해 말이 헛나왔다고 해."

"헛소리……."

"그래, 헛소리. 그럼 네 부모는 너를 용서할 거야."

가속페달과 급브레이크를 번갈아 밟는 차에 올라탄 기분이었다. 전하의 변덕스러운 태도에 적응하기 쉽지 않았다.

전하가 전화를 연결한 다음 스피커 모드로 바꾸었다. 두 번째 신호가 가고 있을 때 엄마가 전화를 받았다.

"시오리?"

전하가 시오리 옆에 바짝 붙어 서서 점화봉을 목덜미에 대고 있었다.

"시오리, 전화를 했으면 말을 해야지."

"엄마, 그게 저……."

"너 요즘 어떻게 살고 있니? 몸은 건강해?"

"엄마……."

모처럼 통화가 이루어진 엄마에게 다짜고짜 욕설을 퍼부을 수는 없었다.

차라리 엄마에게 마지막 작별을 고해야겠어.

어차피 이 지독한 변태의 소굴에서 빠져나갈 수 있을 것 같지 않았다.

"혹시 돈이 필요해서 전화했니?"

그 말을 듣는 순간 엄마에 대한 애틋한 감정이 사라졌다.

"큰소리 떵떵 치고 집을 나가더니 꼴좋네. 넌 용돈이 필요할 때만 엄마에게 연락하지? 돈이 떨어졌으면 당장 집으로 돌아와. 언제까지 빈둥거리며 살 거야? 동네 사람들 보기 창피해서 원."

"엄마……."

"아빠한테는 내가 잘 얘기해놓을 테니까 당장 집으로 와."

엄마는 늘 이런 식이었다. 언제나 딸의 말을 들어보지도 않고 마음대로 결정을 내렸다. 딸이 어떻게 살고 있는지 진심으로 걱정하기보다는 동네 사람들 시선을 먼저 의식했다.

상자처럼 답답하고 좁은 집으로 돌아가긴 싫어.

시오리는 최대한 악의를 담아 엄마에게 말했다.

"내가 왜 당신들에게 돌아가? 난 절대로 안 가."

"엄마한테 무슨 말버릇이야?"

"알량한 용돈은 필요 없어. 그냥 실수로 전화했으니까 착각하지 마."

"함부로 지껄이다가 아빠한테 혼나고 싶어?"

"엄마는 내가 어떻게 살아가고 있는지 궁금하지도 않지?"

전하가 점화봉으로 목덜미를 눌렀다. 어서 마지막 악담을 퍼붓고 전화를 끊으라는 뜻인 듯했다.

"당신 딸이라는 게 부끄러워. 당신은 엄마도 아니야."

"내가 널 어떻게 키웠는데 그런 소리를 하니?"

"당신은 나보다 돈이 더 중요하잖아? 지금껏 나를 키우느라 들어간 비용이 얼마인지 계산해서 보내. 돈 생기면 갚을 테니까."

엄마는 말문이 막힌 듯 잠시 울먹이더니 이내 아빠의 목소리가 귓전을 울렸다.

"시오리, 엄마에게 뭐라고 한 거냐? 네 엄마가 분해서 펑펑 울고 있잖아."

"엄마 자격이 없다고 했어. 아빠도 똑같아."

"너에게 그런 소리를 듣게 될 줄은 차마 몰랐다. 그리 원한다면 인연을 끊자. 이제 두 번 다시 이 집에 발을 들여놓을 생각을 하지 말거라. 널 고바야시 가문의 후계자로 삼을 생각이었는데 이젠 다 필요 없다."

"나도 고바야시 가문의 후계자가 되고 싶지는 않으니까 서로 잘됐네."

시오리는 일방적으로 전화를 끊고 휴대폰을 집어던졌다.

그동안 억눌려 있던 분노가 불꽃처럼 터져 나왔다. 부모와 인연을 끊기로 한 건 인생의 중대한 결정인데 눈물조차 나지 않았다.

"잘했어."

전하가 식탁을 사이에 두고 마주앉았다.

"부모를 선택할 수 없다는 건 인간이 받아들여야하는 최고의 비극이야. 너도 알다시피 부모를 잘못 만나는 바람에 많은 비극이 양산되었어. 나는 네 마음을 이해해."

전하는 평소와 달리 시오리의 마음을 달래주고 있었다.

"나는 도쿄에서 태어났는데 어린 시절에 부모에게 끔찍한 학대를 당했어. 지하실에 설치한 쇠사슬과 족쇄는 사실 내 부모가 나를 학대할 때 이용했던 도구들이야."

도쿄에서 태어났다고? 지난번에는 홋카이도의 구시로가 고향이라고 해놓고. 언젠가는 규슈가 고향이라고 했고. 이사가 잦은 가정에서 자랐나? 아니면…….

"아들이 굶어죽든 똥오줌을 싸지르든 내 부모는 발목에 채워놓은 족쇄를 풀어주지 않았어. 열여섯 살이 되어서야 겨우 지옥에서 벗어날 수 있었지. 부모가 교통사고로 죽었거든. 아동상담소 직원이 집에 와서 보더니 기절초풍을 하더군. 내가 얼마나 심한 학대를 당했는지 그때서야 알게 된 거야. 나는 학교를 번번히 다니지 못해 한동안 아동보호시설에 들어가 지내면서 심리 치료를 받아야했어. 그 당시 심리 치료를 받았던 게 그나마 사회생활에 적응하는 데 큰 도움이 되었지."

"어린 시절에 그런 일을 당했으니 견디기 힘들었겠네요."

"학교에서 정규 교육을 받지는 않았지만 살아남기 위해 다양한 공부를 했어. 훗날 대입 검정고시를 치르고 대학에도 진학했지. 대학에서 컴퓨터 프로그래밍을 배운 덕분에 VR 영상을 만들 수 있었어."

오늘따라 시오리를 바라보는 전하의 눈에 호감이 가득 들어차 있었다.

부모와 불화하며 살아온 나의 생을 엿보았기 때문일까?

전하가 힘주어 말했다.

"이제부터 넌 여기에서 지내면 돼. 모든 자식들이 부모와 잘 지낼 필요는 없잖아. 모든 인간관계에는 정답이 없어."

그의 말이 시오리의 상처에 연고처럼 스며들었다.

이제 뭔가 감이 잡히는 느낌이 들었다. 전하는 변덕스러운 성격에 지독한 거짓말쟁이였다. 상대에 따라 당근과 채찍을 적절히 사용해 마음을 얻고, 자기 뜻대로 조종하는 방법을 아는 인물이기도 했다. 출생지에 대한 말이나 부모에 대해 털어놓았던 어린 시절 이야기는 죄다 거짓이 분명했다. 상황에 따라 적절한 거짓말로 상대의 마음을 얻고 이내 전폭적으로 동조하게 만드는 술책이 뛰어난 사람이었다.

"넌 앞으로 이 집에서 지내. 내가 돌봐줄 테니까."

전하는 역시 거짓말이 능수능란했다. 전하의 말을 곧이곧대로 믿었다가는 그가 언젠가 보여준 유골처럼 되어버릴 게 뻔했다.

4. 시오리

부모와 통화한 지 일주일이 지났다.

"나는 불쌍한 사람들을 돕는 일을 하고 싶어. 그동안 나와 함께 일할 파트너를 찾고 있었지."

전하가 사업에 대해 설명해 주었다.

"현재 일본 사회는 지옥이야. 어린 시절부터 공부에 매달려봐야 취직하기 쉽지 않아. 겨우 취직을 한다고 해도 치열한 경쟁이 계속되지. 너처럼 궤도를 이탈한 낙오자들은 사회로부터 배척을 당하기 십상이야. 난 힘없는 사람들을 돕고 싶어."

그런 사람이 여자를 납치해 감금한다는 건 말이 되지 않았다.

"저는 어떤 일을 해야 하죠?"

"현장에 투입되기 전에 먼저 학습을 통해 능력을 구비해야 돼. 착하고 아름다운 인품, 풍부한 지식, 품위와 교양을 갖춰야 한다는 뜻이야."

현장? 외부로 나가게 되면 탈출 기회를 잡을 수도 있겠다는 생각에 한 가닥 희망을 느꼈지만 애써 마음을 숨겼다.

"우선 이름부터 바꿔. 이제부터 완전히 다른 사람이 되어야 하니까. 부모와도 인연을 끊었으니까 이제 너의 정체성을 완전히 바꾸는 거야."

전하가 잠시 생각에 잠겼다가 말을 이었다.

"'안나'라는 이름은 어때? 히브리어로 '은혜'를 뜻하는 말이야. 넌 앞으로 많은 사람들에게 은혜를 베푸는 인물이 되어야 해."

시오리는 그날부터 안나가 되었다.

*

"안나는 현명하고 지혜로운 여성이야. 배려심이 깊고, 우아한 기품이 느껴지는 여성이지. '외양'과 '내면'이 완벽하게 조화를 이루는 여성."

"그런 여성이라면 타고나야 해요. 학습을 받는다고 되는 게 아니죠."

"아니, 넌 할 수 있어. 우선 언어 습관부터 바꿔. 넌 목소리는 아름다운데 말투가 경박해. 아나운서처럼 우아하고 세련되게 말하는 방법을 배워 봐. 교양 있고 매력 넘치게 말하는 방법을 알려주는 DVD를 줄 테니까 매일 보면서 학습해."

전하는 다른 과제도 내주었다.

"내면을 풍성하게 가꾸려면 독서가 최고야. 책을 소리 내어 낭독하다보면 차츰 등장인물들의 말투가 자연스럽게 몸에 배도록 할 수 있어."

하루 종일 책을 낭독하고 DVD를 보면서 말하는 습관을 바꾸는 학습을 진행하고, 밤에 전하 앞에서 실제로 해보는 패턴이 반복되었다.

책을 소리 내어 낭독하다 보면 마치 배우가 된 느낌이 들었다. 책에 나오는 인물들과 그들이 구사하는 말들이 텅 빈 내면을 빈틈없이 채워 주었다. 책을 반복해서 읽다 보니 다양한 인물들의 성격과 말투를 익힐 수 있게 되었다. 도쿄에서 성우 트레이닝을 받던 시절이 떠올랐다. 그때도 느꼈지만 연기를 통해 다른 인물이 되어본다는 건 매우 즐거운 일이었다. 전하는 매일 밤 학습 성과를 점검할 때마다 실력이 나날이 좋아지고 있다며 기뻐했다.

2주 후부터 전하와 토론 배틀을 진행했다. 전하가 토로하는 고민을 듣고 어떻게 해결할지 방안을 제시하는 식이었다. 전하는 매번 다른 사람이 되었다. 믿었던 친구에게 사기를 당해 큰 빚을 지고 차라리 죽길 바라는 젊은이, 직장에서 해고를 당한 데다 처자식이 집을 나가버린 회사원, 학교에서 왕따를 당하고 있는데 부모조차도 자기편을 들어주지 않아 절망에 빠진 학생 따위였다.

그럴 때마다 시오리가 적절한 해결책을 찾아내야 했다.

전하가 말했다.

"힘든 상황에 처한 사람들에게 일방적인 충고를 하면 역효과를 불러올 수도 있어. 충고를 하기에 앞서 상대의 마음을 얻는 게 중요해. 피를 흘리며 쓰러져 있는 사람에게는 말보다 지혈이 먼저야. 우선 상대에게 가장 시급한 게 무엇인지 깊이 생각해보고, 어떤 조치를 내릴지 선택해야 한다는 뜻이야."

전하의 말투는 자못 진지했다. 마치 진심으로 사람들을 돕고 싶어 한다고 착각이 될 정도였다.

*

납치 감금된 이후 3개월이 지나갔다.

그동안 학습을 통해 습득한 성과물들이 쌓여갔다. 책을 낭독하면서 사람들에 대한 이해력을 키우게 되었다. 전하와의 토론 배틀을 통해 상대에 대한 공감 능력이 좋아졌다.

시오리는 이제 신중하고 차분하게 상대의 이야기를 듣고, 적절한 해결책을 제시하는 능력을 갖추게 되었다.

어느 날, 시오리는 새롭게 낭독할 책을 받았다.

아쿠타가와 류노스케가 쓴 《로쿠노미야 공주》였다. 마치 어린 시절 친구를 다시 만난 기분이었다. 고교 시절에 몇 번이나 반복해 읽은 소설이었다. 시오리의 생은 이미 여러 번 우여곡절을 겪었지만 로쿠노미야 공주는 여전히 자기 자리를 지키고 있었다.

'사람은 주어진 조건에 따라 살아갈 수밖에 없다.'

어딘가로 도망치지 않고 한자리를 고수했던 공주의 삶에 대한 철학이 담겨 있는 문장이었다.

'황금빛 연꽃이 보인다. 닫집*처럼 커다란 연꽃이.'

'죽음을 앞둔 공주는 금방이라도 숨이 끊어질 듯 위태롭게 숨을 몰아쉬며 말한다.'

'극락왕생하려면 염불을 외워야한다는 법사의 말에도 공주는 아랑곳하지 않고 목전으로 다가선 죽음을 맞이한다.'

'연꽃은 보이지 않는다. 연꽃이 있던 자리에는 이제 캄캄한 어둠이 내려앉아 있고, 쓸쓸한 바람이 불고 있다.'

'아무것도 보이지 않는다. 어둠 속에서 차가운 바람만 불고 있다.'

소설을 읽다 보니 눈물이 저절로 흘러내렸다. 공주는 법사의 말을 받아들이지 않고 고독하게 죽어갔다. 공주가 어디로든 도망치지 않고 한자리를 고수했던 이유를 알 것 같았다.

고교 시절에는 공주가 도망치고 싶은 욕구가 없는 사람이라고 생각했다. 이제 보니 공주는 깊은 긍정으로 자신의 운명을 받아들였다는 걸 알 수 있었다. 공주는 그 어떤 비극이 목전에 임박해 오더라도

---

* 궁전 안의 옥좌의 위나, 법당의 불좌 위에 만들어 다는 집의 모형

자신의 생으로 받아들이고, 죽음에 이르기까지 신념을 유지했다. 공주는 도망치지 않는다는 신념을 주체적으로 지켜냈다.

3개월 동안 단 하루도 거르지 않고 학습에 전념한 덕분에 공주에 대해 미처 몰랐던 새로운 면모를 볼 수 있게 되었다. 막연히 알고 있던 친구의 진면모를 대한 느낌이었다.

시오리는 자신이 여전히 콘크리트로 에워싸인 좁은 상자 안에 갇혀 있다는 걸 깨달았다. 공주처럼 달라진 게 아무것도 없었다. 시오리는 새삼 자신이 정반대라고 여겼던 공주와 무척이나 닮아있다는 사실을 느꼈다.

이제는 도망치지 않을래.

*

어느새 갇혀 지낸 지 반년이 지났다.

거실에서 전하가 시오리에게 말했다.

"이제 너에게 마지막 임무를 부여할게. 네가 〈은빛 나라〉의 가이드가 되어주길 바란다."

5. 시오리

전하는 테이블을 사이에 두고 자신이 구상한 계획을 설명했다.

삶에 지친 사람들을 〈은빛 나라〉로 모여들게 한 다음 자살하도록 만들겠다는 계획이었다.

작년에 이미 테스트 삼아 한 사람을 끌어들여 자살로 유도했다. 이번에는 한꺼번에 많은 사람들을 자살하게 만들 작정이었다.

"안나, 당신이 자살할 사람들을 끌어들이는 길 안내를 맡아."

시오리는 왜 그들을 자살로 이끌어야 하는지 이유를 알 수 없었다.

"사람들을 자살하게 만들려는 이유가 뭐죠?"

전하는 화내지 않고 왜 그런 일을 꾸미는지 이야기했다.

"내가 토론 배틀 때 예로 들었던 사람들은 현실에도 무수히 많이 존재해. 그들이 힘들게 살아온 이야기를 들어주면 잠시 위안을 받겠지만 일시적일 뿐이야. 그 사람들은 평생 자신을 힘들게 한 그 자리에 그대로 머물러 있을 수밖에 없어. 그들의 고통과 괴로움은 사라지지 않아. 고통을 근본적으로 치유하려면 죽는 수밖에 없어."

전하가 타이르듯 말을 이었다.

"흔히 인간이 나고 자라고 늙고 죽는 과정을 생로병사라고 하지. 불교에서는 '생'을 고통의 근원으로 보고 있어. 21세기 일본은 경제적으로 풍요로운 사회를 이루었지만 많은 사람들이 고통 속에서 살아가고 있어. 당신도 예외는 아닐 거야. 당신의 생은 고통으로 점철되어왔다고 해도 과언이 아니지. 〈은빛 나라〉는 생의 절망을 벗어던지지 못하고 고뇌해온 사람들이 마지막으로 선택하는 곳이야. 자살하길 원했지만 죽음의 공포가 두려워 차마 죽지 못하고 살아온 사람들의 종착역이라고 할까? 사실 자살하려면 엄청난 용기가 필요해. 생명의 불길을 스스로 끈다는 건 그리 쉬운 일이 아니지. 자살하려면 죽음의 공포를 극복할 수 있어야 하는데 말처럼 쉽지 않아. 전기 스위치를 내리듯 간단하게 죽을 수 있는 방법이 있다면 사람들은 과연 어떤 선택을 할까? 아마 많은 사람들이 죽음의 길을 선택할 거야. 〈은빛 나라〉에서 트레이닝을 하면 죽음의 공포를 쉽게 극복할 수 있어. 내가 〈은빛 나라〉를 만든 건 사람들을 죽음의 공포로부터 해방시켜 주기 위해서야. 〈은빛 나라〉가 사람들을 고통으로부터 구해줄 거라 믿어."

전하는 자신의 생각에 깊이 도취되어 있었다. 그가 지금처럼 진지한 표정을 짓는 건 처음 보았다.

"집단 자살 사건이 발생하면 세상이 온통 떠들썩해지겠지. 나는 혼란스러운 상황을 틈타 누구나 쉽게 자살할 수 있게 해주는 〈은빛 나라〉를 널리 퍼뜨릴 거야. 많은 사람들이 쉽게 자살할 수 있는 혜택을 누리기 위해 〈은빛 나라〉로 몰려들겠지. 실력이 뛰어난 사람들은 〈은빛 나라〉에서 힌트를 얻어 더욱 정교한 자살 프로그램을 개발하려고 들겠지. AI기술이 좀 더 발달하면 〈은빛 나라〉는 운영자 없이도 저절로 굴러가게 될 거야."

"AI기술?"

"AI(Artificial Intelligence)는 인공지능이야. AI가 운영하는 〈은빛 나라〉를 상상해 봐. 정말이지 멋진 일이 될 거야. 나는 집단 자살의 씨앗을 뿌린 선구자가 되는 셈이지."

전하는 황홀한 표정을 지으며 자신이 세운 계획에 깊이 도취되어 있었다.

생명을 흡수하는 자살 프로그램이라니? 미친 짓이야.

아무리 생각해도 전하는 제정신이 아니었다. 생명을 경시하는 살인자다웠다. 〈은빛 나라〉가 많은 사람들을 자살로 내몰아 세상을 온통 혼돈의 구렁텅이로 빠뜨리게 될까 봐 걱정되었다.

"네 도움이 필요해."

전하가 진지한 말투로 도움을 요청했다.

시오리는 선택의 자유가 없었지만 이 시점에서 죽음을 각오하고 단호하게 거부해야 마땅하다는 생각이 일었다.

"수많은 사람들을 고통으로부터 구해낼 프로젝트야. 〈은빛 나라〉는 나 혼자 만든 게 아니야. 게임 개발 경험이 있는 프로그래머, 디자이너, 엔지니어들이 저마다 뛰어난 실력을 발휘해 만든 거야."

전하가 유골 단지를 가리키며 말을 이었다.

"지금은 다들 저기에 편안하게 잠들어 있지."

전하를 도와 〈은빛 나라〉를 만든 전문가들은 지금 전원 살해당해 유골 단지에 들어 있었다. 전하의 요청을 거절하면 유골이 되어야 한다는 뜻이었다.

시오리의 머릿속에서 죽음을 각오하고 거부하려던 생각이 순식간에 달아나 버렸다.

"전하를 돕겠습니다."

전하가 만족한 얼굴로 천천히 고개를 끄덕였다. 그는 몹시 피곤했는지 앉은 자세 그대로 잠이 들었다.

어떻게 된 일이지? 정말 잠이 든 건가?

고개를 떨어뜨리고 코를 곯아대는 걸 보니 잠이 든 게 분명했다. 전하가 이런 모습을 보인 건 처음이었다. 전하는 한 달 전쯤에도 건강이 안 좋아 보였다. 안색이 창백했고, 식사를 끝내고 뭔지 모를 알약을 먹었다.

"전하!"

크게 소리쳐 불러보았지만 아무런 반응이 없었다. 도망칠 수 있는 절호의 기회였다.

시오리는 자리에서 천천히 일어섰다. 소음을 내지 않으려고 조심했지만 족쇄에 연결된 쇠사슬에서 쩔렁거리는 소리가 났다. 몹시 당황해 전하를 힐끔 쳐다보았지만 나지막이 코를 골고 있었다.

전하의 등 뒤쪽에 온갖 무기가 들어 있는 수납장이 있었다. 칼을 손에 넣을 수 있다면 전하가 잠에서 깨어나더라도 충분히 대적해 싸울 수 있으리라는 생각이 들었지만 수납장은 자물쇠로 굳게 잠겨 있었다. 열쇠가 어디에 있는지 알지 못했고, 억지로 열려다가 전하가 잠에서 깨어날 경우 큰 낭패가 아닐 수 없었다. 족쇄를 차고 있어 자유롭게 걷지도 못하는 상태에서 발각되면 변변히 맞서보지도 못하고 끝장날 게 뻔했다.

2미터 정도 앞에 커튼을 쳐놓은 창문이 있었다. 다시 한번 전하의 상태를 확인했다. 여전히 고개를 푹 떨어뜨리고 잠들어 있었다.

위험한 도박이 분명했지만 창밖을 내다보고 싶었다. 집주변에 뭐가 있는지 확인해두면 도주할 기회가 생길 때 유용하게 활용할 수 있는 정보가 되어줄 테니까.

두 번 다시 오지 않을 기회였다. 쇠사슬에서 소리가 나지 않도록 조심하며 창문으로 다가갔다. 이마에서 식은땀이 흘렀고, 목구멍이 바짝 타들어갔다. 소리가 나지 않도록 조심하며 손을 뻗어 창문에 드리워진 커튼을 옆으로 살짝 젖혔다. 단독주택들이 줄지어 들어서 있는 주택가가 눈에 들어왔다. 낯익은 건물도 있었다. 잠시 눈을 의심했지만 도쿄가 분명했다.

"안나, 어디에 있어?"

몹시 당황하며 커튼에서 손을 떼려는 순간 전하와 눈이 마주쳤다. 거실의 스탠드 조명이 그의 얼굴에서 깊은 그림자를 만들어 마치 악귀처럼 보였다.

"거기서 뭐해?"

시오리는 방 한구석에 접혀 있는 모포를 가리켰다.

"갑자기 잠이 드셔서 모포를 가져다 덮어드리려고요."

전하는 알 수 없는 표정으로 시오리를 빤히 바라보고 있었다.

"모포는 필요 없어. 이제 깼으니까."

시오리는 전하와 함께 계단을 내려가기 시작했다. 전하가 지하실 문을 잠그고 나서야 비로소 안도의 숨이 새어나왔다. 잠시 내다보았던 창밖 풍경이 머릿속을 떠나지 않았다.

납치된 곳은 나고야인데 여긴 도쿄였다.

6. 시오리

"저는 〈은빛 나라〉의 가이드를 맡고 있는 안나라고 해요. 〈은빛 나라〉를 재미있게 이용하는 방법에 대해 설명해줄게요."

"네, 감사합니다."

젊은 남자 모습을 한 아바타는 처음이라 몹시 긴장한 눈치였다.

"〈은빛 나라〉는 로그인을 하면 어디든 자유롭게 돌아다닐 수 있습니다. 이곳에는 다양한 구경거리가 있고, 애완동물을 키울 수도 있고, 무료로 제공되는 게임을 즐길 수도 있습니다."

납치된 지 8개월이 지났다. 그동안 상대한 사람이라고는 전하밖에 없었다. 그래서인지 타인의 목소리에 쉽게 익숙해지지 않았다. 그나마 매일 책을 낭독하고, 전하와 토론 배틀을 진행한 경험이 사람들을 상대하는 데 많은 도움이 되었다.

"그럼 우선 컨트롤러의 조작 방법과 기능에 대해 설명해줄게요. 이용자 님도 컨트롤러가 있죠?"

〈은빛 나라〉에서 가이드를 맡은 지 2주째였고, 벌써 열다섯 번째 이용자를 상대하고 있었다. 처음에는 어색했지만 이제는 제법 익숙해져 〈은빛 나라〉에 대해 무엇이든 술술 설명해줄 수 있게 되었다.

"미리 말해두지만 나는 네가 이용자들과 보이스 채팅을 할 때 다 들을 수 있어. 괜히 허튼 수작을 하다가는 큰코다친다는 뜻이야."

시오리가 이용자들과 대화를 나눌 때 전하는 다 들을 수 있다는 뜻이었다.

도망치고 싶어.

한동안 잦아들었던 욕구가 다시 고개를 들었다. 전하가 아래윗니가 맞부딪히는 소리를 들으면 곤란한 만큼 잠시 고글을 벗었다. 처음 납치되었을 때와 달라진 건 아무것도 없었다. 여전히 발목에 족쇄가 채워져 있어 몰래 도망치거나 누군가에게 도움을 요청하는 건 불가능했다.

"친절한 설명 고마워요. 많은 도움이 되었어요."

고맙다는 말을 들으니 기분이 좋았다. 안나는 이용자들이 어떤 질문을 하든 정확하게 답변해줄 수 있었다.

한동안 이층에서 전하와 식사를 함께했지만 요즘은 지하실에서 혼자 따로 먹었다. 시오리가 〈은빛 나라〉에 로그인하는 시간은 오후 4시부터 다음 날 아침 5시까지였다. 30명쯤 되는 이용자들이 주로 활동하는 시간대였고, 가끔 누군가 갑자기 말을 걸어오는 경우가 있어 항상 대기 상태로 있어야 했다. 그러다 보니 식사할 시간이 따로 주어지지 않아 주먹밥이나 샌드위치로 간단하게 해결할 수밖에 없었다.

매일 오후 6시에는 〈은화의 집회〉가 열렸다. 안나가 광장에 나타나야 집회를 시작할 수 있게 프로그래밍 되어 있었다. 〈은화의 집회〉는 이용자들이 육성으로 본인의 의사를 전할 수 있는 유일한 기회가 제공되었다. 이용자가 부적절한 발언을 할 경우 안나가 중도에서 차단할 수 있게 되어 있었다.

'학교에서 왕따를 당해 전학 갔는데 옮겨간 학교는 더 심해요. 차라리 죽고 싶어요.'

'이번에도 사법고시를 패스하지 못하면 어려서부터 목표로 했던 변호사의 꿈을 접어야 합니다. 압박감이 심해 공부가 머리에 들어오지 않아요. 죽고 싶어요.'

'보증을 서주었는데 채무자인 친구가 실종돼 500만 엔의 빚을 떠안게 되었습니다. 내 월급으로는 이자를 갚기에도 벅찹니다. 이렇게 살아가느니 죽는 게 낫겠어요.'

전하의 말은 거짓이 아니었다. 이 세상에는 절망에 빠진 사람들이 너무나 많았다. 죽고 싶지만 죽는 게 두려워 실행에 옮기지 못하는 사람들. 죽지 못해 사는 사람들.

하루하루의 생이 고통이라면 차라리 죽는 게 낫지 않을까?

방금 발언을 마친 남자에게 '하트'가 쏟아졌다. 발언에 나선 사람들 대부분이 살아가기 힘들다는 고민을 토로하고 있었다.

갑자기 문밖에서 우당탕퉁탕하는 소리가 들려왔다. 누군가 계단에서 굴러 떨어진 소리인 듯했다. 이 집에 사는 사람은 전하밖에 없었다.

"전하?"

마이크를 끄고 전하를 불러보았지만 대답이 없었다.

"전하?"

재차 불러 보았지만 역시 조용했다.

전하가 계단에서 굴러 떨어져 크게 다쳤거나 실신한 듯했다. 그렇다면 절호의 기회가 아닐 수 없었다. 지금은 다행히 족쇄를 차고 있지 않았다.

〈은화의 집회〉에 모인 이용자들에게 경찰을 불러달라고 할까?

집 주소를 몰라 경찰이 이 집을 찾아내려면 시간이 많이 걸릴 수도 있었다. 경찰이 도착하기 전에 전하가 깨어나면 낭패였다.

차라리 문을 부수고 도망칠까?

문에 귀를 바짝 붙이고 바깥 동정을 살폈다. 쥐 죽은 듯 고요했다.

내 힘으로 문을 부술 수 있을까?

목재로 된 문이라 가능할 것 같기도 했다. 몇 발짝 물러섰다가 앞으로 돌진하며 어깨로 문을 들이받았다. 어깨뼈에 금이 간 듯 엄청난 통증이 느껴졌지만 문은 꿈쩍도 하지 않았다. 이번에는 발바닥으로 자물쇠 주변을 연속해서 찼다. 네 번째 발길질을 할 때 뿌지직 소리가 나면서 자물쇠 주변에 균열이 갔다. 뒤로 몇 걸음 물러섰다가 그대로 돌진하며 몸을 던졌다. 자물쇠가 떨어져 나가며 문이 열렸다.

예상대로 전하가 정신을 잃고 쓰러져 있었고, 주먹밥이 바닥에 흩어져 있었다. 저녁 식사를 가져오다가 발을 헛디뎌 계단에서 굴러떨어진 듯했다.

급히 계단을 뛰어 올라갔다. 1층에 도착하자마자 현관을 향해 달려가 잠금장치를 열었다. 현관문을 열고 밖으로 나가자 모처럼 대하는 신선한 공기가 코로 확 밀려들었다. 단독주택과 맨션들이 늘어서 있는 골목이었다. 바로 집 앞이 일차선 도로였다. 감금되어 있던 집을 돌아보니 2층짜리 콘크리트 건물이었다. 현관 바로 옆에 셔터가 내려진 주차장이 있었다.

일차선 도로로 나서 주변을 살피다가 건너편에서 걸어가고 있는 여자를 발견했다.

"저기요!"

시오리는 여자를 소리쳐 불렀다.

"저를 좀 도와주세요."

여자는 어두운 밤길이라서인지 경계심을 내비쳤다. 한밤중에 신발을 신지 않은 맨발의 여자가 말을 걸어온다면 누구나 경계심을 품을 수밖에 없을 듯했다. 게다가 시오리는 무려 8개월 동안이나 지하실에 감금되어 있었기에 행색이 말이 아니었다.

가로등 불빛에 반사된 여자의 눈빛에 긴장감이 드러나 있었다. 정말이지 오랜만에 대하는 타인의 눈이었다.

"저기요, 지금 급해서 그러는데……."

미처 말을 끝내기도 전에 여자가 도망치듯 골목 안으로 뛰어갔다.

어두운 밤거리에 하이힐 소리만이 요란하게 울려 퍼졌다.

이 세상에 나를 반기는 곳은 그 어디에도 없나 봐. 나는 늘 세상에서 도망쳐야 하는 존재야.

고향 집에서도, 학교에서도, 도쿄에서도 계속 도망쳤다. 8개월 동안 감금되어 있다가 겨우 탈출했는데 도움을 요청해보기도 전에 외면당했다.

왜 다들 나를 외면하지?

시오리는 화가 나는 한편 서글프기 그지없었다.

안나는 〈은빛 나라〉에서 반드시 필요한 존재였다. 〈은빛 나라〉의 모든 이용자들이 안나를 믿고 따랐다. 〈은빛 나라〉에서는 모든 일들이 안나를 중심으로 이루어진다고 해도 과언이 아니었다.

시오리는 어서 도망쳐야 한다고 생각했지만 다리가 떨어지지 않았다. 도망친들 딱히 갈 곳이 없었다. 그때 등 뒤에서 현관문이 열리는 소리가 들려왔다. 전하가 손에 쇠지레를 들고 서 있었다. 눈빛이 분노로 이글거렸다.

시오리는 그 자리에서 한 발짝도 움직일 수 없었다. 전하가 쇠지레를 휘두르는 모습을 보았고, 이내 정신을 잃었다.

7. 시오리

눈을 떠보니 지하실이었다. 발목에 채워진 족쇄가 쇠사슬에 연결되어 있었고, 이마에 상처가 나있었다. 균열이 생긴 출입문 앞에 책상이 놓여 있었다. 갈증이 심했지만 기력이 없어 몸을 움직일 수 없었다. 지금 이 상태로 며칠만 더 있으면 죽을 수도 있겠다는 생각이 들었다. 기력은 전혀 없는데 신비할 정도로 머리가 맑았다. 다시 눈을 붙이려는데 계단을 내려오는 발자국 소리가 들려왔다. 고개를 들어 올릴 힘조차 없었다. 책상을 치우는 소리에 이어 전하의 목소리가 울려 퍼졌다.

"안나?"

시오리가 몸을 일으켜 앉을 수 있도록 전하가 허리를 부축해주었다. 전하는 손에 점화봉을 들고 있었다.

"오갈 데 없는 개를 데려다가 먹여주고 재워주면서 애써 가르쳤더니 주인을 물어?"

"죄송합니다."

극심한 갈증 탓인지 목소리가 갈라졌다.

"너 때문에 그동안 내가 애써 준비해온 일들이 하루아침에 물거품이 될 뻔했어."

시오리는 이제 대꾸할 힘조차 남아있지 않아 가만히 앉아 있었다. •

전하가 점화봉 끝을 볼에 대고 위협했다.

"다시는 도망치지 않겠다고 맹세하면 목숨만은 살려줄게. 어서 앞으로 다시는 도망치지 않겠다고 맹세해."

"앞으로 절대로 도망치지 않을게요."

"나를 따라 해 봐. 전하의 뜻을 받드는 충견이 되겠습니다."

"전하의 뜻을 받드는 충견이 되겠습니다."

"건성으로 하고 있잖아. 진정성이 느껴지도록 해야지."

예전에는 벌벌 떨었지만 요즘은 그가 별로 무섭지 않았다. 점화봉의 끝부분이 경동맥 근처를 압박했다.

"죽고 싶어? 경동맥을 태워줄까?"

"제가 죽으면 전하도 많이 아쉬울 텐데요?"

면전에서 전하의 말을 되받아친 건 처음이었다.

"〈은빛 나라〉에서 안나가 사라지면 어떻게 될까요? 전하의 계획이 모두 물거품이 되지 않을까요?"

"잘난 체하지 마. 널 대신할 사람은 많아."

"지난 8개월 동안 안나가 되기 위해 나름 열심히 학습했어요. 당장 안나가 사라질 경우 대체할 사람이 없을 텐데요?"

시오리는 억울한 일을 당해도 변변히 항변조차 못하는 여자였는데 안나는 전혀 달랐다.

"〈은빛 나라〉 이용자들은 다들 안나를 따르고 의지해요. 안나가 갑자기 사라지면 분위기를 추스르기 쉽지 않을 거예요."

"광견병에 걸린 개가 주인을 위협하네?"

"전하의 일을 돕고 싶어요. 이제 더는 도망치며 살고 싶지 않아요. 안나가 되고 나서 비로소 집중할 수 있는 일을 찾았어요."

전하가 진심인지 가늠하려는 듯 시오리의 얼굴을 유심히 바라보았다.

"내 일을 열심히 돕겠다는 말이지?"

시오리가 고개를 끄덕이고 나서 말을 이었다.

"전하가 말했듯이 세상에는 차마 죽지 못해 살아가는 사람들이 의외로 많더군요. 〈은화의 집회〉에서 발언자로 나선 사람들 대부분이 세상 어디에도 정착하지 못하고 도망치듯 살아온 분들이었어요. 이 세상에는 그들을 받아줄 자리가 없어요. 그렇게 살아가느니 차라리 생을 빨리 끝낼 수 있도록 도와주는 편이 나을 수도 있겠다는 생각이 들더군요."

전하가 탐색하듯 시오리의 눈을 들여다보았다.

"한 가지 궁금한 점이 있어요. 전하는 이미 작년에 테스트 삼아 한 사람을 자살하게 만들었다면서요. 이번에도 전하가 직접 나서면 될 텐데 왜 저를 대리인으로 세웠죠? 무려 8개월 동안 학습을 시켜가면서 왜 이런 방법을 택했는지 납득이 되지 않아요."

전하의 눈이 휘둥그레졌다. 몹시 당혹스러운 표정이었다.

전하가 시오리의 발목을 채우고 있는 족쇄를 풀어주었다.

"난 건강이 좋지 않아. 나를 대신할 후계자가 필요했어."

"그럼 제가 후계자인 거예요?"

"안나, 제발 여길 떠나지 않겠다고 해줘."

"제가 어딜 가겠어요. 떠나고 싶어도 갈 곳이 없어요."

"그래, 고마워."

'사람은 주어진 조건에 따라 살아갈 수밖에 없다.'는 말이 머릿속에서 아른거렸다.

로쿠노미야 공주는 좁은 상자 안의 생을 거부하지 않았다. 시오리는 공주처럼 주어진 운명을 받아들이기로 했다. 로쿠노미야 공주가 유랑 끝에 궁전 모퉁이에 놓인 멍석에 도달했듯이 시오리는 도망치듯 살아오다가 여기까지 흘러왔다.

시오리는 이제 〈은빛 나라〉밖에는 아무것도 남아있지 않다는 생각이 들었다. 눈을 감자 〈은빛 나라〉의 아름다운 모습이 떠올랐다.

제4장

1. 구루미 9월 12일

고개를 떨어뜨리고 꾸벅꾸벅 졸다가 눈을 떴다. 절벽 아래 바다에서 파도 소리가 들려왔다. 밤바다는 언제나 공포심을 갖게 했다. 초등학교 시절에 가족들과 홋카이도의 오타루로 여행을 떠난 적이 있었다. 저녁 식사로 해산물 요리를 먹고 운하 옆길을 산책하다가 바다에 도착했다.

어두운 밤바다를 보는 순간 두려움이 엄습해왔다. 마치 새까만 색연필로 칠해놓은 것처럼 짙은 어둠 속에서 거대한 생명체가 꿈틀거리듯 거친 파도 소리가 요란하게 울려 퍼지고 있었다. 바다로 떨어지면 꼼짝없이 목숨을 잃을 게 뻔했기에 더없이 무서웠다.

지금 눈앞에 펼쳐져 있는 바다도 검은색에 가까웠다. 하늘에는 먹구름이 드리워져 있어 별도 달도 보이지 않았다. 문득 어두운 하늘에서 먹구름보다 짙은 검은색 물체들이 하나둘 나타났다. 테니스공 정도 크기의 원으로 변한 물체 주위에서 타닥타닥 불꽃이 일었다.

구루미는 고개를 좌우로 돌리며 주변을 살펴보았다. 절벽 위에 스무 명의 아바타가 있었고, 하늘에는 그 수와 똑같은 원형 물체가 떠 있었다. 원형 물체는 점점 응축되어 보석처럼 변해가다가 이내 바닥으로 떨어졌다.

구루미는 컨트롤러를 흔들어 원형 물체를 집어 들었다.

'오전 4시에 바닷가에 있다가 하늘에서 떨어진 '검은 다이아'를 주워 짐에게 바쳐라.'

어제 전달된 미션이었다. 구루미는 졸린 눈을 비비려다가 고글을 쓰고 있다는 걸 깨달았다. 안나를 만나 이야기를 나눈 지 한 달이 지났다. 구루미는 미션이 주어질 때마다 빠짐없이 수행했다. 만능약을 구해야 하기 때문에 어쩔 수 없었다.

어느 날 헤이즐이 비틀거리며 걸어가다가 그 자리에서 쓰러졌다. 세심하게 먹이를 챙겨주며 신경을 써주었는데 병이 낫지 않아 안나를 찾아가 어떻게 해야 할지 물었더니 만능약를 구해야 한다고 했다. 미션을 수행해야 만능약을 구할 수 있다는 말도 해주었다.

"〈은빛 나라〉는 현실 세계를 그대로 반영한 VR입니다. 현실 세계에서처럼 애완동물이 병드는 경우도 있다는 걸 잊지 마세요."

구루미는 아르테미스의 저택으로 가서 '검은 다이아'를 바치고 만능약을 받아 집으로 돌아왔다. 문을 열고 집으로 들어서자 헤이즐이 꼬리를 흔들며 반겼다. 병을 앓고 있었지만 반갑게 다가와 몸을 비벼대는 고양이를 대하는 순간 가슴이 먹먹했다.

"헤이즐, 무슨 병이든 낫게 해준다는 만능약을 구해왔어. 약을 먹으면 곧 병이 나을 거야."

정말 약을 먹이자 헤이즐은 금세 병이 다 나아 이전처럼 활기를 찾았다.

현실 세계를 그대로 반영했다고? 현실 세계에도 만능약이 존재할까?

구루미는 헤이즐의 등덜미를 쓰다듬어 주다가 고개를 떨어뜨리고 꾸벅꾸벅 졸았다. 주로 늦은 밤이나 새벽에 미션을 수행해야 하다 보니 늘 수면 시간이 부족했다. 헤이즐의 등덜미를 다시 한번 쓰다듬어 주고 나서 텔레비전 앞으로 자리를 옮겼다. 미션 때문에 잠시 중단했던 게임을 계속 이어서 할 생각이었다.

게임은 수학과 마찬가지로 규칙이 모두 공개되어 있어서 좋았다. 누구나 공정한 규칙 아래 게임을 할 수 있으니까.

구루미는 게임을 하다가 너무 졸려 집 밖으로 나왔다. 아바타 몇몇이 눈에 띄었다. 구루미는 다른 아바타들과 스스럼없이 인사를 나누며 광장으로 향했다. 광장에는 '영원의 나무' 말고도 다른 나무들이 몇 그루 더 있었다. 구루미는 나무로 걸어가 구멍을 들여다보았다.

갑자기 오케스트라의 연주가 시작되었다. 피아노와 다양한 현악기들이 어우러져 환상적인 연주를 하는 동안 빨간색, 파란색, 초록색, 자주색 등의 색깔이 일직선이 되어 날아왔다. 〈은빛 나라〉에 로그인할 때 뜨는 오프닝 영상이었다. 구루미는 이 영상을 감상하는 게 일과처럼 되어 있었다.

오프닝 영상을 보고 있다 보면 자신이 마치 그 안으로 녹아들고, 빛과 어둠의 세계로 뒤섞이는 느낌이 들었다. 빛의 균형감, 속도, 다양한 색상이 시간을 두고 서서히 변해갔다. 오프닝 영상을 보면 늘 기분이 좋았다. 대입 시험이나 아빠에 대한 걱정도 모두 녹아 사라졌다.

구루미는 오케스트라의 환상적인 연주에 귀를 기울이며 빛 속에서 계속 흔들리고 있었다.

2. 고스케 9월 26일

요코하마에서 만난 지 5일 만에 고스케는 추의 집을 방문했다. 그 자리에 프로그래머인 니시노도 와있었다. 추가 아리모리에게서 받아낸 하드디스크에서 이데이의 실마리를 발견하지 못해 니시노에게 해석을 부탁했던 것이다.

"하드디스크를 조사하다가 재미있는 걸 발견했어요."

니시노는 맥북에 이데이의 하드디스크를 연결한 다음 모니터를 보여 주었다.

"고스케 대표님은 브라우저의 자동 완성 기능을 사용하시죠?"

"그게 뭔데요?"

"로그인할 때 브라우저에 기억시켜둔 비밀번호를 플랫폼에 투입해 주는 기능 말입니다."

"네, 그 기능을 사용하고 있어요."

여러 사이트에서 똑같은 비밀번호를 사용하는 건 위험하다고 해서 사이트마다 다르게 설정해 두었는데 일일이 외워 사용하기 귀찮기 때문이었다.

"사이트마다 다른 비밀번호를 사용하는 건 바람직하지만 일일이 기억하기 귀찮아 자동 완성 기능을 사용하게 되면 오히려 더욱 위험해요."

니시노가 키보드를 두드리다가 새끼손가락으로 엔터키를 누르자 화면에 표가 나타나고, 알파벳이 줄을 이었다. URL과 ID 그리고 비밀번호 조합인 듯했다.

"암호화한 문자열은 일반 문장으로 돌아갈 수 있는 것과 돌아갈 수 없는 게 있어요. 자동 완성 기능으로 브라우저에 보존된 비밀번호는 전자에 해당되죠. 일반 문장으로 돌아갈 수 없게 되면 플랫폼에 투입할 수 없어요. 화면에 보이는 건 이데이가 사이트에 로그인했을 때 사용한 ID와 비밀번호예요. 이데이는 G메일을 썼으니까 일단 들여다봤는데 다행히 2단계 인증이 걸려있지 않았어요. 이 사람, 의외로 보안 의식이 낮은 편이더군요."

니시노가 브라우저를 불러와 G메일에 접속했다. 화면에 표시된 메일 주소와 비밀번호를 입력하자 로그인이 되면서 메일 상자가 나타났다.

"이데이는 아마도 죽은 것 같아요."

고스케는 이데이가 죽었다는 말에 깜짝 놀랐다.

"왜 그렇게 생각하는데요?"

"열어보지 않은 메일이 1만 건이 넘어요. 어딘가에 몸을 숨기고 있더라도 메일을 열어볼 텐데 전혀 흔적이 없더군요."

화면을 들여다본 결과 니시노의 말대로 읽지 않은 메일이 정말 많았다.

고스케가 말했다.

"이데이는 실종 이후 부모에게 딱 한 번 전화를 걸었어요."

추도 대화에 끼어들었다.

"이데이는 부모와 통화할 때 휴대폰을 사용했어. 그러니까 휴대폰을 소지하고 있었는데 메일을 열어보지 않았다는 뜻이야. 그렇다면 누군가에게 납치당했을 공산이 커."

고스케가 추와 시선을 마주치며 고개를 끄덕였다.

미오가 〈센징〉에서 본 풍경을 VR 개발자 혼자 만들었을지 의문이었는데 이제야 어느 정도 설명이 되었다. 이데이는 누군가에게 납치되어 VR을 만드는 데 가담한 게 분명했다. 이데이가 부모에게 전화해 욕설을 했다는 이야기를 듣고 한 가지 기억이 떠올랐다. 부모에게 전화를 걸어 욕설을 하고 관계를 끊은 사례가 과거에도 있었다. 1990년대 말에서 2000년대 초까지 기타규슈에서 발생했던 연쇄 살인사건의 범인이 사용했던 수법이었다. 연쇄살인범은 피해자를 협박해 부모 혹은 친한 친구들에게 전화로 심한 욕설을 퍼붓게

해 인연을 끊게 만들었다. 그런 수법으로 피해자가 사회적으로 혹은 정신적으로 극심한 고립감을 느끼고 있을 때 접근해 세뇌 교육을 시켰다.

이데이를 납치한 범인도 그런 방식을 동원해 게임 개발에 협조하도록 만들었을 공산이 컸다. 범인은 여러 분야 전문가들을 유사한 방식으로 납치해 게임을 완성했을 것이다. 디자이너, 프로그래머, 엔지니어 등을 납치 감금하는 데 성공했다면 높은 수준의 게임을 만드는 게 가능했다.

니시노가 말을 이었다.

"이제부터 본론인데 유독 시선을 끄는 메일이 있었어요. 아마도 그 메일을 이데이에게 보낸 사람이 범인일 거예요."

니시노가 메일을 보여 주었다.

'지난번에 의논한 안건에 대해.'라는 제목이 붙어 있었다.

이데이 미키오 님

늘 고맙습니다, 와쿠 세이지입니다.

여러모로 바쁘실 텐데 저를 만나주기로 하신 것에 대해 깊이 감사드립니다. 내일 오후 6시에 신유리가오카역 앞에 있는 카페 〈이리아〉에서 만나 뵐 수 있길 바랍니다.

추가 고개를 갸웃거리며 말했다.

"와쿠 세이지가 누굴까?"

니시노가 대답했다.

"화가 같아. 오래된 메일에 프로필이 적혀 있었어."

"혹시 그 눈 덮인 교회를 그린 화가일까?"

고스케의 머릿속에서 이데이의 하드디스크에 들어있던 유화 그림이 떠올랐다.

"이데이와 와쿠는 지금껏 이메일을 세 번 주고받았어. 이게 마지막 이메일이야. 와쿠는 자신이 그린 그림을 VR로 재현하고 싶다면서 이데이와 접촉을 시도했어. 인터넷에서 이데이의 경력을 확인하고 이메일을 보낸 거야. 우리가 지난번에 보았던 눈 덮인 교회는 와쿠가 보낸 첫 번째 이메일에 첨부되어 있던 그림이야."

고스케가 대화에 끼어들었다.

"아마 가짜 이름일 거예요. 본명을 그대로 사용해 그런 짓을 할 리 없잖아요."

"제가 확인해봤는데 본명이었어요."

니시노가 브라우저에 '와쿠 세이지'라는 이름을 입력하자 'Seiji Waku Official Web Site'라는 페이지가 맨 위쪽에 나타났다.

"이 사이트를 열어 봤는데 와쿠는 올해 나이 서른 살에, 미대를 졸업하고 화가로 활동하는 사람이었어요. 위키백과에 항목이 없는 걸 보면 뚜렷한 실적을 남긴 화가는 아닌가 봐요."

니시노는 와쿠의 홈페이지에 들어가 그림 몇 장을 보여 주었다. 대부분 유럽의 거리 풍경을 담은 그림이었다. 그 가운데 〈은빛 거리〉라는 제목이 붙은 눈 덮인 교회 그림도 있었다. 다른 그림들과는 이질적인 느낌을 주는 그림이어서 유난히 시선을 끌었다. 녹아내린 달을 그린 그림.

밤의 절벽과 검은 바다를 그린 그림으로 하늘에는 반숙으로 계란 프라이를 한 노른자처럼 생긴 일그러진 달이 떠있었다. 달빛에서 흘러나온 핏빛 액체가 바다 위를 검붉게 물들이고 있었다. 그 그림에는 〈월경(Menstruation)〉이라는 제목이 붙어 있었다. 그야말로 불순하고 그로테스크한 느낌을 주는 그림이었다.

"와쿠의 얼굴 사진은 없어. 그는 이데이에게 메일을 보내 일을 의뢰했어. 이데이는 와쿠의 제안을 긍정적으로 검토했고, 그 이후 실종되었지. 만약 이데이가 납치되었다면 와쿠가 범인일 공산이 커."

와쿠가 함께 일을 하자며 접근한 만큼 이데이는 아무런 의심 없이 만나주었을 것이다. 함께 식사를 하며 반주를 곁들였을 수도 있었다.

지금까지의 추론이 맞다면 와쿠는 매우 위험한 인물이 분명했다. 게임 업계의 전문가들을 납치해 목숨을 위협하여 강제로 일을 시킨 게 분명하니까. 그 과정에서 히로유키도 희생되었으니까.

고스케는 분노했고, 추는 심란한 표정으로 침묵을 지키고 있었다.

고스케가 말했다.

"드디어 실마리를 잡은 건가?"

"와쿠라는 인물을 추적하면 답이 나오겠네."

아직 아리모리 때문에 받은 충격이 가시지 않은 듯 추는 마음이 무거워보였다.

이제부터는 추의 도움을 기대하지 말고 독자적으로 와쿠를 추적해야 할지도 모른다는 생각이 들었다.

*

사무실로 돌아와 보니 슈이치가 미야코의 자리에 앉아 노트북을 들여다보고 있었다.

"어젯밤 채팅 상담 기록들을 문서로 정리해 두었습니다. 시급한 조치가 필요한 상담자는 없었지만 제법 신경 쓰이는 분이 있었습니다."

"어떤 분인데요?"

"124번 라씨의 경우 2주 전에 정신과 의사를 소개시켜 주면서 상담을 마무리해도 되겠다고 판단했는데 정작 병원에 가지 않았다는 메일을 보내왔습니다. 막상 정신과 의사를 만나보려고 하니 마음이 내키지 않더랍니다. 나중에 마음이 내킬 때 가도 된다고 답장을 보내주었습니다. 340번 다나카 씨는 신분을 밝히지 않았지만 여고생으로 추측되더군요."

슈이치는 사무실 일을 시작한 지 사흘밖에 안되었지만 일처리가

능숙한 편이었다.

"슈이치 씨, 수고 많았어요."

"수고라니요? 당연히 해야 할 일을 했을 뿐인데요."

슈이치가 멋쩍게 웃으며 고개를 끄덕였다.

"잠시 쉬어야겠어. 당신과 함께 일하는 것에 대해 심각하게 고민해볼게."

이틀 전, 미야코는 그렇게 말하고 나서 휴가에 들어갔다. 그녀는 고스케가 VR 게임에 집착하는 걸 탐탁찮게 여겨왔다.

"상담자들이 잔뜩 밀려있는데 당신은 〈레테〉 일은 저만치 밀쳐두고 있어. 히로유키 군의 죽음에 집착해 다른 일을 돌아보지 못하는 거야. 이제 당신에 대한 기대를 접었어."

어느 정도 비난을 각오했지만 미야코가 끝이라는 듯이 말하는 걸 듣자 기분이 좋지 않았다.

"그동안 당신과 함께 일하면서 큰 보람을 느꼈어. 앞으로도 계속 이 분야 일을 하고 싶지만 당신과 계속 호흡을 맞춰 일을 해나갈 수 있을지 의문이야. 냉정하게 고민해 봐야겠어."

미야코는 상근 직원이었고, 유급 휴가가 책정되어 있었다.

"10월 초까지 쉬면서 생각을 정리해볼게."

미야코가 마치 통보하듯 말하는 바람에 고스케는 미처 반박할 말을 찾지 못했다.

미야코가 하던 일을 슈이치가 당분간 대신 맡겠다고 했다. 미야코가 휴가를 떠났다는 말을 듣고 슈이치가 뭔가 감을 잡았을 수도 있다는 생각이 들었다. 아무튼 슈이치가 꼬치꼬치 캐묻지도 않고 일을 도와주겠다고 나서는 바람에 한시름 놓았다. 그렇다고 슈이치에게 지자체 사람들이나 후원자들을 만나보도록 할 수는 없었다. 고스케는 생각다 못해 자신이 하던 일을 슈이치에게 맡기고, 미야코가 하던 일을 자신이 맡기로 했다. 슈이치 덕분에 미야코 없이도 그런대로 잘 돌아가고 있었다.

슈이치가 작성해놓은 채팅 상담 문서를 정독하고 나서 메일함을 열어보았다. 아직 읽지 않은 메일이 몇 건 있었다. 지자체의 복지과 직원, 2개월 후에 참가할 예정인 컨퍼런스 운영자, 큰손 기부자 등이 보낸 메일이었다. 고스케는 자신이 혼자 운영할 때와는 비교할 수조차 없을 만큼 사업 규모가 커져 있다는 걸 알 수 있었다. 가끔 화를 내긴 해도 일을 꼼꼼하게 챙겨온 미야코 덕분이었다.

메일을 읽고 있을 때 휴대폰이 진동했다. 미오에게서 걸려온 전화였다.

"조금 있다가 제가 다시 전화하겠습니다."

〈레테〉의 상담원들에게는 아직 자살 게임에 대해 말하지 않았다.

고스케는 자살 게임이 존재한다는 사실을 언론에 공개할 작정이었다. VR 환경에서 자살 게임이 제작되었을 가능성을 히로유키의 죽음을 근거로 설명하고 조속히 범사회적인 대비책을 마련해야 한다고 주장할 생각이었다.

어제 추를 만나고 오는 길에 미오에게 전화해 자살 게임이 존재한다는 사실을 히로유키의 죽음과 연결시켜 설명하려 한다는 뜻을 전하고 협조를 구했다. 이미 자살 게임의 희생자가 존재한다는 사실이 알려지면 사람들이 받아들일 충격의 강도가 훨씬 클 것이다.

계단 층계참에서 미오에게 전화를 걸었다.

"죄송합니다. 급히 처리할 일이 있어 전화를 받지 못했습니다."

"괜찮아요."

미오의 목소리는 잔뜩 굳어 있었다.

"저에게 협조를 부탁하신 건에 대해 나름 생각해봤어요. 저도 히로유키의 자살 이유가 밝혀지길 바라지만 함께할 수 없을 것 같아요. 정말 죄송합니다."

목소리는 작았지만 이미 마음을 굳혔다는 걸 분명하게 느낄 수 있었다.

"매스컴과 사람들의 관심이 쏟아질 텐데 감당할 자신이 없어요."

미오에게 해주고 싶은 말이 입안에서 맴돌았지만 차마 입 밖으로 꺼낼 수 없었다.

'자살 게임이 유포되는 걸 막지 않으면 집단 자살 사태가 발생할 수도 있습니다. 히로유키 군이 목숨을 잃은 원인이 자살 게임이라면 누나로서 동생의 원한을 풀어주어야 마땅하지 않을까요?'

히로유키가 스스로 목숨을 끊은 지 벌써 일 년이 넘게 지났고, 미오도 이제 겨우 안정적인 생활을 찾아가고 있을 텐데 감당하기 힘든 부담을 안길 수는 없었다.

사실 아직은 히로유키의 죽음이 자살 게임과 직접적인 연관이 있다는 증거도 없었다. 다만 히로유키의 죽음을 빼고 자살 게임이 존재한다는 사실을 공개할 경우 유언비어나 괴담 수준으로 취급받을 수도 있다는 게 문제였다. 얼마 전, MOMO 챌린지라는 자살 게임이 존재한다는 소문이 파다했지만 결국 거짓으로 밝혀졌다.

추는 또 다른 관점에서 자살 게임의 존재를 공개하려는 것에 대해 우려를 표했다.

"현재 시점에서 자살 게임의 존재를 공개할 경우 오히려 위험한 상황이 초래될 수도 있어. 범인도 당연히 언론보도 내용을 주목할 테니까. 초조해진 범인이 위기감을 느끼고 자살 게임 이용자들에게 서둘러 자살 명령을 내릴 수도 있다는 뜻이야."

추의 지적에도 일리가 있었다. 자살 게임의 존재를 공개해 사회적인 경각심을 불러일으킬 생각이었는데 이용자들의 위험은 상대적으로 커질 수밖에 없었다. 변변한 근거도 제시하지 못하고 섣불리 공개했다가 오히려 역효과만 커질 수도 있었다. 근거가 필요했기에 미오의 협조가 절실했는데 결과가 이렇게 되었으니 어쩔 수 없었다.

"빌어먹을!"

지금 이 순간에도 자살 게임이 유포되고 있을 가능성이 컸지만 공개를 뒤로 미룰 수밖에 없다는 생각이 들었다. 고스케는 씁쓸한 기분을 떨쳐버리지 못하고 〈레테〉 사무실로 걸어갔다.

3. 구루미 9월 19일

배를 드러내고 쓰러져 있는 헤이즐에게 만능약을 먹인다. 허공에서 반짝이는 빛이 나타나 헤이즐의 몸을 감싼다. 헤이즐의 병이 금세 나아 이전처럼 활기차게 집 안을 돌아다닌다.

그동안 반복되어온 패턴이었는데 이번에는 달랐다. 만능약을 먹였음에도 헤이즐은 몸을 일으켜 세우지 못했다. 만능약은 미션을 수행할 때마다 딱 하나씩만 주기 때문에 여분이 없었다. 몹시 괴로운 듯 헤이즐의 몸에서 경련이 일었다.

오전 5시, 구루미는 꾸벅꾸벅 졸다가 문득 기척을 느끼고 눈을 떴다. 긴시로가 집에 와 몹시 고통스러워하고 있는 헤이즐을 안쓰러운 눈으로 내려다보고 있었다.

"긴시로, 도와줘. 헤이즐이 많이 아파."

구루미는 자기도 모르게 소리 내어 말했지만 이용자들끼리는 보이스 채팅이 불가능했다. 각자 사생활을 침해받지 않아야 하니까 지극히 적절한 시스템이라고 생각해왔는데 오늘은 직접 말을 전할 수 없다는 게 더할 나위 없이 답답했다.

긴시로가 헤이즐을 유심히 바라보다가 자리에서 일어나 두 번 박수를 쳤다. 밖으로 나가자는 신호였다. 구루미는 앞장서서 밖으로 나가는 긴시로를 뒤따랐다. 구름이 잔뜩 끼어 있는 날씨였다. 해가 떠오르고 있었지만 두터운 구름이 끼어 있어 대체로 어두웠다. 요즘 〈은빛 나라〉의 하늘에는 늘 구름이 잔뜩 끼어 있었다.

긴시로는 바다를 향해 앞장서서 걸어갔다. 절벽 가까이에 있는 안나의 집 앞에서 멈춰선 긴시로가 대문을 두들겼다. 안나가 밖으로 나와 긴시로와 이야기를 나누었다.

안나는 한 번에 한 사람씩만 보이스 채팅을 할 수 있었다.

"넛츠 님."

긴시로와 대화를 끝낸 안나가 몸을 돌리며 말을 걸어왔다.

"고양이가 만능약을 먹여도 낫지 않는다고요?"

"네, 어떻게 하면 될까요? 이대로 내버려두면 죽을까 봐 겁이 나요."

"만능약으로도 치료하기 힘든 병이 있어요."

구루미는 그 말이 귀에 거슬려 화가 단단히 났다.

"고양이를 치료하기 힘들게 프로그래밍한 건 당신들이잖아요?"

"저도 〈은빛 나라〉에 대해 모든 걸 알고 있지는 않아요. 다만 아르테미스 님이 〈은빛 나라〉를 만들 때 현실을 최대한 많이 반영했다고 들었어요. 현실에서도 고칠 수 없는 병이 있잖아요."

"아무리 현실 세계를 반영했다고 하더라도 〈은빛 나라〉를 만든 사람이라면 고양이의 병 정도는 낫게 해야 하지 않나요?"

"넛츠 님, 이런 말까지 하고 싶지는 않았는데 애완동물이 병을 앓게 된 건 전적으로 주인 잘못입니다. 넛츠 님이 관리를 철저히 했다면 고양이가 병에 걸리지 않았을 거예요."

오늘따라 안나의 태도가 냉랭했다. 처음 대하는 모습이라 구루미는 더욱 마음이 쓰라렸다.

"사람이든 동물이든 중한 병에 걸리면 치료하기 힘듭니다. 고양이가 병에 걸리지 않도록 잘 돌봤어야죠."

"안나 님, 헤이즐이 병을 앓게 된 게 제 탓이라는 건가요?"

"아, 그렇게 들렸다면 유감이네요. 넛츠 님 탓이라기보다는 일반적으로 그렇다는 얘기를 한 거예요."

안나가 사과의 뜻으로 정중하게 고개를 숙였다. 안나의 가식적인 태도가 구루미를 더욱 화나게 했다.

때가 되면 먹이를 챙겨주었고, 틈날 때마다 놀아주었다. 다만 24시간 동안 함께 있어주지는 못했다.

"새로운 고양이를 드릴까요?"

"무슨 뜻이죠?"

"현실에서도 키우던 고양이가 죽으면 다른 고양이를 들여놓잖아요. 병치레가 잦은 고양이를 키우느라 고생하느니 이번 기회에 아예 바꾸어보는 건 어때요?"

고양이를 키우다가 마음에 안 들면 버리는 물건처럼 취급하는 게 속상했다.

"저는 그냥 헤이즐의 병을 낫게 해주고 싶어요."

"무슨 뜻인지 알겠습니다. 아르테미스 님에게 고양이의 병을 고칠 수 있는 방법이 있는지 물어볼게요."

"가능할까요?"

"사실 이런 경우는 처음인데 넛츠 님이 너무나 간절히 원하니까 아르테미스 님에게 부탁해보려고요."

안나가 그 자리에서 무릎을 꿇었다.

"아르테미스 님, 넛츠 님이 죽은 고양이를 다시 살리고 싶어합니다. 좋은 방법이 없을까요?"

구루미는 아직 헤이즐이 죽지 않았다고 말해주려다가 그냥 내버려두었다.

아침 해가 떠올랐지만 구름이 잔뜩 끼어 있어 하늘은 여전히 어두컴컴했다. 어슴푸레한 하늘에 은색 글자가 나타났다.

'바다에 목숨을 바쳐라. 생명은 바다에서 온다.'

"아르테미스 님, 감사합니다."

구루미는 무슨 뜻인지 알 수 없었지만 안나는 이해한 듯했다.

"넛츠 님, 저를 따라오세요."

안나가 자리에서 일어나 바다를 향해 앞장서서 걸어갔다. 긴시로는 어느새 사라지고 없었다. 안나와 구루미는 바다가 내려다보이는 절벽 끝에 멈춰 섰다.

"넛츠 님, 절벽에서 뛰어내리세요."

"네?"

절벽 아래에서 거친 파도 소리가 들려왔다.

"아르테미스 님이 말씀하셨듯이 바다는 모든 생명의 어머니입니다. 목숨을 바치면 새로운 생명이 돌아와 고양이를 살려줄 겁니다."

"생명이 돌아온다는 게 무슨 뜻이죠?"

"아르테미스 님이 말씀하신 대로 넛츠 님이 바다로 뛰어내리면 만능약으로도 고칠 수 없는 고양이의 병이 낫도록 프로그래밍되어 있나 봐요."

"〈은빛 나라〉는 현실 세계를 반영하고 있다면서요? 현실에서는 도저히 불가능한 일 아닌가요?"

"현실을 반영하고 있지만 모든 게 똑같지는 않아요."

"제가 절벽에서 뛰어내려야 헤이즐을 살릴 수 있다는 거죠?"

"네, 그렇습니다."

수학에서 복잡한 문제를 풀기 위해서는 우선 인수분해를 해서 간단한 형태로 만드는 게 유리했다.

내가 바다로 뛰어들면 헤이즐의 병을 낫게 해줄 수 있다는 뜻이야.

구루미는 절벽 아래를 내려다보았다. 까마득한 아래를 내려다보니 현기증이 일며 졸음이 순식간에 달아났다. 언젠가 쇼타와 관람차를 탔을 때 꼭대기에서 아래를 내려다본 느낌과 비슷했다. 바위에 세차게 부딪히는 파도가 절벽 아래로 뛰어내리는 게 얼마나 위험한지 대변해주고 있었다.

"절벽에서 뛰어내리면 저는 어떻게 되죠? 다시 로그인할 수 없게 되나요?"

"절벽에서 떨어지는 순간 집으로 돌아가 있을 겁니다."

가끔 긴시로와 함께하는 게임이 떠올랐다. 구름 위에서 낙하하든 용암 속에서 헤엄치든 주인공은 언제나 죽지 않고 부활해 출발 지점으로 돌아갔다. 그러니까 게임과 비슷한 시스템으로 이해하면 될 것 같았다.

구루미는 컨트롤러를 꽉 쥐었다. 절벽에서 뛰어내리면 헤이즐의 병을 고칠 수 있게 된다는 뜻이었다. 머리로는 충분히 이해했지만 절벽에서 뛰어내린다는 게 그리 쉽지는 않았다.

"넛츠 님은 용감하잖아요. 두려워하지 말고 뛰어내려요."

안나의 말은 용기를 주기보다는 압박감을 느끼게 했다.

구루미는 절벽 밖으로 한 발을 뻗었다.

그 순간, 하늘과 수평선이 기울어지더니 회색의 거대한 벽이 눈앞을 막아섰다. 이제 보니 멀게 보이던 해수면이었다. 머리부터 해수면으로 떨어지고 있었다. 해수면이 점점 가까이 다가왔다. 스피커에서 바람을 가르는 소리가 울려 퍼지고 있었고, 갈색 절벽이 빠른 속도로 지나갔다.

해수면에 추락한 순간 죽음의 사자가 전력으로 달려올 것 같은 느낌이 들었다. 문득 정신을 차리고 보니 텔레비전 화면이 눈에 들어왔다. 〈은빛 나라〉에 있는 집이었다. 구루미는 전원이 꺼진 텔레비전 화면을 멍하니 바라보고 있었다.

"야옹!"

고양이가 방구석에 오도카니 앉아 구루미에게 반갑게 인사를 건넸다.

"헤이즐!"

헤이즐은 몹시 기분이 상쾌한 듯 가르랑거리는 소리를 내며 구루미를 향해 다가왔다.

구루미는 그제야 안도감을 느끼며 천천히 숨을 내쉬었다.

이처럼 간단한 미션을 수행하고 헤이즐의 병을 치료할 수 있다면 앞으로는 전혀 걱정할 게 없을 듯했다. 구루미는 헤이즐의 등을 쓰다듬어 주며 안도의 한숨을 쉬었다.

다행이야, 헤이즐!

다음 순간 긴장이 풀리면서 온몸으로 극심한 피로감이 밀려들었다. 구루미는 고글을 벗을 틈도 없이 잠에 빠져들었다.

4. 고스케 9월 28일

고스케는 전차를 타고 이동하다가 하치오지역에서 내렸다. 역 앞에 있는 페데스트리언 덱(Pedestrian Deck)을 이용해 약속 장소를 향해 걸어갔다. 휴대폰을 열어 오늘 만나기로 약속한 사람이 보낸 메시지를 다시 한번 읽어보았다.

이타미야 씨

안녕하세요. 저는 와쿠 세이지의 웹사이트 관리자 시다 아사코입니다. 와쿠에게 그림을 의뢰하고 싶다고요? 일단 만나서 이야기할 수 있을까요?

와쿠의 홈페이지에 들어가 메시지를 남겼다. 답신하지 않을 거라고 예상했는데 '그림을 의뢰하고 싶다.'는 말에 혹했는지 다음 날 만나자는 연락이 왔다.

고스케는 이름을 숨길 수밖에 없어 '이타미야'라는 가짜 이름으로 메일을 보냈다.

일 년 전, 히로유키는 〈센징〉에 빠져 지내다가 스스로 목숨을 끊었다. 고스케는 그가 〈푸른 고래〉 같은 자살 게임을 하다가 자살했을 것으로 추정하고 있었다. 실제로 히로유키가 사용했던 〈센징〉에는 게임 애플리케이션을 지운 흔적이 남아 있었다.

추의 도움을 받아 VR 개발자를 탐색해보다가 이데이 미키오라는 엔지니어가 실종되었다는 사실을 알게 되었다. 이데이가 부모에게 전화해 심한 욕설을 퍼붓고 나서 인연을 끊자고 했다는 것도 알아냈다. 이데이에게 자신이 그린 그림을 VR로 만들어달라고 의뢰한 사람이 바로 와쿠였다. 와쿠가 이데이에게 보낸 그림 가운데 미오가 VR에서 보았다는 거리 풍경과 비슷한 작품이 있었다.

아직 자살 게임의 실체를 확인하지는 못했다. 다만 그동안 끌어모은 단서들을 토대로 와쿠 세이지라는 인물이 자살 게임 제작에 깊숙이 관여했다는 사실을 알게 되었다.

고스케는 직접 와쿠의 소굴로 뛰어들 작정이었다. 답신을 보낸 시다 아사코가 와쿠와 어떤 관계인지 불분명했다. 한시바삐 와쿠가 있는 곳을 찾아내 자살 게임을 개발한 증거를 확보하고 싶었다. 다수의 게임 전문가들을 납치해 자살 게임을 만들었다면 뜻밖의 목격자가 존재할 수도 있었고, 핵심적인 단서가 확보될 경우 경찰을 찾아가 본격적인 수사를 의뢰할 생각이었다.

고스케는 팽팽한 긴장감을 느끼며 약속 장소를 향해 걸어갔다. 시다 아사코를 만나기로 한 장소는 역에서 도보로 5분 거리에 있는 카페였다. 복장에 대해 사전에 미리 말해두었던 탓에 카페에 먼저 와 있던 여자가 손을 흔들었다.

카페 벽면에 일정한 간격으로 그림이 걸려 있어 마치 화랑 같은 느낌을 풍겼다.

"이타미야 씨, 제가 바로 시다 아사코입니다."

새까만 파카와 청바지 차림에 짧은 머리를 핑크색으로 물들인 여자가 고스케에게 인사를 건넸다. 귀에는 피어스가 여러 개 박혀 있었고, 손톱은 네일아트로 치장되어 있었다. 겉으로 보기에도 예술가 분위기를 물씬 풍기는 여성이었다.

고스케는 그녀의 맞은편에 앉았다.

"와쿠에게 그림을 의뢰하고 싶다고요?"

"메일로 이야기한 그대로입니다."

"와쿠에 대해서는 어떻게 알게 되었죠?"

아사코는 가방에서 전자담배를 꺼내 입에 물었다. 연기에서 멘솔 향기가 묻어났다.

"3년 전 갤러리에서 그림을 본 적이 있습니다. 환상적인 그림이라 기억하고 있었죠."

질문을 예상하고 미리 준비해둔 답변이었다.

"제가 다니는 회사 사장님이 사무실에 그림을 걸어두고 싶다고 하셔서 어떤 화가에게 맡길지 알아보고 있는 중입니다."

3년 전, 와쿠가 긴자에 위치한 갤러리에서 그림 전시회를 연 적이 있다는 걸 미리 확인해 두었다. 아사코는 전자담배를 피우면서 탐색하듯 고스케를 바라보고 있었다.

"와쿠를 만나 대화를 나눠본 적이 있나요?"

"전혀 없습니다. 전시회에 가긴 했지만 그저 그림만 둘러보았습니다."

"왜 굳이 와쿠에게 그림을 맡기려고 하죠?"

"방금 전에도 말씀드렸다시피 전시회에 가서 와쿠 세이지 씨가 그린 그림을 보고 깊은 인상을 받았기 때문입니다."

"와쿠는 그다지 유명한 화가도 아니고, 지난 2년 동안 그림을 그려 발표한 적이 없습니다. 3년 전 전시회에서 그림을 보고 깊은 인상을 받았다면 적어도 그 자리에서 그림을 그린 화가와 이야기를 나눠봐야 하는 것 아닌가요? 전시회 기간 중에 와쿠는 계속 갤러리를 지키고 앉아 있었거든요."

아사코의 지적에 등줄기에서 식은땀이 났다.

"그냥 솔직하게 말씀해보세요. 제가 볼 때는 와쿠에게 뭔가 다른 볼일이 있는 것 같군요."

상대가 질문을 할 경우 어떻게 둘러댈지 미리 생각해 두었지만 이야기가 전혀 예기치 않은 방향으로 흐르고 있었다.

두 사람은 한동안 서로를 뚫어지게 바라보았다.

아사코가 한숨을 내뱉고 나서 말했다.

"와쿠에게 그림을 의뢰하고 싶어 하는 분이 있을 줄은 미처 몰랐어요. 그런데 어쩌죠? 와쿠는 어디론가 증발했어요."

미처 예상치 못한 말이었다.

"모처럼 와쿠에게 그림을 의뢰하고 싶다는 분에게서 연락이 와 기대가 컸어요. 혹시 와쿠의 행방을 알고 있을지도 모른다고 생각했기 때문이죠. 설마 진짜 고객일 줄은 미처 몰랐습니다. 와쿠는 지금 행방불명 중이니까 이만 돌아가세요."

"행방불명이라니요?"

"와쿠는 어디론가 사라졌습니다."

마사코는 더 이상 볼일이 없다는 듯 자리에서 일어섰다.

"혹시 와쿠 세이지 씨의 연인이었습니까?"

상대를 도발하기 위해 일부러 자극적인 질문을 던졌다. 예상대로 아사코가 잔뜩 화난 표정으로 그 자리에 멈춰 섰다.

"왜 제가 와쿠의 연인이라고 생각했죠?"

"그의 사이트도 관리하고 있고, 그의 행방을 찾고 있기도 한 것 같아서요."

"와쿠와 저는 그냥 미대 동창생입니다. 사실은 와쿠에게 제법 많은 돈을 빌려 주었어요. 그 작자가 나타나야 빌려 준 돈을 받을 텐데 걱정이 많아요."

"사실은 저도 와쿠 씨에게 돈을 빌려 주었습니다."

"와쿠와 대화를 나누어본 적이 없다면서요?"

"와쿠 씨에게 돈을 빌려 주었다고 하면 만나 주지 않을 것 같아 그림 이야기를 꺼낸 겁니다. 괜찮다면 와쿠 씨에 대해 각자 확보하고 있는 정보를 교환하고 싶은데 어떻게 생각하세요?"

아사코는 갑작스러운 제안을 받고 과연 믿어도 되는 사람인지 헷갈리는 표정을 지었다.

"옥션을 통해 와쿠 씨에게 화집을 팔았는데 대금을 한 푼도 받지 못했습니다."

"어떤 책을 팔았는데요?"

"피사로*의 화집입니다. 구하기 힘든 화집이라 5만 엔을 받기로 하고 책을 보내주었는데 감감무소식이더군요."

사실은 와쿠의 사이트에 들어가 보고 나서 가장 좋아하는 화가가 피사로라는 걸 알게 되었다.

"저는 10만 엔을 빌려 주었는데 받지 못했어요."

"와쿠 씨가 사라진 게 언제쯤이었죠?"

"2년 반쯤 되었어요. 그 무렵 와쿠는 생활비를 벌기 위해 이 카페에서 아르바이트를 하고 있었죠. 사실은 이 건물 주인이 미대 선배님이거든요. 그 선배가 경영하는 디자인 사무실이 이 건물 2층에 있죠. 저는 거기에서 일하는 직원입니다. 선배의 디자인 사무실이 있

---

* Camille Pissarro 프랑스의 인상주의 화가

275

어서인지 이 카페는 미대 졸업생들의 아지트가 되었죠. 와쿠는 아르바이트가 끝나면 열심히 그림을 그렸습니다. 와쿠는 상업적인 그림에도 재능이 있었는데 그림을 그려 돈을 벌려고 하지는 않았어요. 오로지 유화 작품만 고집했죠. 그러다 보니 생활이 어려울 수밖에요."

"아사코 씨에게 돈을 빌린 이유도 생활비 때문이었나요?"

"저는 사실 돈을 빌려준 게 아니라 사이트를 제작해주고 대금을 받지 못했어요. 아마 사이트 제작 전문 업체에 일을 맡겼다면 10만 엔으로는 어림도 없었을 거예요. 와쿠는 대금 지불을 차일피일 미루더니 결국 해결하지 않고 사라져 버렸죠."

"와쿠 씨가 사라진 뒤로는 한 번도 만난 적이 없습니까?"

"네, 한 번도요. 와쿠는 친한 친구도 없고, 부모와의 관계도 원만하지 않았어요. 돈을 받기 위해 여기저기 알아보았는데 끝내 와쿠의 행방을 찾을 수 없었습니다."

"와쿠 씨는 왜 사라졌을까요? 혹시 아사코 씨에게 빚진 10만 엔 말고도 더 큰 빚이 있지는 않았나요?"

"와쿠가 경제관념이 물러터진 사람이긴 해도 빚이 그리 많지는 않았어요."

"아사코 씨에게 사이트 제작을 맡긴 걸 보면 와쿠 씨는 IT에 밝은 분은 아니었나 봐요?"

"IT에 대해서는 문외한이었고, 심지어 SNS도 하지 않았어요. 휴대폰도 구형 폴더 폰을 쓸 정도였죠."

아사코와 이야기를 나누는 동안 고스케는 확신했다. 와쿠 세이지는 스스로 사라진 게 아니라 누군가에게 납치당한 게 분명했다. 와쿠는 이데이에게 VR로 자신이 그린 그림을 재현하고 싶다는 메일을 보냈다. IT에 전혀 관심이 없고, 구형 폴더 폰을 쓰는 사람이 왜 그런 부탁을 하게 되었는지 알 수 없었다. 아직 확신할 수는 없지만 자살 게임 메인 화면을 장식하고 있는 그림을 그린 사람이 와쿠인 듯했다. 범인은 메인 화면을 장식할 그림을 그려줄 화가를 물색했을 것이다. 유명 디자이너에게 부탁했다가 실종될 경우 세상이 온통 시끄러워질 게 뻔했기에 무명이지만 그림 실력이 뛰어난 와쿠에게 일을 맡기게 되었을 것이다.

범인이 와쿠의 메일 주소로 이데이에게 일을 의뢰한 이유도 충분히 짐작이 가능했다. 화가의 이름으로 의뢰해 이데이가 프로젝트에 흥미를 느끼도록 유도하기 위해서였을 것이다. 범인이 자살 게임을 만들기 위해 얼마나 치밀하게 머리를 굴렸는지 짐작할 수 있는 대목이었다.

범인은 어디에서 와쿠를 접촉했을까?

"와쿠 씨는 열정적으로 그림을 그렸나요?"

"와쿠는 그리 열정적인 스타일은 아니었어요. 마음이 내키지 않으면 절대로 그림을 그리지 않았죠. 긴자의 갤러리에서 열린 전시회가 와쿠에게는 처음이자 마지막 발표 무대였어요."

범인은 와쿠를 인터넷에서 찾아냈을 가능성이 컸다.

"와쿠 씨가 사라지기 전 사이트에 혹시 어떤 문의가 들어온 적이 없었나요?"

"문의라면?"

"예를 들면 일에 대한 의뢰 같은 거요. 혹시 그림 의뢰가 들어오지 않았나요? 만약 그림을 의뢰한 사람이 있었다면 와쿠 씨를 납치한 범인일 가능성이 큽니다."

아사코가 깜짝 놀란 표정을 지었다.

와쿠가 실종되기 전 뭔가 수상한 동향이 있었던 게 분명했다. 아사코의 잔뜩 긴장한 표정을 보면 능히 알 수 있었다.

"와쿠에게 그림을 그려달라며 찾아온 남자가 있었어요. 와쿠는 그 남자를 이 카페에서 만났고, 저도 다른 테이블에 앉아 있다가 우연히 그 남자를 봤어요."

"혹시 어떤 이야기를 나누던가요?"

"저도 그냥 먼발치에서 두 사람의 이야기를 엿들었는데 그 남자는 젊은 화가들을 모아 기획전을 열고 싶어 와쿠를 찾아왔다고 했어요. 사이트에서 와쿠가 그린 그림을 보고 깊은 인상을 받았다면서요. 그 당시도 제가 와쿠의 사이트를 관리하고 있었기 때문에 사실 그를 만나려면 저를 통해야 정상이었죠. 정말 이상하게도 그 남자는 저를 건너뛰고 와쿠와 직접 거래를 했어요. 와쿠가 사라진 후 그 남자에게 이메일을 보냈죠. 와쿠가 사라져 행방을 알아보고 있는데 혹시 어디 있는지 알고 있으면 연락해주기 바란다고요. 혹시나 하고 기다렸지만 끝내 아무런 연락이 없었어요."

전자담배를 들고 있는 아사코의 손이 덜덜 떨리고 있었다. 아사코는 마음을 안정시키기 위해 전자담배 연기를 깊숙이 들이마셨지만 여전히 손을 떨고 있었다.

"그 남자의 얼굴을 그려 미대 선후배들에게 보여주며 혹시 아는 사람인지 물어보고 다녔죠. 어느 날 맨션 우편함에 이상한 소포가 들어왔어요."

"어떤 소포였는데요?"

"누군가 정어리 두 마리의 머리를 잘라 소포로 보낸 거예요. 정어리의 피가 상자 여기저기에 튀어 있었죠."

"그 남자 짓이었나요?"

"모르긴 해도 그 남자 짓이 아닐까 짐작했어요. 아무튼 소포를 받은 이후 어찌나 겁이 나던지 더는 그 남자의 얼굴 그림을 들고 와쿠의 행방을 묻고 다닐 수는 없었어요. 그 남자에 대한 조사를 그만두자 더는 이상한 일이 벌어지지 않더군요."

아사코가 불안한 눈빛으로 고스케를 바라보았다.

"와쿠가 몹시 위험한 일에 휘말린 게 아닐까요?"

아사코는 일을 해주고 받지 못한 돈보다 와쿠의 안부를 걱정하고 있었다.

아사코가 계속 조사를 했다면 정어리 머리를 잘라 보낸 남자가 그녀를 살해했을 수도 있었다.

지금은 내가 그 남자의 표적이 되었을 수도 있어.

"그 남자의 얼굴 그림을 아직 갖고 계십니까?"

"어찌나 겁이 나던지 불로 태워 버렸어요."

"혹시 그 남자의 얼굴을 다시 그려줄 수 있나요?"

"벌써 2년 반쯤 지난 일이라 가능할지 모르겠지만 기억을 더듬어 가며 그려볼게요. 전에 한 번 그린 그림은 머리보다 손이 먼저 기억하는 경우가 더러 있어요. 와쿠를 찾고 계신다니까 가능한 한 도움을 주고 싶네요."

"감사합니다. 와쿠 씨를 찾게 되면 꼭 연락드릴게요."

"그림을 다 그리면 연락할게요."

아사코는 그 말을 하고 나서 가벼운 한숨을 내뱉었다.

5. 구루미 9월 26일

교회 종소리가 널리 울려 퍼지고 있었다. 밤 12시에 안나가 이용자들에게 호출을 보내 다들 아르테미스 저택에 모여 있었다. 안나가 이런 식으로 한밤중에 이용자들을 소집한 건 처음이었다.

제단 안쪽에 아르테미스의 그림자가 보였다. 은색 드레스를 걸친 안나가 아르테미스를 향해 공손하게 머리 숙여 인사하고 나서 이용자들이 모여 있는 곳으로 걸어왔다.

"오늘은 여러분들에게 급히 전할 말이 있어 모이라고 했습니다."

평소와 달리 걱정이 많은 말투였다.

"근래 들어 〈은빛 나라〉에서는 일찍이 경험해본 적 없는 일들이 발생하고 있습니다. 병에 걸린 애완동물을 치료하기 어렵기도 하고, 하늘에 짙은 구름이 끼어 있는 날씨가 한동안 지속되고 있습니다.

아르테미스 님이 급기야 그 원인을 알아냈습니다."

구루미는 천천히 좌중을 둘러보았다. 아르테미스가 제단 안쪽에서 이용자들을 주시하고 있었다.

"〈은빛 나라〉는 사이버테러를 받고 있습니다."

아바타들이 깜짝 놀란 표정을 지으며 서로 마주보았다.

"〈은빛 나라〉를 시기해 사이트를 파괴하려는 사람들이 있습니다. 우리의 활동이 이용자들에게 크게 환영을 받자 앞서 인기를 얻고 있던 사이트에서 기득권을 잃게 될까 봐 방해 공작에 착수한 겁니다. 우리 모두 힘을 합해 위기를 극복해야 합니다. 이번 위기를 극복해 내면 〈은빛 나라〉는 더욱 평화롭고 행복한 곳이 될 겁니다. 우리 함께 힘을 모아 〈은빛 나라〉를 지켜냅시다."

안나의 발언이 끝나자마자 요란한 박수가 터졌다.

"그럼 이제 아르테미스 님이 내린 미션을 전달하겠습니다."

어두운 하늘에 은색 글씨가 나타났다.

'15분 후 해안으로 이동해 저주 받은 달을 향해 기도하라.'
'내일 아침까지 피를 한 방울 바쳐라.'

홀은 다시 환해졌고, 제단 안쪽에 있던 아르테미스의 그림자는 어디론가 사라져 더 이상 보이지 않았다.

안나가 미션에 대해 보충 설명을 했다.

"아르테미스 님이 지시한 대로 다들 해안으로 이동해주세요. 외부의 공격으로 〈은빛 나라〉의 달이 손상을 당했습니다. 이전의 아름다운 달이 될 수 있도록 마음을 합쳐 기도해 주세요."

구루미는 달이 손상을 당했다는 게 무슨 뜻인지 알 수 없었다. 외부 해커들에게 사이트가 공격을 당했을 때 달의 형태가 변질되었다는 뜻일까? 해커의 공격을 받아 사이트가 오염되었으면 백신으로 치료를 해야지 기도한다고 뭐가 달라지나?

"그다음은 피를 한 방울 낸 사진을 플랫폼에 올려 주세요."

거리의 풍경이나 건물을 찍어 올리라는 미션은 더러 있었지만 피를 낸 사진을 제출하라는 미션은 처음이었다.

"고통스럽지 않게 피를 내려면 바늘로 엄지손가락 아래쪽을 살짝 찌르면 됩니다. 살짝 따끔할 뿐 그리 아프지는 않을 거예요. 바늘은 사전에 알코올로 소독해놓으시고요. 피는 단결의 상징입니다. 저 역시 피를 바칠 겁니다. 부디 여러분도 적극 협력해주시기 바랍니다."

아르테미스 님에게 이용자들의 단결된 마음을 바치자는 의미인가?

"여러분의 기도가 아르테미스 님에게 큰 힘이 될 겁니다. 여러분의 일치단결된 힘이 필요합니다. 그럼 잘 부탁드립니다."

두 가지 다 수행하기 힘든 미션은 아니었다.

구루미는 아르테미스의 저택에서 나와 〈은빛 나라〉 한복판에 있는 사거리까지 걸어갔다. 광장을 지나면서 최근에는 안나가 바쁜 탓에 〈은화의 집회〉가 열리지 않았다는 걸 깨달았다.

구루미는 자꾸만 졸음이 밀려와 허벅지를 꼬집었다.

"헤이즐!"

집으로 들어서자마자 은색 고양이가 비척거리며 다가오더니 순진무구한 눈으로 구루미를 올려다보았다. 머리를 쓰다듬어 주자 기분이 좋은 듯 눈을 가늘게 뜨고 가르랑거렸다.

구루미는 집을 나와 절벽을 향해 걸어갔다.

요즘은 늘 잠이 부족했다. 〈은빛 나라〉에서는 늦은 밤이나 이른 아침에 주로 미션을 내렸다. 헤이즐의 건강이 좋지 않아 낮에도 틈만 나면 〈은빛 나라〉에 접속했다. 아픈 고양이를 그냥 내버려둘 수는 없었다.

대입 시험은 포기하다시피 했다. 요즘은 참고서를 아예 펴지도 않았다. 대학에 갈 수 없다는 현실을 직면하는 게 두려워 책상에 앉기조차 싫었다.

식사를 번번이 걸러 몸도 많이 말랐다. 몸무게가 2백 그램만 빠져도 기뻤던 적이 있었다. 지금은 갈비뼈가 앙상하게 드러나 보일 만큼 말랐지만 전혀 기쁘지 않았다.

〈은빛 나라〉에 접속하면 우울한 현실을 보지 않아도 되어서 좋았다. 언제나 긴시로와 헤이즐이 함께 놀아줘 외롭지 않았다. 안나도 언제나 친절하게 대해 주었다. 현실 세계에서는 아예 있을 곳이 없어 〈은빛 나라〉를 찾는 이용자도 많았다.

가끔 현실이 〈은빛 나라〉와 같았으면 좋겠다는 생각이 들었다. VR과 현실의 경계가 모호해질수록 아름답고 환상적인 〈은빛 나라〉에서 머무는 시간이 많아지고 있었다.

　어느새 바다를 접하고 있는 절벽에 다다랐다. 절벽 위에 수많은 아바타들이 와 있었다. 구루미는 수평선을 바라보다가 깜짝 놀랐다. 달의 아랫부분이 일그러진 노른자처럼 바다로 녹아내리고 있었다. 달을 감싸고 있는 하늘빛은 보라색과 붉은색이었다. 하늘과 바다가 서로 뒤섞이며 소용돌이를 일으키고 있었다. 달의 아랫부분에서 빨간 액체가 흘러나와 바다를 향해 뚝뚝 떨어지고 있었다.

　아름다운 은빛 달이 어쩌다 이렇게 일그러진 달이 되었을까?

　구루미는 잠시 컨트롤러를 내려놓고 두 손을 깍지 꼈다. 자연스러운 기도가 흘러나왔다. 〈은빛 나라〉가 예전의 아름다운 모습을 다시 찾을 수 있게 해달라고 빌었다. 세상에서 밀려난 사람들이 서로 돕고, 박수쳐 주고, '좋아요'로 용기를 북돋아 주는 아름다운 곳으로 돌아오게 해달라고.

　다른 이용자들도 절벽 끝에 늘어서서 기도에 열중했다. 긴시로도 있었고, 구루미와 아이템을 자주 교환했던 이용자도 있었다. 서로의 마음이 하나로 깊이 연결되어 있었다. 비록 VR이지만 그들은 〈은빛 나라〉를 지키고 싶어 하는 마음으로 하나가 되었다.

　구루미는 컨트롤러를 손에 쥐었다.

　바다에 몸을 던져라. 생명은 바다에서 온다.

구루미는 절벽 끝으로 다가가 추호의 망설임도 없이 아래로 뛰어내렸다. 허공으로 몸을 던지는 순간 눈앞에서 바다가 한가득 펼쳐졌다.

처음 절벽에서 뛰어내릴 때만 해도 공포가 극심해 패닉 상태를 경험했는데 이제는 추락하는 도중에도 바다를 감상할 수 있을 만큼 여유가 생겼다. 바다로 추락하기까지 시간은 4초, 중력가속도 9.8, 공기 저항을 계산하지 않는다면 거리는 70미터쯤 되었다.

구루미는 추락하는 동안 붉은색과 보라색이 섞인 그로테스크한 색깔의 해수면을 뚫어지게 바라보았다.

6. 고스케 9월 29일

고스케는 스가모에 위치한 〈기즈나〉 사무실을 방문해 이마다 대표와 얼굴을 마주하고 있었다.

"미야코 쨩은 어디 가고 왜 자네 혼자 왔나?"

상근 직원이 10명쯤 되는 〈기즈나〉 사무실은 비좁기 그지없는 〈레테〉 사무실과 달리 널찍했다.

"미야코 쨩은 보기 드물게 유능한 친구야. 게다가 성격 좋고, 성실하기까지 하지. 미야코 쨩처럼 똑똑한 친구가 자살 방지 대책 사업에 힘을 실어 주고 있는 것 자체로도 고마운 일이지."

"요즘 미야코 쨩이 많이 힘들었나 봐요. 생각해볼 게 있다며 휴가를 달라고 하더군요. 저와 함께 일하는 것에 대해 생각해볼 게 있나 봐요."

"자네가 무릎 꿇고 빌더라도 미야코 짱의 마음을 반드시 돌려놓아야 해. 내가 대신 나서줄까?"

"아뇨, 괜찮습니다. 미야코는 현명하니까 잘 알아서 판단하겠죠."

"미야코 짱이 자리를 비울 경우 자네 혼자서는 힘에 부칠 거야. 이 업계에도 자네나 미야코 짱 같은 젊은 인재들이 필요해. 세대교체가 절실히 필요한 시점이야. 이럴 때 미야코 짱 같은 인재를 떠나보내면 큰 손실이지. 그러니까 자네가 잘 달래 봐."

이마다가 곰 같은 손으로 고스케의 어깨를 두드렸다.

"사실은 미야코 때문이 아니라 만나 뵙고 상의할 일이 있어서 찾아왔습니다."

"무슨 일인데 그래?"

"대표님은 일본에서 자살 문제에 대해 가장 해박한 전문가들을 지목하라면 누굴 꼽을 겁니까?"

"그야 당연히 자네와 나처럼 자살 방지 상담센터를 이끌어가는 사람들이겠지. 매일 하는 일이 자살 문제와 깊이 관련되어 있으니까."

"정신과 의사들도 있잖습니까?"

"물론 정신과 의사들도 전문가라고 할 수 있지만 그들에게는 자살 상담이 전부는 아니잖아."

"혹시 인민사원 사건에 대해 아시죠?"

"가이아나 협동 공화국에서 발생한 집단 자살 사건 말인가?"

"주모자인 제임스 워런 존스는 가이아나 협동 공화국에서 인민사원이라는 교단을 만들어 약 천 명의 신자들과 공동체 생활을 했습니다. 그는 자신을 신격화하는 한편 폭력과 고문을 동원해 신자들을 통제했고, 사이비 교리를 만들어 신자들을 세뇌시켰습니다. 미국 정부가 조사단을 보내 진상 파악에 나서자 존스는 신도들에게 집단 자살을 명령했죠. 그 결과 918명이 한꺼번에 자살하는 비극이 발생했습니다."

"갑자기 인민사원 사건 이야기를 꺼내는 이유가 뭔가?"

"대표님이나 저처럼 자살 문제를 전문적으로 다루어본 경험이 있는 누군가가 존스처럼 집단 자살 사건을 계획하고 있다면 어떻게 대처하시렵니까?"

이마다가 눈썹을 치켜 올렸다.

자살 방지 상담센터에서 쌓은 노하우를 올바르게 사용하면 수많은 사람들을 자살로부터 구제할 수 있지만 악용할 경우 심각한 비극을 낳을 수도 있었다. 존스처럼 자살을 원하는 사람들을 한자리에 끌어 모아 집단 자살을 결행하게 만들 수도 있을 테니까.

"도대체 무슨 일이 있었는데 그리 무서운 이야기를 꺼내는 건가?"

고스케는 주머니에서 아사코가 그려준 얼굴 그림을 꺼내들었다. 대학 노트에 연필로 그린 남자 얼굴이었다.

'오노 히사시'라는 이름이 있었지만 본명인지는 알 수 없었다.

"원숭이처럼 생긴 얼굴이네."

짧은 머리에 눈이 부리부리하고, 하관이 길게 돌출되어 있는 남자였다. 웃는 표정이 아사코의 인상에 남았던지 남자는 만면에 미소를 짓고 있었다.

"자꾸 변죽만 울리지 말고 이제부터 본론을 이야기해 봐."

"혹시 이 남자를 본 적이 있습니까?"

"아니, 처음 보는 얼굴이야."

"이 남자가 존스처럼 집단 자살 사건을 일으키려고 우리 업계 어딘가에 몰래 잠입한 적이 있을지도 모릅니다."

이마다가 듣기 거북한 듯 이맛살을 찌푸렸다.

고스케가 생각하기에 원숭이를 닮은 남자가 자살 게임을 만든 용의자라면 사람들이 자살하게 만드는 방법을 연구하기 위해 자살 방지 상담센터 문을 노크했을 가능성이 충분했다. 자살 방지 상담센터야말로 자살 문제에 관한 한 최고의 전문가들이니까.

"집단 자살을 계획하고 있는 이 남자가 우리 업계에 발을 들여놓았을 수도 있다는 뜻인가?"

"충분히 가능한 일이라고 봅니다. 오래전에 우리 업계에 몸을 담았다가 지금은 그만두었을 수도 있겠죠. 이마다 대표님은 자살 방지 상담센터를 열고 활동한 지 가장 오래되었고, 아는 사람도 많은 것으로 알고 있습니다. 혹시 이 남자가 현재 자살 방지 상담센터에서 일하고 있거나 과거에 일한 적이 있는 인물인지 알아봐주실 수 있을까요?"

"당연히 알아봐야지. 자네 말대로 내가 이 분야에서 아는 사람이 가장 많긴 하지."

이마다가 가벼운 기침을 하고 나서 말을 이었다.

"이왕 말을 꺼냈으니 좀 더 구체적으로 이야기해 봐. 뜬금없이 집단 자살 운운하니까 도대체 무슨 말인지 감을 잡을 수 없잖아. 좀 알아듣기 쉽게 설명해보란 말이야."

"제가 지금 하려는 이야기는 세상을 떠들썩하게 할 만큼 민감하고 중대한 내용이라 철저한 보안이 필요하다는 걸 사전에 미리 말씀드리겠습니다. 대표님께서도 보안이 새어나가지 않도록 각별히 유념해 주길 부탁드립니다."

"자네가 부탁하지 않아도 그 정도는 알고 있으니까 너무 걱정하지 마."

고스케는 잘 알았다는 뜻으로 고개를 끄덕였다.

*

고스케는 다음 목적지인 시부야에서 니시노와 얼굴을 마주하고 앉았다. 고스케의 이야기를 들은 니시노가 말했다.

"나름 좋은 아이디어이긴 한데 실현 가능성이 희박하다는 게 문제입니다."

"전에 말하길 방범 카메라 영상을 분석하는 시스템을 개발하면 길 잃은 고양이를 찾아낼 수 있을 거라고 했잖아요? 그 방식을 그대로 적용하면 이 남자를 찾아낼 수 있지 않을까요?"

고스케는 방범 카메라를 해킹하는 게 취미라는 니시노의 친구를 활용하면 원숭이를 닮은 남자를 찾아낼 수 있을 거라 판단하고 그를 찾아온 것이었다.

"이론적으로는 충분히 실현 가능한 가설이지만 현실적으로 가능할지는 미지수입니다. 막상 일에 착수해보면 예기치 않게 기술적인 한계에 부딪치는 경우가 많거든요. 이를테면⋯⋯."

니시노가 남자의 얼굴 그림을 들여다보며 말을 이었다.

"우선 사진이 아니라 그림이라서 컴퓨터가 대상을 제대로 인식하기 어렵습니다. 3D로 모델링을 한 다음 보정 작업을 거쳐 실제 얼굴처럼 만들 수는 있겠지만 그 과정이 매우 복잡하거든요."

"어떤 점에서요?"

"첫째, 그림을 실제 얼굴처럼 보정하려면 새로운 얼굴 인식 애플리케이션이 필요합니다. 둘째, 내 친구가 방범 카메라 모두를 크래킹하고 있는 건 아니기에 주어진 데이터에 한계가 있습니다. 셋째, 그 친구가 방범 카메라의 영상 데이터를 활용하게 해줄지 의문입니다."

"친구니까 간절히 부탁하면 들어주지 않을까요?"

"솔직히 서로 호감을 가진 친구 사이가 아닙니다. 차라리 악연에 가깝죠. 게다가 제가 그 일에 매달리게 될 경우 들어가는 인건비, 영상 데이터 대여비, 클라우드에서 가상 서버를 움직일 때 들어가는 비용을 합산하면 제법 많은 자금이 필요할 텐데 충당할 수 있겠습니까?"

"비용 문제는 나중에 생각해보기로 하고, 새로운 얼굴 인식 애플리케이션을 개발하려면 시간이 얼마나 필요할까요?"

"약 2주일이 걸립니다. 요즘은 클라우드 상에서 영상을 해석해 주는 API(Application Programming Interface)가 있기 때문에 그런 걸 매시업*하면 고스케 대표님이 원하는 작업이 가능하겠지요."

니시노는 남자의 얼굴 그림을 테이블 위에 내려놓았다.

니시노가 물었다.

"이 작자는 지금 도쿄에 있나요?"

"그건 아직 모릅니다. 다른 지역에 있으면 곤란한가요?"

"만약 도쿄가 아닌 다른 곳에 있으면 새로운 얼굴 인식 애플리케이션을 개발하더라도 방범 카메라 데이터의 적용 범위가 넓어져 시간이 더욱 많이 필요하겠지요."

와쿠는 도쿄, 이데이는 치바에서 실종됐지만 범인이 도쿄에 있을 거라고 단정할 수는 없었다. 이마다 대표 말고도 여기저기에 정보 협조를 부탁해두었지만 자살 방지 상담센터 사람들 말고는 잘 알고 지내는 인맥이 없다는 게 한계로 느껴졌다. 와쿠를 발견했을 때만 해도 문제의 핵심을 제대로 짚었다는 느낌이 왔는데 시간이 갈수록 일이 점점 더 복잡해지고 있었다.

니시노가 물었다.

"오늘은 왜 추와 동행하지 않았어요?"

---

* Mashup 웹에서 제공하는 정보와 서비스를 융합해 새로운 소프트웨어나 서비스, 데이터베이스 등을 만드는 것이다

"추의 몸 상태가 좋지 않아 그냥 저 혼자 왔어요. 그나저나 추를 어떻게 알게 되었죠?"

"5년 전, 추가 〈알바트로스〉에서 일할 때 처음 봤는데 제가 먼저 다가가 말을 걸면서 친분을 쌓게 되었죠."

"그 전부터 추에 대해 알고 있었나요?"

"당연하죠. 개인적으로 추가 만든 〈리볼버〉를 지금도 게임 역사상 최고의 걸작으로 치고 있습니다. 추와 친구가 될 수 있어서 기뻤어요. 추가 나가고 나서 〈알바트로스〉는 새로운 히트작을 단 한 건도 내지 못하는 회사가 되었죠. 저 개인적으로는 추가 만들려고 했던 대작 SF 게임에 대한 기대가 컸는데 여러모로 아쉽습니다."

담담한 말투였지만 추에 대한 연민을 느낄 수 있었다.

"아까 말한 얼굴 인식 애플리케이션은 제가 만들어 볼게요. 인건비는 받지 않고 서비스로 해드리죠."

"그렇게 해주신다면 정말 고마운 일이죠."

"그 대신 추에게 신경 좀 써주세요. 그 친구는 힘든 일이 있어도 절대로 아쉬운 소리를 하지 못하는 성격이거든요."

"저 말고도 추를 걱정해주는 사람이 있다는 걸 알게 되어 기쁩니다."

"아, 그런가요? 아무튼 약속한 겁니다?"

집단 자살을 막을 수 있는 결정적인 방법을 알지 못해도, 쥐고 있는 패가 시원찮아도 고스케는 작고 사소한 문제부터 조금씩 해결해가기로 했다.

7. 구루미 9월 29일~10월 1일

'전기로 움직이는 괴물의 정면을 찍어 올려라.'

구루미는 JR선 오차노미즈역의 좁은 플랫폼에 와 있었다. 선로를 따라 간다 강이 지나고, 그 반대쪽에 절벽이 있어 플랫폼을 확장할 수 없다는 말을 들은 적이 있었다. 그다지 마음에 드는 역은 아니었지만 플랫폼으로 들어서는 열차를 찍을 때 스크린도어가 찍히지 않는 곳이어야 한다는 말을 듣는 순간 오차노미즈역이 떠올랐다.

"1번 선로로 열차가 들어오고 있습니다. 승객 여러분들은 노란색 점자 블록 밖으로 물러서 주시기 바랍니다."

구루미는 휴대폰을 꺼내들고 노란색 선 점자 블록 위에 섰다. 나이가 지긋한 할머니가 수상하다는 듯 쳐다보고 있었지만 애써 무시했다. 구루미는 다시 한 걸음 더 들어가 노란색 점자 블록 안쪽에 섰다.

전차가 다가오고 있었다. 전기로 움직이는 괴물, 사람이 선로로 떨어지면 간단히 짓뭉개버릴 수 있는 쇳덩어리.

선로로 뛰어들 수 있을까?

선로에 몸을 던지는 건 최대한 고통스럽지 않게 숨이 끊어지길 바라는 자살자 입장에서 보자면 대단히 위험한 도박이었다. 열차에 치이는 순간 숨이 끊어지면 다행이겠지만 한동안 차체와 레일 사이에 끼어 끌려가면서 손발이 절단되고 살점이 튀고 머리가 깨지며 서서히 숨이 끊어지는 고통을 맛보아야 할 테니까. 그런 까닭에 구루미는 만약 자살을 하더라도 선로에 몸을 던지고 싶은 생각은 추호도 없었다.

"위험합니다. 뒤로 물러나세요."

스피커를 통해 역무원의 신경질적인 목소리가 들려왔다.

구루미는 역무원의 경고에도 아랑곳하지 않고 한 걸음 더 선로를 향해 다가서며 휴대폰을 들어올렸다.

열차의 요란한 경적 소리가 공기를 찢어발겼다.

"위험합니다. 물러서요."

역무원의 고함 소리, 열차 바퀴가 레일의 연결 부위와 마찰하면서 내는 굉음이 뒤범벅되어 울려 퍼졌다. 전기로 움직이는 괴물이 플랫폼으로 돌진하며 귀에 거슬리는 절규를 사방에 흩뿌리고 있었다.

구루미는 열차가 최대한 눈앞으로 다가서길 기다렸다가 휴대폰 카메라 버튼을 눌렀다. 요란한 소음이 울려 퍼지는 가운데 찰칵 하는 소리가 들려왔다. 열차가 30센티미터 옆을 지나치면서 후끈한 풍압이 온몸을 휘감았다.

구루미는 다리에 힘을 가하며 철로에서 한 발짝 물러섰다. 비난의 시선이 일제히 쏟아졌다. 놀란 눈, 한심하다는 듯이 쳐다보는 눈, 멸시하는 눈.

구루미는 뒷덜미에 쏟아지는 뜨거운 눈길을 받으며 걸음을 옮겼다. 사람들이 비난의 눈길을 보내든 야유를 하든 아무렇지 않았다. 이제 그런 시선에 무심해진 지 오래되었다.

*

'높은 탑 위에서 바라본 풍경을 찍어 올려라.'

다음 날, 구루미는 혼고대로에 위치한 통유리 건물 옥상에 올라가 있었다. 한때 좋아했던 야외 카페가 있는 장소였다. 나무들이 우거진 옥상의 야외 카페에서 홍차를 마시며 자주 이용하는 가게나 거리의 풍경을 바라보고 있노라면 '나는 이 거리에 소속돼 있구나.' 하는 생각이 들었다.

모처럼 옥상 위에 올라와 건물들이 밀집해 있는 거리를 내려다보니 답답하고 혼잡한 느낌이 들었다. 지상을 빼곡하게 채운 건물들이

도로를 따라 길게 이어져 있었다.

생물도감에서 본 따개비 군집이 떠올랐다. 바위나 배 밑바닥에서 무리 지어 서식하는 따개비는 왕성한 번식을 통해 비어있는 공간을 가득 메워가며 성장한다. 사람들도 점점 새로운 집을 지으며 빈 공간이 사라지게 하고 있었다. 이 거리에는 〈은빛 나라〉 같은 여백의 미가 없었다. 사람들은 따개비처럼 무질서한 개체 증식을 통해 빈 공간을 마냥 채워가고 있을 뿐이었다.

오늘의 미션은 예전에 촬영했던 '높은 탑에 올라가 사진을 찍어 오라는 것이었다. 요즘 들어 미션이 부쩍 많아졌다. 하루에 부과된 미션이 두 개나 되어 한가할 틈이 없었지만 그리 기분 나쁘지는 않았다. 〈은빛 나라〉에 소속되어 있다는 것 자체가 힘이 되어주고 있었다.

건물 끝에서 휴대폰을 든 손을 바깥으로 내밀고 거리 사진을 찍은 다음 업로더를 통해 투고했다. 얼마 전까지는 거리로 나서는 걸 성가시게 생각했는데 지금은 아무런 느낌이 없었다. 지금 눈에 보이는 거리가 VR인지 현실인지 불분명했다. 〈은빛 나라〉와 현실 세계의 경계가 모호해져 별반 차이를 느끼지 못했다.

구루미는 발돋움을 해 건물 아래를 내려다보았다.

매일이다시피 뛰어내리는 절벽보다 훨씬 낮았다. 건물 한 층이 대략 3미터라고 치면 12층짜리 건물이니까 36미터 높이였다. 절벽 아래로 내려다보이는 해수면보다 건물에서 내려다보이는 지면이 훨씬 가까웠다.

이 정도 높이라면 전혀 겁내지 않고 뛰어내릴 수 있겠어.

건물에서 뛰어내리면 어떤 속도로 떨어질지, 주변 풍경이 어떤 식으로 보이고, 지표면이 어떤 느낌으로 다가올지 가늠할 수 있었다. 이미 절벽에서 지긋지긋할 정도로 여러 번 뛰어내린 경험이 있으니까. 다만 지면에 닿는 순간 얼마나 고통스러울지는 알 수 없었다. 아마도 그리 심하게 아플 것 같지는 않았다. 체중이 35킬로그램, 옥상에서 지표면까지 거리가 36미터니까 시속 84킬로미터 속도로 추락한다고 봐야 했다. 그 정도 속도로 콘크리트 바닥에 추락한다면 고통을 느낄 새도 없이 즉사할 테니까.

쇼타에게서 헤어지자는 말을 듣고, 대학 입시에도 실패했을 때 정말이지 죽고 싶었다. 그 무렵 커터 칼로 발등을 긋다가 힘을 잘못 가해 강도를 세게 하는 바람에 피를 많이 쏟은 적이 있었다. 아마도 은연중 죽고 싶다는 생각이 작용해 평소보다 칼날을 깊이 박아 넣었을 수도 있었다. 그때도 죽게 될 거라고 생각하지는 않았다. 자살이 그리 쉽지 않다는 걸 알고 있었기에. 그날, 구루미는 발등에서 하염없이 솟아나오는 피를 바라보며 쾌감을 느끼는 동시에 자살할 용기도 없는 인간이라는 절망감을 느꼈다.

지금은 자살에 대한 공포 따위는 없었다. 자살하고 싶다는 생각이 드는 즉시 조금도 두려워하지 않고 결행할 자신이 있었다.

"저기요?"

카페 종업원이 말을 걸어왔다.

"옥상 난간에 기대는 건 위험하니까 조금 떨어져 주시겠어요?"

자못 걱정스러운 눈빛이었다. 구루미는 알았다는 뜻으로 목례를 하고 나서 그 자리를 벗어났다. 누가 뭐라고 하든지 감정의 동요는 전혀 없었다. 계속 정신이 몽롱해 혹시 꿈을 꾸고 있는 건 아닌가 하는 생각이 들었을 뿐…….

*

'생명수를 마시고 저주 받은 〈영원의 나무〉를 보며 기도를 올려라.'

생명수, 즉 알코올을 마시라는 미션이었다. 구루미는 술을 마시고 취한 상태에서 기도를 하면 평소에는 볼 수 없었던 반짝이는 빛을 볼 수 있었다.

자동판매기에서 레몬사와를 사와 세 개를 마셨다. 술을 마시고 나서 〈은빛 나라〉에 로그인했다. 밤 9시였고, 하늘에 적갈색 구름이 끼어 있어 달도 별도 보이지 않았다. 광장으로 가자 〈영원의 나무〉 주위에 아바타들이 다수 모여 있었다.

이제 보니 〈영원의 나무〉는 썩어 있었고, 잎이 모두 떨어져 앙상한 가지만 남아 있었다. 나뭇결에는 적자색 기포가 불룩불룩 솟아 있었고, 뿌리 부분에는 검은 벌레가 무리 지어 기어 다니고 있었다. 아바타들은 하나같이 멍한 눈길로 나무를 바라보고 있었다. 〈은빛 나라〉의 상징 가운데 하나였던 〈영원의 나무〉가 썩어가는 모습을 보고 다들 망연자실한 표정을 짓고 있었다. 아무리 기도를 하고, 주어진 미션을 성실하게 수행하고, 피를 바쳐도 〈은빛 나라〉는 좀처럼 예전의 아름다운 모습을 회복하지 못했다.

도대체 어떻게 해야 원래의 모습을 찾을 수 있을까?

"여러분, 정말 고마워요."

다운재킷을 걸친 안나가 다가와 있었다.

"잠시 여러분에게 전할 말이 있어요."

아바타들이 안나를 중심으로 둥글게 원을 그리며 모여 섰다.

안나가 지친 듯이 말했다.

"〈은빛 나라〉를 파괴하려는 사람들이 여전히 바이러스 공격을 퍼붓고 있습니다. 최선을 다해 바이러스의 공격을 막고 있지만 매우 어려운 상황입니다."

안나의 목소리는 평소와 달리 힘이 없었다.

"아르테미스 님이 〈은빛 나라〉를 원래대로 되돌려놓기 위해 고군분투하고 계십니다. 적들은 강하지만 우리가 단결해 싸우면 틀림없이 승리를 거두게 될 겁니다. 우리는 〈은빛 나라〉를 예전처럼 아름다운 곳으로 되돌려놓아야 합니다."

아바타들이 거의 동시에 날려 보낸 하트 표시가 불꽃놀이를 하듯 허공으로 떠올랐다.

"저는 여러분들을 깊이 신뢰합니다."

안나의 목소리는 이제 눈물과 한숨이 뒤섞여 있었다.

"여러분들 개개인이 〈은빛 나라〉에 큰 힘이 되고 있습니다. 자, 이제 기도해 주세요."

이번에는 '좋아요'라는 글자가 일시에 날아올랐다.

구루미는 직접 적들과 맞서 싸우고 싶은데 기도밖에 할 수 없는 처지가 답답했다.

"아르테미스 님은 〈은빛 나라〉를 지키기 위해 끝까지 싸울 겁니다. 여러분의 기도가 큰 힘이 됩니다. 부디 열심히 기도해 주세요."

구루미는 〈센징〉을 벗었다. 쓰레기에 파묻혀 있는 방이 눈에 들어왔지만 상관없었다. 책상으로 걸어가 연필꽂이에 들어 있는 커터 칼을 집어 들었다.

피는 집단의 단결력을 높여줍니다.

호기롭게 레몬사와를 마시고 나서 칼날을 길게 빼냈다.

커터 칼의 날카로운 끝부분을 발등에 대고 힘껏 눌렀다.

8. 고스케 10월 1일

추에게 전화했지만 받지 않았다. 벌써 사흘째 전화가 연결되지 않아 답답한 한편 혹시 안 좋은 일이 있는 건 아닌지 걱정되었다. 테이블 위에 놓인 커피 잔에서 아로마 향이 풍겨왔다. 슈이치가 직접 원두를 갈아 내린 커피였다. 산미가 강한 커피를 좋아하는 고스케의 입맛에 딱 맞았다.

추가 전화를 받지 않아 라인에도 문자메시지를 남겼는데 읽지 않은 상태로 되어 있었다.

우울증이 재발한 건가?

아리모리로부터 느꼈던 배신감이 추의 마음에 커다란 상처가 되었을 수도 있었다. 오카치마치에 있는 추의 집을 방문해 무슨 일이 있었는지 알아보고 싶었지만 시간이 나지 않았다. 자살 게임을 조사하고 다니느라 자리를 자주 비운 탓에 처리하지 못한 업무가 산더미처럼 쌓여 있었다. 마음 같아서는 자살 게임 조사에 좀 더 많은 시간을 할애하고 싶었지만 〈레테〉 업무를 마냥 방치할 수도 없었다.

고스케는 밀린 일처리를 하는 틈틈이 상담 기록을 보았다. 슈이치도 과도한 업무에 시달린 듯 상담 기록 작성에 사소한 실수가 보였다. 점심 먹을 시간이 없어 편의점에서 사온 샌드위치로 때웠다. 오후 업무를 시작하려는데 휴대폰 벨이 울렸다. 〈기즈나〉의 이마다 대표였다.

"고스케 군, 긴히 할 이야기가 있는데 잠시 만나볼 수 있을까?"

"그 남자에 대해 뭘 좀 알아내셨어요?"

"그 남자를 보았다는 목격담을 들었어."

듣던 중 반가운 소식이었다.

"오사카에서 자살 방지 상담센터를 운영하는 사람이 있어. 그 이야기는 직접 만나서 들려줄게."

역시 이마다는 인맥이 풍부한 사람이었다. 오사카에 있는 자살 방지 상담센터와도 긴밀하게 교류하고 있을 줄은 미처 몰랐다.

"네, 알겠습니다. 당장 갈게요."

"잠깐! 미야코 짱도 없는데 사무실은 잘 돌아가고 있나?"

"그럴 리가요? 일이 밀려 정신이 하나도 없습니다."

"사실은 방금 전에 미야코 짱이 우리 사무실에 왔어. 자네와 계속 일을 해야 할지 아니면 근무처를 바꿔야 할지 고민이 많은가 봐. 나

를 만나 거취 문제에 대해 의논하고 싶다기에 오라고 했어. 미야코
짱이 거취 문제와 관련해 자네에게도 뭔가 언급한 적이 있나?"

"아뇨, 그저 당분간 휴식을 취하면서 생각할 시간을 갖고 싶다고
했어요."

"아무튼 난 자네들이 계속 함께 일했으면 좋겠어. 내가 미야코 짱을
데리고 갈 테니까 두 사람이 허심탄회하게 이야기를 나누어 봐."

이마다는 묻지도 않고 결정을 내렸다.

"스가모에서 기다리고 있을 테니까 가급적 빨리 와."

아무튼 그 남자에 대한 목격담을 청취했다는 건 고무적인 일이었
다.

시계를 보자 오후 3시가 지나 있었다. 스가모는 한 시간 정도 걸
리는 거리였다. 밀린 업무는 수면 시간을 줄이고 밤에 처리하기로
했다.

"슈이치 씨, 외출했다가 5시쯤 돌아올게요. 그때까지 자리를 비
워도 상관없겠죠?"

"아, 그래요? 문제가 좀 있는데요."

슈이치가 난감한 표정을 지으며 컴퓨터 화면을 보여 주었다. 상담
자와의 채팅 화면이 떠올라 있었다. 슈이치의 채팅 상대는 가쿠나가
였다.

"가쿠나가 씨가 당장 사무실로 오겠답니다. 약 한 시간쯤 뒤가 될
것 같은데 어떻게 할까요?"

"저를 만나러 오겠다는 건가요?"

슈이치가 고개를 끄덕였다.

가쿠나카와의 답답했던 대화가 떠올랐다. 그는 의도를 알 수 없는 질문을 계속하다가 고스케의 답변이 흡족하지 않았는지 시큰둥한 표정을 지으며 돌아갔다.

"제가 대신 만나볼까요?"

이마다와 미야코가 기다리고 있었다. 만남을 뒤로 미룰 수 없는 문제였지만 가쿠나카 같은 껄끄러운 상대를 슈이치에게 떠넘기고 갈 수는 없었다.

"가쿠나카 씨에게 기다리겠다고 해주세요."

"약속이 있다고 하셨잖아요?"

"어쩔 수 없죠, 뭐. 상담자가 만나고 싶어 한다면 최우선적으로 고려해야죠."

고스케는 어쩔 수 없다고 생각하며 다시 자리에 앉았다.

아무리 껄끄러운 인물이라고 해도 대면 상담을 원하는 상대를 외면한다는 건 〈레테〉의 설립 이념과 맞지 않았다.

*

한 시간 이내에 도착하겠다던 가쿠나카는 두 시간 반이 지나고 나서야 사무실로 들어섰다. 가쿠나카의 얼굴을 보는 순간 고스케는 즉시 긴장했다. 그의 얼굴은 늘 피곤에 찌들어 있었지만 눈빛만큼은 총기가 있었는데 지금은 모든 걸 포기한 듯 눈에서 빛이 사라져 있었다.

"가쿠나카 씨, 사무실이 좁으니까 예전에 갔던 카페로 가실까요?"

"여기면 됩니다."

고스케는 어쩔 수 없이 사무실 안쪽에 있는 소파로 그를 안내했다.

가쿠나카가 소파에 앉아 멍한 표정으로 창밖을 내다보았다.

"가쿠나카 씨?"

가쿠나카는 이름을 부르자 그제야 고스케를 바라보았다. 오늘은 다른 때보다 집중력이 많이 결여되어 보였다.

가쿠나카가 불쑥 말했다.

"정신과 의사를 만나봐야 할 것 같아요. 어느 병원 정신과가 좋을지 가르쳐 주세요. 이제 자살하든지 정신과 의사를 만나보든지 선택해야 할 것 같아요."

"자살한다고요?"

"자살하는 것보다는 정신과 의사를 만나보는 게 좋겠죠?"

가쿠나카는 지난번에도 종잡을 수 없는 태도로 고스케를 곤혹스럽게 하더니 이번에도 마찬가지였다.

"혹시 최근에 자해 행위를 한 적이 있습니까?"

"아니, 없어요."

"특별한 계기나 이유 없이 자살을 생각하게 되었다는 건가요?"

"저도 모르겠어요."

"주로 어떤 때 자살하고 싶다는 생각이 드는데요?"

자꾸만 질문 내용에서 벗어난 답변을 듣고 있자니 답답하기 그지 없었다. 우선 그가 전하고자 하는 내용이 뭔지 찾아낼 필요가 있었 다.

가쿠나카가 잠시 침묵한 끝에 중얼거렸다.

"인도를 걷다가 별안간 달리는 차를 향해 뛰어들고 싶기도 하고, 칼을 들고 있다가 자해를 하고 싶다는 충동을 느끼기도 해요."

"그렇다면 정신과에 가보는 게 좋습니다."

이번에도 지난번과 마찬가지로 표면적으로 나타난 정보만을 보고 판단할 수밖에 없었다.

"정신과 의사를 만나 상담을 받아봐야 원인을 알 수 있을 테니까 요. 강박성 장애 가운데 자살 공포라는 게 있습니다. 자신이 자살할 지도 모른다는 강박관념에 시달리는 병도 있습니다. 그런 상태를 계 속 방치할 경우 우울증이나 자살 강박증이 될 수도 있죠. 한시바삐 정신과 의사를 만나 봐야 할 것 같습니다."

"아, 그런가요? 역시……."

"제가 정신과 의사를 추천해드릴까요?"

"아, 네."

순순히 대답했지만 가쿠나카는 사무실에 처음 왔을 때보다 기분이 더 침울해보였다.

고스케는 지난번에 가쿠나카를 만나 나누었던 대화를 떠올려보았다. 만날 때마다 상담 내용이 바뀌기 때문에 도대체 진실이 뭔지 알 수 없었다.

혹시 해리성 동일성 장애인가?

과거에는 다중 인격 장애라고 불린 병이었다. 한 사람이 동시에 여러 인격을 가지고 있는 증상으로 미국의 정신의학회가 발행하는 〈DSM-5〉에 논문이 실린 적이 있었다.

가쿠나카의 말을 가만히 듣고 있다 보면 자신이 아니라 다른 사람에 대해 말하고 있다는 느낌을 받았다. '무엇을 했는지' 물으면 즉시 대답이 돌아왔지만 '무엇을 생각했는지' 물으면 모르겠다고 하거나 대답이 없었다. 가쿠나카는 손을 덜덜 떨고 있었고, 오른손 주먹 안에 들어있는 못이 얼핏 보였다. 그가 못을 들고 있다고 해도 그다지 무섭지는 않았다. 그가 무슨 생각을 하는지 종잡을 수 없는 인물이긴 해도 타인에게 공격을 가할 것 같지는 않았다.

고스케가 물었다.

"손바닥에 늘 무얼 갖고 계시네요. 혹시 괜찮다면 뭔지 보여 줄 수 있습니까?"

가쿠나카가 손바닥을 펼쳐 보였다. 그가 손안에 쥐고 있던 물건을 고스케의 손바닥에 놓아 주었다. 못과 비슷하게 생기긴 했지만 아니었다. 손바닥에서 벗어날 정도로 길고, 무게도 가벼웠다. 플라스틱에 금박을 입힌 제품으로 끝부분은 날카롭고 헤드 부분은 컸다.

슈이치가 다가오더니 말했다.

"멋진 물건을 갖고 계시네요."

"슈이치 씨는 이 물건이 뭔지 알아요?"

"골프 티잖아요."

"골프 티?"

"골프에서 첫 번째 공을 칠 때 티를 바닥에 박고 그 위에 공을 올려 두죠. 흔히 티샷이라고 하는데 대표님도 들어본 적이 있을 거예요."

고스케는 골프를 쳐본 적이 없었지만 티샷이라는 말은 들어 본 적이 있었다.

"골프 티는 원래 금빛입니까? 언뜻 보기에 플라스틱에 금박을 입힌 제품 같네요."

"일반적으로는 플라스틱이 드러난 티를 쓰죠."

슈이치가 입가에 미소를 지으며 말을 이었다.

"대개 티는 본인이 구입하지 않아요. 대회에 나가면 기념품으로 나눠주는 경우가 많거든요."

가쿠나카가 희미한 미소를 머금으며 고개를 끄덕였다. 슈이치가 골프 티를 돌려주자 가쿠나카가 손바닥에 올려놓고 왼손으로 소중하게 감쌌다.

가쿠나카는 처음 상담을 받으러 왔을 때부터 부적처럼 골프 티를 손바닥에 감추고 있었다.

골프 티를 부적처럼 갖고 다닌다?

가쿠나카에 대해 품고 있던 의문이 갑자기 풀린 느낌이 들었다. 이제야 그가 질문에 제대로 답변하지 못하고 엉뚱한 말을 할 수밖에 없었던 이유를 알 수 있었다.

"가쿠나카 씨, 당신은 혼자 살고 있다고 했지만 사실은 가족과 함께 살죠?"

가쿠나카는 이미 각오한 질문이라는 듯 담담한 표정을 짓고 있었다.

"당신은 본인이 아니라 가족에 대해 상담하려고 온 거죠?"

"정말 죄송합니다."

가쿠나카는 고개를 조아렸다.

"저는 가쿠나카가 아니라 도마루 스스무입니다."

고스케는 '도마루(外丸)'를 한자로 적어보고 나서 '가쿠나카(角中)'라는 가짜 이름이 어떤 배경으로 만들어졌는지 짐작할 수 있었다. '도(外)'와 '나카(中)', '마루(丸)'와 '가쿠(角)' 이를테면 정반대 개념의 한자로 가짜 이름을 만든 것이었다.

"지금껏 도마루 씨를 몇 번 만나봤지만 그때마다 증상이 일관되지 않았고, '행위'에 대한 설명은 하면서도 '생각'에 대한 설명은 하지 못하더군요. 가족이 앓는 병을 자신의 병인 양 속이고 상담을 받았기 때문입니다. 제 말이 맞지요?"

"네, 맞습니다. 한때 골프가 취미였는데 생일 선물로 받은 골프 티를 부적 대신 가지고 다니고 있습니다."

"차라리 처음부터 가족을 모시고 왔다면 좀 더 빨리 좋은 성과가 나왔을 텐데요."

도마루가 한숨을 쉬고 나서 가족 이야기를 시작했다.

"저에게는 딸이 하나 있습니다. 아내가 죽고 나서 딸은 크게 상심해 불안정한 심리 상태를 이어오고 있죠. 딸이 걱정되어 아는 사람이 소개해준 심리 상담사를 집으로 데려간 적이 있습니다."

"딸이 상담을 거부하던가요?"

"처음에는 내키지 않더라도 심리 상담사를 만나 이야기를 나누다 보면 긍정적으로 받아들이게 될지도 모른다고 생각했는데 제가 잘못 짚었더군요. 딸은 상의 한마디 없이 심리 상담사를 데려왔다며 크게 화를 내더군요. 그 일이 있은 이후 딸과 더욱 소원한 관계가 되었습니다."

"실례지만 부인께서는 언제 별세하셨습니까?"

"7년 전이었는데 그 후 저는 계속 딸과 단둘이 살아오고 있습니다."

"도마루 씨 혼자 딸을 키우느라 고생이 많았겠네요."

"저보다는 딸이 많이 힘들었을 겁니다. 대학 입시에 실패한 이후 딸은 칼로 발등을 긋는 자해를 하기 시작했고, 요즘은 아예 밖으로 나오지도 않고 방에 틀어박혀 지내고 있습니다. 얼마 전 딸이 모처럼 외출을 하기에 몰래 뒤따라가 봤는데 열차에 뛰어 들려고도 하고, 건물 옥상에서 뛰어내리려고도 하더군요. 다행히 실행에 옮기지는 않았지만 그 모습을 몰래 지켜보고 있자니 속이 새카맣게 타들어가는 것 같았습니다."

지난번에 상담할 때 도마루가 말했던 내용은 딸의 행동을 그대로 옮기려다가 갈피를 잡지 못해 횡설수설하게 되었던 게 분명했다. 딸의 모습이 하루가 다르게 변모했기 때문에 그의 답변도 매번 달라질 수밖에 없었던 것이다.

이야기를 듣고 보니 도마루도 나름의 문제를 안고 있었다. 아버지가 딸을 감시하거나 미행하는 건 강박성 장애의 일종이었다. 부인은 먼저 하늘나라로 떠났고, 딸은 습관처럼 자해 행위를 하고 있으니 도마루 자신도 불안정한 심리 상태에 놓이게 된 듯했다. 도마루의 머릿속에는 이러다가 하나밖에 없는 자식까지 잃게 되는 건 아닌가 하는 불안감이 가득 차 있었다.

"딸을 치유해줄 방법이 없을지 알아보다가 〈레테〉에 대해 알게 되었습니다. 딸은 제 말을 듣지 않고, 가까이 다가오려고도 하지 않습니다. 계속 이런 식으로 가면 돌이킬 수 없는 비극을 맞게 될 수도 있습니다. 딸을 이대로 내버려두기보다는 강제로라도 정신병원에 입원시키는 게 옳지 않을까요?"

"도마루 씨가 딸을 걱정하는 마음은 충분히 이해합니다. 다만 딸을 억지로 정신병원에 집어넣는 건 바람직하지 않습니다. 차라리 딸을 우리에게 소개시켜 주십시오. 요즘 젊은 사람들은 직접 대면하거나 전화로 이야기를 나누는 것보다는 채팅으로 소통하길 바라는 경우가 많습니다."

"딸에게 물어보겠습니다."

"기다리고 있을 테니까 딸과 상의해보고 언제든지 연락 주세요."

도마루는 오늘 처음으로 밝은 표정을 지었다. 그의 얼굴에서 조금이나마 안도하는 표정을 보게 되어 다행이었다.

"정말이지 유익한 대화를 나누게 되어 기쁩니다. 그럼 저는 이제 그만 집으로 돌아가겠습니다."

도마루는 자리에서 일어나 정중하게 고개를 숙였다. 고개를 들어 올린 그가 잠시 슈이치 쪽을 유심히 바라보았다. 눈빛을 보니 뭔가 미심쩍은 게 있는 눈치였다.

고스케가 무슨 일인지 물어보려고 하는 순간 도마루는 몸을 돌려 출입문 쪽으로 걸어갔다. 끝까지 독특한 분위기를 풍기는 사람이었다.

슈이치가 다가오며 인사했다.

"수고하셨습니다."

"골프 티가 뭔지 몰랐는데 슈이치 씨 덕분에 알게 되었어요. 도마루 씨에 대해 걱정이 많았는데 이제야 어떻게 풀어야 할지 해법이 보이는 것 같아요. 슈이치 씨 덕분에 한시름 덜게 되었네요."

"대표님이 도마루 씨의 태도를 주의 깊게 관찰하다가 딸이 있다는 걸 알아낸 게 주효했어요."

　시계를 보니 벌써 저녁 7시가 되어가고 있었다. 고스케는 자기 자리로 돌아가 휴대폰을 들었다. 이마다에게 몇 번인가 늦을 거라는 메시지를 보내두었지만 직접 통화를 하지는 못했다. 급작스러운 일 때문이긴 했지만 이마다와 미야코에게 너무나 미안했다.

　슈이치는 퇴근 준비를 하고 있었다.

　고스케는 우선 밀린 일을 하다가 전화 연락이 오면 스가모로 자리를 옮기기로 마음먹었다. 그는 컴퓨터를 켜려다가 책상 위에 놓여 있는 물건을 보고 눈길이 멎었다.

　도마루가 인사를 끝내고 바라본 건 슈이치가 아니라 이 물건이었어.

　"슈이치 씨, 잠시 나갔다올 테니까 내가 돌아올 때까지 사무실을 지켜줘요. 그리 오래 걸리지는 않을 거예요."

　"네, 걱정 말고 다녀오세요."

　고스케는 재빨리 밖으로 뛰어나갔다. 일층으로 내려가고 있는 엘리베이터를 기다리자니 조바심이 일어 계단을 뛰어 내려갔다. 다행히 메이지대로의 신주쿠산초메 쪽에서 도마루가 비척거리며 걸어가고 있는 모습이 시야에 들어왔다.

　"도마루 씨!"

　도마루가 멈춰 서서 뒤를 돌아보았다. 고스케는 숨을 헐떡이며 그를 향해 달려갔다.

"죄송합니다. 한 가지 물어볼 게 있어서요. 아까 제 책상 쪽을 유심히 바라보셨죠?"

"무슨 말씀인지?"

"도마루 씨가 사무실에서 나가기 직전 제 책상을 유심히 바라보셨잖아요?"

도마루는 곤혹스러운 표정을 지으면서도 부인하지 않았다.

"네, 한 가지 물건이 눈에 들어와 유심히 바라보긴 했어요."

"도마루 씨는 책상 위에 놓인 VR 고글을 본 거예요, 그렇죠?"

고스케의 책상에는 〈센징〉이 놓여있었다.

"제 딸도 똑같은 고글을 가지고 있어서 눈길이 갔어요."

"도마루 씨 딸이 〈센징〉을 가지고 있다고요?"

"딸이 외출한 틈을 타 방에 들어갔다가 우연히 발견하게 되었죠. 딸이 고글을 쓰고 누군가와 이야기를 나누는 모습을 본 적도 있어요. 대표님 책상 위에도 똑같이 생긴 고글이 있어 눈길이 가더군요. 그리 흔한 물건은 아니니까요."

고스케는 침을 꿀꺽 삼켰다.

습관처럼 자해를 하고, 최근에 자주 위험한 행동을 하는 도마루의 딸이 〈센징〉을 갖고 있다는 건 놀라운 일이었다. 고스케는 온몸의 털이 곤두설 만큼 소름이 끼쳤다.

"도마루 씨의 딸을 당장 만나볼 수 있을까요?"

9. 고스케 10월 1일

고스케는 택시 뒷자리에 도마루와 나란히 앉았다.

"제 딸 이름은 도마루 구루미입니다."

"귀여운 이름이네요. 나이는 몇 살인가요?"

"현재 열아홉 살입니다. 지금쯤 일어나 있을 거예요. 매일 저녁 무렵에 일어나 아침까지 잠을 자지도 않고 뭔가를 하는 눈치였어요."

쉽게 말해 밤과 낮이 뒤바뀐 상태라는 뜻이었다. 〈푸른 고래〉에서도 수면 부족을 유발해 이용자를 공황 상태로 몰아넣은 전례가 있었다.

"구루미가 고글을 쓰기 시작한 게 언제였죠?"

"저도 언제부터인지는 몰라요. 방에서 대입 시험공부를 하고 있는 줄 알고 있었는데 언제부턴가 공부와는 아예 담을 쌓고 지내는 것 같았어요."

"구루미가 어떻게 〈센징〉을 손에 넣을 수 있었을까요?"

"저는 모릅니다. 그처럼 비싼 물건을 살 돈이 없었을 테니까 할부로 구입했거나 친구에게 빌리지 않았을까요. 구루미가 밤새도록 잠을 자지도 않고 무엇을 하는지 궁금해 물어본 적이 있는데 제대로 말해 주지 않더군요."

게임 개발자가 이용자들에게 함구령을 내렸을 가능성이 컸다. 이용자를 선정할 때 약속을 잘 지키고 주어진 일을 성실하게 수행해내는 사람들만 골랐을 수도 있었다.

도마루의 집은 히가시신주쿠에서 택시로 20분 거리인 혼고산초메에 있었다. 혼고대로에서 안쪽으로 조금 더 들어간 주택단지였다. 구루미의 방은 2층이었는데 커튼을 쳐놓아 안이 보이지 않았다.

"죄송합니다만 전화 좀 하겠습니다."

고스케는 택시에서 내리자마자 곧바로 추에게 전화를 걸었다. 추에게 구루미의 〈센징〉을 보여줄 생각이었는데 역시 전화가 연결되지 않았다. 이제는 어쩔 수 없이 혼자 부딪쳐보는 수밖에 없었다.

도마루와 함께 2층으로 올라갔다. 구루미의 방문은 굳게 닫혀 있었다.

"구루미?"

안에서 인기척이 나는지 귀를 기울였지만 아무런 소리도 들리지 않았다.

"구루미, 배고플 텐데 저녁 식사를 해야지."

〈센징〉을 쓰고 있어 밖에서 부르는 소리를 못 들었을 수도 있었다. 도마루의 얼굴에서 초조감이 엿보이기 시작했다. 고스케를 집에 데려온 이상 무슨 수를 써서든 딸을 만나게 해주어야 한다는 생각 때문에 부담감을 느낀 것일 수도 있었다.

고스케는 잠시 아래층으로 내려가자며 도마루를 설득했다.

거실 바닥에는 먼지가 풀풀 날리고 있었고, 테이블에는 전단지와 봉투가 어지럽게 흩어져 있었다. 청소 상태를 보아하니 집 안이 엉망이라는 걸 알 수 있었다.

이제부터 어떻게 해야 하지?

고스케는 소파에 앉아 잠시 생각에 잠겼다.

문을 걸어 잠그고 버티는 사람을 밖으로 끌어내는 건 그리 쉬운 일이 아니었다. 사람을 움직이려면 신뢰가 바탕이 되어야 하는데 도마루와 딸의 관계는 그다지 원만해보이지 않았다.

도마루가 말했다.

"차라리 문을 부수고 구루미를 밖으로 끌어내야겠어요."

은행에서는 출입문을 부수고 들어가 끝까지 버티는 채무자들을 강제로 끌어내는 경우가 더러 있었다. 물론 좋은 방법이 아니었다. 어느 모로 보나 부드러운 대화로 합리적인 결론을 이끌어내는 게 최선이었다.

일을 부드럽게 처리하자면 시간과 노력이 필요하다는 게 문제였다. 만약 구루미가 자살 게임에 빠져 있다면 더 이상 머뭇거리지 말고 구해내야 마땅했다.

거실 한쪽에 놓아둔 인터넷 모뎀과 무선 공유기가 고스케의 눈에 들어왔다.

"이 집에서 모뎀은 하나뿐인가요?"

"네, 그렇습니다."

고스케는 한 가지 기발한 생각이 떠올라 자리에서 일어섰다.

"잠시 인터넷을 끊어야겠어요."

고스케는 모뎀에 꽂혀 있는 LAN케이블을 잡아당겼다. 불이 들어와 있던 램프가 꺼졌다. 구루미가 〈센징〉을 쓰고 있었다면 몹시 당황할 수밖에 없는 상황이었다.

인터넷이 먹통이 되면 구루미는 더는 눈치보지 않고 밖으로 나오겠지?

잠시 기다렸지만 2층 구루미의 방에서는 아무런 기척이 없었다.

고스케는 이 집에서 좀 더 오래 머물러야 할지도 모르겠다는 생각이 들었다. 노트북을 가져왔으니 〈레테〉 업무를 볼 수 있었다. 바로 그때 2층에서 문을 여는 소리가 들려왔다. 연이어 계단을 내려오는 발자국 소리가 울려 퍼졌다.

구루미를 처음 보는 순간 고스케는 깜짝 놀랐다. 병자처럼 창백한 얼굴, 제멋대로 자란 머리카락, 시커멓게 탄 피부가 눈에 들어왔다. 왼쪽 양말은 피로 물들어 있었고, 걸음을 걸을 때마다 바닥에 핏자

국이 묻어났다.

"구루미!"

도마루가 소리치며 자리에서 일어섰다. 구루미는 아빠를 보려고도 하지 않고 현관 쪽으로 걸어갔다. 도마루가 밖으로 뛰어나가는 모습을 본 고스케도 소스라치게 놀라며 뒤따랐다.

구루미는 현관에서 몇 발자국 벗어나지 못하고 바닥에 쓰러졌다.

"구루미, 괜찮니?"

구루미는 아빠가 묻는 말에 대답도 하지 않고 잔뜩 엎드린 자세로 숨을 헐떡이고 있었다. 잠깐 동안 뛰었을 뿐인데 전력 질주라도 한 듯 지친 느낌이었다. 어디선가 시큼한 땀 냄새가 풍겨 왔다. 알코올 냄새도 섞여 있었다. 구루미는 지금껏 보아온 그 어떤 자살자보다도 더 죽음에 근접해 있는 듯이 보였다.

"빨리 가봐야 해."

"도대체 어딜 가봐야 한다는 거야?"

"모두들 애쓰고 있는데 나 혼자 빠질 수는 없어. 빨리 가지 않으면 문제가 발생할 거야."

구루미는 엉금엉금 기어서라도 앞으로 나아가려 하고 있었다.

고스케는 오싹한 소름이 돋았다.

도대체 누가 이 아이에게 이런 짓을 하게 만들었을까?

그제야 고스케의 눈길이 한곳으로 빨려들었다.

구루미가 쓰러져있는 앞쪽에 〈센징〉이 나뒹굴고 있었다.

제5장

1. 고스케 10월 2일

VR 화면이 이상해보였다. 하늘이 온통 붉은색과 보라색이 뒤섞인 엽기적인 색으로 뒤덮여 있었다. 길가의 나무는 말라 죽어있었고, 나뭇결에서 기포가 흘러나왔다. 벌레가 날갯짓 하는 소리를 스피커로 증폭시킨 듯 일정한 톤의 소리가 계속 흘러나왔다.

하늘에는 와쿠 세이지가 그린 그로테스크한 그림에서처럼 흐물흐물 녹아내린 달이 떠있었다. 달에서 피처럼 떨어지는 붉은 액체는 그림에서보다도 훨씬 더 농염하고 불길했다.

범인은 와쿠를 납치해 감금하고 좀 더 강렬한 그림을 그릴 때까지 고문을 가하며 압박했을 수도 있었다. 이 불길한 느낌을 주는 VR 화면은 그 결과로 만들어졌을 가능성이 컸다.

고스케는 〈센징〉을 벗고 전원을 껐다.

"어때?"

추가 옆에서 노트북을 보고 있었다. USB 포트에는 소형 스틱이 꽂혀 있었고, 노트북 화면에서는 알파벳과 숫자 행렬이 빠른 속도로 흘러가고 있었다.

"괜찮아. 패킷*은 잡혔어. 지금부터 니시노에게 VR 화면을 보낼 거야."

VR 화면 한구석에 화상 채팅으로 연결한 니시노의 얼굴이 비치고 있었다. 니시노는 교토에서 열리는 엔지니어 컨퍼런스에 참석해 있었다. 휴식 시간에 잠시 시간을 낸 듯 니시노가 머무는 호텔방이 배경으로 비치고 있었다.

고스케와 추는 〈레테〉 사무실에 있었다. 추는 오늘 오후에 〈레테〉에 왔다. 고스케는 도마루의 집에서 추에게 〈센징〉과 자살 게임 이용자를 한 사람 찾아냈다는 메시지를 보냈다.

수염을 덥수룩하게 기른 추는 몸이 많이 야윈 데다 건강이 안 좋아 보였다.

추가 키보드를 두드리며 말했다.

"VR 화면이 너무 음산하고 엽기적인 느낌이 들어. 마치 종말을 앞두고 있는 세계를 보는 것 같아. 원래의 화면은 무척이나 아름답고 평화로웠을 거야. 배경이 음산하게 변한 건 자살 명령이 내려질

---

* Packet 컴퓨터에 의한 데이터 통신으로 보내는 데이터의 전송 단위. 데이터를 일정한 길이로 나누어 수신인의 주소나 성명 등 필요한 정보를 붙인 것이다

날이 가까워졌기 때문일 수도 있지."

VR 화면 속에서 조사해보고 싶은 게 많았지만 범인이 이용자의 행동을 일일이 체크하고 있을 게 뻔했기에 자유롭게 돌아다닐 수는 없었다. 어차하면 범인이 원격으로 〈센징〉을 초기화할 수도 있었다.

니시노는 자살 게임이 어느 서버에 접속해 있는지 패킷을 캡처해 확인해보는 작업을 하고 있었다. 추의 컴퓨터에 꽂혀 있는 USB 스틱이 작업에 필요한 도구였다.

니시노가 실망스럽다는 듯이 말했다.

"서버를 확인할 수 없어. 역시나 BPHS를 쓰고 있군 그래."

추도 실망한 듯 한숨을 내뱉으며 말을 받았다.

"예상대로야.

고스케가 니시노에게 물었다.

"BPHS라는 게 뭐죠?"

"BPHS(Bullet Proof Hosting Service)는 방탄 호스팅 서비스라는 뜻입니다. 〈센징〉의 통신 장소와 IP주소를 추적해봤더니 서버가 네덜란드에 있는 BPHS로 되어 있었어요."

"특수 서버인가요?"

"BPHS는 사이버 범죄의 온상이 되고 있는 서버입니다. 흔히 다크 웹이라고 하는 불법 사이트들이 주로 이용하는 서버죠. 불법 콘텐츠를 서비스하고, 콘텐츠 삭제를 요청해도 일절 응하지 않죠."

"서버 회사에 문의해봐야 소용없다는 건가요?"

"개인 정보를 알려 줄 리도 없고, 게임을 강제 중단시키지도 않습니다. 〈센징〉에 원격 조작 기능도 있는 것으로 보아 게임을 개발할 때 이 분야 전문가의 도움을 받았다고 봐야겠죠."

범인은 서버 전문가도 납치해 이용했을 것이다. 필요한 인재를 납치로 해결하는 방식이 공식처럼 적용되고 있었다.

"게임을 제작한 범인을 특정할 수 있는 방법이 없을까요?"

"디컴파일을 해서 소스 코드를 읽어낼 수는 있겠지만 개발자까지 거슬러 올라가는 건 가능성이 매우 낮아요."

"서버를 해킹해 게임 서비스를 중단시킬 수는 없을까요?"

"영화를 너무 많이 봤군요. 아무리 뛰어난 해커도 그런 작업을 해내는 건 불가능에 가깝습니다."

고스케는 〈센징〉과 게임 내용을 입수했는데 범인이 누군지 알아낼 수 없다는 게 실망스러웠다.

추가 대화에 끼어들었다.

"차라리 경찰에 신고해 범인을 찾아내는 게 빠르지 않을까?"

"경찰도 고도로 지능화된 사이버 범죄 해결 능력은 없어. 그다지 도움이 안 될 거야."

VR 배경 화면이나 구루미의 상태로 볼 때 자살 게임은 이미 최종 단계에 돌입했다고 봐야 했다. 현재 VR에 접속해있는 아바타는 열다섯 명이었다. 모두들 순종적으로 미션을 수행하고 있었다. 자살 미션이 떨어질 경우 그대로 따를 가능성이 컸다. 경찰에 〈센징〉을 가져가면 수사관이 VR에 로그인해 조사해야 할 것이고, 범인에게 발각될 수밖에 없었다. 조바심을 느낀 범인이 즉시 자살 미션을 내리게 될 수도 있었다.

경찰이 자살 게임의 위험성을 깨닫고 수사력을 총동원할 경우 범인이 자살 명령을 내리기 전 체포할 수 있는 가능성이 없지는 않았다. 다만 경찰이 자살 게임의 심각성을 어느 정도로 받아들일지 알 수 없었다.

고스케가 니시노에게 물었다.

"얼굴 인식 애플리케이션 작업은 진척이 되어가고 있습니까?"

"그 친구가 영상 데이터를 쓸 수 있게 해주었는데 분석해야 할 데이터가 너무 많아요. 데이터 분석만으로도 최소한 2주일 이상이 걸릴 것 같아요."

2주일이나 기다릴 여유가 없었다. 터지기 직전의 풍선처럼 자살 게임 상황은 심각했다. 데이터 분석이 끝나도 과연 얼굴 인식 애플리케이션이 제대로 작동할 수 있을지 알 수 없었다.

니시노가 회의에 참석해야 한다며 채팅 창에서 로그아웃했다. 고스케는 구부정하게 숙이고 있던 허리를 펴다가 맞은편 자리에 앉아 있는 미야코와 시선이 마주쳤다. 미야코는 어색한 표정을 지으며 눈을 아래로 내리깔았다. 고스케 역시 한동안 미야코와 소원하게 지내온 어색함이 가시지 않았다.

세 시간 전에 이마다가 〈레테〉 사무실에 들렀다. 사전 약속도 없이 찾아온 이마다는 어제 스가모에 오지 않은 이유를 따져 묻기보다는 원숭이를 닮은 남자에 대해 조사한 결과부터 이야기해 주었다.

"4년 전, 오사카에서 원숭이 남자와 인상착의가 비슷한 사람을 목격했다는 제보가 있었어. 오사카 자살 방지 상담센터 업계에서는 제법 알려진 사람이었나 봐. 그 지역에서 활동하는 후배 말로는 그가 자살을 주제로 한 강연회가 열릴 때마다 매번 참석해 열심히 경청하고 집요한 질문을 하는 바람에 기억에 남았다고 하더군. 그 남자는 일 년 정도 지속적으로 모습을 보이다가 어느 순간 갑자기 사라져버렸대. 그 남자 이름은 시마모토 준이야."

가짜 이름일 가능성이 컸다.

"시마모토는 자살 방지 사업을 하고 싶다고 했대. 자살 문제에 대해 관심이 많고 사교성도 좋아 다들 호감을 갖고 있었나 봐. 다만 아무도 그의 직장이나 집 주소를 알고 있지 않았어. 그와 특별히 친하게 지낸 사람이 없었나 봐."

누군가 물어봤다고 해도 제대로 알려주었을 리 없었다.

예상대로 범인은 자살 방지 상담센터 행사에 참석해 필요한 노하우를 얻고 나서 자취를 감춘 것으로 보였다.

이마다가 잠시 밖으로 나가더니 미야코를 데리고 돌아왔다.

"미야코 짱은 요즘 자네가 자살 게임을 조사하느라 〈레테〉 일을 소홀히 하는 게 마음에 안 들었나 봐. 어제 일만 해도 그래. 자네는 우리와 만나기로 해놓고 자살 게임 때문에 펑크를 냈잖아. 상대가 자네만 아니었다면 미야코 짱에게 당장 나와 함께 일하자고 했을 거야. 마지막으로 한 번 더 기회를 줄 테니까 잘해봐. 미야코 짱에게 그동안 미안했다고 사과하고 화해해."

고스케는 그렇잖아도 미야코에게 돌아와서 함께 일하자고 간청할 생각이었다.

"미야코, 그동안 미안했어. 내가 자살 게임 때문에 〈레테〉 일을 소홀히 했나 봐. 앞으로 〈레테〉 일에 좀 더 집중할 테니까 이해해줘."

고스케는 구루미의 〈센징〉을 보여주면서 나름 성과가 있었다는 설명을 덧붙이는 한편 자살 게임과 관련해 앞으로도 할 일이 남아있지만 이제 곧 마무리될 테니 조금만 더 이해해달라고 부탁했다.

미야코는 두말없이 자리에 앉아 업무를 보기 시작했다.

마음 같아서는 미야코의 총명한 두뇌를 빌리고 싶었지만 협력을 바랄 분위기는 아니었다. 미야코는 나중에 추가 사무실에 와 패킷 캡처를 시작했지만 그에게 눈길 한 번 주지 않았다.

"고스케?"

고스케는 추가 부르는 소리를 듣고 제정신으로 돌아왔다.

"슬슬 움직여볼 시간이 됐어."

"그래, 알았어."

고스케는 자리에서 일어나며 미야코에게 말했다.

"잠시 나갔다 올게. 두 시간 정도 걸릴 거야."

미야코가 말없이 고개를 끄덕였다.

목적지는 혼고산초메에 있는 도마루의 집이었다.

2. 고스케 10월 2일

오늘 아침에 도마루에게서 연락이 왔다.

"구루미의 마음이 진정돼 이야기를 들을 수 있을 것 같아요."

구루미를 만나러 간다고 하자 추도 같이 가겠다고 했다. 게임에 대한 지식이 풍부한 추가 같이 가주겠다고 해서 마음이 든든했다.

"피해자와 이야기를 나누어 보고 싶어. 게임 개발자가 무슨 짓을 했는지 직접 만나 이야기를 들어보면 앞으로 어떤 짓을 할지 감을 잡을 수 있을 거야."

집 앞까지 마중 나와 있던 도마루가 고스케와 추를 거실로 데려갔다. 구루미는 거실 소파에 멍하니 앉아있었고, 도마루가 그 옆에 앉았다. 구루미는 간밤에 잠을 이루지 못한 듯 몹시 피곤해보였다.

고스케와 추는 그들 부녀 앞에 나란히 앉았다.

"자살 방지 상담센터인 〈레테〉의 대표 다미야 고스케라고 합니다. 이쪽은 제 동료인 시로마 추이고요."

고스케가 명함을 식탁 위에 내려놓았지만 구루미는 거들떠보려고도 하지 않았다.

"어제는 많이 놀랐죠? 저는 그동안 VR 환경에서의 자살 게임이 만들어지고 있다는 정보를 입수하고 조사를 해왔습니다. 그동안 구루미 짱이 어떤 일을 경험했는지 이야기를 듣고 싶어요."

구루미는 질문을 듣지 못한 사람처럼 멍한 얼굴로 정면을 바라보고 있을 뿐 아무런 답변을 하지 않았다.

"우리가 조사해본 결과 구루미 짱이 매일 로그인했던 게임은 매우 위험합니다. 몇 년 전, 러시아에서 〈푸른 고래〉라는 자살 게임이 유포된 적이 있는데 백 명 이상의 이용자들이 스스로 목숨을 끊었습니다. 구루미 짱의 고글에 들어 있던 게임은 〈푸른 고래〉보다도 더 위험합니다. 범인은 VR 환경에서 이용자들을 세뇌시키고 있고, 이미 많은 사람들이 휩쓸려든 것으로 판단됩니다. 범인의 자살 명령이 떨어지면 이용자들 대부분이 스스로 목숨을 끊게 될 겁니다. 구루미 짱은 모르겠지만 이미 자살 게임을 하다가 희생된 사람이 있습니다. 다수의 게임 전문가들이 범인에게 납치되어 강제로 게임을 만든 것으로 밝혀졌고요."

구루미는 매우 초조해 보이는 얼굴로 눈동자를 굴리고 있을 뿐 아무 말도 하지 않았다. 구루미를 설득하려면 감성을 자극하는 정보가 필요해 보였다.

"잠깐 게임을 해본 결과 범인의 목적이 뭔지 간파할 수 있었습니다. 예를 들어 그로테스크한 풍경을 보여주며 이용자들의 심리를 스산하게 만드는 방식은 〈푸른 고래〉에서도 확인되었던 수법입니다. 이용자를 수면 부족이나 자해 행위로 유도하는 방식도 마찬가지입니다. 범인의 최종 목적은 이용자들을 자살로 이끄는 것이죠."

"헤이즐은 어떻게 되었죠?"

"헤이즐?"

"고양이 말입니다. 고글을 돌려 주세요. 헤이즐을 이대로 놔두면 죽게 될 거예요."

게임에 로그인했을 때 거실에 쓰러져 있는 고양이를 본 기억이 났다.

잠자코 있던 추가 끼어들었다.

"고양이는 그저 로그인 보너스일 뿐입니다. 아니, 자살 게임이니까 구루미 짱의 심리를 흔들기 위한 인질로 보는 편이 타당하겠네요. 아를테면 고양이는 구루미 짱이 끊임없이 로그인을 하도록 만들기 위한 장치입니다. 지난날 유행했던 〈다마고치〉의 원리를 생각해보면 이해하기 편할 겁니다. 범인은 이용자가 좋아할 만한 애완동물을 제공하고, 매일 로그인해 돌봐 주지 않으면 죽을 수밖에 없는 환경을 만들어놓은 거예요. 고양이는 실제로 존재하는 게 아니라 그냥 데이터일 뿐이니까 너무 신경 쓰지 않아도 됩니다."

구루미는 도저히 수긍할 수 없는 말이라는 듯 추를 노려보다가 다시 입을 굳게 다물었다.

구루미의 심리 상태로 보아 이것저것 물어봐야 아무런 소용이 없을 것 같았지만 그렇다고 스스로 입을 열 때까지 마냥 기다릴 수는 없었다.

"구루미 짱이 매일 로그인했을 때 보게 되는 아름다운 배경은 사실 어느 화가가 그린 〈은빛 거리〉라는 그림입니다. 화가는 범인에게 납치되어 그 그림을 그린 겁니다."

고스케는 휴대폰 화면을 구루미의 눈앞으로 내밀었다. 와쿠 세이지가 그린 눈 덮인 풍경이 화면에 나와 있었다.

그림을 본 순간 구루미의 눈이 살짝 흔들렸다.

"구루미 짱은 처음 로그인했을 때 이 아름다운 배경에 깊이 매료됐을 겁니다. VR 화면의 배경으로 쓰인 이 그림도 이용자들이 로그인하지 않을 수 없게 만드는 요소 가운데 하나였겠죠. 범인은 이 아름다운 배경을 이용자들의 뇌리에 아로새겨지게 한 후 서서히 그로테스크한 모습으로 변모시켜가고 있습니다. 이용자들은 과거의 〈은빛 거리〉를 기억하고 있기에 변화한 환경을 볼 때마다 참담한 마음을 금할 수 없겠죠."

"〈은빛 나라〉예요."

"네?"

"〈은빛 거리〉가 아니고 〈은빛 나라〉라고요."

구루미는 혼잣말처럼 중얼거리고 나서 다시 껍질 안으로 들어가

버렸다.

〈은빛 나라〉가 자살 게임의 이름이라는 뜻이었다.

추가 불쑥 말했다.

"그림의 원제를 그대로 사용하면 검색될 수도 있으니까 이름을 살짝 바꾼 거예요. 이용자가 〈은빛 거리〉를 검색하면 와쿠의 그림을 볼 수 있게 될 테니까."

구루미가 추의 말에 모욕이라도 당한 듯 불쾌한 표정을 지었다.

"제가 VR 게임에 로그인해보니 열다섯 명 정도의 이용자가 접속해 있더군요. 실제로는 더 많을 거예요. 이대로 놔두면 끔찍한 일이 벌어지게 됩니다."

구루미의 얼음처럼 냉랭한 표정이 고스케의 말을 모두 흡수해 버렸다.

"구루미 짱, 한시바삐 범인의 계획을 저지시켜야 합니다."

"왜 저지해야 하죠?"

구루미의 목소리가 도전적으로 변해 있었다.

"〈은빛 나라〉 이용자들은 대부분 고통스러운 생을 살아왔어요. 세상은 늘 그들에게 해결하기 힘든 고통을 안겨주었죠. 〈은빛 나라〉는 외롭게 살아가는 사람들을 돕고 있을 뿐인데 왜 저지해야 한다는 건가요?"

"〈은빛 나라〉는 VR일 뿐 현실이 아닙니다. 사람은 한 번 죽으면 끝입니다. 죽음을 되돌릴 수는 없어요. 자살을 시도했다가 용케 살아남은 사람들은 대부분 죽지 않아 다행이라고 말합니다."

구루미가 코웃음을 쳤다.

"살아남아 다행이라고 말했다가 또 자살을 시도하지 않던가요? 저도 가끔은 어떡하든 살아야겠다고 생각하지만 결국 자살의 유혹으로부터 자유로울 수 없었어요. 이 세상에 마음을 나눌 친구 하나 없고, 대입 시험을 목전에 두고 있는데 합격할 자신이 없어요. 언제나 절망만 안겨주는 세상에서 더는 살고 싶지 않아요."

"그 마음은 충분히 이해합니다. 그렇다고 스스로 목숨을 끊는다는 건 무모한 일입니다. 세상은 살아가기 쉽지 않지만 생각하기에 따라 다양한 가능성이 존재하는 곳이기도 합니다. 구루미 짱이 세상에서 새로운 희망을 찾을 수 있도록 제가 힘닿는 데까지 돕겠습니다."

"죽고 싶다는 생각이 머릿속에서 사라지지 않아요. 가끔 즐겁고 기쁜 일이 있어도 '나는 다시 불행해질 거야.'라는 불안감이 계속 따라다녀요."

구루미가 눈을 내리깔며 말을 이었다.

"칼로 발등을 긋는 정도로는 죽지 않는다는 걸 알아요. 솔직히 말하자면 죽고 싶지만 죽음의 공포 때문에 죽기가 두려웠어요. 〈은빛나라〉에서 헤이즐을 살리기 위해 절벽에서 바다로 몇 번이나 뛰어내렸는데 죽지 않고 살아남았죠. 추락의 경험이 축적되면서 차츰 죽음의 공포가 사라지고 있어요. 이제는 죽음이 두렵지 않아요."

구루미의 몸에 죽음의 그림자가 짙게 드리워져 있는 듯했다.

"지난번에는 12층짜리 건물 옥상에 올라갔어요. 전에는 건물 옥상에서 아래쪽을 내려다보면 현기증이 나면서 저절로 몸이 덜덜 떨렸는데 그날은 전혀 두렵지 않았어요. 아, 이제야 죽음의 공포에서 벗어났다는 생각이 들어 기뻤어요."

"구루미 짱, 죽는 것보다는 살아서 누릴 기쁨이 더 많다는 걸 알아야 해요."

"대표님의 가치관을 저에게 강요하지 마세요. 대표님이 저에 대해 뭘 알겠어요."

고스케는 '알아요.'라고 즉각 반박하려다가 입을 다물었다.

나는 구루미 짱의 고통에 대해 얼마나 알고 있을까?

"〈은빛 나라〉는 이용자들을 모두 죽이기 위해 만들어진 VR 게임인지도 몰라요. 〈은빛 나라〉를 찾는 이용자들 대부분이 스스로 목숨을 끊고 싶어 해요. 죽고 싶지만 죽음의 공포가 두려워 죽지 못한 사람들에게 편안하게 목숨을 끊을 기회를 부여해준다면 좋은 일이라고 봐요. 내 말이 틀렸나요?"

"자살을 부추기는 행위를 잘했다고 할 수는 없습니다. 그건……."

고스케는 더 이상 반박할 말이 없었다.

죽음의 공포 때문에 죽지 못하는 사람이 많다는 걸 부인할 수는 없었다. 〈레테〉을 운영해오는 동안에도 그런 사람들을 많이 만나보았다. 자살하기로 굳게 결심한 사람들의 마음을 돌리는 건 불가능에 가까웠다.

구루미의 눈빛이 대신 말하고 있었다.

당신은 아무것도 바꿀 수 없어.

옆에서 괴로운 표정으로 지켜보던 도마루가 힘겹게 입을 열었다.

"〈은빛 나라〉에 접속해 있는 동안 함께 이야기를 나눌 친구가 없었니?"

"〈은빛 나라〉는 이용자들끼리 이야기를 나눌 수 없게 되어 있어."

"몰래 엿들은 건 미안하다만 넌 가끔 누군가와 이야기를 나누는 것 같던데? 그럴 때 보면 넌 더없이 즐거워 보였어."

"아빠가 방문 앞에서 기웃거리며 염탐하는 건 정말 싫어."

"예전에는 안 그랬는데 내가 이상해지긴 했어. 우리 다시 좋았던 시절로 돌아갈 수 없을까? 난 네가 친구들과 즐겁게 이야기를 나누며 행복해하는 모습을 보고 싶어."

구루미가 신경질적으로 다리를 흔들어대기 시작했다. 도마루의 말이 구루미의 감정을 움직인 게 분명했다.

구루미에게 친한 친구가 있다면?

"구루미 짱, 〈은빛 나라〉를 이대로 놔두면 친구의 목숨이 위험해질 수도 있어요."

구루미의 눈빛이 흔들렸다.

"친구를 살리고 싶으면 자살 명령이 내려지기 전에 막아야 해요."

"실제로 만난 적도 없는 친구일 뿐이에요."

"VR에서 만났지만 엄연히 친구잖아요. 구루미 짱은 지금 그 친구의 안위를 염려하고 있어요. 친구를 돕고 싶은 거예요."

구루미가 자리에서 일어서더니 출입구를 향해 걸어갔다.

도마루가 뒤따라 일어서며 물었다.

"구루미, 어딜 가려는 거니?"

고스케도 몸을 일으켰다.

구루미가 출입구에 멈춰 서더니 인상을 찌푸렸다.

"긴시로."

"긴시로?"

고스케는 다음 말을 기다렸다. 구루미가 마음속에서 출렁이는 물결을 가라앉히고 다시 말을 꺼낼 때까지.

구루미가 옛일을 회상하듯 느릿하게 말했다.

"긴시로와 함께 게임을 했어요. 〈은빛 나라〉에는 과거에 유행했던 게임들이 많아요. 긴시로와 게임을 하며 놀던 시절이 정말 좋았는데……."

구루미의 눈에서 눈물이 흘러내렸다. 구루미는 옷소매로 눈물을 닦으며 소리 없이 울었다.

고스케는 그녀가 울음을 멈추길 기다렸다.

마침내 구루미가 울음을 멈추더니 눈에 힘을 주었다. 잠시 흔들렸던 마음을 다잡는 듯이 보였다.

추가 갑자기 구루미에게 물었다.

"구루미 짱, 〈은빛 나라〉에서 긴시로와 어떤 게임을 한 거예요?"

구루미가 애써 억제하려던 감정에 다시 작은 파장이 일었다.

"〈스타 익스플로러〉를 주로 했어요."

고스케도 아는 게임이었다.

추의 얼굴에 분노가 어렸다.

"〈스타 익스플로러〉에 대한 추억이 많아요. 어린 시절에 정말 좋아했던 게임이죠. 레트로 게임을 불법 복제해 이용자들을 붙잡아 두는데 이용하다니? 그 원숭이처럼 생긴 놈이 갈수록 마음에 안 들어요."

추가 잠시 생각에 잠겼다가 구루미에게 물었다.

"구루미 짱은 게임을 좋아해요?"

"잘하지는 못해도 좋아해요."

"나도 게임을 좋아해요. 구루미 짱이 했던 〈스타 익스플로러〉는 게임사에 길이 남을 명작이죠. 범인이 그 게임을 고른 이유일 거예요. 그 게임을 이용하면 사람들의 마음을 잡아두기 쉬우니까. 단순히 재미로 따지자면 요즘 게임과 비교해도 전혀 손색이 없어요."

추는 분명 컨디션이 좋지 않았는데 게임 이야기를 하는 동안에는 목소리에 힘이 실려 있었다.

"그 빌어먹을 원숭이가 게임사에 길이 남을 명작을 악용했어요. 원숭이를 만나게 되면 게임을 악용한 걸 후회하게 만들어줄 거예요."

추가 구루미의 얼굴을 뚫어질 듯이 바라보았다.

"구루미 짱, 한 가지 제안을 해도 될까요?"

추의 제안을 듣고 고스케는 깜짝 놀랐다.

3. 고스케 10월 5일

'생명수를 마시고 저주 받은 〈영원의 나무〉를 보며 기도를 올려라.'

고스케는 미션을 전달하는 광장에 와 있었다. 커다란 나무 아래에 아바타들이 모여 있었다. 나무는 완전히 말라 꿈틀거리는 연체동물의 발처럼 뒤틀려 있었다. 나뭇결에서 기포가 생겨나고 있었고, 검은 벌레들이 잔뜩 달라붙어 있었다.

생명수는 술을 지칭한다는 걸 알 수 있었다. 구루미도 그랬듯이 이용자들은 술을 마시고 기도를 하고 있었다.

술과 자살은 깊은 연관성이 있었다. 알코올 의존증이 되면 우울증에 걸릴 확률이 높아진다. 자살자 가운데 3분의 1이 술을 즐겨 마신다는 통계 자료도 있었다. 술을 마시고, 말라 비틀어져 죽은 나무를 보게 되면 얼마나 큰 스트레스를 받을지 짐작되었다.

지난 3일 동안 고스케는 〈은빛 나라〉에서 조금씩 행동 범위를 넓혀 가고 있었다. 구루미가 말한 대로 〈은빛 나라〉에는 이용자들끼리 서로 대화할 수 있는 기능이 없었다. 여기저기 기웃거리며 탐색을 해도 아무도 말을 건네지 않아 다행이었다.

고스케는 몇 가지 사실을 알아냈다.

〈은빛 나라〉에는 이용자를 잡아두기 위한 다양한 장치가 있었다. 애완동물을 돌보고, 이용자들끼리 '이모티콘'을 보내며 교류하고, 아바타의 옷을 갈아입히고, 게임을 할 수 있었다.

긴시로의 움직임은 미리 프로그래밍 되어 있는 느낌이야.

긴시로라는 곰 아바타는 운영자가 심어둔 첩자 같았다. 긴시로의 친절이 이용자들을 〈은빛 나라〉에 잡아두는 역할을 하고 있었다. 그는 언제나 즐거운 표정을 지으며 이용자들 사이를 부지런히 오갔다. 긴시로와 비슷한 곰 아바타를 사용하는 이용자들이 몇 명 더 있었다. 어느 모로 보나 긴시로는 〈은빛 나라〉의 마스코트 같은 존재였다.

이용자들을 모두 합하면 대략 서른 명쯤 되어보였다. 아바타들은 '허트', '깁슨' 같은 외국 이름들을 즐겨 사용하고 있었다.

고스케는 바다로 향했다. 절벽에서는 오늘도 이상한 광경이 펼쳐지고 있었다. 다섯 명쯤 되는 아바타들이 절벽에서 바다를 향해 차례로 몸을 던지고 있는 모습이 충격적으로 다가왔다.

'〈은빛 나라〉의 절벽에서 바다를 향해 몇 번 뛰어내렸어요.'

이제야 구루미가 했던 말의 의미를 알 수 있었다.

범인은 이용자들에게 자살 연습을 시키고 있었던 것이다. 이제 범인이 왜 VR에 집착했는지 알 수 있을 것 같았다. VR에서는 누구나 두려움 없이 죽을 수 있었다. 절벽에서 떨어져도 실제로 고통을 느끼거나 죽지는 않으니까. 범인이 이용자들에게 정신적인 압박을 가해 반복적으로 자살 연습을 시키는 이유는 자명했다. 절벽에서 바다로 뛰어내린 경험을 쌓은 이용자들이라면 현실에서도 뛰어내리라는 미션을 내릴 경우 즉각 실행에 옮길 수 있을 테니까.

고스케는 절벽 아래를 내려다보았다. 붉은빛으로 물든 바다에서 높은 파도가 일더니 절벽에 부딪쳤다. VR이란 걸 알았지만 섬뜩한 느낌이 들 만큼 높은 위치였다.

아바타 하나가 다시 절벽 아래로 떨어졌다. 아바타가 까마득한 절벽 아래로 점점 멀어지며 해수면을 향해 추락하고 있었다. 고스케는 눈을 돌려 외면하고 싶은 마음을 겨우 참아내며 절벽 아래를 내려다보았다. 아바타가 해수면에 닿은 순간 피를 흩뿌리듯 붉은 물보라가 일었다.

고스케는 고글을 벗고 등을 폈다. VR 영상을 컴퓨터에 미러링해 내용을 녹화하고 있었다. 자살 게임이 존재한다는 걸 세상에 널리 알리고자 할 때 녹화 동영상은 효과적인 무기가 될 수 있었다. 〈은빛 나라〉를 구석구석 돌며 녹화 영상을 만들 생각이었다.

경찰에 고발할 경우 범인은 눈치를 채게 될 테고, 계획을 앞당겨 자살 미션을 내릴 가능성이 있었다. 고스케는 한시바삐 범인을 찾아내야 비극을 막을 수 있다고 생각했다.

사무실 출입문이 열리더니 미야코가 안으로 들어섰다. 세무사를 만나기 위해 외출했다가 돌아오는 길이었다. 미야코가 복귀하면서 〈레테〉 업무는 한결 매끄럽게 돌아가기 시작했다. 미야코는 사무실 운영 업무를 총괄하고, 슈이치는 상담 업무에 집중하고, 고스케는 자살 게임 조사에 전력을 다할 수 있게 되었다.

미야코는 〈센징〉을 힐끔 쳐다보고 나서 고개를 돌렸다. 고스케는 그동안 자살 게임 조사가 어떻게 진척되었는지 미야코에게 자세히 이야기해 주었다. 미야코는 자살 게임에 대해서는 일체 관여하려들지 않았다.

미야코가 노트북을 가리켰다.

"저 화면은 뭐야?"

"VR 영상을 컴퓨터에 미러링하고 있어."

"추가 세팅해 주었지?"

"맞아."

미야코가 걱정된다는 듯이 말했다.

"추가 피해자 아이의 집에 출입한다며?"

추는 구루미를 만나고 오는 길에 말했다.

"구루미 짱에게 최근에 출시된 게임을 선물해야겠어. 게임을 좋아한다니까 최신 게임을 접하면 기분 전환을 하는 데 큰 도움이 될지도 몰라."

게임이 스트레스 해소에 큰 도움이 된다는 건 이미 연구 결과를 통해 널리 알려져 있었다.

"구루미 짱이 좋아할까?"

"그거야 모르지. 적어도 싫어하지는 않을 것 같은데?"

구루미는 어제 도마루를 통해 게임을 해보고 싶다는 의사를 전해 왔다.

"추가 잘하고 있다고 들었어."

"30대 남자와 10대 여자아이야. 서로 가까이에서 대면하는 게 어색하지 않을까?"

미야코는 여전히 추를 게임 회사에서 쫓겨나게 만든 아동 포르노 DVD 사건을 의식하고 있는 눈치였다. 고스케는 이미 지난번에 미야코에게 추가 누명을 쓴 사실을 이야기해 주었지만 믿으려고 하지 않았다.

"추는 아직 나에게 아무 말도 해주지 않았어. 본인 입으로 말하는 걸 듣기 전에는 믿을 수 없어."

미야코는 자리에 앉아 노트북을 열었다.

고스케는 다시 고글을 쓰고 〈은빛 나라〉의 돌바닥 길을 걷기 시작했다. 도중에 긴시로와 마주쳤다. 긴시로가 장난스러운 몸짓을 하며 '좋아요'를 보내 주었다. 고스케도 '좋아요'로 응답했다.

그때였다.

"넛츠 님?"

갑자기 고글 안에서 낯선 여자의 목소리가 들려왔다. 등골이 얼어붙는 느낌이었다.

"잘 지냈어요?"

누구지? 긴시로인가?

곰 아바타는 멀리에 있었다. 다운재킷을 걸친 빨간 머리 여자가 맞은편에 서 있었다. 다들 머리 위에 핸들 네임이 표시되어 있는데 유독 그 여자만 없었다.

"넛츠 님? 제 목소리가 안 들려요? 무슨 일 있어요?"

고스케는 가슴이 덜컥 내려앉으며 자기도 모르게 전원을 끄고 나서 고글을 벗었다. 가슴이 쿵쾅거리며 뛰었다.

맞은편 자리의 미야코가 의아한 눈빛으로 쳐다보고 있었다.

누구지? 이용자들끼리는 대화가 불가능한 것으로 알고 있는데 어떻게 말을 걸어왔지? 여자가 범인인가?

이용자들은 사용할 수 없는 보이스 채팅 기능을 독점적으로 쓸 수 있는 존재라면 범인일 가능성이 컸다.

원숭이 얼굴의 남자가 범인이 아니었나? 아니면 범인이 둘이었나?

4. 구루미 10월 7일

구루미는 나름 신나게 춤을 추고 있었다. 추가 선물한 댄스 게임이었다. 음악에 맞춰 춤을 추면 텔레비전 화면에 점수가 표시되었다. 즐거운 게임이어서 이틀 정도 내리 춤을 추고 있었다.

체육 시간에 힙합 댄스를 배운 적이 있는데 고통스럽기 그지없었다. 몸치인지라 춤을 출 때마다 아이들이 바웃는 바람에 어디론가 숨어버리고 싶었다. 지금은 자신의 방 안이라 아무리 우스꽝스럽게 춤을 춰도 아무도 바웃지 않았고, 컴퓨터가 공정하게 평가해 주었다.

추가 게임을 해보라고 권했을 때 받아들이길 잘했다는 생각이 들었다. 댄스 게임을 틀어놓고 춤을 추느라 땀을 흘려서인지 잠을 푹 잘 수 있었다. 도시 만들기 시뮬레이션이나 3D 슈팅 게임도 재미 있었다.

구루미는 추가 어떤 사람인지 궁금했다. 유명 대학 출신에 게임 개발자라는 것만 알고 있었다. 평소 운동을 열심히 하는 편인 듯 온 몸이 근육 덩어리였다.

"추 아저씨가 개발한 게임을 해보고 싶어요."

추가 어떤 게임을 만들었는지 궁금했다.

"내 게임은 폭력적인 내용이 많아서 권해주고 싶지 않아요. 고스케가 불량한 게임을 소개시켜주었다며 야단을 칠지도 몰라요."

노크 소리가 들려왔다.

"구루미, 고스케 대표님과 친구분이 오셨어."

아빠 목소리를 들으면 여전히 몸이 굳었지만 그나마 이전보다는 조금 나아졌다.

"내려갈게."

구루미는 가볍게 화장을 하고 나서 셔츠와 청바지로 갈아입었다.

아래층으로 내려가자 고스케와 추가 반갑게 인사하며 다가왔다.

"구루미 짱, 시간을 빼앗아서 미안해요. 몇 가지 궁금한 점이 있어서 물어보려고 왔어요. 혹시 빨간 머리 여자에 대해 아시죠?"

구루미는 미처 예상하지 못한 질문이었기에 눈이 휘둥그레졌다.

"〈은빛 나라〉에 들어가 조사를 하고 있는데 빨간 머리 여자가 나타나 보이스 채팅으로 말을 걸어왔어요. 〈은빛 나라〉 이용자들은 보이스 채팅을 사용할 수 없다고 알고 있었기 때문에 깜짝 놀랐죠. 빨간 머리 여자는 누구죠?"

"안나 님이에요. 〈은빛 나라〉의 가이드죠. 이용자들을 친절하게 보살펴 주기도 하고 애로사항이 있으면 들어 주기도 해요."

구루미는 〈은빛 나라〉에서 안나가 하고 있는 역할에 대해 요약해서 설명해 주었다. 구루미의 이야기를 듣고 보니 안나는 가이드 역할에 머물지 않고 〈은빛 나라〉를 실질적으로 이끌어가는 중심인물이었다. 안나의 역할이 주효해 〈은빛 나라〉 이용자들이 공동체 의식을 형성하게 되었다고 해도 과언이 아니었다.

"안나가 범인과 밀접하게 연결되어 있지 않을까요? 아니면 누군가로부터 감시와 통제를 받고 있다는 느낌이 들지는 않던가요?"

"전혀 그런 느낌을 받지 못했어요."

"안나가 범인에게 납치되어 어쩔 수 없이 조력자 역할을 하고 있는지, 아니면 자발적으로 가이드 역할을 하고 있는지 알아내는 건 매우 중요해요. 구루미 짱이 보기에는 어느 쪽 같아요?"

"제가 보기에는 자발적으로 가이드 역할을 하고 있는 것 같아요."

"왜 그렇게 생각했죠?"

"안나 님은 살아오는 동안 고생을 정말 많이 했는데 〈은빛 나라〉에 오면서 만족과 평화를 얻었다고 했어요. 그 후 〈은빛 나라〉가 자신이 있어야 할 곳임을 절감하게 되었답니다. 안나 님이 거짓으로 말하는 것 같지는 않았어요."

고스케는 조금 실망스러운 표정으로 고개를 끄덕였다.

"그렇군요. 그럼 구루미 짱은 어쩌다가 〈은빛 나라〉에 접속하게 되었죠?"

구루미는 아빠를 힐끔 쳐다보고 나서 지금껏 어느 누구에게도 하지 않았던 이야기를 털어놓았다. '시크릿'이라는 트위터 계정에 들어가 억눌린 감정을 분출했던 이야기, '붕장어연어'로부터 문자가 와서 몇 번인가 대화를 주고받은 이야기, 그가 〈은빛 나라〉에 접속하라고 해서 〈센징〉을 받으러 오차노미즈의 코인 로커에 갔던 이야기.

추가 휴대폰으로 트위터에 들어가 확인해본 결과 '시크릿'이라는 계정은 이미 사라지고 없었다.

고스케의 얼굴에서 낙담의 기색이 떠올랐다.

"안나라는 인물에 대해 개인적으로 특별한 점이 없었나요? 가령 사투리를 심하게 한다거나."

"안나 님은 사투리를 전혀 쓰지 않아요. 마치 아나운서처럼 발음이 정확한 편이죠."

"안나의 출생이나 가정 환경, 직업 같은 건 물어본 적이 없어요?"

"사생활이라⋯⋯."

언젠가 안나와 단둘이 이야기했을 때가 떠올랐다.

"제가 〈은화의 집회〉에 나가 개인적인 이야기를 털어놓는 게 두렵다고 하자 안나 님이 일대일로 제 이야기를 들어 준 적이 있어요. 그때 안나 님도 자기 이야기를 들려 주었죠."

"어떤 이야기였는데요?"

"안나 님은 인간관계 때문에 힘들었다고 했어요. 좋아하는 사람이 있었는데 뜻대로 되지 않았고. 몇 년 전에는 어떤 사람을 철석같이 믿었다가 혹독한 실패를 경험했다고 하더군요."

"혹시 어떤 실패였는지 말하지 않던가요?"

"구체적인 이야기는 하지 않았어요. 다만 그 일이 있은 이후 부모님과 사이가 나빠졌다고 했던 것 같아요."

"안나가 현재 어디에 살고 있는지 말하지 않던가요?"

"네, 듣지 못했어요."

"시시해도 상관없으니까 안나에 대해 알고 있는 걸 뭐든 이야기해 봐요."

"아는 게 별로 없어요."

구루미는 기대에 부응하지 못하는 것 같아 미안했다.

이럴 줄 알았으면 좀 더 많이 물어볼 걸 그랬어.

구루미는 이마에 밴 땀을 손수건으로 닦았다. 그때 구루미의 머릿속에서 뭔가가 떠올랐다.

"〈은빛 나라〉 이용자가 되고 나서 얼마 지나지 않았을 때 안나 님이 갑자기 사라진 적이 있어요."

"안나에게 무슨 일이 있었는데요?"

"무슨 이유 때문인지는 모르지만 헤이즐이 아파 안나 님을 찾아갔는데 만나지 못했어요. 나중에 물어보니 몸이 아파 잠시 쉬었다고 하더군요."

"안나가 병원에 입원했었다면 추적이 가능할지도 모르겠네요. 혹시 병명이 뭔지 들었어요?"

"그냥 몸이 아팠다는 말만 들었어요. 안나 님은 〈은빛 나라〉에서 거의 완벽한 가이드라고 할 수 있죠. 성격도 친절해 뭐든 물어보면 정확하게 답변해줘요. 다만 딱 한 번 이상한 설명을 들은 적이 있어요."

"무슨 설명이었는데요?"

"〈은빛 나라〉에 처음 접속했을 때 안나 님이 우리 집에서 안나 님의 집으로 가는 길을 알려 주었어요. 바다를 향해 걷다 보면 굴뚝이 두 개 서 있는 집이 있고, 왼쪽 굴뚝 끝이 붉게 칠해져 있는데 그 지점에서 몇 발자국 더 걸어가면 안나 님의 집이 있다는 설명이었죠."

"딱히 이상한 점은 없는 것 같은데요?"

"안나 님의 집은 바다 쪽으로 가장 끝에 있어요. 도중에 굴뚝이 두 개 있는 집이 있다거나 왼쪽 굴뚝 끝이 붉게 칠해진 집이라거나 하는 설명은 군이 필요 없었죠. 게다가 굴뚝이 두 개 있는 집이 아니라 사실은 두 개의 집에 굴뚝이 하나씩 있어요. 두 집 다 붉은 벽돌로 만들어져 있죠."

"듣고 보니 정말 이상하네요. 왜 군이 그런 설명을 했을까요?"

"글쎄요, 저도 왜 그랬는지 모르지만 그리 중요한 일은 아니라고 생각해 이유를 물어보지는 않았어요."

"고마워요. 참고할 가치가 있는 정보입니다."

구루미는 이야기를 나누다 보니 자신이 안나에 대해 알고 있는 게 별로 없다는 걸 알게 되었다. 서로 마음이 통했다고 생각했는데 실제로는 그저 겉모습만 알고 있는 셈이었다.

추가 감사를 표했다.

"구루미 짱, 성실하게 대답해줘서 고마워요."

고스케도 말했다.

"정말 많은 도움이 됐어요. 마음이 무거울 텐데 솔직하게 답변해줘서 고마워요."

"제가 별로 아는 게 없어서 도움이 됐을지 모르겠어요."

추가 말했다.

"이제부터 고스케가 알아서 할 테니까 너무 걱정하지 말아요. 이 친구는 자살 방지 상담센터를 운영하는 프로니까 알아서 잘할 수 있을 거예요."

"추 아저씨가 보내준 게임을 하면서 즐거운 시간을 보내고 있어요. 정말 고마워요."

"아, 그래요? 듣던 중 반가운 소식이네요. 내가 알아보고 재미있는 게임이 더 있으면 챙겨서 보내줄게요."

두 사람이 떠나고 나서 구루미는 자신의 방으로 돌아와 무너지듯 침대에 쓰러졌다. 오랜 시간 이야기를 하고 나니 심신이 피곤했다.

구루미는 휴대폰을 보았다. 시로마 추가 어떤 게임을 만들었는지 알아볼 작정이었다. 추가 그토록 게임을 사랑했다면서 자기가 만든 게임에 대해 굳이 입을 다물었던 이유가 신문 기사에 고스란히 나와 있었다.

　'〈리볼버〉 게임 개발자 시로마 추, 아동 포르노법 위반으로 체포되어 게임 업계에서 추방.'

5. 고스케 10월 7일

"구루미 짱을 만나 이야기를 들어봤는데 결정적인 단서를 얻어내지 못했어. 이제 경찰에 고발하는 걸 고려해 볼까 해."

"그래, 차라리 경찰에 알리는 편이 낫겠어."

구루미를 만나 무슨 이야기를 나누었는지 들려주자 미야코는 그렇게 말했다. 추는 옆에서 무심코 듣고 있었다.

"〈은빛 나라〉라는 게임이 제작되었고, 이용자들 모두가 위험에 처해 있어. 녹화한 화면을 들고 당장 경찰서를 찾아가보는 게 옳아."

"범인이 눈치를 채고 이용자들에게 자살 미션을 내리면 어쩌지?"

"어쩔 수 없는 일이야."

미야코의 말에 고스케와 추는 놀란 표정을 지었다.

"우리가 범인을 찾아내는 건 무리야. 이대로 내버려두면 범인은 어차피 자살 미션을 내릴 거야. 이런 상황이라면 한시바삐 자살 게임의 실체를 공개해 한 사람이라도 더 살리는 게 최선이야."

"〈은빛 나라〉의 이용자들이 다 죽을 수도 있어."

"현재로서는 달리 좋은 방법이 없잖아. 막지 못할 자살은 아무리 애써도 막을 수 없어."

미야코가 이미 몇 번이나 했던 말이었다.

"우리는 모든 사람을 다 구할 수 없어. 안타깝지만 어쩔 수 없는 일이야."

"〈은빛 나라〉의 이용자들을 개별적으로 만나본 적이 없어. 그들과 상담을 할 수 있다면 대다수를 살릴 수 있을 거야."

"나 역시 한 사람이라도 더 구하고 싶지만 이대로 놔두면 다 죽어."

미야코의 말을 부정하고 싶었지만 뾰족한 대안이 없었다.

추가 끼어들었다.

"나도 미야코 짱 의견에 동의해. 뚜렷한 해결책이 있으면 몰라도 현재로서는 경찰에 알리는 게 최선이야."

"추, 너까지 이러기야?"

"게임 오버야. 다른 방법이 없어."

고스케는 두 사람이 무슨 뜻으로 하는 말인지 잘 알고 있었다. 이제 자체적으로 범인을 추적할 수 있는 방법이 없었다. 한 명이라도 더 목숨을 구하려면 경찰에 신고하는 게 최선일 수도 있었다.

'고스케 씨는 선한 의지가 강한 분입니다. 자살하려는 사람들을

돕는 데 가장 이상적인 분이지요.'

히로유키가 했던 말이 가슴을 먹먹하게 했다. 고스케는 〈레테〉를 설립할 때 한 사람의 목숨이라도 더 구할 수 있는 거대한 그물망이 되겠다고 자신과 약속했다. 자체 조사를 포기하고 경찰에 수사 의뢰를 하는 건 거대한 그물망이 되겠다는 약속과 배치되는 결정일 수도 있었다.

두 사람이 결단을 재촉하고 있었다. 고스케는 그들이 가하는 무언의 압력에 굴복해서라기보다는 스스로 단안을 내렸다.

"미야코는 당장 신주쿠 경찰서로 가서 수사를 의뢰해 줘."

시계를 보니 오후 1시였다.

"나는 〈은빛 나라〉를 고발하는 문서를 작성해 인터넷에 올리고, 미디어에도 발표할게. 미디어에 〈은빛 나라〉를 녹화한 동영상도 제공해야겠지."

"〈센징〉은 경찰서에 가져다줄게. 가급적 범인에게 발각되지 않고 수사해달라고 부탁할게."

"〈은빛 나라〉에 접속했을 때 마이크를 꺼두는 걸 잊지 말아달라고 해."

그때 추가 끼어들었다.

"미야코 짱, 고스케가 고발 문서를 작성하려면 〈은빛 나라〉를 다시 한번 돌며 좀 더 많은 자료를 찾아보는 게 낫지 않을까?"

고스케가 대신 말했다.

"현재 녹화되어 있는 것만으로도 충분해. 〈은빛 나라〉를 구석구석 돌며 녹화했으니까."

"〈센징〉을 경찰서에 제출하면 추가 촬영은 불가능해."

미야코가 〈센징〉을 가방에 집어넣으며 말했다.

"추가로 녹화할 시간이 없어. 그럼 다녀올게."

미야코가 가방을 메고 출입문을 향해 걸어갔다. 추가 화가 난 듯 씩씩댔지만 미야코는 한 번도 뒤돌아보지 않았다.

고스케가 녹화해둔 동영상을 열었다.

추가 동영상을 보며 중얼거렸다.

"정말 기가 막히게 만들었네."

"범인이 누군지는 몰라도 대단한 놈이야."

〈은빛 나라〉를 만드는 데 협조하고 나서 목숨을 잃은 전문가들의 슬픔과 분노가 전해져 오는 듯했다.

화면에 굴뚝이 있는 집이 나왔다.

"구루미 짱이 말한 대로네."

집 한 채에 굴뚝 두 개가 있는 게 아니라 두 채에 굴뚝이 따로 하나씩 있었다. 왼쪽 굴뚝의 끝부분이 특별히 붉게 보이지도 않았다.

안나는 왜 사소한 거짓말을 했을까?

어딘가에서 두 개의 굴뚝이 얼마간 거리를 두고 설치되어 있는 건물을 본 적이 있었다.

추가 말했다.

"범인이 왜 〈은빛 나라〉를 만들었을지 생각해 봤어?"

"VR은 세뇌와 궁합이 가장 잘 맞지. 범인의 목표가 집단 자살이라면 VR 환경이 가장 효과적인 수단이 될 수 있어."

"다수의 사람을 죽이는 게 범인의 목적이었다면 좀 더 효과적인 방법이 있지 않았을까? VR 환경에서 이용자들을 끌어들이고 세뇌시키는 과정이 그리 간단치는 않잖아."

"복제가 가능하기 때문이 아니었을까?"

"복제?"

"프로그램을 고스란히 복제할 수 있다는 게 디지털 콘텐츠의 특징이야. 소스코드와 소재만 있으면 얼마든지 〈은빛 나라〉를 복제할 수 있어."

"무슨 말을 하고 싶은 거야?"

"범인은 〈은빛 나라〉를 모델케이스로 만들려고 한 게 아닐까? 수많은 사람을 집단 자살로 몰아넣은 사건을 일으키고 나서 〈은빛 나라〉의 소스코드를 공개하는 거야. 누구나 복제가 가능하도록."

"일단 공개된 소스코드와 소재는 영원히 사라지지 않고 인터넷에서 표류하게 되겠지. 그렇게 되면 전 세계 어디에서든 〈은빛 나라〉를 복제할 수 있게 된다는 뜻이야. 아니, 좀 더 진화된 〈은빛 나라〉가 출현하겠지."

"그렇다면 자살 미션을 막는 게 무엇보다 중요하네. 당장 몇 사람의 목숨을 구해낸다고 해도 범인이 애초 의도한 목표는 이루게 되는 셈이니까."

사람들을 자살로 이끄는 VR 게임이 인터넷에서 표류하게 된다는 건 악몽 그 자체였다.

사무실 문이 열리더니 미야코가 안으로 들어섰다.

고스케가 이상하게 여기며 물었다.

"왜 벌써 돌아왔어?"

미야코는 사무실을 나간 지 미처 한 시간도 되지 않아 돌아온 것이었다. 미야코가 구두를 벗고, 슬리퍼로 갈아 신고 나서 가방에서 〈센징〉을 꺼내 책상 위에 내려놓았다.

"경찰이 이렇게 형편없을 줄은 몰랐어. 그야말로 복지부동이 몸에 밴 조직이야."

"경찰이 뭐래? 〈센징〉을 보여 주었어?"

"〈센징〉을 보더니 '잘 만든 게임이네요. 위험한 게임이 나왔다고 상부에 보고하겠습니다.'라고 하고는 끝이었어."

"이미 실종자와 자살자가 나왔다고 하지 그랬어?"

"물론 그 이야기를 했지. 그랬더니 '아, 그런가요? 상부에서 지시하는 대로 조처하겠습니다.'라고 하는 거야."

미야코가 책상 서랍에서 전병을 꺼내 먹기 시작했다. 스트레스를 받으면 무심결에 하는 행동이었다.

"구루미 짱을 데려가 직접 증언하도록 해볼까 생각했지만 나를 상대한 담당 형사의 태도를 보아하니 괜히 아까운 시간만 허비하는 건 아닌가 하는 회의감이 들었어. 경찰은 사건이 눈앞에서 벌어지지 않는 한 움직이지 않는다는 말이 사실인가 봐."

경찰에게서 흔히 볼 수 있는 모습이었다. 경찰은 자살 방지 대책 사업의 일환으로 지자체와 연대해 일을 하는 경우가 있는데 그럴 때 보면 지나치게 소극적이었다.

경찰이 사건을 외면하는 한 자체 조사를 이어갈 수밖에 없었다.

미야코가 말했다.

"〈은빛 나라〉의 위험성을 알리는 문서를 작성해 널리 유포시키는 게 좋겠어."

"경찰의 협조를 받지 못하는 상황에서 사건을 공개하는 것보다는 비밀리에 자체 조사를 해나가는 게 낫지 않을까?"

추가 끼어들었다.

"이미 자살 미션이 내려진 거나 다름없어. 폭탄이 터지기 전에 한 사람이라도 더 구해야 할 단계야. 안 그래, 미야코 쨩?"

미야코는 긍정도 부정도 하지 않고 입술을 깨물고 있었다. 추의 말에 동의하지만 대답하기 싫은 듯했다.

고스케가 갑자기 뭔가 생각난 듯 말했다.

"미야코, 예전에 나랑 같이 신주쿠 경찰서를 방문한 적이 있었지?"

"그래, 그때도 자살 게임 이야기를 전하러 갔다가 문전박대를 당했지."

그 당시 그들은 경찰서를 나와 근처의 패밀리레스토랑에서 점심 식사를 했었다. 창밖으로 니시신주쿠의 화려한 건물들이 하늘 높이 우뚝 솟아 있었다.

"구루미 짱이 안나에 대해 설명하면서 했던 말이 심상치 않아. 구루미 짱은 안나가 완벽한 가이드인데 딱 한 번 납득이 되지 않는 실수를 범했다고 했어. 안나는 굴뚝이 두 개 있는 집이 있고, 왼쪽 굴뚝 끝부분이 붉게 칠해져 있다고 말했어. 안나는 일부러 잘못된 정보를 말한 거야."

"안나가 무슨 의도로 그랬다고 생각해?"

"안나는 고의적으로 위치 정보를 흘린 거야."

고스케는 머리를 갸웃거리고 있는 추와 미야코를 번갈아 바라보았다.

"두 개의 굴뚝이 높이 솟아 있고, 끝이 붉다고 한 안나의 말에서 뭔가 연상되는 게 없어?"

고스케의 머릿속에서 떠오른 건 집중 호우 때 탔던 택시였다. 그당시 미야코는 분위기 파악을 못하는 택시기사에게 불만을 표했다.

"안나가 붉게 칠해져 있다고 말한 건 항공장애등이야."

"항공장애등?"

"항공장애등은 야간에 건물의 위치를 알리기 위해 붉은빛을 발산하지. 밤에 항공장애등을 보면 '굴뚝 끝이 붉게 칠해진 것'처럼 보이기도 해."

"붉은색 굴뚝과 항공장애등을 동일시하는 건 너무 억지스럽지 않아?"

"전혀 억지가 아니야. 도쿄에 굴뚝이 두 개 서 있는 집이 실제로 있어."

"굴뚝이 두 개라?"

추가 맞장구를 쳤다.

"그래, 있어."

완벽한 가이드인 안나가 유일하게 보인 빈틈은 자신이 있는 곳의 지리를 알리기 위한 트릭이 분명했다. 안나는 범인이 눈치채지 못하도록 구루미와 자연스러운 대화를 나누는 과정에서 자신의 위치가 어딘지 흘린 것이다.

고스케가 말했다.

"굴뚝이 두 개 있는 건물은 도쿄 도청이야."

*

고스케는 신주쿠대로에 있는 기노쿠니야 서점에서 도쿄를 한눈에 볼 수 있는 지도를 구입해와 책상 위에 펼쳤다.

"안나가 범인의 생각에 동조해 주체적으로 움직이고 있는지, 이 데이처럼 납치되어 어쩔 수 없이 협력하고 있는지 정확하게 알 수는 없어. 다만 안나는 〈은빛 나라〉에서 이용자와 보이스 채팅을 할 수 있는 유일한 존재야. 만약 범인의 감시 아래 있다면 안나는 하고 싶은 말을 자유롭게 털어놓을 수 없을 거야. 안나는 그런 악조건 속에서도 이용자에게 뭔가 실마리를 전하기 위해 고의적인 실수를 한 거야. 안나 자신이 납치되어 있는 위치를 알려 주기 위해."

이제야 납득이 된 듯 미야코가 고개를 끄덕이며 물었다.

"안나는 고의적으로 틀린 설명을 해서 자신이 감금되어 있는 곳의 위치를 알려 주려고 했다는 뜻이야?"

"바로 그거야. 안나가 감금되어 있는 장소에서 밖을 내다보면 도청의 제1청사가 보인다는 뜻이야. '굴뚝이 두 개 서 있는 집'이라면 제1청사가 유일하니까."

고스케는 지도에서 도청을 가리키며 말을 이었다.

"굴뚝 왼쪽 끝이 붉다는 건 안나가 있는 장소에서 도청이 보이고, 왼쪽 탑에 항공장애등이 설치돼 있다는 뜻이야. 도청의 항공장애등은 북탑, 그러니까 정면에서 보자면 오른쪽 탑에 설치돼 있어."

니시신주쿠 공원대로에서 서쪽이라면 하쓰다이와 나카노 지역이었다. 그러니까 범인은 일본을 대표하는 빌딩과 고유의 전통이 어우러진 거리 어디쯤엔가 있다고 봐야 했다.

추가 말했다.

"그래도 우리가 일일이 조사하고 다니기에는 너무 광범위한 구역이야. 최소한으로 좁힐 수 있다고 해도 이 지역을 다 돌기는 힘들지 않을까?"

고스케가 고개를 저으며 말했다.

"아니, 생각보다 그리 넓은 구역이 아니야. 게다가 우린 범인의 얼굴 그림을 확보하고 있잖아. 원숭이와 비슷하게 생긴 얼굴이라서 기억하는 사람이 많을지도 몰라."

추는 여전히 신중한 태도를 유지했다.

"조사하러 다닐 사람은 우리 셋밖에 없어. 셋이서는 아무래도 무리야."

"그렇다고 가만히 앉아서 기다릴 수는 없잖아."

"우리에게 주어진 시간은 많지 않아. 그 일대를 일일이 뒤지고 다니는 건 시간 낭비일 뿐이야. 미야코 짱, 안 그래?"

미야코는 전병을 입에 물고, 추를 바라보았다.

"미야코 짱, 고스케에게 이제 포기해야 할 때라고 말해줘."

"닥쳐."

미야코는 전병을 우적우적 씹으며 말을 이었다.

"난 고스케에게 한 표."

"뜻밖인데?"

"이번에는 고스케의 추리에 기대를 걸어도 괜찮을 것 같아. 범인이 그 지역에 숨어 있다면 찾아낼 수 있을 거야."

추가 황당하다는 표정을 지었다.

"미야코 짱은 원래 조사를 포기하자는 입장 아니었나?"

"난 자살 방지 상담센터 직원이야. 조사를 포기하다니? 난 그런 말 한 적 없어. 나 역시 고스케처럼 모두를 구하고 싶은 마음이야. 단지 종전까지 여건이 좋지 않다고 봤을 뿐이지. 일에 착수해보지도 않고 부정적으로 말하는 건 옳지 않아."

미야코가 화가 난다는 듯 전병을 빠른 속도로 씹었다.

추는 어이없다는 듯 입을 크게 벌리고 있었다.

"우리 셋이서 조사가 가능할까? 차라리 탐정이라도 고용해야 하지 않아?"

"탐정은 필요 없어."

미야코가 자기 자리로 돌아가더니 노트북에 뭔가를 입력하기 시작했다.

고스케가 자신의 노트북 화면을 들여다보니 〈레테〉의 채팅방인 〈엘릭서〉가 열려 있었다. 〈레테〉에서 가장 중요한 사안을 논의할 때 사용하는 방이었다.

미야코가 메시지를 입력했다.

"고스케, 〈레테〉에는 우리만 있는 게 아니야. 수많은 동료들이 있어."

미야코는 키보드를 계속 두드렸다.

'여러분에게 부탁하고 싶은 게 있어요. 급히 찾아야 할 인물이 있는데 혹시 시간을 내 도와주실 수 있을까요?'

미야코는 현실주의자였다. 어머니가 자살한 이후 현실주의자가 되지 않을 수 없었다. 막지 못한 자살은 아무리 애써도 막을 수 없다는 체념이 미야코의 마음 깊이 뿌리내려 있었다. 다만 미야코 역시 고스케처럼 자살자를 하나라도 더 구하고 싶다는 의지를 갖고 있었다.

고스케는 메시지를 송신하고 나서 기도하듯 손을 깍지 끼는 미야코의 모습을 묵묵히 바라보았다.

6. 고스케 10월 8일

고스케는 사무실에서 밤새 고발 문서를 작성했다.

〈은빛 나라〉라는 VR 게임에 서른 명 안팎의 이용자가 참가하고 있고, 범인이 다수의 게임 전문가들을 납치해 게임을 만든 것으로 추정되고 있다는 내용이었다. 무엇보다 범인이 〈은빛 나라〉 이용자들에게 자살 미션을 내릴 가능성이 크다는 걸 강조할 생각이었다. 문서를 요약해 음성 파일로도 만들 생각이었고, 설령 거절당하더라도 미오에게 다시 한번 협조를 구할 작정이었다.

문서는 최소 3일 이내로 공개하기로 했다. 3일 이내에 범인을 찾지 못할 경우 〈레테〉 사이트에서 고발 문서를 발표하고, 각종 미디어에 보도 자료를 뿌릴 계획이었다. 이마다의 〈기즈나〉, 다른 자살 방지 상담센터, 지자체에도 협조를 요청하기로 했다.

미야코의 연락을 받은 슈이치도 곧바로 사무실에 나왔다. 다른 상담원 여섯 명도 곧 사무실에 합류했다. 슈이치는 내일까지 〈레테〉의 모든 상담원들이 사무실로 모여들 거라고 장담했다.

고스케는 슈이치와 상담원들에게 저간의 사정을 설명했다.

지난 두 달 동안 줄곧 자살 게임에 대해 조사했고, 범인이 숨어 있을 것으로 예상되는 지역을 알아냈으니 수색 작업에 협조해 주길 바란다는 내용이었다. 범인이 다수의 게임 전문가들을 납치해 살해한 것으로 추정되는 만큼 위험에 대처할 안전 대책을 공유했다.

"우리는 대표님과 미야코 씨가 하는 말은 무엇이든 믿습니다. 다들 안 그래?"

슈이치의 말에 상담원들 모두가 일제히 고개를 끄덕였다. 슈이치가 곧바로 담당 구역을 나누어 주었다.

"니시신주쿠고초메역은 아사하라 군과 미사와 씨가 맡아 주세요. 기무라 씨는 예전 한 때 사사즈카에서 살았다고 하셨죠?"

"네, 그렇습니다."

"그럼 기무라 씨는 사사즈카 쪽을 맡아 주세요. 그 지역은 주택가가 많지 않으니 도청 주변도 함께 수색해주시면 좋을 듯합니다."

슈이치가 알아서 척척 수색 할당 지역을 나누고, 상담원들이 흔쾌히 받아들이는 모습을 보면서 고스케는 마음이 뿌듯했다.

*

고스케는 고발 문서 작성을 마치고 나서 눈두덩을 문질렀다. 어느새 창문으로 희뿌연 아침 햇살이 들이치고 있었다.

사무실 문이 열리더니 미야코가 안으로 들어왔다.

"밤을 새웠지? 그럴 거라 짐작했어. 아침밥을 사왔으니까 어서 먹어."

카레와 소고기덮밥 냄새가 코로 스며들었다. 어제 저녁부터 아무것도 먹지 못해서인지 금세 식욕이 동했다.

어젯밤 12시에 수색 작업에 투입된 슈이치로부터 아직 원숭이를 닮은 남자를 찾지 못했고, 현장에서 곧바로 철수하겠다는 보고가 들어왔다.

"상담원들이 어제 늦게까지 수고가 많았어."

"당신이 더 피곤할 텐데 어서 식사를 하고 나서 조금이나마 쉬어."

"〈은빛 나라〉에 들어가 동영상을 좀 더 녹화할 거야. 마침 안나가 없는 시간이라서."

구루미로부터 안나는 저녁부터 새벽까지만 〈은빛 나라〉에 접속한다는 말을 들었다.

미야코가 책상 위에 여행 팸플릿을 내려놓으며 말했다.

"이번 일이 끝나면 온천 여행이라도 다녀올까 봐. 일박에 5만 엔 정도 투자하면 근사한 휴식을 누릴 수 있어."

고스케는 놀란 표정으로 미야코의 얼굴을 보았다.

"당신은 여행을 그다지 좋아하지 않았잖아? 가족 여행도 귀찮아하지 않았어?"

"이제 바꾸고 싶어. 잠시 도쿄를 벗어나 푹 쉬고 싶기도 하고, 맛있는 음식을 먹고 싶기도 해. 이번 일이 끝나면 시도해보려고."

미야코가 여행 팸플릿 두 장을 고스케에게 건네주었다.

"하나는 하코네에 있는 온천인데 송이버섯에 최상품 흑우 요리를 먹을 수 있는 곳이래. 다른 팸플릿에 나온 아타미 온천은 항구 도시답게 신선한 해산물 재료를 사용해서 만든 프랑스 요리가 일품인가 봐."

"우리 둘만 가기보다는 당신 남편도 불러. 난 추를 부를 테니까."

"그럼 슈이치 씨도 불러야 하잖아. 슈이치 씨는 부자니까 찬조금을 풍성하게 낼지도 모르겠네."

"비용은 우리가 내야지."

두 사람은 얼굴을 마주 보며 웃었다.

미야코가 만들어온 카레가 정말 맛있었다.

"당신이 자살 게임에 대해 처음 말을 꺼냈을 때 나는 왜 믿지 못했을까? 나는 그때 당신이 히로유키 군에 대한 연민에 사로잡혀 정상적인 판단을 못하고 있다고 생각했어."

"당신이 잘못 본 건 아니야. 나에게 히로유키 군은 특별한 의미가 있는 존재였으니까. 그의 죽음을 받아들이기 힘들었어."

"난 어머니의 자살을 막지 못했어. 애초부터 자살 방지 상담센터 일을 시작할 자격이 없었는지도 몰라."

"갑자기 왜 자신 없는 말을 하고 그래? 여전히 막지 못할 자살은 아무리 애써도 막을 수 없다고 생각해?”

“어머니의 죽음을 막지 못한 것에 대한 변명이었나 봐.”

“슈이치 씨를 비롯한 상담원들을 봐. 그들은 당신을 전적으로 신뢰하고 따라.”

“모두들 좋은 동료라고 생각해. 좋은 사람들에게 폐를 끼칠 수야 없지.”

미야코는 〈레테〉로 다시 돌아오고 나서부터 자주 자기 자신을 책망했다.

“미야코, 잠깐 시점을 바꿔 볼까?”

“시점을 바꾸다니?”

“친구를 한 사람 떠올려 봐.”

미야코는 어리둥절한 표정을 짓다가 이내 고스케의 말을 따르기로 했다.

“떠올렸어.”

“친구의 직업은?”

“그래픽 디자이너.”

“어느 날 그 친구가 당신에게 고민을 털어났어. 상사가 받아들이기 힘든 디자인을 요구했어. 친구는 그런 디자인이 좋은 반응을 이끌어 내기 힘들다고 판단해 반대했지. 상사는 다른 사람에게 디자인을 의뢰했고, 좋은 성과를 거두었어. 자신감을 잃은 그 친구는 디자인 일을 계속해야 할지 고민이 많아. 당신이라면 그 친구에게 무슨 말을 해주고 싶어? '넌 그 일과 맞지 않아.'라고 할 거야?"

"그렇게는 말하지 않겠지."

"왜?"

"그런 일은 누구나 겪을 수 있잖아. 사람은 미래를 예측할 수 없기에 실패를 하는 거야. 그 디자인이 성공한 건 실력이 아니라 우연이었을 수도 있어."

"나 역시 자살 방지 상담센터 일에 대해 절대적인 자신감을 갖고 있지는 않아. 일은 예기치 않게 잘되는 경우도 있고, 잔뜩 기대했는데 실패하는 경우도 있어. 그럴 때마다 일희일비할 필요는 없다는 뜻이야."

고스케는 미야코에게 미소를 지어 보였다.

"사람은 자기 자신에게는 얼마든지 신랄한 충고를 해도 상관없어. 그 대신 친구를 심하게 질책하면 상대는 궁지에 몰리게 되고, 결과적으로 우정을 잃게 되지. 친구에게 하고 싶은 말을 나 자신에게 해 봐. 나 자신을 친구처럼 소중히 여기게 되면 모든 일이 잘 풀릴 거야."

미야코가 가슴에 손을 얹고 심호흡을 했다. 이제 눈에 띄게 차분한 표정이 되어 있었다.

"역시 〈레테〉의 대표님이야. 내가 금세 설득 당했잖아."

칭찬을 듣는 건 기뻤지만 미야코의 기분이 좋아진 건 그녀의 자기 치유력 덕분이었다. 물론 그녀가 자기 치유력을 끌어내도록 계기를 만들어준 것도 중요하긴 했다.

미야코가 커피를 뽑아오겠다며 밖으로 나갔다. 고스케는 잠깐이나마 눈을 붙일까 하다가 〈은빛 나라〉에 접속했다.

고글을 쓰고, 빛 속을 날아가는 영상이 흘러가고 나서 나타난 문을 열었다. 평소와 같은 집이었고, 은색 고양이가 심하게 아픈 듯 경련을 일으키고 있었다. 모든 게 CG일 뿐이라는 걸 알고 있었지만 마음이 아팠다.

그때 아름다운 여성의 목소리가 들려왔다.

"넛츠 님, 안녕. 오랜만이네요. 그동안 잘 지냈어요?"

돌아보니 거실 소파에 안나가 앉아 있었다.

"어디 아파요? 감기라도 앓고 있는 거예요?"

안나가 시선을 고정시키고 올려다보고 있었다.

〈은빛 나라〉는 정교하게 만들어진 VR 게임이었지만 현실과 전적으로 똑같지는 않았다. 안나의 표정이 왠지 뉘앙스 없이 밋밋해보였다.

"헤이즐이 경련을 심하게 하는데 왜 요즘은 만능약을 받으러 오지 않아요?"

만약 대답을 하게 되면 구루미가 아니라는 걸 들킬 수밖에 없었다.

"당신은 넛츠 님이 아니죠? 저는 〈은빛 나라〉의 이용자들을 모두 다 알아요. 넛츠 님은 헤이즐이 경련을 일으키면 가만있지 못하고,

만능약을 얻기 위해 절벽에서 뛰어내리는 미션을 수행하죠. 커터 칼로 발등을 긋기도 하고요. 넛츠 님은 착하고 섬세해요. 당신과는 전혀 달라요."

이왕 구루미가 아니라는 걸 들켰으니 차라리 안나와 터놓고 이야기를 나누는 편이 더 나을 수도 있겠다는 생각이 들었다.

"당신 말대로 나는 넛츠가 아니라 다미야 고스케라는 사람입니다. 〈레테〉라고, 자살 방지 상담센터 대표를 맡고 있어요."

"〈레테〉? 자살 방지 상담센터?"

안나는 의외라는 듯 중얼거렸다. 구루미 대신 로그인한 사람이 부모이거나 친척이라고 생각했을지도 모른다.

"당신은 누구죠? 안나가 실명은 아닐 텐데요?"

"인터넷 세계에서는 밝히고 싶은 이름이 실명이죠."

"원숭이를 닮은 남자가 이 대화를 엿듣고 있겠군요."

안나는 잠시 말이 없다가 질문에 답했다.

"이 대화를 엿듣는 사람이 있는 건 맞아요."

현실의 대화라면 얼굴 표정이나 목소리의 뉘앙스로 어느 정도 상대의 심리를 파악할 수 있을 텐데 VR이라 불가능했다.

"그런데 원숭이를 닮은 남자라니, 무슨 말이죠?"

"이 VR 공간에 아르테미스라고 불리는 인물이 있을 텐데요?"

"네, 아르테미스 님은 존재해요. 〈은빛 나라〉의 '전하'로 통하죠."

"당신은 그에게 납치되었죠? 아닌가요?"

잠시 대답이 없었다.

"당신은 지금 어디에 있죠?"

고스케는 그녀가 납치된 피해자라고 전제하고, 현재 상황을 타개할 대책을 한 가지 생각해 냈다.

범인과 안나를 분리시켜야 한다는 것이었다.

안나는 가이드 역할을 하는 동안 은밀히 자신이 납치되어 있는 위치를 알려 주었다. 만약 범인이 그 사실을 알게 된다면 중대한 배신행위로 여길 것이다. 만약 범인이 보이스 채팅을 감시하고 있다면 그 사실을 폭로해 두 사람을 갈라치기 할 필요가 있었다. 안나가 〈은빛 나라〉에서 사라지게 되면 자살 미션을 전달할 사람이 없어지게 되고, 잠시나마 시간을 벌 수 있을 것이라는 결론이 나왔다.

"안나 님, 당신은 지금 신주쿠 서쪽에 갇혀 있죠? 도청 청사가 보이는 곳에 갇혀 있다는 걸 이용자에게 몰래 알렸죠?"

안나와 범인을 찢어놓으려면 반드시 필요한 말이었다.

"안나님, 당신이 현재 부조리한 환경에 놓여 있다는 걸 알아요. 우리가 반드시 도우러 갈 겁니다. 그때까지 부디 살아 있길 바랍니다."

아무런 반응이 없었다. 원숭이 얼굴 남자에게 이미 보이스 채팅 마이크를 빼앗겼을 수도 있었다. 볼펜으로 책상을 두들기는 듯 귀에 거슬리는 소리가 들려왔다.

"당장 자살 게임을 중단하라고 재촉하지는 않을게요. 범인의 감시

아래 놓여 있는 당신에게 그런 것까지 요구할 수야 없겠죠. 혹시 자율 훈련법이 뭔지 알아요? 자율신경을 정비하고 깊은 수면을 취하기 위한 방법이죠. 어디서든 할 수 있어요."

갑자기 안나의 모습이 화면에서 사라졌다.

"안나 님!"

범인이 강제로 접속을 차단시켰을까?

범인은 아직 보이스 채팅 마이크를 끄지 않았을 것이다. 안나를 범인에게 고발하고, 그녀를 자살 게임에서 배제시키는 게 옳을까? 만약 그럴 경우 안나의 목숨이 위태로워질 수도 있었다.

갑자기 어디선가 장엄한 종소리가 들려왔다.

미션이다.

고스케는 미션 내용을 확인하기 위해 밖으로 나갔다.

경치가 종전과는 완전히 달라져 있었다. 붉은색과 보라색이 소용돌이치던 하늘은 온통 검은색으로 변해 있었다. 하늘에는 칠흑 같은 어둠이 펼쳐져 있었고, 달과 별의 자취를 전혀 찾아볼 수 없었다.

어둠 속에서 도로와 집들만이 불을 밝히고 있었다. 거리에서 짙은 허무의 분위기가 풍겨왔다.

어두운 하늘에 글자가 새겨졌다.

'중대한 발표가 있다. 다들 짐의 저택으로 모여라.'

집집마다 문이 활짝 열리더니 아바타들이 도로로 쏟아져 나왔다. 얼추 세어 보니 20명쯤 되었다. 아바타들이 아르테미스의 저택을 향해 걸어가기 시작했다. 고스케도 그 행렬에 섞여 저택을 향해 걸어갔다. 전에는 닫혀 있던 저택의 문이 활짝 열려 있었다. 아바타들이 열을 지어 저택 안쪽으로 빨려들어 갔다.

저택 안은 교회의 예배당 같은 홀로 되어 있었다. 커다란 레이스 천이 제단을 가로막고 있었고, 그 안쪽에 작은 그림자가 보였다.

저 그림자가 아르테미스일까?

그림자 바로 앞에 안나가 서 있었다. 은색 드레스로 몸을 감싼 안나는 그림자를 향해 한쪽 무릎을 꿇고 있었다. 다른 아바타들도 홀로 들어서자마자 안나와 똑같은 자세를 취했다.

이용자들에게 무릎을 꿇게 하는 건 아르테미스의 권위를 높이기 위한 행위였다. 아르테미스가 미션을 내리면 무조건 수행하도록 만들기 위해.

허공에 은색 글자가 새겨졌다.

'짐은 여러분에게 사과하고 싶다. 적은 강력한 공세를 취하고 있다. 짐은 사력을 다해 저항하고 있지만 저들의 공격을 막아낼 수 없었다. 우리가 사라져야 할 운명이 밀어닥치고 있다.'

우리의 운명이 다했다고?

설마.

'짐은 내일까지 잠을 이루지 않고 계속 기도에 열중할 것이다. 여러분들은 피를 바치고 짐과 함께 계속 기도해 주길 바란다. 저들의 공격을 막아내지 못하면 〈은빛 나라〉는 종말을 고할 수밖에 없다. 내일 오후 6시에 달이 뜰 것이다. 저주가 풀리지 않고 녹아내린 달이 떠오르면 짐은 그 책임을 온몸에 지고 죽을 작정이다. 여러분은 〈은빛 나라〉를 떠나 일상으로 돌아가기 바란다. 안타까운 일이지만 짐이 여러분에게 바라는 마지막 요청이다.'

안나가 자리에서 일어나 말했다.

"다들 들으셨나요?"

어느새 가림막 안쪽의 그림자는 사라지고 없었다. 하늘에서 목소리가 내려오듯 안나의 목소리가 홀 전체에 울려 퍼졌다.

"적과의 싸움은 치열하기 그지없었고, 아르테미스 님은 〈은빛 나라〉를 지키기 위해 최선을 다해 싸웠습니다. 저는 내일까지 잠을 자지 않고 계속 기도를 올릴 생각입니다. 여러분도 부디 저와 함께 기도에 참가해 주시기 바랍니다."

허공에서 하트 마크가 날아다녔다.

"여러분, 대단히 감사합니다."

안나의 목소리가 감격한 듯 울먹임으로 변했다.

"저는 늘 여러분의 고백을 들어 주었습니다. 이제 마지막으로 제 이야기를 여러분에게 들려드릴까 합니다."

안나가 깊이 숨을 들이마시는 소리가 들려왔다.

"저는 늘 타인에게 도움이 되었으면 좋겠다는 마음가짐으로 살아 왔습니다. 어린 시절부터 살아가기 힘든 사람들을 돕고 싶고, 죽고 싶다고 하소연하는 사람들의 이야기를 들어 주고 싶었습니다. 이 세 상에는 그런 일이 많지 않았습니다. 저는 겨우 취직한 회사에서 직장 상사로부터 극심한 괴롭힘을 당했고, 그 결과 정신적으로 몹시 피폐 해졌습니다. 살아 있는 것에 대해 아무런 의미를 느끼지 못하고 괴로 워 할 때 아르테미스 님을 만나게 되었습니다."

안나의 말은 거짓말일 가능성이 컸지만 자기도 모르게 믿고 싶어 질 만큼 호소력이 있었다.

"여러분의 짐작과 달리 아르테미스 님은 몹시 병약한 분입니다. 아르테미스 님은 인생의 모든 걸 걸고 〈은빛 나라〉를 만들었습니다. 저는 아르테미스 님을 돕겠다고 결심했습니다."

아바타들이 꼼짝도 하지 않고 안나의 말을 경청하고 있었다.

"여러분들도 모두 기억하다시피 〈은빛 나라〉는 그야말로 아름다 운 곳이었습니다. 원하는 걸 모두 이룰 수 있는 곳이었습니다. 저는 〈은화의 집회〉에서 여러분들이 털어놓는 이야기를 들었습니다. 현 실 세계가 얼마나 힘들고 가혹한 곳인지 새삼 느껴 알 수 있었습니 다. 그 반면 〈은빛 나라〉는 행복이 가득한 곳이었습니다. 저는 이 아름다운 곳에서 여러분의 힘이 되어줄 수 있다는 것에 커다란 행복 감을 느꼈습니다."

아바타들이 박수를 치며 하트를 날려 보냈다.

"〈은빛 나라〉가 사라지게 되면 저도 아르테미스 님을 따라 죽음의 길을 택할 생각입니다."

갑자기 박수 소리가 멎었다.

"〈은빛 나라〉가 사라지면 저의 삶은 아무런 의미가 없으니까요. 방금 한 말은 아르테미스 님의 의사와 상관없이 제가 여러분에게 드리는 제안입니다. 얼마 전, 높은 건물 위에 올라가 사진을 찍은 적이 있을 겁니다. 저는 〈은빛 나라〉가 사라진 세상에서 살아가느니 차라리 높은 건물에서 뛰어내리는 길을 선택하겠습니다. 여러분은 어떻게 하시렵니까?"

시간의 흐름이 멈춘 게 아닐까 여겨질 만큼 한동안 무거운 침묵이 흘렀다.

안나가 다시 흥분된 목소리로 연설을 이어갔다.

"우리가 다 함께 죽는다면 〈은빛 나라〉에서 재회할 수 있습니다. 여긴 VR 공간일 뿐이지만 우주 어딘가에 〈은빛 나라〉가 실제로 존재한다고 믿습니다. 따스하고 아름다운 마음을 가진 사람들이 영원한 평화와 기쁨을 누리는 곳, 우리 모두가 한마음이 된다면 〈은빛 나라〉에 갈 수 있습니다."

안나는 사람들을 선동하기 위해 팔을 벌렸다.

"다 함께 기도해 주세요. 아르테미스 님이 적을 격퇴하고 〈은빛 나라〉를 원래대로 돌려놓을 겁니다. 다만 〈은빛 나라〉를 원래대로 되돌려놓는 것에 실패한다면 우리 모두 손에 손을 잡고 영원한 안식을 누릴 장소로 떠나지 않으렵니까?"

안나의 자태가 빛처럼 환하게 빛났다.

"VR 공간의 〈은빛 나라〉가 아니라 우주 어딘가에 존재하는 〈은빛 나라〉로 다 함께 떠나지 않으렵니까?"

폭죽 같은 박수가 터져 나왔다. 아바타들이 다 함께 박수를 치고 있었다. 박수 소리가 홀을 가득 메우고, 높은 천장에서 메아리가 되어 내려왔다. 하늘에서 축복이 쏟아지듯이.

고스케는 그 모습을 바라보고 있는 동안 전율을 느꼈다. 이 자리에 있는 대부분의 아바타들이 안나와 함께 죽음의 길로 나서고자 하고 있었다.

안나가 멈추지 않는 함성과 박수 소리가 울려퍼지는 가운데 고개를 깊이 숙여 감사를 표했다.

"감사합니다."

안나의 목소리가 눈물에 젖어 있었다.

고스케는 〈센징〉을 벗고 전원을 껐다.

자살 미션이 발령되었다. 내일 〈은빛 나라〉의 이용자들 모두가 집단 자살을 결행하게 될 수도 있었다.

다행히 안나의 연설을 녹화해두었다. 안나의 연설을 편집해 공개하면 자살 게임이 얼마나 위험한지 널리 알릴 수 있을 듯했다.

고스케는 추에게 전화를 걸었다.

"추, 자살 미션이 발령됐어."

"벌써 집단 자살 사태가 벌어진 거야?"

고스케는 추에게 내일 저녁 6시에 집단 자살을 하자는 미션이 내려졌고, 오늘 하루밖에 막을 수 있는 시간이 없다는 사실을 알렸다.

추는 깊은 충격을 받은 듯 한동안 말이 없었다.

"추, 혹시 구루미 짱을 설득해 〈은빛 나라〉에 로그인하게 만들 수 있을까?"

"무슨 소리야?"

"구루미 짱이 〈은빛 나라〉에 접속해 안나를 설득해보는 건 어떨까 해서."

"말도 안 돼, 안나는 범인에게 감금당해 있는 형편이야. 구루미 짱의 설득을 받아들일 리 없어."

"안나가 마음을 돌릴 거라고 생각하지는 않아. 다만 시간을 조금이나마 늦출 수 있지는 않을까 해서 그래. 구루미 짱에게 이야기를 해 봐."

추는 입을 꾹 다물고 있었다. 과연 설득이 가능할지 의문스러워하는 눈치였다.

"가능한 한 모든 방법을 동원해보고자 하는 거야. 우선 도마루 씨가 오케이하지 않으면 안 되겠지. 오늘 중으로 도마루 씨와 구루미 짱에게 급박한 사정을 설명하고 도와줄 수 있는지 의사를 물어봐 줘."

"그래, 알았어. 꼭 물어볼게."

"고마워."

고스케는 고발 문서를 완성하기 위해 컴퓨터 앞에 앉았다. 바로 그때 미야코가 휴대폰을 손에 들고 사무실로 들어섰다. 방금 전에 밖에서 누군가와 통화를 한 듯했다.

"드디어 찾아냈어."

"정말?"

"슈이치 씨가 원숭이를 닮은 남자가 있는 곳을 알아냈나 봐."

미야코가 휴대폰 화면을 보여 주었다.

커다란 주차 공간이 딸린 단독주택이 화면에 나와 있었다.

7. 고스케 10월 8일

고스케는 나카노사카우에의 카페에 와 있었다. 슈이치가 테이블에 펼쳐놓은 지도의 한 지점을 가리켰다.

"원숭이 남자의 집이 있는 장소가 바로 여기입니다."

슈이치 옆에는 상담원 세 명이 함께하고 있었다. 어제도 밤늦도록 수고했는데 오늘도 이른 아침에 모여 수색 작업을 펼쳤다고 했다.

건물을 자세히 보니 콘크리트를 그대로 드러낸 외형이었다. 현관 옆에 차고가 있었고, 셔터가 굳게 내려져 있었다. 차고가 일층을 거의 다 차지하고 있었고, 이층을 주거 공간으로 사용하고 있는 듯했다.

"문패에 다카하시라는 이름이 적혀 있네요?"

"다카하시는 범인의 이름이 아닙니다."

"무슨 뜻이죠?"

"다카하시 다쿠로라는 사람이 아버지와 함께 이 집에서 살고 있었나 봐요. 10년 전, 아버지가 돌아가시고 나서 집이 현재 상태로 개축되었다고 하더군요. 3년쯤 전부터는 원숭이를 닮은 남자가 이 집에서 살기 시작했답니다."

"다카하시는 어디로 갔는지 모르고요?"

"원숭이를 닮은 남자는 이웃 사람들에게 다카하시 씨가 지방으로 이사하게 되어 자신이 임대해 쓰고 있다고 했답니다. 그 남자와 딱히 친하게 지내는 사람도 없고, 이름이나 정체도 알려지지 않았지만 가끔 얼굴이 마주치면 서로 인사를 주고받았답니다. 사실 도시에서의 이웃 관계라는 게 그 정도면 충분하죠. 이 사진이 집 앞에서 찍은 도청 청사입니다."

슈이치가 두 개의 탑이 보이는 도청 청사 사진을 보여 주었다. 역시 항공장애등이 왼쪽에 있었다.

범인이 이 집을 아지트로 선택한 이유를 알 수 있을 것 같았다. 도쿄는 사람이 많은 도시였다. 대개 많은 사람을 납치하려면 인구밀도가 높은 도시를 선호하지 않았다. 다만 이 건물은 차고의 셔터를 내리면 안쪽이 전혀 보이지 않았다. 차로 사람을 납치하자마자 차고의 셔터를 내려버리면 안에서 어떤 일이 벌어지는지 아무도 알 수 없게 되어 있었다. 차고 안으로 데리고 들어갈 수만 있다면 모든 환경이 범인에게 유리하게 작용할 수밖에 없었다.

"아마도 범인은 다카하시 씨와 전혀 관계가 없을 겁니다. 사람을 납치하기에 적당한 건물을 발견하자 주인을 살해하고 탈취했을 가능성이 큽니다."

미야코는 보기 드물게 겁먹은 표정을 짓고 있었다.

고스케가 말했다.

"비로소 여기까지 왔네. 이제 끝을 봐야지."

고스케와 미야코는 서로의 눈을 바라보며 고개를 끄덕였다.

나카노사카우에는 역 주변이라 현대식 건물들이 줄지어 늘어서 있었지만 대로에서 조금만 안쪽으로 들어가면 지난날의 분위기를 풍겼다. 밀집된 주택들 사이를 지나쳐 10분 정도 더 걸어가면 차고가 있는 집이 나왔다.

슈이치와 아사하라가 조를 이뤄 함께 움직이고 있었다. 미야코 일행은 카페에서 대기하고 있었고, 추에게도 메시지를 남겼는데 아직 연락이 없었다. 격투기를 배운 추가 동행해준다면 더없이 좋을 텐데 어쩔 도리가 없었다.

납치와 살인을 수없이 저지른 범인을 일반인들이 상대하는 건 무리였기에 경찰을 끌어들이기 위한 작전을 미리 세워 두었다.

"원숭이를 닮은 남자에게 얻어맞은 걸로 하는 게 좋겠어요."

상담원인 아사하라가 그럴싸한 계획을 제시했다.

고스케가 파출소를 찾아가 차고 집 앞에서 원숭이를 닮은 남자에게 얻어맞았다고 호소한다. 경찰을 데리고 남자의 집을 찾아가 문을 열게 한다. 경찰과 함께 집 안으로 들어가 안나를 찾아낸다. 원숭이를 닮은 남자가 조사에 응하지 않거나 도망칠 경우 경찰은 몹시 수상하게 여겨 즉시 수사에 착수할 것이다.

다만 경찰을 끌어들이려면 고스케가 먼저 크게 다쳐야 했다.

아사하라가 머리를 긁적이고 나서 말했다.

"대표님, 정말 죄송합니다. 턱 같은 급소는 때리지 않을 테니까 아프더라도 제발 잘 참아 주세요."

2층 창문에는 커튼이 쳐져 있었고, 안에서는 아무런 소리도 들리지 않았다. 파출소에 가기 전 범인의 집을 확인해 두고 싶었다. 아무도 없는 집에 경찰을 데리고 가면 거짓말을 했다고 의심받을 게 뻔했다.

슈이치가 차고의 셔터 앞에 쭈그리고 앉아 볼을 땅바닥에 대다시피 하고 안을 살폈다.

"타이어가 보여요. 차가 안에 있다고 봐야죠."

"범인이 집에 있다는 뜻이군요."

슈이치가 몸을 일으키며 말했다.

"잠시 볼일을 보러 근처에 나갔을지도 모르죠. 만약 나갔더라도 멀리 가지 않았을 테니까 기다리다 보면 돌아오겠네요."

조용한 주택가라 새소리, 차들이 오가는 소리, 아이들이 떠드는 소리가 뚜렷이 들려왔다. 납치와 살인이 벌어진 곳이라고는 상상할 수 없을 만큼 조용하고 평화로운 동네였다.

"이제 주인을 불러 볼까요?"

슈이치의 말에 고스케가 고개를 끄덕였다. 아사하라가 전단지 한 장을 가방에서 꺼내 슈이치에게 건넸다. 인터넷에서 다운로드한 신흥종교 전단지로 방문 선교 활동을 가장할 심산이었다.

고스케는 가급적 어두운 곳으로 자리를 옮겼다. 안나에게 〈레테〉와 이름을 밝혔기 때문에 인터넷으로 검색해봤다면 얼굴이 알려졌을 수도 있기 때문이었다. 슈이치와 아사하라가 범인을 밖으로 불러내는 역할을 맡았다.

고스케는 슈이치와 눈짓을 주고받았다. 그도 많이 긴장한 듯했다. 조용한 주택가에 인터폰 소리가 울려 퍼졌다. 잠시 기다렸지만 아무런 응답이 없었다. 슈이치가 다시 한번 인터폰을 눌렀다.

2층 창문을 바라보았다. 커튼 안쪽에 누군가의 모습이 비치지 않을까 주시했지만 아무런 움직임이 없었다.

슈이치가 이번에는 문을 강하게 두드렸다.

"실례합니다. 잠시 이야기를 나눌 수 있을까요?"

역시 아무런 응답이 없었다.

슈이치가 포기한 듯 고개를 가로저으며 고스케가 있는 쪽으로 걸어왔다.

"외출했는지 아니면 집 안에 있으면서 없는 척하는지 알 수가 없어요."

"집 안에 있으면서 없는 척하는 거라면 골치 아픈데요. 범인이 집

안에 있다는 걸 확인해야 파출소에 가서 경찰을 데려올 수 있을 테니까요."

"다시 시도해 봐야겠어요. 잠이 깊이 들었을 수도 있으니까."

만약 집 안에 있으면서 없는 척하는 거라면 달리 방법이 없었다. 위험을 무릅쓰고 강제로 문을 여는 수밖에. 일단 다시 시도해보는 수밖에 없었다. 바로 그때 아시하라와 눈이 마주쳤다. 아시하라가 곤혹스러운 목소리로 말했다.

"문이 열려 있어요."

아시하라가 손잡이를 돌리자 문이 조금 열렸다.

슈이치가 눈빛으로 고스케의 의사를 물었다. 미리 시나리오 몇 가지를 상정해 두었는데 문이 저절로 열리는 경우는 미처 예상하지 못했다.

"문이 열려 있다는 건 범인이 집 안에 있다는 의미겠죠?"

"글쎄요. 현관문을 열어 두고 밖으로 나갔을지도 모르죠."

집 안으로 들어갔다가 범인과 마주치면 최악이었다. 범인은 많은 사람을 살해한 전력이 있는 인물이었다. 일반인 세 사람이 한꺼번에 달려들어도 큰 위험이 따를 게 뻔했다.

슈이치가 의견을 말했다.

"일단 물러났다가 한 시간 후에 다시 와서 인터폰을 누르고 상황을 지켜보도록 하는 게 낫지 않을까요?"

이시하라가 문손잡이를 돌리며 앞으로 잡아 당겼다. 그 순간 그가 코를 움켜쥐었다. 집 안에서 심하게 썩는 냄새가 밀려나왔고, 파리 떼가 윙윙거리며 날아다니는 모습이 보였다.

고스케도 엉겁결에 코를 틀어막았지만 지독한 악취가 후각을 마비시키는 듯했다.

"대표님!"

고스케는 아사히라가 소리치는 소리를 듣고 현관으로 달려갔다.

복도 안쪽에 사람이 쓰러져 있었다. 얼굴이 초록빛으로 변색되어 있는 걸 보면 그 사체가 끔찍한 악취의 진원지가 분명했다.

사체의 주인공은 원숭이를 닮은 남자였다.

8. 고스케 10월 8일

고스케가 나카노 경찰서에서 장시간 조사를 받고 밖으로 나왔을 때는 밤 9시가 넘어 있었다.

야스오카 형사가 차 문을 열어주며 말했다.

"협조해 주셔서 감사합니다."

뒷좌석에는 미야코가 앉아 있었고, 운전석에는 럭비 선수처럼 다부진 체격의 형사가 앉아 있었다.

"히가시신주쿠역으로 가면 되죠?"

"네, 이스트사이드 스퀘어 부근입니다."

"잘 알겠습니다."

야스오카 형사의 태도는 시종 우호적이었다. 그 반면 조사실에서 취조를 하던 형사는 마치 고스케가 범인인 양 고압적인 태도로 일관했다.

미야코가 물었다.

"그 집에서 죽어 있던 사람의 신원이 밝혀졌나요?"

운전석의 다부진 형사가 말했다.

"수사가 진행 중인 사안이라 답변해줄 수 없습니다. 양해바랍니다."

"수사 방침은 이해하지만 그 정도는 알려줄 수 있지 않나요?"

"죄송합니다. 지금은 불가하지만 곧 정보가 오픈되면 즉시 알려드리겠습니다."

나름 협조적인 분위기를 느꼈다. 공무원이라 규칙을 어길 수는 없을 테니까. 오히려 시민 입장에서 보자면 현장 재량이라며 함부로 규칙을 어기는 공무원이 더 무서운 법이었다.

경찰의 조사는 휴식 시간까지 포함해 일곱 시간 이상이 걸렸다. 경찰은 왜 그 집에 갔는지, 왜 주인 허락도 받지 않고 집 안으로 침입하려고 했는지 꼬치꼬치 캐물었다.

고스케는 그동안 조사해온 자살 게임에 대해 모두 털어놓을 수밖에 없었다.

"자살 게임? 말도 안 되는 주장 아닌가요?"

담당 형사는 자살 게임이라는 말을 듣고 코웃음을 쳤다. 그는 고스케의 동행자 가운데 일부가 신흥종교 전단지를 지참하고 있었기에 사이비 종교를 둘러싼 변사 사건으로 의심하고 있는 듯했다.

두 시간 정도 지나면서 흐름이 바뀌었다. 현장에서 다수의 시체가 더 발견되었기 때문이다. 정확하게 말하자면 시체가 아니라 사람의 유골이었다. 오래된 유골들이 옷장 안에 들어있던 종이 상자에서 발견되었다.

신원을 알 수 없는 유골들이 발견되었다면 중대한 사건이었다. 그 순간부터 취조실의 온도가 급격히 치솟았고, 고스케에 대한 태도도 달라졌다.

담당 형사는 자살 게임에 대해 꼬치꼬치 캐물으며 밤늦은 시간까지 고스케를 잡아두었다. 특별수사본부가 설치되면 앞으로 몇 번 더 참고인 조사를 받기 위해 경찰서에 출두해야 할 수도 있다고 했다.

범인은 감금해둔 상대를 위협하기 위해 유골을 남겨두었을 공산이 컸다. 납치 감금된 사람 입장에서 보자면 유골은 엄청난 공포감을 불러 일으켰을 것이다.

고스케가 미야코에게 물었다.

"변사체로 발견된 남자의 사인에 대해 들었어?"

"죽은 지 일주일쯤 됐고, 사인은 심근경색이래."

남자는 누군가에게 살해당한 게 아니라 병사했다는 뜻이었다.

야스오카 형사가 대화에 끼어들었다.

"아, 심근경색은 아닙니다. 심근증으로 보인다는 것뿐이죠. 현재 부검 중이고, 아직 정확한 사인이 나오지는 않았습니다."

야스오카 형사는 잘못된 정보가 유통될까 봐 겁이 났는지 곧바로 시정해 주었다.

〈레테〉의 상담자 가운데 하나가 확장성 심근증을 앓고 있었는데 돌연사에 대한 공포가 커 우울증을 앓았다. 부검이 끝나지도 않았는데 심근증이라고 추측하는 걸 보면 그 집에서 베타 블로커* 같은 약이 발견되었을 가능성이 있었다.

고스케는 미야코와 함께 흩어져 있던 정보를 정리하고 싶었다.

"3년 전, 범인은 다카하시 다쿠로의 집에 눈독을 들였어. 처음부터 다카하시를 알고 있었는지 차고가 마음에 들어 추후 만나러 갔는지는 알 수 없어. 어찌 되었든 범인은 그 집을 근거지로 삼기 위해 다카하시를 살해했어."

야스오카 형사는 둘의 대화에 끼어들지 않았지만 이야기에 귀를 기울이고 있었다.

"범인은 VR 게임을 제작하는 데 필요한 인재들을 납치해 감금해 두고 게임을 만드는 데 협조하게 했어. 범인은 심근증을 앓고 있었고, 일주일 전에 심부전증으로 사망했어."

"대체로 그런 흐름이었을 것 같아."

"아직 도무지 알 수 없는 게 있어. 도대체 안나는 어디로 사라진 걸까?"

안나는 그 집에서 홀연히 자취를 감추었다.

---

* Beta-Blocker 베타 차단제, 베타 억제제 등으로 불리며, 임상적으로 부정맥을 컨트롤하거나 2차적 심근경색을 예방하기 위해 사용되는 약

"범인은 일주일 전에 죽었어. 당신은 오늘 아침에 〈은빛 나라〉에 접속해 안나와 이야기를 나눈 적이 있지. 안나가 같은 집에 살았다면 범인이 죽었다는 사실을 모를 리 없어. 그럼 애초부터 안나는 범인에게 스스로 협조하는 관계였을까?"

"만약 공범 관계였다면 도청이 보인다는 힌트를 보내지 않았겠지."

그렇다면 결론은 하나였다.

"안나는 범인에게 납치된 초창기에는 협조를 강요당했지만 나중에는 동화되었다고 볼 수밖에 없어."

범인이 안나를 감금해 폐쇄적인 환경에 놓아두고 일에 가담하도록 유도하는 건 그리 어렵지 않았을 것이다.

"안나는 범인의 협박 때문이 아니라 본인의 의지로 자살 미션을 내리려고 했어. 안나가 자신이 납치당해있던 장소를 구루미에게 알려주었을 때는 그 정도로 세뇌되어 있지 않았겠지. 그 후 안나가 범인에게 협조할 수밖에 없었던 변곡점이 있었을 거야."

고스케는 백미러를 통해 야스오카 형사를 보았다.

"야스오카 형사님, 이미 조사 받을 때도 말씀드렸지만 범인에게는 협력자가 있었어요."

야스오카 형사가 관심 어린 눈빛을 보내왔다.

"범인의 협력자가 있었다면 근처 호텔이나 원룸 같은 곳에 머물고 있을 겁니다. 장거리 이동을 하면 사람들 눈에 띌 위험도 있고, 금전적인 문제도 발생할 수 있으니까요."

"인간은 그렇게까지 합리적으로 움직이지 않습니다."

야스오카 형사가 신중하게 말하고 나서 말을 이었다.

"안나라는 여자의 신원을 최대한 빨리 확보해야겠군요. 아직은 그
집에서 무슨 일이 벌어졌는지는 아무것도 모릅니다. 고스케 씨와 미
야코 씨의 이야기는 지나치게 추상적이고 거창해서 선뜻 받아들이기
쉽지 않습니다. 제 개인적으로는 무척이나 흥미롭긴 하지만요."

야스오카 형사는 자살 게임에 대해 귀 기울여 들어 주었다. 그는
〈푸른 고래〉 사건에 대해서도 알고 있었고, 위험성이 얼마나 큰지에
대해서도 인식하고 있었다. 〈레테〉 사무실에 자살 게임이 존재했다
는 증거가 있다고 했더니 꼭 보고 싶다고 했다.

고스케가 말했다.

"〈레테〉 사무실에 가면 안나와 대화를 나눈 녹화 영상이 있습니
다. 〈은빛 나라〉에 접속하면 안나와 직접 이야기를 나눌 기회가 또
다시 주어질지도 모르겠네요. 안나가 범인의 사체가 발견된 걸 알면
우리의 설득을 받아들일 수도 있습니다."

"저도 안나라는 여자와 이야기를 나누어보고 싶네요. 자살 게임이
실재한다는 자료 화면이나 녹화 영상이 있다면 경찰 윗선을 설득할
때 결정적인 무기가 될 수 있습니다."

고스케는 갑자기 커다란 희망이 생겼다. 경찰이 같은 편이 되어
준다면 안나를 찾아낼 수 있을지도 모른다. 다부진 체격의 형사가 〈레

테〉 부근의 코인 주차장에 차를 세웠다.

주상복합 건물로 들어선 네 사람은 다 함께 엘리베이터에 올랐다. 야스오카 형사와 운전하던 형사는 잔뜩 긴장한 듯 입을 꾹 다물고 있었다.

일행은 3층에서 엘리베이터를 내렸다. 고스케는 사무실 문 앞으로 걸어가 열쇠를 꽂아 넣었다.

"어라?"

이상한 감촉이 느껴졌다.

열쇠가 잘 들어가지 않고 뭔가에 막힌 느낌이 들었다. 힘을 주어 집어넣고 열쇠를 돌려보려고 했지만 잘 되지 않았다.

"문이 열려 있는 건가?"

오전에 사무실을 나설 때 틀림없이 문을 잠갔던 기억이 났다.

조심스럽게 문을 연 고스케는 하마터면 비명을 지를 뻔했다.

책상 위에 놓아둔 〈센징〉이 어디론가 사라지고 없었다.

"도난 신고를 하실 거면 신주쿠 6번지 파출소에 하세요."

야스오카 형사는 신빙성 없는 정보에 휘둘렸다고 생각한 듯 시니컬한 태도를 보였다.

〈센징〉, 노트북, 백업용 USB 메모리까지 몽땅 사라졌다.

미야코가 어이없어 하며 말했다.

"안나가 저지른 짓이 분명해."

고스케가 고개를 끄덕이며 미야코의 말을 받았다.

"안나는 내가 〈레테〉의 대표라는 걸 알고 있었어. 안나는 〈센징〉이 경찰의 손에 넘어가는 걸 막기 위해 빈집털이를 한 거야."

미야코가 중얼거렸다.

"그렇다면 뭔가 이상하지 않아? 안나는 왜 직접 사무실에까지 와서 도둑질을 했을까? 경찰에 〈센징〉을 넘겨주기 싫었다면 원격 조작으로 지워버리면 그만이었을 텐데."

"원격 조작 방법을 몰라 사무실에 숨어들 수밖에 없었을지도 몰라."

"어떻게 사무실 자물쇠를 따고 안으로 들어올 수 있었을까? 안나는 범인에게 감금되어 있었고, 빨라야 일주일 전쯤 풀려났다고 봐야해. 열쇠 따는 법을 배울 시간적 여유가 없었을 거야."

"원래 열쇠 따기 기술을 보유하고 있었을지도 모르지."

미야코가 한숨을 쉬고 나서 중얼거렸다.

"아무튼 애쓴 보람도 없이 최악의 결과를 낳고 말았어."

노트북과 USB 메모리를 도난당한 게 〈센징〉 이상으로 뼈아팠다. 그 안에는 〈은빛 나라〉를 고발하기 위해 작성한 문서와 〈은빛 나라〉를 녹화한 영상 데이터가 들어있었다.

미야코가 텀블러에 맥주를 따르며 말했다.

"이젠 어쩔 수 없잖아. 시원한 맥주를 쭉 들이켜고 이만 쉬어. 고발 문서는 내가 다시 작성해놓을게."

"그럴 수야 없지. 당신이야말로 어서 집에 들어가 쉬어."

"분하지만 우리가 졌어. 내가 늘 자조적으로 해오던 말이 있잖아.

빌어먹을! '막지 못할 자살은 아무리 애써도 막을 수 없다.'라는 말이 지금 이 상황에 너무나 잘 들어맞네. 당신은 어젯밤에 한숨도 못 잤잖아. 내가 문서를 작성할 테니까 오늘은 조금이나마 눈을 붙여둬."

"그래, 알았어. 고마워. 다만 이 맥주는 당신이 마시는 게 좋겠어."

고스케는 맥주가 가득 든 텀블러를 미야코가 있는 쪽으로 밀어 놓았다. 어찌나 피곤한지 술을 마시지 않아도 몸을 눕히기 무섭게 잠이 들 수 있을 것 같았다.

"그냥 사무실에서 잘게. 지금은 집에까지 갈 힘이 없어."

"알았어. 그럼 사무실에서 자. 난 집으로 돌아가서 문서를 마무리해 올 테니까."

미야코는 맥주가 든 텀블러를 들고 싱크대로 향했다.

"내일 아침에 갈아입을 옷을 사올게. 한숨 자고 나서 가부키초의 사우나에라도 다녀와."

고스케는 이내 잠에 빠져드는 바람에 미야코가 한 말을 마저 듣지 못했다.

*

고스케는 잠시 꿈을 꾸었다. 해변 절벽 끝에 키 큰 남자가 서 있었다.

"히로유키 군?"

고스케는 말을 건넸지만 히로유키는 미처 못 들은 듯 바다를 내려다보고 서 있었다.

파도 소리를 배경으로 히로유키의 목소리가 들려왔다.

"나는 아무것도 할 수 없어. 아무런 힘도 없어."

히로유키 군의 말은 자기 자신에게 하는 말인가? 아니면 나에게 하는 말인가?

히로유키가 뒤를 돌아보았다. 그의 얼굴이 피카소의 인물화처럼 왜곡되어 있었다.

"고스케, 넌 쓰레기야."

'일그러진 얼굴'의 히로유키가 그 말을 내뱉고 나서 절벽 아래로 몸을 던졌다.

"안 돼!"

미처 말릴 새도 없이 히로유키의 몸은 순식간에 아래로 추락했다.

멀리 절벽 아래 바다에서 풍덩 하는 소리가 들린 순간 고스케는 깊은 어둠 속으로 빠져들었고, 더 이상 꿈을 꾸지 않았다.

9. 고스케 10월 9일

다음 날 아침, 미야코는 고발 문서를 작성해 웹사이트에 올렸다.

나카노사카우에에서 원숭이를 닮은 남자의 사체와 신원 미상의 유골이 발견된 사건의 진상, 자살 게임이 현재 진행형이라는 사실, 신원을 밝힐 수는 없지만 이미 자살 게임의 희생자가 한 명 더 존재한다는 것에 대해 자세히 기록했다.

문서를 접한 사람들이 자살 게임을 화제로 열띤 토론을 벌여주길 기대했지만 반응이 미미했다. 살인 사건을 단체의 목적을 위해 함부로 도용해서는 안 된다는 점잖은 충고도 있었다. 〈레테〉 같은 자살 방지 상담센터에서 자살 게임 문제를 제기해 오히려 기분이 나쁘다는 의견도 더러 있었다. 미디어에서 사건의 진상을 파헤치고 싶다는 취재 요청은 전혀 없었다.

미야코는 크게 낙담했다.

"정말 쉽지가 않네."

경찰은 수수께끼의 남자가 집주인을 살해하고, 그 집을 차지하고 살았던 사건으로 결론을 내리고 수사를 서둘러 종결할 움직임을 보이고 있었다.

죽은 남자가 자살 게임을 만든 범인이었고, 그에게 납치되었던 한 여성이 자살 게임을 물려받았다는 주장은 전혀 설득력이 없어 아무도 믿으려고 하지 않았다. 〈센징〉과 더불어 안나가 연설을 하는 녹화 영상이 있었다면 분위기는 사뭇 달랐겠지만 아무리 아쉬워해 봐야 소용없는 일이었다.

미야코가 말했다.

"힘든 상황이지만 포기하지 말고 계속 호소해 보는 수밖에 없겠어. 트위터나 페이스북 같은 SNS에도 자살 게임이 실제로 존재하고 있다는 걸 집요하게 알리는 거야. 혹시 〈은빛 나라〉 이용자 본인이나 그 가족에게 전달될 경우 예기치 않은 반전을 기대할 수도 있으니까."

"이마다 대표를 비롯한 우리 업계 사람들에게도 자살 게임의 위험성을 지적하는 성명을 발표해 달라고 했어. 자살 방지 상담센터 대표들이 공동 성명을 발표하면 분위기가 크게 달라질 수도 있어."

고스케는 컴퓨터를 켰다. 넓은 바다에 돌멩이를 던지는 정도의 미미한 효과를 기대할 수밖에 없을지라도 가만히 앉아있는 것보다는 나을 거라는 생각이 들었다.

고스케는 자살 게임의 위험성을 경고하는 글을 여기저기에 남겼다. 미야코가 자살 방지 상담센터 대표들이 공동 성명을 발표하기로 약속했다는 소식을 전해 주었다.

그때 고스케의 휴대폰으로 전화가 걸려 왔다.

"잘 지내세요?"

도마루의 목소리가 잔뜩 긴장해 있었다.

"인터넷에 실린 글을 보셨나요?"

"자살 명령이 내려졌습니까?"

"네, 오늘 저녁 6시에 자살하라는 미션이 내려졌습니다. 자살 방지 상담센터 대표들이 한자리에 모여 공동 성명을 발표할 예정입니다. 조금이라도 피해를 줄이기 위해 자살 미션에 대한 경고를 여기저기에 전하고 있습니다."

"구루미가 대표님과 이야기하고 싶은 게 있다는데 가능할까요?"

"가능하다마다요."

곧이어 구루미의 목소리가 들려왔다.

"오늘, 대표님이 작성한 글을 봤어요."

죽음의 늪에 빠져 있던 구루미가 이제는 다른 이용자들을 걱정해 줄 정도로 회복된 것에 안도했다.

"긴히 말씀드릴 게 있는데 만나 뵐 수 있을까요? 여러모로 바쁘실 텐데 제가 신주쿠로 갈게요."

"나야 상관없지만 구루미 짱의 몸 상태가 괜찮은지 걱정이네요."

"아빠와 동행할 거예요. 〈은빛 나라〉에도 들어가 보고 싶어요."

그 순간 구루미의 증상이 다시 도졌을까 봐 가슴이 철렁 내려앉았지만 곧바로 아닐 거라는 생각이 들었다.

"안나 님과 직접 이야기를 나누어보고 싶어요. 제가 안나 님을 설득할 수 있게 해 주세요."

안나가 구루미의 말에 귀를 기울여줄 것 같지 않았다. 게다가 지금은 〈센징〉이 없어 〈은빛 나라〉에 접속할 수도 없었다.

"유감이지만 지금은 〈센징〉을 갖고 있지 않아요."

"경찰서에 증거 자료로 제출했나요?"

"그게 아니라 어제 사무실에 도둑이 들었어요. 〈은빛 나라〉와 관련된 모든 기기와 자료를 몽땅 도둑맞았어요. 모르긴 해도 안나가 저지른 짓일 가능성이 커요."

구루미는 할 말을 잃은 듯했다. 나름 커다란 용기를 냈을 텐데 소용없이 되어버린 게 미안했다.

"구루미 짱의 마음은 고맙게 받아들일게요. 자살 게임 문제는 우리에게 맡겨 주세요. 최선을 다해 막아볼 테니까요."

"힘이 되어 드리지 못해 죄송합니다. 또 뭔가 생각나면 다시 연락드릴게요."

"구루미 짱, 정말 고마워요."

대답을 하고 보니 구루미가 방금 전에 했던 말이 마음에 걸렸다.

'또 뭔가 생각나면?'

"구루미 짱이 방금 전에 '또 뭔가 생각나면.'이라고 했잖아요. 그 말을 혼자 생각해낸 건가요?"

"네, 그런데요."

"혹시 추가 그러라고 시킨 게 아닌가요?"

"추 아저씨가 시킨 건 아닌데요."

뭔가 이상했다. 구루미에게 부탁해 안나를 설득하게 해달라고 한 건 분명 고스케가 추에게 한 말이었다.

"잠시 도마루 씨를 바꿔 주시겠어요?"

구루미도 뭔가 이상하다고 생각한 듯 곧바로 도마루를 바꿔 주었다.

"어제 추를 만나 뭔가 의논하지 않았나요? 구루미 짱이 〈은빛 나라〉에 접속해 안나를 설득해 주었으면 한다는 내용으로요."

"그런 말은 전혀 못 들었는데요."

"대단히 민감한 내용이라 도마루 씨에게 반드시 사전 승인을 받아야 한다고 신신당부했는데 이상하네요."

"시로마 추씨는 여기에 한 번도 오지 않았어요. 어제도, 오늘도."

"추가 거기에 가지 않았다고요?"

추에게 전화해 구루미를 설득해 달라고 부탁했었다. 추가 그때 애매하게 말을 흘리면서 전화를 끊었던 기억이 났다.

추에게 전화를 걸었지만 받지 않았다.

혹시 사고가 난 건 아닐까?

어제 아침에 통화한 이후 추와 연락이 닿지 않고 있었다.

가만히 생각해보니 최근 추의 행동이 수상쩍었다.

연락이 계속 안 되다가 구루미가 사용하던 〈센징〉을 입수한 순간 부터 고스케의 조사를 돕기 시작했다. 붉은 굴뚝에 대한 수수께끼를 풀 때는 억지스럽다며 지나치게 회의적인 반응을 보이기도 했다.

미야코가 이상한 분위기를 감지했는지 빤히 쳐다보며 말을 걸어 왔다.

"고스케, 무슨 생각을 그리 골똘히 해?"

그다지 달갑지 않은 상상이 머릿속에서 피어올랐다.

"미야코, 잠깐 나갔다 올게."

"어딜 가려고?"

"잠깐 확인해야 할 게 있어. 이마다 대표님이랑 공동 성명 발표에 대해 계속 의논해 줘. 내 이름과 도장은 마음대로 써도 돼."

미야코가 걱정스러운 눈길로 바라보다가 더 이상 묻지 않아 다행 이었다.

고스케는 사무실을 나와 오카치마치에 있는 추의 집으로 향했다.

10. 고스케 10월 9일

30분 후, 고스케는 추의 맨션에 당도해 있었다.

추에게 전화를 걸었지만 역시 연결되지 않았다. 엘리베이터를 타고 추의 집 앞으로 갔다. 도어스코프로는 보이지 않는 곳에 서서 인터폰을 눌렀다.

"누구세요?"

잠시 후 추의 목소리가 들려왔다. 방금 전 잠에서 깬 목소리는 아니었다. 그렇다면 의도적으로 전화를 받지 않았다는 뜻이었다.

고스케는 휴대폰을 인터폰에 대고 녹음된 음성을 재생했다.

'도마루입니다. 구루미 문제로 상의할 게 있어서 찾아왔는데 잠시 이야기를 나눌 수 있을까요?'

도마루와 통화할 때 만약의 사태에 대비해 목소리를 녹음해두길 잘했다는 생각이 들었다.

"도마루 씨? 무슨 일이죠?"

고스케는 추가 의아해 하는 목소리를 들으며 바짝 긴장했다.

문이 열린 순간 고스케는 손잡이를 잡고 문 틈으로 발을 집어넣었다.

"고스케······."

추는 경악한 표정을 지었다.

"네 힘으로 문을 닫으면 내 발목뼈가 부러질지도 몰라."

"도대체 이게 무슨 짓이야?"

"너에게 할 이야기가 있어 왔으니까 안으로 들어가게 해 줘."

추의 눈에 전에 없던 흉악성이 드러나 있었다. 고스케는 두려운 마음을 억누르며 추의 눈을 똑바로 응시했다.

추가 도발하듯 말했다.

"원한다면 들어와."

고스케는 집 안을 둘러보며 물었다.

"왜 전화를 안 받았어?"

예전에 왔을 때보다 집 안 분위기가 더욱 산만했다.

추는 관찰당하는 게 싫다는 듯 얼굴을 찌푸렸다.

"전화라니, 무슨 소리야?"

"어제부터 몇 번이나 전화했는데 단 한 번도 받지 않았잖아?"

"전화를 안 받았다고 집에까지 쳐들어온 거야?"

"너도 뉴스를 봤지? 어제부터 사태가 급격하게 바뀌었어. 넌 자살 게임에 대한 소식이 궁금하지도 않아?"

추는 어이없다는 듯이 두 팔을 들었다.

고스케는 개의치 않고 소파에 앉았다.

"결국 자살 미션을 막기 힘들게 되었어."

"〈레테〉에서 올린 고발 문서를 봤어. 차라리 녹화 동영상을 첨부했더라면 훨씬 설득력이 있었을 텐데 왜 문서만 달랑 올렸어?"

"동영상을 첨부할 수 없었어. 누군가 〈센징〉을 훔쳐 갔기 때문이야."

"뭐야? 〈센징〉을 잃어버렸다는 거야?"

"〈센징〉은 물론이려니와 녹화 동영상이 들어 있는 노트북도 도난당했어. 확실한 증거 자료들이 없다보니까 우리의 말이 전혀 먹혀들지 않고 있어."

"밖에 나갈 때 사무실 문을 단단히 잠갔어야지."

"누군가 자물쇠를 뜯고 훔쳐 갔어. 필시 안나 짓일 거야. 그 여자에게 〈레테〉 이름을 알려 준 게 화근이었어."

"이제 포기한 거야? 여기서 계속 한가한 시간을 보내게?"

추는 마치 남의 일처럼 무관심하게 말했다.

"사실은 너에게 할 말이 있어서 왔어."

"무슨 말인데?"

"이번 사건이 잘 마무리되면 미야코와 맛있는 음식이라도 먹으러

가자고 했어. 오늘 밤, 어때? 너도 같이 가지 않을래?"

"오늘? 너무 갑작스러운 결정 아냐?"

"미야코가 제법 괜찮은 식당을 소개하는 팸플릿을 가져왔어. 송이 버섯과 흑우 고기를 맛있게 먹을 수 있는 집도 있고, 신선한 해산물로 만든 프랑스 요리를 맛볼 수 있는 집도 있어. 오늘, 몇 시에 모일까? 좀 늦어도 상관없어."

"너무 무리한 결정이야."

"뭐가 무리하다는 거야?"

"나는 일정이 있어. 갑자기 가자고 하면 시간을 낼 수 없잖아."

"바쁜 일이 있으면 15분 정도만 있다가 가. 장소는 가급적 네 형편에 맞출게. 여기까지 다 함께 왔잖아. 서로를 위로하는 시간 정도는 가져야 하지 않을까?"

"도대체 15분 동안 어딜 갈 수 있다고 그래?"

"무리일까?"

"당연히 무리지. 너, 오늘 좀 이상해보여."

"이상한 건 너야. 난 식사나 하자고 했을 뿐인데 넌 여행을 생각한 거야. 미야코의 표현을 그대로 따르자면 맛집 탐방을 하자는 거였어. 15분이면 밥 한 끼 먹을 시간은 되잖아. 넌 어딘가에 가야 한다고 생각하고 있었기 때문에 무리라고 착각한 거야."

고스케는 몸을 앞으로 내밀었다.

"왜 내가 여행을 가자고 한 것으로 착각했어?"

추의 눈이 허공을 맴돌 뿐 머물 곳을 찾지 못했다.

"나는 여행을 가자는 말을 꺼낸 적이 없는데 넌 내가 여행을 가자고 한 것으로 확신하고 있어. 그 이유는 하나밖에 없어."

고스케는 자리에서 일어나 이 집의 유일한 옷장으로 다가가 문을 열었다.

"도둑은 바로 너였으니까."

〈센징〉과 고스케의 노트북이 옷장 안에 있었다.

"어제 아침부터 〈레테〉의 사무실에는 온천 여행 팸플릿이 여러 장 놓여 있었어. 미야코가 무슨 바람이 불었는지 온천에 가자고 하는 거야."

추는 소파에 앉아 묵묵히 이야기를 듣고 있었다.

"〈레테〉 사무실에 온천 여행 팸플릿이 놓여 있었던 시간은 어제 오전 10시부터 밤 9시 사이야. 미야코가 출근하고 나서부터 우리가 경찰서에서 조사를 받고 돌아오기 전까지라고 할 수 있지. 그 사이 〈레테〉 사무실에 들어왔던 도둑이라면 온천 여행 팸플릿을 봤을 거야."

고스케는 추를 주시하며 말을 이었다.

"안나가 도둑질을 했다고 가정해봤는데 여러모로 이상했어. 사무실 자물쇠를 강제로 뜯어냈던데 아무리 힘센 여자라도 쉽지 않은 일이니까."

"나도 자물쇠를 부술 힘은 없어."

"자물쇠를 뜯어낸 건 트릭이었을 거야. 사실은 열쇠를 복사해 가지고 있었을 테니까. 넌 〈레테〉에 자주 드나들었고, 사무실 열쇠를 복사할 기회는 많았을 거야."

추는 아무런 대답도 하지 않았다.

"최근에 너는 계속 나를 멀리 하다가 〈센징〉을 확보한 순간부터 다시 접근했어. 넌 집단 자살이 벌어지길 바란 거야."

추는 그 말에 반응하지 않았다.

"넌 우리가 〈레테〉 사무실을 비우자 〈센징〉과 노트북을 훔쳐갔어. 그게 없으면 우리가 집단 자살을 막을 수 있는 방법이 없을 테니까."

"말도 안 돼. 내가 왜 그런 짓을 하겠어?"

"넌 아리모리를 죽일 속셈이었던 거야."

고스케는 자신의 추리가 어긋나기를 바랐다.

추의 얼굴에서 문득 온화한 표정이 사라졌다.

"아리모리에게 심한 배신감을 느낀 너는 그를 살해해야겠다는 생각을 품게 되었어. 하지만 너는 바탕이 착한 사람이라 살인 같은 걸 할 수 없었지. 게다가 그를 죽일 경우 가장 먼저 용의자로 떠오르게 될 테니까. 그러다가 집단 자살이라는 천재일우의 기회가 찾아왔어. 아마도 집단 자살로 서른 명 이상의 자살자가 발생하게 될 수도 있겠지. 너는 집단 자살을 이용해 아리모리를 살해할 계획을 세웠어. 높은 건물에서 아리모리를 밀칠 생각이었지. 넌 유술을 배웠기 때문에 아리모리를 밀어버리는 것쯤은 일도 아닐 테니까. 그런 다음 아리모리의 방에 이걸 놓아두려고 했던 거야."

고스케가 〈센징〉을 들어올렸다.

"아리모리가 〈센징〉으로 자살 게임을 하다가 스스로 목숨을 끊었다는 결론이 내려질 테니까. 너는 집단 자살로 위장해 아리모리를 살해하기 위해 〈센징〉을 슬쩍 한 거야. 내 말이 틀렸나?"

추는 아무 말도 하지 않았다.

"과거의 원한을 품고 있어 봐야 얻을 수 있는 건 아무것도 없어. 그런 계획이 성공할 리도 없어. 경찰 수사는 생각보다 치밀하고 집요해."

추는 그저 대화가 끝나기만을 기다리고 있었다.

오랜 침묵이 흘렀다.

자살 상담을 하다보면 상대방이 갑자기 입을 다물어 버리는 경우가 있었다. 일반인에게는 물속에 들어가 있는 듯 괴로운 침묵이어도, 이 일을 하고 있으면 그 안에서 자유롭게 호흡할 수 있게 된다.

이번 침묵은 달랐다. 질식할 듯 숨 막히는 침묵은 처음이었다.

마침내 추가 입을 열었다.

"고스케, 제발 못 본 체해줘."

추가 비굴한 웃음을 흘렸다. 유난히 자존심이 강한 추가 그런 표정을 지은 건 난생처음이었다.

"나는 너를 진정한 친구라고 생각해. 그러니까 못 본 체하고 돌아가 줘."

"너라면 그냥 돌아갈 수 있겠어? 위기에 처한 친구를 모른 척하라는 거야?"

"아리모리에게 벌을 내릴 수 있는 기회야. 그놈이 나에게 무슨 짓을 저질렀는지 알잖아?"

"정말 심한 짓을 저질렀다는 걸 알아."

"게임은 나의 유일한 꿈이었어."

추는 눈 닿는 곳에 뭔가 아름다운 것이 있기라도 하듯 눈길을 거두지 않았다.

"세계를 뒤집어 놓을 만큼 멋진 게임을 만들고 싶었어. 20년 동안 오로지 그 목표 하나를 바라보며 열심히 공부하고 준비했지. 드디어 목표를 이룰 수 있는 기회가 주어졌는데 아리모리가 송두리째 박살 내버렸어. 그 일 때문에 내 평판은 바닥으로 곤두박질치게 되었지. 게임 크리에이터가 게임을 만들 수 없게 된 거야. 넌 그때 내가 느낀 상실감이 얼마나 컸는지 모를 거야."

"그럴지도 모르지."

"이제 집단 자살을 막을 수 있는 방법은 없어."

추는 입가에 웃음을 흘리며 또박또박 말했다.

"이제 수많은 사람이 죽을 거야. 거기에 시체 하나 더 끼워 넣는다고 뭐가 달라지겠어."

"네가 마음을 바꾸면 사람을 죽이지 않아도 돼."

"그러고 싶지 않아."

"나에게는 네가 소중해."

고스케는 말을 이었다.

"너의 불행에 대해서는 정말이지 안타깝게 생각해. 〈레테〉에서 누군가를 죽이고 싶을 만큼 미워하는 상담자를 여러 번 봐왔어. 그들은 이제 살의를 접고 평화로운 인생을 살고 있어."

고스케는 어떡하든 추를 구하고 싶었다.

"살다 보면 언젠가 게임을 만들 수 있는 기회가 주어질 거야. 네가 성공적인 인생을 살 수 있도록 내가 옆에서 힘껏 도울게. 그러니까……."

그 순간 추가 소파에서 일어섰다.

"아리모리는 내 모든 걸 빼앗아 갔어. 나도 그놈의 모든 걸 빼앗아야지."

추는 옷장 앞에 있는 고스케에게로 다가왔다.

"고스케, 넌 정말 착한 놈이야. 나를 진심으로 걱정해준 유일한 친구지. 그러니까 이제부터 벌어질 일에 대해 눈감아줘. 최선을 다해도 막을 수 없는 일이 있는 거야."

무슨 말을 해주어야 될까? 추에게 어떤 말을 해주면 쉽게 알아들을까?

고스케는 추가 있는 쪽으로 몸을 기울였다. 추가 근육이 왕성하게 발달한 팔로 목을 조르면 정신을 잃을 수밖에 없겠지만 그다지 두렵지는 않았다.

"고스케, 너에게는 정말 미안해."

추가 근육을 한층 부풀어 올리며 다가왔다.

고스케가 이제야 생각났다는 듯 말했다.

"구루미 쨩이 안나와 이야기를 나누고 싶은가 봐."

추가 동작을 멈췄다.

"내가 구루미 쨩에게 부탁한 건 아니야. 구루미 쨩이 자발적으로 〈은빛 나라〉에 로그인해 안나를 설득해보고 싶다고 했어. 구루미 쨩은 다른 이용자들에 대한 걱정이 많아. 성장기에 상처를 많이 받고 자랐는데 그런 배려를 할 수 있다는 게 놀라워."

고스케는 한 걸음 더 다가갔다.

"구루미 쨩은 〈은빛 나라〉에서 세뇌를 받았지만 이제 벗어나기 위해 애쓰고 있어. 그런 상황인데 네가 아리모리를 죽이면 어떻게 될까? 구루미 쨩이 호감을 갖고 있던 사람이 자살 게임을 이용해 살인을 저지른 사실을 알게 된다면 어떤 생각이 들까? 구루미 쨩은 앞으로 어느 누구도 믿을 수 없게 되지 않을까?"

"나는 구루미 쨩이 어떻게 생각하든 따질 여력이 없어. 그 아이는 만난 지 얼마 되지도 않았잖아."

"넌 지금 악한 사람 흉내를 내고 있을 뿐이야. 구루미 쨩을 돕고 싶은 마음이 없었다면 새로 나온 게임을 제공해 주며 다가가지는 않았겠지. 안 그래?"

추의 눈에 복수의 감정 대신 이성의 빛이 스며드는 게 보였다. 구루미를 걱정하는 마음은 진심이었다는 걸 알 수 있었다.

"구루미 짱을 위해서라도 아리모리를 살려 주어야 한다는 뜻이야?"

"그래, 구루미 짱을 위해. 넌 어느 누구보다 구루미 짱을 좋아하잖아."

"아리모리는 내 꿈을 좌절시켰어. 어린 시절부터 너무나 간절했던 내 꿈을 포기하게 만든 놈이야. 나는 놈을 절대로 용서할 수 없어."

"너의 마음을 충분히 이해하지만 아리모리를 죽인다고 해서 이미 지나가버린 인생이 되돌아오지는 않아. 너의 고통을 수술하듯 제거할 수 있다면 얼마나 좋을까? 지금껏 그런 생각을 수없이 많이 해봤지만 내가 선택할 수 있는 방법은 하나밖에 없었어."

"그게 뭔데?"

"너와 함께하는 것. 너의 이야기를 들어주는 것."

고스케는 계속 말을 이었다.

"나는 특별한 능력이나 재주가 없어. 고작 상담자의 이야기를 귀 기울여 들어 주는 능력밖에 없어. 내가 가진 능력의 전부야. 추, 정말 미안해."

추의 얼굴이 잔뜩 겁을 집어먹은 것처럼 보였다.

"죽고 싶다거나 누군가를 죽이고 싶어지면 나에게 연락해. 내가 몇 시간이든, 아니 며칠이든 너와 함께 있어 주면서 이야기를 들어

줄게. 몇 천 번이든 몇 만 번이든 네가 하는 이야기라면 끝까지 들어 줄게. 내가 너를 추락하지 않게 받쳐 주는 그물망이 돼 줄게."

"고스케……."

"그래, 허심탄회하게 이야기를 털어놔. 황당무계한 이야기든 너만의 일방적인 이야기든 다 들어 줄게. 그러니까 이제 너답지 않은 생각은 버려."

추는 주먹을 쥐고 부르르 떨었다. 본연의 착한 추와 이성을 잃은 추가 격렬하게 대립하고 있는 눈치였다.

추가 어깨를 늘어뜨리더니 고개를 숙이고 중얼거렸다.

"빌어먹을!"

그가 한 말은 밖으로 나오자마자 금세 공기 속으로 사라져 버렸다.

추의 몸에서 악마가 빠져 나갔다. 남은 건 착한 남자였다. 추의 모습이 자살을 포기한 상담자들과 유사해 보였다.

11. 고스케 10월 9일

택시에서 내리자마자 집 앞에 나와 있던 도마루가 인사를 건넸다.

"어서 오세요."

손목시계를 보니 오후 5시였다.

"구루미가 기다리고 있어요."

"구루미 짱이 아직 심리적으로 불안정한 상태일 텐데 큰 부담을 지우게 되어 정말 죄송합니다."

"괜찮습니다. 대표님과 시로마 추 씨가 구루미 옆에 있어 준다면 큰 위안이 될 겁니다."

도마루의 말투로 보아 추에 대한 신뢰가 몹시 두터워 보였다. 다른 사람이 아니라 추가 스스로 쌓아올린 신뢰였다.

고스케는 휴대폰 화면을 보면서 집 안으로 들어갔다.

택시 안에서 미야코에게 영상 데이터를 보내 주었다. 〈은빛 나라〉 영상이 인터넷을 통해 널리 유포될 것이다. 정확하게 한 시간 전인 오후 4시부터 〈기즈나〉를 비롯한 다섯 개 단체에서 공동 기자 회견을 열었다. 자살 게임 문제가 마침내 유력한 미디어에서 다뤄지기 시작했다. 다만 집단 자살이 이미 초읽기에 들어간 상황이라 매스컴의 보도가 얼마나 효과가 있을지는 미지수였다.

2층으로 올라가자 구루미가 방 앞에서 기다리고 있었다. 추를 발견한 구루미가 안심한 듯 미소를 지었다.

추가 말했다.

"〈센징〉을 찾게 되어서 다행이야."

구루미는 어떻게 된 사정인지 캐묻지 않았다. 물어봐야 좋을 게 없다는 걸 눈치챈 듯했다.

추가 말했다.

"고스케, 5분만 시간을 줘."

"무얼 하게?"

"구루미 짱에게 진실을 말해주고 싶어. 구루미 짱, 솔직히 말해 〈센징〉을 훔친 사람은 바로 나였어."

추가 갑자기 진실을 고백하는 바람에 고스케는 깜짝 놀랐다.

구루미는 긴장한 표정으로 입술을 굳게 다물고 있었다.

"인터넷에서 내 이름을 검색해보면 나와 관련된 사건을 다룬 기사들이 나올 거야. 구루미 짱도 언젠가 그 기사를 보게 되겠지. 그러하기에 내가 왜 〈센징〉을 훔쳤는지 전부 털어놓고 싶어."

추는 망설임 없이 이야기를 시작했다.

게임 크리에이터 시절 〈알바트로스〉라는 회사에서 〈리볼버〉라는 히트작을 만들었고, 혼자 잘난 듯 오만한 태도를 보이다가 동료들의 미움을 사게 되었고, 결국 아동 포르노를 소지하고 있다는 누명을 쓰고 회사에서 해고된 이야기를 빠짐없이 털어놓았다. 업계에서 추방된 이후로는 더 이상 게임을 만들 수 없게 되었고, 누명을 쓰게 만든 아리모리를 집단 자살 미션이 수행되는 과정을 이용해 죽일 생각이었다는 이야기도 했다.

추의 이야기를 듣는 동안 구루미의 얼굴에서는 안쓰럽고, 슬프고, 곤혹스러운 감정이 교차했다. 추가 계획했던 일은 중대한 범죄 행위이자 구루미에 대한 배신이었다. 여전히 심리적으로 불안정한 구루미가 추가 털어놓는 속죄의 말을 받아들이지 못한다면 안나를 설득해 달라는 부탁은 무리일 수도 있었다.

"솔직히 아리모리를 죽이고 싶은 마음은 아직 그대로야. 앞으로도 내 꿈이 허망하게 멀어진 일을 생각하면 몹시 괴로울 거야. 다만 나는 구루미 짱과 고스케의 힘이 되어주고 싶어. 그 마음은 한 치의 거짓도 없는 진심이야."

구루미가 추를 물끄러미 바라보았다. 추가 다시 말을 이었다.

"구루미 짱, 내가 옆에 있는 게 꺼려진다면 당장 돌아갈게. 고스케는 믿을 수 있는 친구니까 둘이서 〈은빛 나라〉로 가면 되니까. 구루미 짱, 네가 나를 싫어하게 되더라도 내 진심을 말해주고 싶었어."

구루미가 눈을 감더니 마음을 정리하듯 숨을 길게 내쉬었다.

"누명을 쓴 이야기와 〈센징〉을 훔친 이야기는 모두 거짓이 아니죠?"

"절대로 거짓이 아니야."

구루미는 뚫어져라 추를 바라보았다. 추 역시 구루미의 눈빛을 피하지 않고 고스란히 받아냈다.

"제 옆에 있어 주세요."

"나는 정말이지 몹쓸 짓을 하려고 했는데, 괜찮겠어?"

"단지 계획했을 뿐 실행으로 옮기지는 않았잖아요. 게다가 지금은 잘못을 깨닫고 마음을 바꿨으니 상관없어요."

구루미가 동의를 구하듯 고스케를 보았다.

고스케는 연신 고개를 끄덕였다.

"게임은 누구에게나 공정해서 마음에 들어요. 저는 있는 그대로 다 말해 주는 사람을 정말 좋아해요. 추 아저씨는 앞으로 늘 제 옆에 있어 주길 바라요."

고스케는 안도의 한숨을 쉬었다. 추의 진실한 고백이 구루미의 마음을 움직인 듯했다.

시계를 보았다. 오후 5시 5분이었다. 이제 시간이 없었다.

"자, 이제 일에 착수해볼까?"

세 사람이 동시에 고개를 끄덕였다.

*

　세 사람은 구루미의 방에서 테이블을 둘러싸고 앉았다. 고스케가 〈센징〉의 전원을 켜고 노트북과 미러링했다. 고스케가 〈센징〉을 머리에 썼다.

　"구루미 짱, 괜찮겠어?"

　"괜찮아요."

　구루미의 거친 숨소리가 들려왔다. 아직 심리적으로 불안정한 상태인 구루미를 다시 〈은빛 나라〉로 돌아가게 해야 한다는 게 서글펐지만 어쩔 수 없었다. 고스케는 무슨 일이 생기면 추가 제동을 걸어 줄 거라 믿으며 컨트롤러를 손에 쥐었다.

　집에서 나오자 온통 시커먼 하늘이 눈에 들어왔다. 〈은빛 나라〉는 죽음의 분위기가 짙게 드리워져 있었고, 예전에 어디서나 들을 수 있었던 바람 소리와 파도 소리는 전혀 들려오지 않았다.

　"다 죽은 것 같아."

　안나를 만나러 해변가에 있는 집으로 걸어갔지만 텅 비어 있었다. 사거리로 돌아와 광장과 저택을 뒤졌지만 안나의 자취는 그 어디에서도 발견할 수 없었다. 길 양옆에 늘어서 있는 집들을 차례대로 방문해 보았지만 소용없었다. 시간을 보니 오후 5시 15분이었다.

　"안나는 어디에 있지? 미션이 수행되기 직전인데."

　"안나는 관리용 시스템을 사용하고 있을 거예요. 아바타를 이용해

로그인하지 않아도 게임 상황을 다 볼 수 있어요."

"그럼 우리 목소리도 들을 수 있을까?"

"아마도."

고스케는 즉시 〈센징〉의 마이크에 대고 말했다.

"안나, 〈레테〉의 고스케입니다. 지금 내 말을 듣고 있나요?"

잠시 기다려봤지만 아무런 대답이 없었다.

"안나, 저는 당신에 대해 잘 모릅니다. 다만 당신이 지금 무척이나 괴로워하고 있다는 건 잘 알고 있습니다."

아마도 안나는 범인에게 납치되어 〈은빛 나라〉의 가이드가 되었을 것이다. 그러다가 자기도 모르게 세뇌되었고, 지금은 주체적으로 자살 미션을 수행하려 하고 있었다.

"저는 자살 방지 상담센터를 운영하고 있는 사람입니다. 당신이 실행하려는 자살 미션을 반드시 막아낼 겁니다."

고스케는 상담자가 자살하고 싶어 하는 마음에 바짝 다가서듯 안나의 심리 안으로 깊숙이 들어가고자 했다.

"집단 자살 말고 좋은 방법이 있을지도 몰라요. 저는 당신이 그걸 찾아낼 수 있도록 돕고 싶습니다. 안나, 당신은 이용자들을 집단 자살로 몰아넣길 원하나요? 〈은빛 나라〉에는 당신을 믿고 따르는 이용자들이 정말 많다고 들었습니다. 그 사람들이 모두 죽어 이 세상에서 사라지길 바라나요?"

여전히 아무런 응답이 없었다. 고스케는 계속 말을 이었다.

"이미 알고 있겠지만 당신을 납치 감금했던 남자의 시신이 발견되었습니다. 당신이 지금껏 얼마나 무섭고 고통스러운 환경에 방치되어 있었는지 생각하면 마음이 아픕니다. 이제 당신을 억압했던 남자는 이 세상에서 사라졌습니다. 혹시 공의존(共依存)이라는 말을 아십니까? 가정폭력이나 정신적 학대를 당한 사람이 오히려 그런 억압적인 환경에서 적응하게 되는 상태를 말합니다. 폐쇄적 환경에서 폭력이 일상화되어 버릴 경우 누구든 그러한 심리 상태에 빠져들 위험이 있습니다. 안나, 당신은 지금 공의존 상태가 아닌지, 혹시 당신의 살의는 그 남자에 의해 세뇌되어 만들어진 건 아닌지 심각하게 고려해봐야 합니다."

고스케는 안나가 응답해 주기를 기대하며 계속 말을 이어갔다.

"〈은빛 나라〉는 일종의 자살 게임입니다. 범인이 수많은 사람들을 살해하기 위해 계획적으로 만든 게임이죠. 당신은 지금 범인에게 세뇌되어 많은 사람들을 죽음으로 몰아넣으려 하고 있습니다. 당신은 집단 자살이 가장 이상적인 결론이라고 생각하지는 않죠?"

여전히 아무런 반응이 없었다.

'일그러진 얼굴'이 뇌리에 떠올랐다.

진심을 담아 성심성의껏 말을 쏟아냈지만 애써 뻗은 손길이 미처 추락하는 상대에게 닿지 않는 느낌이었다. 상담자의 자살을 무기력하게 지켜볼 수밖에 없었던 때와 마찬가지로 허망한 느낌이 찾아들었다.

'이번에도 넌 죽음을 막지 못했어.'

'일그러진 얼굴'이 히로유키의 얼굴로 변하더니 낄낄대며 웃기 시작했다.

'넌 나를 죽게 만들었잖아.'

이제 안나에게 전할 말은 없었다. 메아리도 없는 허공에 대고 떠들어댄 느낌이 들었다.

그때 왼손에서 따스한 감촉이 느껴졌다.

추와 구루미가 손을 잡아 주며 위로의 눈길을 보내고 있었다.

추는 지금 고스케를 위로해주고 있는 손으로 사람을 죽일 작정이었다. 구루미는 지금 그 손으로 자해 행위를 반복해왔다. 누군가를 다치게 했을 수도 있는 손이 지금은 고스케를 위로해 주고 있었다.

"안나 님, 정말 미안해요. 나만 너무 길게 이야기했나 봐요. 이제 당신 이야기를 듣고 싶어요. 상담을 많이 해봐서 듣는 거라면 자신 있어요. 안나 님, 당신의 고민을 시원하게 털어놓아 봐요."

고스케는 단념하지 않고 안나에게 계속 말을 걸었다. 집단 자살 사태가 벌어지기 전까지 포기하지 않을 생각이었다.

문득 길 건너편에서 사람이 나타났다. 안나는 줄곧 거기에 서 있었는지도 모른다.

"안나 님!"

칠흑 같은 어둠 속에서 은색 드레스를 걸친 안나가 마침내 모습을 드러냈다.

고스케는 안나를 향해 다가갔다.

"안나 님, 이렇게 와 주셔서 감사해요."

"당신이 불러서 온 게 아니에요. 마지막 일을 하러 왔을 뿐이죠."

"아무튼 상관없습니다. 결과적으로 안나 님과 이야기를 나눌 기회가 생겼으니까요."

다행히 대화를 거부할 생각은 없어보였다. 안나의 얼굴에서는 모든 준비를 끝낸 기분 좋은 피로감이 묻어났다.

"잠시 걸을까요?"

"걸어요? 어디로요?"

"그냥 선 자세보다 걸으면서 이야기를 나누는 게 훨씬 더 편안한 분위기를 만들어 주거든요. VR 환경에서도 마찬가지일 겁니다."

"딱히 당신과 이야기를 나누고 싶지 않은데요."

안나는 그렇게 말하면서도 앞장서서 걷는 고스케를 순순히 따라왔다.

고스케는 그녀를 이끌 듯 조금 앞장서서 걸었다.

"안나 님, 진심으로 집단 자살을 원합니까?"

"네, 원해요."

한치의 망설임도 없는 말투였다.

"미리 말해두는데 방금 전 고스케 씨가 했던 이야기를 전부 들었어요. 당신이 했던 말에 대부분 동의해요. 저는 납치 감금되었고, 전하의 세뇌로 머리가 이상해졌는지도 몰라요."

"전하라면?"

"〈은빛 나라〉를 만든 사람을 저는 전하라고 불렀어요."

범인은 자신을 전하라고 부르게 해 스스로 권위를 세우려고 했던 게 분명했다. 안나가 얼마나 억압적인 환경에 처해 있었는지 호칭만으로도 알 수 있을 듯했다.

"사실 전하는 혼자서도 자살 미션을 수행하게 만들 수 있었어요. 실제로 사전 연습을 통해 한 사람을 자살하게 만들었다고 자랑을 늘어놓기도 했죠."

히로유키가 사전 연습 대상이었다는 사실을 말하고 있는 듯했다.

고스케는 머리 위로 피가 솟구치는 느낌이 들었지만 가까스로 억눌러 참았다.

"범인은 당신에게 미션을 통째로 맡기려고 했군요."

안나가 고개를 끄덕였다.

"전하는 건강이 좋지 않다는 사실을 인지하고 모든 계획을 통째로 이어받을 후계자를 찾기 시작한 거예요."

"당신이 굳이 범인의 계획을 이어받아야 할 필요는 없습니다."

"전하는 이 세상에서 고통스러운 생을 이어가고 있는 사람들을 도와주고 싶다고 했어요. 죽음만이 그들의 고통을 해결해줄 수 있다면서요. 〈은빛 나라〉는 지속적인 미션을 통해 이용자들에게 죽음에 대한 공포가 사라지도록 만들어주죠. 누구나 쉽게 생의 고통으로부터 해방될 수 있게 해주는 거예요."

"범인의 황당한 논리일 뿐입니다. 범인은 사람의 목숨을 경시하는 사이코패스입니다. 사악한 논리로 세상을 혼란에 빠뜨리는 악마라고 할 수 있죠."

"저도 알고 있어요."

안나는 자조적으로 웃으며 말을 이었다.

"전하는 제가 보기에도 분명 사악한 사람이 분명했어요. 수많은 사람을 납치해서 죽이고, 자살 게임을 만들어 이런 짓을 꾸민다는 건 분명 상식적이지 않죠. 저 역시 그의 정체에 대해 자세히 알지는 못해요. 이름도 모르고, 고향도 모르고, 어떻게 살아왔는지도 몰라요. 다만 그가 세상에 재앙을 흩뿌려 놓고 싶어 했다는 걸 알아요."

안나는 한숨을 쉬고 나서 말을 이었다.

"〈은빛 나라〉를 만들고 막상 계획을 실행에 옮기려고 할 때 전하는 자신이 병들었다는 걸 알게 되었어요. 평생의 계획이 이루어지기 직전에 숨을 거두게 된 거예요. 너무 가엾지 않아요?"

"세상을 어지럽히려는 계획을 추진하던 사람이 죽었을 뿐인데 뭐가 가엾다는 거죠? 당신은 왜 그의 계획을 따르려고 하죠?"

"〈은빛 나라〉만이 제가 있어야 할 곳이기 때문이죠."

안나의 목소리는 확신에 차 있었다.

"전하와 마찬가지로 저에게는 〈은빛 나라〉가 전부거든요. 저는 사랑하는 가족도 없어요. 공부나 일도 뜻대로 되지 않았고, 꿈도 허망하게 날아가 버렸어요. 제가 이 세상에 태어나 유일하게 잘한 일이 있다면 '안나' 역할이었죠. 〈은빛 나라〉는 저를 따스하게 품어 안아준 보금자리였어요."

"사랑하는 가족이 없다는 건 무슨 뜻이죠?"

"제가 말한 그대로 받아들이면 돼요. 이제 와서 저의 신상을 캐내려고 해 봐야 무슨 의미가 있겠어요."

저녁 5시 20분, 이제는 정말 남은 시간이 별로 없었다.

"전하는 제가 절실히 필요하다고 말해 주었죠. 제가 세상을 살아오는 동안 어느 누구에게서도 듣지 못한 말이었어요. 이 세상에는 제가 머무를 보금자리를 마련하지 못했는데 〈은빛 나라〉에서는 다들 저를 간절히 원했죠. 전하도, 다른 이용자들도."

"그런 찬사들은 당신을 세뇌시키기 위한 떡밥이었을 뿐입니다."

"현실의 인생에서 저는 그런 가식적인 칭찬조차 들은 적이 없어요."

"안나 님, 그러지 말고 당장 〈레테〉로 와 주세요."

안나는 대답하지 않았다.

"반드시 〈레테〉가 아니어도 상관없어요. 이 세상에는 안나 님과 아픔을 공유해줄 사람이나 단체가 많아요. 일단 〈레테〉를 방문해 상담을 받아 보세요."

안나가 가볍게 코웃음을 치는 소리만이 들려왔다.

어느새 두 사람은 광장에 다다라 있었다.

"광장을 좋아했어요."

안나가 계속 걸으면서 말했다. 앞쪽에 벤치가 있었다.

"광장에서 바라보는 하늘은 건물의 방해를 받지 않아 한없이 넓고 푸르렀죠. 밤에 달을 보기에도 정말 좋은 곳이었어요."

앞서 걷던 안나가 갑자기 뒤를 돌아보았다.

"사람은 형편이 되는 대로 살아갈 수밖에 없어요."

안나의 목소리가 갑자기 달라져 있었다. 마치 죽음의 늪을 지키는 노파의 목소리 같았다.

"저기에 불타오르는 차와 황금빛 연꽃이 보인다. 커다란 연꽃이……."

"안나 님, 갑자기 왜 그래요?"

"연꽃은 이제 보이지 않는다. 짙은 어둠 속에서 바람만이 불고 있다."

안나는 지금 무엇을 낭독하는 것일까? 마치 죽은 사람이 주문을 읽고 있는 듯 짙은 허무가 배어있는 목소리였다.

"아무것도, 아무것도 보이지 않는다. 어둠 속에서 바람만이, 차가운 바람만이 불고 있다."

고스케는 깊고 어두운 구멍 속으로 빨려드는 느낌이 들며 몸이 굳었다.

막지 못할 자살은 아무리 애써도 막을 수 없다.

어머니를 잃은 미야코의 강렬한 체념이 떠올랐다. 죽음을 향해 가는 사람을 막지 못하고 그저 바라볼 수밖에 없는 느낌이었다.

이제 더는 안나에게 할 말이 없었다.

고스케는 그동안 상담원으로 활동해 왔기 때문에 잘 알고 있었다. 죽음으로 향해 가는 사람의 목덜미를 부여잡고, 다시 삶으로 끌어올리는 마법의 말은 그 어디에도 존재하지 않는다는 걸.

고스케는 〈센징〉을 벗고 천천히 숨을 내쉬었다. 일시에 깊은 피로감이 밀려왔다. 결국 안나를 설득하는 데 실패했다.

"고스케!"

추와 눈이 마주쳤다.

구루미도 눈물이 글썽이는 눈으로 고스케를 바라보았다.

"고스케, 정말 잘했어."

추가 혼잣말하듯 중얼거렸다.

나는 〈레테〉의 상담원이다.

나는 〈레테〉의 대표다.

나는 언제나 무기력했다. 다만 사람들이 세상 밖으로 추락하지 않게 받쳐주는 그물망이 되어줄 수는 있었다.

이번에는 추가 〈센징〉을 머리에 뒤집어썼다.

"안나 님, 넛츠예요."

구루미가 고글의 마이크에 대고 말했다. 미러링된 모니터 너머로 안나와 구루미의 시선이 부딪쳤다.

"넛츠 님, 오랜만이에요. 헤이즐은 잘 지내고 있어요?"

"헤이즐이 많이 아프지만 약을 먹이면 곧 괜찮아질 거예요. 안나 님의 마음을 알아요. 저도 안나 님과 함께 달을 보면서 모두를 배웅하고 싶어요."

"넛츠 님이 함께해준다면 다들 기뻐할 거예요."

추는 안나에게서 등을 돌리고 광장 밖으로 향했다.

여기까지는 계획대로였다.

안나를 설득할 수 있다면 최상이겠지만 일단은 계획대로 진행되고 있었다. 게임을 잘 알고 있는 추와 〈은빛 나라〉를 속속들이 알고 있는 구루미가 생각해낸 작전이 과연 성공할 수 있을지는 여전히 미지수였다.

추는 돌로 된 길을 걸어 사거리에서 오른쪽으로 꺾은 후 구루미의 집으로 들어갔다. 모니터에 몸이 아파 경련을 일으키는 헤이즐의 모습이 비치자 구루미의 몸이 갑자기 경직되었다. 그럼에도 구루미는 모니터에서 눈을 떼지 않았다.

추는 옷장 앞에 서서 컨트롤러를 조작했다. 화면에서 패널이 열렸다.

'모든 이용자들은 집에서 아바타 옷을 갈아입힐 수 있다.'

두 사람이 주목한 건 바로 그 기능이었다. 추는 컨트롤러를 조작해 옷을 골랐다.

추가 고른 건 곰 인형 아바타였다.

*

바다로 갔다.

딱 한 번 돌아보았지만 안나는 따라오지 않았다. 똑바로 뻗은 길 저편의 벤치에 은색 드레스가 희미하게 보였다. 절벽에는 수많은 아바타들이 모여 있었다. 모두들 먹물을 칠해놓은 듯 어두운 밤하늘을 올려다보며 달이 떠오르기를 기다리고 있었다.

추는 컨트롤러를 흔들었다.

하트 모양 이모티콘이 아바타들을 향해 날아갔다. 추는 몇십 명이나 되는 아바타들 사이를 걸어가며 컨트롤러를 조작해 '좋아요'를 날려 보냈다.

아바타들 몇이 추를 보았다.

"바로 지금이에요."

추가 컨트롤러를 조작하자 짝짝 손뼉 치는 소리가 들려왔다. 다시 아바타들이 움직이기 시작했다. 멍하니 하늘을 올려다보고 있던 아바타들이 이제야 제정신으로 돌아온 것처럼 보였다.

"긴시로의 습관이에요. 그는 누군가와 놀고 싶을 때마다 손뼉을 두 번 쳤어요."

추는 다시 손뼉을 쳤다. 이번에는 더 많은 아바타들이 이쪽을 바라보았다.

"긴시로는 〈은빛 나라〉의 모든 이용자들에게 사랑받았어요. 로봇인지는 모르겠지만 다들 긴시로를 좋아했죠."

추가 다시 손뼉을 치자 몇몇 아바타들이 자리에서 일어섰다. 추가 앞장서 걸어가자 몇몇이 그 뒤를 따랐다.

"역시 다들 긴시로를 좋아했나 봐요."

구루미의 말이 끝나기 무섭게 안나의 목소리가 들려왔다.

"넛츠 님, 지금 무슨 일을 꾸미는 거예요?"

안나의 아바타는 보이지 않았다. 지금은 보이스 채팅으로 직접 말을 걸어온 것이다.

"안나 님, 회선을 끊지 말고 제 말을 들어 주세요. 저와의 약속을 지켜 주셨으면 해요."

"약속이라면?"

"광장으로 갈 테니까 잠시 기다려 주세요."

추는 구루미의 말을 들으며 계속 걸어갔다.

마침내 추는 광장에 도착했다.

안나는 원래 있던 벤치에 앉아 있었다.

구루미는 광장 한복판에 서서 가볍게 가슴을 두드렸다.

"추 아저씨, 부탁해요."

추가 컨트롤러를 움직이자 VR 화면 속에서 조작하고 있는 아바타가 오른손을 들었다.

"안나를 불러내 광장으로 데려와 줘."

고스케에게 주어진 미션은 안나를 광장으로 데려오는 것이었다. 안나가 걸음을 떼어놓았을 때 앞장선 건 그런 이유 때문이었다. 안나가 광장에 있지 않으면 할 수 없는 게임이 있었다.

추를 뒤따라온 여덟 명의 아바타들이 이쪽을 보고 있었다. 안나가 광장에 있을 때 다섯 명 이상의 이용자로부터 지명을 받으면 보이스 채팅으로 이야기할 수 있는 권리가 주어졌다.

화면 오른쪽 하단에 통화 마크가 나타났다.

〈은화의 집회〉를 개최하자는 게 구루미와 추가 계획한 작전이었다.

"넛츠 님, 도대체 뭘 할 셈이죠?"

노트북 화면 속에서 안나가 일어섰다.

"무슨 꿍꿍이속인지 모르지만 소용없어요. 내가 광장에서 나가면 이 통화는 끊어지게 될 테니까요."

"안나 님, 저와 했던 약속을 지켜 주세요."

"약속이라니요?"

"제가 〈은화의 집회〉에서 이야기할 때 반드시 옆에 있어 주겠다고 약속했잖아요."

"지금은 도저히 약속을 지킬 수 없는 상황이에요."

안나는 개의치 않고 앞으로 걸어갔다. 추가 앞을 막아섰지만 안나는 옆을 통과해 저편으로 가려고 했다.

"안나 님, 약속을 회피하고 도망치는 거예요?"

그 말에 안나가 걸음을 멈췄다.

"넛츠 님, 지금 저에게 도망친다고 했어요?"

"제 이야기를 듣지 않아도 상관없지만 안나 님이 광장에서 사라지면 〈은화의 집회〉를 열 수 없어요. 안나 님은 제가 〈은화의 집회〉에 나가 말하는 동안 옆에 있어 주겠다고 약속했잖아요."

안나가 몹시 당혹스러워하는 표정이 화면 밖으로도 전해졌다.

구루미는 개의치 않고 계속 말했다.

"〈은빛 나라〉의 모든 이용자들에게 제 이야기를 들려주고 싶어요."

구루미가 깊은 한숨을 들이 쉰 다음 발언을 시작했다.

"저는 〈은빛 나라〉에 있는 여러분들에 비해 그다지 힘든 삶을 살아온 것 같지는 않네요. 저는 현재 재수생입니다. 엄마는 어린 시절에 지주막하출혈로 돌아가셨고, 아빠는 회사를 그만두고 집에서 쉬고 계세요. 남자 친구에게 차이고, 대입 시험도 떨어졌죠. 견디기 힘들긴 했지만 여기에 계신 여러분들이 겪은 고통과는 비교할 수조차 없다는 걸 잘 알아요. 처음 여러분의 이야기를 들었을 때 과연 제가 〈은화의 집회〉에 나가 발언할 자격이 있는지 고민이 되었어요. 제가 겪고 있던 괴로움은 여러분들에 비해 보잘것없긴 했지만 분명 괴로움이었어요. 저의 괴로움이 작긴 해도 인정받을 자격이 있다고 말해 준 분이 계십니다. 바로 여기에 와 계시는 안나 님이죠."

구루미는 계속 말을 이어 나갔다.

"처음 〈은빛 나라〉에 왔을 때만 해도 저는 깊은 좌절감에 빠져 있었어요. 〈은빛 나라〉에 와서 많은 위안을 받았죠. 고전 게임도 그중 하나였어요."

컨트롤러를 쥔 추의 손에 힘이 들어갔다.

"긴시로와 여러분들이 저와 함께 게임을 하며 즐겁게 놀아 주었죠. 여러분들과 게임을 하는 동안 무척이나 즐거웠어요. 현실에서의 우울한 기억도 여러분들과 어울려 게임을 하다 보면 눈 녹듯이 사라졌어요. 최근에 새롭게 알게 된 어떤 친구가 새로운 게임을 많이 가르쳐 주었죠. 이 세상에 그토록 재미있는 게임이 존재한다는 걸 미처 몰랐어요."

구루미의 목소리에서 힘이 넘쳐났다.

"〈은빛 나라〉는 저에게 그 어떤 게임보다 더욱 큰 즐거움을 주었어요."

모니터에서 안나가 이쪽을 바라보고 있었다.

"고스케 대표님은 〈은빛 나라〉를 무시무시한 자살 게임이라고 하더군요. 저에게 〈은빛 나라〉는 무섭다기보다는 재미있는 공간이었어요. 아르테미스 님이 내린 미션을 수행하고, 이모티콘으로 인사를 주고받고, 해안에서 달을 바라보고, 그냥 산책만 하기에도 즐거운 곳이었죠."

소년 아바타가 하트를 날려 보냈다.

"그 모든 게 안나 님 덕분이었어요. 안나 님이 〈은빛 나라〉를 지키며 이용자들을 도와주었기 때문에 다들 편안한 마음이 될 수 있었으니까요. 안나 님은 두말할 필요 없이 최고의 가이드였죠. 안나 님이 앞으로 무엇을 하든 저는 변함없는 지지와 축복을 보내 주고 싶어요."

이번에는 구루미뿐만 아니라 안나를 향해서도 하트가 날아갔다.

"안나 님은 〈은빛 나라〉에 와서 비로소 자신이 있어야 할 곳을 찾았다고 했어요. 사실 저도 마찬가지였죠. 〈은빛 나라〉는 저를 위로해주는 따스한 보금자리였어요."

안나가 혼잣말로 중얼거렸다.

"보금자리!"

"저는 안나 님이 베풀어준 친절 덕분에 힘을 낼 수 있었고, 구원받을 수 있었죠. 아마 여러분들도 저와 크게 다르지 않을 겁니다. 제 말이 맞죠?"

다들 열광적으로 박수를 치면서 '좋아요'를 날려 보냈다.

"저는 우여곡절 끝에 현실 세계에서 보금자리를 찾을 수 있게 되었어요. 이번에야말로 제 인생을 다시 시작할 수 있을 것 같아요. 안나 님이 저를 〈은빛 나라〉에서 잘 지낼 수 있도록 이끌어 주었듯이 저도 이제 여러분들을 돕고 싶어요. 여러분들이 바닥을 헤매던 저를 일어설 수 있게 해주었듯이 저도 정말 좋아하는 말을 해드릴게요."

구루미는 깊이 숨을 들이마시고 나서 가슴 앞에서 깍지를 꼈다.

"여기 〈은빛 나라〉는 인생의 파고에 지친 사람들이 안식을 찾기 위해 찾아오는 안전지대입니다. 예로부터 은색에는 귀신을 쫓는 효험이 있다고 합니다. 〈은빛 나라〉가 여러분을 온갖 재앙으로부터 지켜줄 것입니다."

구루미는 모니터에 비친 안나를 가만히 바라보았다.

"일반적으로 쉽게 털어놓을 수 없는 이야기도 여기에서는 맘껏 할 수 있습니다. 당신의 힘든 마음을 혼자 가슴에 품고 있지 말고 여기 있는 모든 분들과 함께 나눌 수 있길 바랍니다. 즐거운 일, 기쁜 일 모두 공유해 주세요. 〈은빛 나라〉가 당신에게 더없이 소중한 장소가 될 수 있길 기원합니다.”

깍지 끼고 있는 손이 떨렸지만 구루미의 목소리는 힘이 넘쳤고, 사람들의 마음에 큰 울림을 주며 널리 퍼져나갔다.

구루미가 다시 한번 크게 소리쳤다.

“여러분들의 생에서 고통과 슬픔이 멀찍이 물러설 수 있기를 간절히 기원합니다. 여러분들이 걸어가는 길에 희망의 빛이 함께하길 빕니다.”

한동안 정적이 찾아들었다.

고스케도 추도 말을 꺼내지 못했다.

구루미는 고개를 푹 숙이고 있었다.

열화와 같은 박수 소리가 널리 울려 퍼졌다.

아바타들이 일제히 뜨거운 박수를 보내고 있었고, ‘좋아요’가 날아왔다. 어둠에 묻힌 광장이 하트 마크로 가득했다. 죽음의 분위기를 짙게 드리우고 있던 광장에 환한 빛이 번져갔다.

“안나가 사라졌어.”

어느 순간부터 안나의 모습이 보이지 않았다.

추는 〈센징〉을 벗었다. 구루미는 추의 가슴에 얼굴을 묻고 어깨를 떨며 눈물을 흘렸다.

이번에는 고스케가 〈센징〉을 쓰고 컨트롤러를 손에 쥐었다.

광장을 아무리 둘러봐도 안나의 모습이 보이지 않았다. 모니터의 통화 마크도 사라져 있었다.

"안나 님! 어디 있어요?"

소리 내어 불러 보았지만 아무런 반응이 없었다.

시계는 어느새 저녁 6시를 가리키고 있었다.

막지 못할 자살은 아무리 애써도 막을 수 없다.

'일그러진 얼굴'이 속삭였다.

'닥쳐. 아직 끝나지 않았어.'

아바타들이 바다 쪽으로 몸을 돌리고 일제히 하늘을 올려다보았다. 먹물을 발라 놓은 듯 칠흑 같은 하늘이 눈앞에 펼쳐져 있었다. 거기에 달이 떠 있었다. 아름다운 은빛 달이었다.

에필로그

신주쿠 문화센터의 이백 석이나 되는 좌석이 가득 들어차 있었다. 방청석 앞쪽에는 기자들과 카메라맨들이 자리하고 있었고, 나머지는 대부분 자살 방지 상담센터 사람들이 차지하고 있었다.

〈은빛 나라〉 사건이 발생한 지 어느새 일 년이 지났다. 〈레테〉가 〈은빛 나라〉 사건에 대한 보고서를 작성해 발표했다. 〈은빛 나라〉 이용자들의 신상이 하나둘씩 드러나면서 인터넷과 미디어에서 많은 화제를 불러 일으켰다.

범인은 게임 전문가들을 일곱 명이나 납치 감금하고 강제로 VR 게임을 만들게 한 다음 살해했다. 전문가들의 사체는 발견되지 않았지만 가족들의 실종 신고와 현장에서 발견된 DNA, 범인이 남긴 이메일 기록 등을 통해 일곱 명의 신원이 밝혀졌다. 경찰은 피해자가 더 있을 수도 있다는 여자를 남기고 수사를 종결했다. 〈은빛 나라〉 사건과 관련해 어마어마한 양의 보도가 쏟아졌고, 일본 사회는 큰 충격에 휩싸였다. 정부는 확인되지도 않은 괴담이 널리 확산되어가는 걸 경계하며 무분별한 보도에 대해 자제를 요청했다.

'〈은빛 나라〉 사건, 생환자들에게 묻다.'

"오늘은 〈레테〉에서 〈은빛 나라〉 사건에 휩말렸던 분들의 증언을 듣는 시간을 마련했습니다. 〈은빛 나라〉 사건에 대한 이해를 돕고, 앞으로 다시는 그와 같은 불상사가 발생해서는 안 된다는 경각심을 갖기 위해 마련된 자리입니다."

〈은빛 나라〉에서 자살 미션은 중지됐지만 다섯 명의 이용자가 투신 자살을 시도했다. 그중 하나가 의식 불명 상태에 빠졌지만 곧 치료를 받고 건강을 회복했다. 이미 다양한 미디어에서 〈은빛 나라〉 이용자들의 증언이 보도된 바 있지만 여러 명이 한자리에서 강연하는 건 이번이 처음이었다.

매스컴의 관심이 집중된 가운데 행사장은 벌써부터 긴장과 흥분이 고조되고 있었다. 오후 3시에 적록색 뿔테 안경을 쓴 여성이 단상에 올라 강연회의 진행 방식과 보도할 때 주의할 점에 대해 간략하게 설명했다. 그 여성은 간결하고 알아듣기 쉬운 설명과 자연스럽고 당당한 태도로 좌중의 주목을 받았다.

그다음은 지난 일 년 동안 미디어에 자주 소개되었던 고스케가 단상으로 올라갔다.

"안녕하세요? 저는 신주쿠에서 자살 방지 상담센터 〈레테〉를 운영하는 다미야 고스케라고 합니다."

고스케는 집단 자살 사건을 저지한 공로를 인정받아 매스컴에 자주 이름이 오르내리며 유명인사로 등극했다. 〈은빛 나라〉 사건 이후 〈레테〉에는 자원봉사자들이 몰려들었다. 이번 강연회도 〈레테〉에서 주최한 행사였다.

"바쁘신 가운데 참석해주신 방청객 여러분들께 진심으로 감사를 전합니다. 지금부터 〈은빛 나라〉 사건의 이용자였던 네 분의 이야기를 듣게 될 겁니다. 〈은빛 나라〉 사건이 터지기 일 년 전에 이미 희생자가 한 명 나왔다는 사실을 알고 계시는 분은 그리 많지 않을 것입니다. 범인은 자살 게임을 테스트하면서 이치카와 히로유키라는 청년을 최초의 희생자로 삼았습니다. 오늘 이 자리에는 히로유키 군의 누나인 이치카와 미오 씨가 참석해있습니다."

날씬하고 키가 큰 여자가 단상에서 일어나 청중들에게 허리 굽혀 인사한 다음 다시 자리에 앉았다.

"오늘은 미오 씨를 통해 히로유키 군에 대한 이야기를 들어보려고 합니다. 용기를 내 나와 주신 미오 씨에게 다시 한번 큰 박수 부탁드립니다."

드디어 〈은빛 나라〉 이용자들의 강연이 시작되었다. 행사에 참석한 사람들은 이용자들이 하는 말을 한마디도 놓치지 않겠다는 듯 귀를 쫑긋 세우고 있었다.

"〈은빛 나라〉에 깊이 빠져 있는 동안에는 무엇이 옳고 그른지 제대로 따져볼 여유가 없었던 것 같아요. 그 무렵 저는 빚이 많아 하루하루가 지옥이나 다름없는 날들을 보내고 있었습니다. 그러다 보니 〈은빛 나라〉에 쉽게 빠져들게 되었고, 자살 미션이 떨어지길 학수고대하기도 했습니다. 〈은빛 나라〉 사건 이후 세상을 다시 보게 되었습니다. 그 많던 빚도 이제 거의 다 갚아가고 있습니다. 여전히 살아가기 쉽지 않지만 나름 즐겁고 복된 날들을 영위하고 있습니다. 제가 죽지 않고 살 수 있었던 건 〈레테〉의 다미야 고스케 대표님을 비롯해 여러분들의 도움이 있었기 때문입니다. 그 무서운 사건의 한복판에서 죽지 않고 살아 돌아온 건 그야말로 엄청난 행운이기도 했습니다. 다시는 우리 사회에 〈은빛 나라〉 같은 자살 게임이 나오지 않기를 간절히 바랍니다."

〈은빛 나라〉의 이용자였던 청년이 가림막 뒤에 서서 이야기에 열중해 있었다. 사생활 보호를 위해 강연자들의 얼굴을 공개하지 않기로 사전에 약속이 되어 있었다.

이용자 세 명의 강연이 끝났다. 딱히 새로운 정보는 없었다. 모두들 인생에 대해 괴로워하다가 〈은빛 나라〉를 알게 되었고, 자살 직전까지 내몰렸다가 겨우 살아났다고 했다. 요즘은 인생을 긍정적인 시각으로 바라보고 있다고 했다. 인생에서 영원한 밤은 없기에 당장은 힘들더라도 언젠가 반드시 다시 일어설 기회가 주어질 거라고 했다.

사회를 맡은 고스케는 질문과 대답을 적절히 분배하며 매끄러운 진행을 하고 있었다.

"그럼 다음 분을 모시겠습니다. 어서 나와 주십시오."

"안녕하세요. 저는 넛츠라고 합니다."

가림막 아래로 하얀 로퍼가 보였다.

"이런 장소에서 이야기하는 게 익숙지 않아 혹시 실수를 하더라도 널리 양해 바랍니다."

넛츠도 〈은빛 나라〉에서의 경험을 이야기하기 시작했다.

"엄마가 뇌출혈로 돌아가신 이후 아빠와 단둘이 살면서 계속되어 온 불화, 고교 시절 만난 남자 친구와의 이별, 대학 입시 실패로 이어지는 연속된 불운 때문에 크게 좌절해 있었습니다. 매일이다시피 우울한 날들의 연속이었죠. 그러다가 트위터에서 알고 지내던 유저를 통해 처음으로 〈은빛 나라〉를 접하게 되었습니다. 〈은빛 나라〉에는 이용자들을 끌어들이는 다양한 장치들이 준비되어 있었고, 저도 모르는 사이에 점점 깊숙이 빠져 들게 되었죠. 저는 한때 VR과 현실을 제대로 구분하지 못할 지경에 이르렀습니다. 고스케 대표님과 추 아저씨의 도움이 없었다면 저는 아마도 이렇게 살아 있지 못할 겁니다. 저보다 앞서 강연한 세 분은 〈은빛 나라〉에 빠져들었던 걸 후회한다고 하셨습니다. 저 역시 그분들의 생각이 지극히 상식적이라고 생각합니다. 다만 저는 〈은빛 나라〉에 갈 수 있었던 걸 반드시 나쁘지만은 않았던 경험으로 기억합니다."

강연장이 술렁거렸지만 고스케의 표정은 한 치도 흐트러지지 않았다.

"〈은빛 나라〉 사건이 아니었다면 저는 여전히 아빠와 화해하지 못했을 것이고, 허구한 날 혼자 방에 틀어박혀 우울한 날들을 보내고 있을지도 모릅니다. 〈은빛 나라〉에서 보낸 경험이 있었기에 저는 담대한 마음으로 아빠의 얼굴과 대입 시험을 마주할 수 있게 되었습니다. 작년에 시험을 보지 않아 삼수를 하고 있지만 이번에는 합격할 자신이 있습니다. 저는 〈은빛 나라〉의 경험을 인생의 밑거름으로 삼아 열심히 살아가려고 합니다. 감사합니다."

강연장이 떠나가도록 큰 박수가 터져 나왔다.

"그럼 이제부터 질의응답 시간을 갖도록 하겠습니다. 질문이 있는 분들은 손을 높이 들어 주십시오."

고스케가 고개를 이리저리 돌리며 장내를 둘러보았다.

시오리는 한순간 고스케와 눈이 마주쳤지만 곧바로 시선을 피했다. 첫 번째 강연자의 이야기를 들을 때부터 괜히 왔다고 후회가 되더니 넛츠의 강연 이후 더욱 심해졌다. 〈은빛 나라〉 이용자들을 다시 마주하게 되면 어떤 느낌이 들지 궁금했는데 막상 접해보니 애정이나 그리움과는 거리가 먼 감정들이 느껴졌다. 그저 씁쓸하고 초라한 감정이었다.

시오리는 당장 자리에서 일어서면 사람들의 눈길을 끌 수밖에 없기에 어쩔 수 없이 계속 앉아 있었다.

*

강연이 모두 끝나고 사람들은 왁자지껄 떠들어대며 계단을 내려갔다. 많은 사람들 틈에 섞여 있으면 '집단'의 일부로 녹아들 수 있어 그나마 마음이 편했다.

제복 차림 경찰이 눈에 들어오는 순간 몹시 긴장했는데 자세히 보니 경비원이었다. 시오리는 안도의 한숨을 쉬며 계단을 내려갔다. 범인에게 협력자가 있었다는 사실이 밝혀지면서 경찰은 촉각을 곤두세웠지만 결국 시오리의 존재를 밝혀내지 못했다. 범인의 집에 그녀의 지문과 머리카락이 다수 남아 있었지만 전과 기록이 없어 신원을 밝힐 수 없었다.

시오리는 6개월 전 그 집 근처에 가본 적이 있었다. 그 집에서 그토록 참담한 일을 겪었는데 별다른 감회가 일지 않았다.

그가 미친 것 이상으로 나 역시 단단히 망가졌던 거야.

시오리는 스스로 경찰서를 찾아가 모든 걸 자백할까 고민했지만 끝내 발걸음이 그리로 향하지 않았다. 기자들과 카메라맨들이 자신을 향해 몰려드는 모습을 상상하는 것만으로도 두렵기 때문이었다.

시오리는 강연회장 밖으로 나오자마자 고개를 푹 숙이고 고층 건물들이 늘어선 길을 걸었다. 그녀는 솔직히 〈은빛 나라〉 이용자들이 괴로워하는 모습을 보고 싶었다.

인생은 괴로워요.

혹시 그런 말을 듣는다면 그들에게 〈은빛 나라〉가 필요했던 것이라고 생각하며 위안을 삼을 것이다. 그들은 이제 하나같이 긍정적인 마인드로 살아가려 하고 있었다. 〈은빛 나라〉는 두 번 다시 마주하고 싶지 않은 악몽이었다고 목청 높여 소리치고 있었다.

안나 따위는 필요 없어!

시오리는 문득 하늘을 올려다보았다. 도쿄에 처음 왔을 때 보았던 건물들이 위협하듯 자신을 내려다보고 있었다. 안나였을 때 〈은빛 나라〉는 자신의 보금자리였다. 살아남은 이용자들은 더 이상 〈은빛 나라〉를 필요로 하지 않고 있었다. 〈은빛 나라〉가 그들에게 생의 위기를 극복할 수 있는 단초를 제공해 주었을지 모르지만 시오리에게는 아무것도 주지 않았다. 시오리는 여전히 도망치듯 힘겨운 생을 살고 있었고, 이 세상이 여전히 좁은 상자였다.

시오리는 건물 옥상을 바라보며 생각했다.

죽어버릴까?

안나는 〈은빛 나라〉의 가이드였기에 절벽에서 바다로 뛰어내리는 훈련을 한 적이 없었다. 건물 옥상에서 아래를 내려다보면 현기증이 나고 다리가 부들부들 떨릴 게 틀림없었다. 건물에서 떨어지는 동안에도 계속 끔찍한 공포가 이어지게 될 것이다.

〈은빛 나라〉에서는 이용자들에게 자주 몸을 던지라는 미션을 내렸다. 죽음의 공포를 없애기 위한 반복 훈련이었다.

죽자.

시오리는 도망치고 도망치다가 이제 인생에서 영원히 도망치기로 마음먹었다. 그녀는 건물 옥상을 향해 걸어갔다.

"안나 님?"

시오리는 뒤돌아보다가 두 사람을 발견하고 경악했다.

고스케와 스무 살쯤 되어 보이는 여자였다.

"역시 안나 님이 맞나 봐요."

고스케는 너무나 기뻐 울 것 같은 표정을 지었다.

"〈은빛 나라〉에서 안나 님의 목소리를 들은 적이 있어요. 아름답고 맑고 발음도 정확한 목소리였죠. 안나 님도 강연장에 왔었죠?"

이 남자는 내 얼굴을 본 적이 없는데 어떻게 나를 알아봤을까?

고스케가 말했다.

"〈은빛 나라〉에서 안나 님과 이야기를 나눌 때 아래윗니가 딱딱 부딪는 소리를 들었어요. 방금 전 강연장의 객석에서도 분명 그 소리가 울렸고, 안나 님이 참석했다는 걸 알게 되었죠. 스트레스가 과도하게 쌓이면 몸을 흔들거나 소리를 내기도 하고, 자기도 모르게 몸을 부산하게 움직이는 사람들도 있어요. 안나 님의 경우 아래윗니가 딱딱 소리를 내며 부딪는 버릇이 있죠."

"제가 딱딱 소리를 내며 이를 부딪는다고요?"

"네, 그렇다니까요. 물론 그게 아니더라도 저는 강연이 시작되기 전부터 당신을 주시하고 있었어요. 당신이 남달리 초조해하고 있었으니까."

"관찰력도 뛰어나시고, 귀도 정말 밝으시네요."

"네, 상담을 하면서 귀를 쫑긋 열고 이야기를 듣다 보니 귀가 밝아졌어요."

고스케가 옆에 있는 여자를 소개했다.

"이 분이 바로 넛츠 님이에요. 본명은 도마루 구루미."

구루미는 안나를 대할 때 친밀하고 그리운 감정을 드러내야 할지, 아니면 그저 드라이하게 대해야 할지 알 수 없었다.

"사실은 소개해주고 싶은 사람이 하나 더 있어요. 시로마 추라는 사람인데 그날 집단 자살 계획을 저지하기 위해 작전을 짠 남자이기도 하죠. 추는 현재 일본에 없어요. 그의 친구인 니시노의 소개로 중국 회사에서 휴대폰 게임을 만들고 있죠. 추는 늘 당신에 대해 걱정이 많아요."

"저를 경찰에 넘길 건가요? 수많은 사람들을 자살하게 만들려고 했던 마녀라고?"

"그런 짓은 하지 않을 겁니다. 제 친구 중에 변호사가 있는데 당신이 〈은빛 나라〉에서 했던 행위는 자살 교사에 해당하지는 않는다고 하더군요. 굳이 죄목을 붙이자면 자살 교사 미수쯤 되겠다고 했어요. 난 당신이 경찰에 자수해 모든 걸 홀가분하게 털어내고 새로운 인생을 살아가길 바라지만 굳이 강요하지는 않겠습니다."

"제가 오늘 강연을 했던 이용자들을 찾아다니며 사과라도 할까요? 엎드려 절하고 용서를 빌까요?"

구루미가 서글픈 표정을 지으며 이맛살을 찌푸렸다.

"그들에게 사과하라는 뜻은 아닙니다."

"자, 이제 용건이 끝났으면 가던 길을 가세요. 저는 지금 당신들과 이야기를 나눌 기분이 아니니까요."

고스케가 전혀 엉뚱한 말을 꺼냈다.

"안나 님, 당신 이야기를 듣고 싶어요."

내 이야기?

"그날, 저와 구루미 짱만 이야기를 정말 많이 했잖아요. 저는 사실 이야기를 하는 것보다 들어주길 잘하는 편입니다. 그날, 당신의 이야기를 전혀 듣지 못해 두고두고 섭섭했습니다. 이제라도 당신 이야기를 듣고 싶습니다."

"이제 와서 내 이야기가 무슨 의미가 있을까요?"

"당신은 몹시 외롭고 힘들었을 거예요. 강제로 납치된 처지라 어쩔 수 없는 입장이었다고는 하지만 범인을 도운 건 쉽게 치유되지 않는 마음의 상처로 남았겠죠. 몰래 숨어서 지내야 하다 보니 가족과의 화해도 쉽지 않았을 테고요. 모르긴 해도 안나 님 혼자 괴로워해온 일이 정말 많을 겁니다. 아닌가요?"

고스케는 유혹하듯 말을 이었다.

"저는 아직 당신의 이름조차 몰라요. 당신은 혼자가 아닙니다. 누군가와 손을 잡고 함께 걸어갈 수 있다면 생이 훨씬 더 즐거워질 겁니다. 당신은 〈은빛 나라〉에서 많은 사람들을 도왔습니다. 이용자들 대부분이 당신을 믿고 따랐죠."

"내가 사람들을 도왔다고요?"

"구루미 쨩은 늘 습관처럼 말했어요. 〈은빛 나라〉에서 안나 님이 이용자들의 마음을 부드럽게 어루만져주었다고요. 안나 님이 이용자들의 상처받은 마음을 잠시나마 쉬게 해주는 도피처가 되어 주었다고요."

내가 이용자들의 도피처가 되어 주었다고?

"구루미 쨩은 당신이라는 도피처가 있었기 때문에 괴로웠던 날들을 무사히 이겨낼 수 있었다고 하더군요. 이제 당신이 우리를 도피처로 이용할 차례입니다."

시오리는 마음이 몹시 혼란스러웠다. VR이 아닌 현실에서 누군가 자신을 인정해준 건 처음이었기 때문이다.

"이 근처에 우리 사무실이 있어요. 사무실 주변에 맛있는 커피를 파는 카페도 많아요. 우리와 함께 가서 잠깐 이야기를 나누지 않을래요?"

구루미는 그러길 진심으로 바란다는 표정으로 시오리를 바라보고 있었다.

사람은 형편이 되는 대로 살아갈 수밖에 없다.

"시오리예요."

시오리는 불쑥 자기 이름을 말했다.

"고바야시 시오리가 저의 이름입니다."

그 순간, 구루미가 활짝 웃었다. 고스케도 만면에 웃음을 머금었다.

이제부터 '안나'가 아니어도 된다.

멍청하고, 뭔가 뒤틀려 있고, 참을성이 부족하고, 도망치길 잘하고, 무엇이든 오래 지속하지 못하는 시오리. 그런 한편 연기를 좋아하고, 뭔가에 한번 꽂히면 집중할 줄 아는 시오리.

"시오리 짱, 우리랑 함께 가실까요?"

시오리는 그들과 제대로 이야기를 나눌 수 있을지 알 수 없었다. 다만 그들이라면 이야기를 하다가 설령 실수를 한다고 해도 너그럽게 이해해줄 수 있을 듯했다. 슬프고 가슴 시린 이야기를 할 때는 함께 울어줄 수도.

이번에야말로 찾을 수 있을까? 내가 있어야 할 곳을…….

하늘이 높았다.

서서히 어둠이 내리는 하늘에 덩그러니 달이 떠 있었다. 시오리는 부적처럼 떠 있는 달을 바라보며 천천히 고개를 끄덕였다.

〈끝〉

옮긴이의 말

리스트컷과 〈레테〉, 절단에서 체결로

다 같이 상상해 볼까요,

음침한 대궐, 신경질적인 임금이 기미상궁으로 하여금 음식의 이상 유무를 확인토록 한다. 그리고 집어든 은 숟가락이 까맣게 변하자 독이 들었다며 기겁을 하고,

보름달이 환하게 뜬 숲속 공터, 하늘을 올려다보는 사내 하나가 이상한 울음을 울더니 점점 늑대의 형상으로 변해 간다. 인간을 공포에 떨게 만드는 늑대인간, 그를 없애기 위해 은색 탄환, 즉 실버 불렛이 발사되는데.

왠지 으스스한 배경 속에서 한 줄기 희망처럼 느껴지는 이미지가 있죠, 네, 은(銀), 혹은 은색입니다. 눈치 챘을 테지만 우리는 은색, 혹은 금속으로서의 은이 독(毒), 악(惡), 사(邪) 등으로부터 우리를 지켜준다는 미신 아닌 미신을 오랫동안 믿어왔습니다. 미신 아닌 미신이라고 표현한 이유는 과학적으로도 은에 살균 효과 등이 있다는 사실이 밝혀졌기 때문인데요, 생각해 보면 금은 화려한 부의 상징으로, 은은 상대적으로 수수하면서 기품 있는 귀족의 색처럼 인식되어 왔죠. 구미(驅魔),

혹은 제마(除魔) 의식을 벌일 때 금보다는 은으로 된 도구를 이용하는 장면은 영화에도 심심치 않게 등장합니다. 이 책에 등장하는 주요 배경, 온통 은빛으로 가득한 공간이 상상만으로도 왠지 신성하게 느껴지고, 숙연해지는 이유는 오랫동안 인류가 쌓아온 이러한 공통의 인식 때문일 겁니다. 그리고 이 책에서는 한술 더 뜹니다.

"어서 오세요, 〈은빛 나라〉로. 여기는 지친 사람들이 마음을 편히 쉴 수 있는 안전지대입니다. 예로부터 은색은 귀신을 물리치는 효과가 있다는 속설이 있습니다. 〈은빛 나라〉가 여러분을 안전하게 지켜 주겠습니다."—본문 중에서

은색의 공간을 안전지대로 규정합니다. 그럼 왜 이 소설은 군이 이 은빛으로 가득한 공간을 배경으로 선택했을까요. 유추해 볼 수 있는 사실을 정리하자면, 첫째, 이 소설의 등장인물들은, 혹은 개념을 무한히 확장하여, 우리 인간은 사악한 무언가에 들씌웠다. 둘째, 사악한 무언가에 들씌운 인간들을 구원할 수 있는 공간이 필요한데 그 공간은 현실 세계에는 존재하지 않는다. 셋째, 사악한 무언가로부터 인간을 구원할 수 있는 세계는 은색으로 가득한 세계, 즉 은빛 나라이다. 즉 은색의 공간은 인간이 사악한 존재이자 곧 사악함으로부터 구원받아야 할 존재임을 전제로 생겨난 공간인 것입니다. 그렇다고 이 전제가 정신적인 종교로의 회귀를 주장하는 것은 아닙니다. 비록 최근의 핫이슈라고는 하지만 군이 현실적이면서 과학적인 공간인 가상 현실(Virtual Reality)의 개념을 가져온 이유가 여기 있습니다.

그리고 이 은빛 공간은 작가가 사회를 바라보는 따뜻한 시선의 총체이기도 합니다. 눈(雪)으로 상징되는 은색의 공간은 모든 것이 하나인 세계입니다. 빨간

색도, 파란색도 없는 오직 은색 하나로 통일된 평등의 공간, 그 세계를 방해하는 것은 절단, 혹은 단절입니다. 리스트 컷(Wrist Cut)은 단순히 손목을 긋는 자해 행위가 아닙니다. 절규입니다. 호소입니다. 제발 나를 봐달라고, 나라고 하는 존재도 이 사회에는 존재한다고. 사랑하는 사람에게 대놓고 하는 투정이자 불평이고 불만이며 일그러진 사랑의 표현이기도 합니다.

아시겠지만 리스트 컷으로 사망하는 확률은 상당히 낮다고 합니다. 사망에 이르게 하는 동맥이 저 힘줄 밑 깊은 곳에 숨어 있어 좀처럼 거기까지는 닿지 않기 때문이죠. 다만, 이것은 중독입니다. 쉽게 벗어나기가 힘듭니다. 그래도 해법은 있습니다. 관심입니다. 널 보고 있다고, 우리는 모두 같은 색깔이며, 은색의 공간에서 함께 숨 쉬고 살아가고 있다고 손을 내밀어야 합니다. 대신, 손은 하나보다는 둘, 둘보다는 셋, 셋보다는 훨씬 많은 손들을 내밀 때 그것은 손들로 촘촘히 짜낸 그물(Rete)이 됩니다. 자살이, 자해가 개인적인 문제가 아니라 사회문제여야 하는 이유가 여기 있습니다.

은색의 안전지대 밖에서 단절된 삶을 사는 누군가는 한 개인이 아닙니다. 당연히 한 개인은 하나의 개체로 머물지 않습니다. 개체와 개체가 모여 집단을 이루고, 개인과 개인이 모여 사회를 구성합니다. 너무나 당연한 이 명제를 우리는 자주 잊고 삽니다. 이 책이 의도한 바이며 작가의 문제의식이 출발하는 지점입니다. 자살은 개인적인 퍼포먼스가 아닙니다. '죽고 싶다'는 말이 '살고 싶다'는 또 다른 표현임을 알아야 한다고, 그래서 자살은 개인의 범주에서 벗어나 사회적 이슈가 되어야 한다고 이 책은 간곡히 말하고 있습니다.

김해용